Lotte Petri
Knochengrund

GOLDMANN

Buch

Die junge Rechtsanthropologin und Knochenexpertin Josefine Jespersen wird nach Gotland gerufen. Dort wurden bei archäologischen Grabungen in einer einstigen Moorlandschaft mehrere Steinzeit-Skelette gefunden. Als Josefine vor Ort einen weiblichen Schädel genauer untersucht, macht sie jedoch eine erschütternde Entdeckung: Die Frau ist erst vor einigen Jahren getötet worden – und in ihrem Schädel befindet sich der Knochensplitter eines Kindes. Die Spur bringt Josefine und den Kriminalkommissar Alexander Damgaard auf einen alten Vermisstenfall. Und als weitere Opfer gefunden werden, ist klar: Josefine und Damgaard jagen einen perfiden Serienmörder …

Weitere Informationen zu Lotte Petri
sowie zu lieferbaren Titeln der Autorin finden Sie am
Ende des Buches.

Lotte Petri

Knochengrund

Thriller

Aus dem Dänischen
von Maike Dörries

GOLDMANN

Die dänische Originalausgabe erschien 2021
unter dem Titel »Maskemanden«
bei Saga, Lindhardt og Ringhof Forlag A/S, Kopenhagen.

FSC www.fsc.org
MIX
Papier | Fördert gute Waldnutzung
FSC® C014496

Penguin Random House Verlagsgruppe FSC® N001967

1. Auflage
Deutsche Erstveröffentlichung Dezember 2022

Dieses Werk wurde vermittelt durch die
Literarische Agentur Kossack GbR, Hamburg
Umschlaggestaltung: UNO Werbeagentur, München
Umschlagmotive: Stocksy/Lindsay Crandall, Simone Anne;
FinePic®, München
Redaktion: Julie Hübner
KS · Herstellung: ik
Satz: Mediengestaltung Vornehm GmbH, München
Druck und Bindung: GGP Media GmbH, Pößneck
Printed in Germany
ISBN: 978-3-442-48959-6

www.goldmann-verlag.de

Björnen sover,
björnen sover,
i sitt lugna bo!
Han er inte farlig,
bara man är varlig!
Men man kan dock,
men man kan dock,
honom aldrig tro!

Der Bär, der schläft,
der Bär, der schläft,
in seinem ruhigen Bau.
Er ist nicht bedrohlich,
solange man sieht vor sich.
Doch man kann ihm,
doch man kann ihm,
niemals wirklich trau'n!

Freie Übersetzung des schwedischen Kinderliedes »Björnen sover«, nach der Melodie Nr. 35 »Gubben Noak« aus *Fredmans Sånger* von Carl Michael Bellman von 1792.

»What you are now we used to be; what we are now you will be …«
»Was du jetzt bist, waren wir einst. Was wir jetzt sind, wirst du sein …«

Inschrift des Beinhauses in Santa Maria della Concezione dei Cappuccini, Rom.

Kapitel 1

1985

Im Villenviertel war es dunkel, der Wind zauste durch die hohen Baumkronen wie durch Haare.

Der schwarze Land Rover fuhr langsam über den nassen Asphalt. Abgebrochene Zweige und Blätter bildeten zufällige Muster, die von den kräftigen Frontscheinwerfern illuminiert wurden. Das Radio lief, doch der Mann bekam nichts von der langen, verwickelten Debatte mit. Sein Blick war wachsam. Der Regen legte sich wie eine glänzende Haut über die Teerdecke, auf der die gestrichelten Linien wie von innen heraus leuchteten. In regelmäßigen Abständen fuhren die Wischerblätter über den durchsichtigen Wasserschleier auf der Frontscheibe.

Die Straßenlaternen sprangen blinkend an.

Die Innenseite der Windschutzscheibe war beschlagen. Er wischte mit dem Ärmel darüber und schaute auf die Uhr im Armaturenbrett.

Das Haus stand etwas versetzt hinter einem hohen Naturholzzaun auf dem sehr dunklen Villenweg. In dem dazugehörigen Garten bildeten ein paar kegelförmige Thujen eine dunkelgrüne Mauer wie stumme Soldaten im Schulterschluss.

Der Kies knirschte, als der Geländewagen langsam die Einfahrt hinunterrollte. Der Mann stieg aus, nahm ein paar Einkaufstüten aus dem Kofferraum, zog einen Schlüssel aus der Tasche und schloss die Tür auf.

Bis auf ein gleichmäßiges Tropfen war es still im Haus. Monoton, ein bisschen wie ein langsamer Puls.

Er machte Licht und trug die Tüten ins Schlafzimmer, wo eine Reispapierlampe kaltes Licht verströmte und sich im Luftzug eines gekippten Fensters leise bewegte.

Die Wände im Schlafzimmer waren hellgrün wie das Fleisch einer Avocado, die Vorhänge dunkelgrün wie die Schale. Auf dem Boden stand eine Sporttasche mit blutigen Kleidern.

Der Betthimmel aus Stoff war blutverschmiert. Die Substanz hatte sich wie roter Staub auf der Wand und dem Kopfteil des Bettes verteilt. Die Bettwäsche war dunkelrot. Der metallische Geruch mischte sich mit einem synthetischen Duft. Vor dem Bett lag eine grüne, nach wie vor leuchtende Lampe umgekippt auf dem Boden und verströmte einen weichen, pistazienfarbenen Schimmer, der dem Blut eine schwarze Farbe verlieh. Auf dem Nachtschrank stapelten sich Bücher, das Poster mit der antiken Männerbüste, die mit leblosen Augen vor sich hinstarrte, hatte ebenfalls Blutspritzer abbekommen.

Er stieg über ein paar Glasscherben und ließ den Blick

einen Moment auf dem Bett ruhen, während er sich die letzten Minuten vor ihrem Tod ins Gedächtnis rief. Der Wahnsinn, dachte er. Ihre Augen waren ganz dunkel geworden, als sie begriff, was passieren würde. Sie hatte den Kiefer zu einem Schrei aufgerissen, den die Socke erstickt hatte, die er ihr in den Mund gestopft und mit einem ihrer Nylonstrümpfe am Hinterkopf festgeknotet hatte.

Er nahm einige in Plastik eingeschweißte Päckchen aus der Einkaufstasche und ging ins kaffeebraun gekachelte Bad. Es rieselte leise. Das Plastik raschelte, als er das Regencape auspackte und anzog. Danach befreite er mehrere identische Pappfiguren aus ihrer Verpackung und hängte sie an eine über die Wanne gespannte Wäscheleine. Er lächelte. Die bunten Formen drehten sich langsam um ihre eigene Achse, bis sie sich eingependelt hatten und ein süßlicher Duft sein Bewusstsein erfüllte.

Das Wasser, das in die Wanne lief, hatte die Farbe von Fleischsaft. Wie ein Engel zeichnete sich ihre blasse Gestalt darin ab. Die Brustwarzen schimmerten durch die unruhige Oberfläche, das Haar umfächerte ihr Gesichtsoval wie ein schwarzer Heiligenschein. Sie hatte anklagend auf ihn gezeigt, aber jetzt hing ihr Arm schlaff über den Wannenrand, als hätte sie klein beigegeben. Er bemerkte, dass ihre Nägel fast die gleiche Nuance wie das Wasser hatten.

Ihre Augen starrten auf einen Punkt hinter ihm, ohne etwas zu sehen.

Ein blassrosa Rinnsal lief über den Rand und bewegte sich wie ein Lavastrom zu dem Abflussrost unter dem Waschbecken.

Er beugte sich über die Leiche, drehte den Wasserhahn zu und streifte dabei ihr Gesicht mit der Hand. Es war kalt wie Marmor. Einen Augenblick sah er sein eigenes verzerrtes Spiegelbild in den zitternden Ringen auf dem Wasser.

Er schob den Ärmel seiner Jacke hoch, steckte die Hand ins Wasser und zog den Stöpsel heraus. Sie bewegte sich leicht hin und her, als der Pegel sich allmählich senkte und rote Ränder an der Innenseite der Wanne hinterließ. Nach einigen Anläufen bekam er sie ordentlich zu fassen und hob sie hoch. Es gab einen dumpfen Klatscher, als sie ihm aus den Armen glitt und auf den braunen Bodenfliesen aufschlug. Wie sie dort lag, erinnerte sie ihn an eine dieser Schaufensterpuppen, die einen feindselig aus der Auslage anstarrten. Gefühlskalte, arrogante Statuen mit unnatürlich totem Lächeln. Schlechte Kopien.

Er ging zurück ins Schlafzimmer, holte eine Steppdecke und zog die Leiche auf die Decke, deren Muster wie in stiller Übereinkunft mit dem Blut harmonierte. Er nahm eine Spraydose mit Blumenmotiv und zog den Verschluss ab. Es zischte, als er auf den weißen Sprühkopf drückte. Der Duft verdrängte den Blutgeruch und schickte seine Gedanken auf Reisen.

Als der Doseninhalt über der Leiche versprüht war, schlug er die Decke um die Frau und zog sie raus in den

Flur, wo ein Spiegel hing. Er betrachtete sein Spiegelbild mit einem angedeuteten Lächeln und zog die Kapuze des Regencapes zurecht. Er fühlte sich aufgekratzt.

Er öffnete die Haustür, ging hinüber zur Garage und fuhr das elektrische Tor hoch.

Dann trug er die Leiche in die Garage und legte sie auf den Boden. Der Wind fuhr unter das Regencape, blähte es auf und ließ es flattern. Er fuhr das Garagentor wieder herunter, das sich mit einem gedämpften Laut schloss, der in der windgepeitschten Dunkelheit unterging.

Kapitel 2

2019
Oskarshamn, Schweden

Der Regen prasselte auf die Windschutzscheibe des betagten Volvo Kombi, in dem Josefine Jespersen in der Warteschlange für die Gotlandfähre stand, die kurz darauf wie ein riesiger Eisberg in den Hafen glitt. Die dicken Wassertropfen verzerrten die Aussicht, ehe sie von den an Taktstöcke erinnernden Scheibenwischern entfernt wurden. Irgendwo aus dem dunstigen Nichts tönte das tiefe Signal eines Nebelhorns.

Sie war schon bei schlechtem Wetter aus Kopenhagen losgefahren, aber in der hier herrschenden Nebelsuppe war die Sicht minimal. Himmel und Meer verschwammen ineinander. Sie kurbelte das Seitenfenster herunter und spürte die verdichtete Feuchtigkeit des Nebels, in die sich der Geruch nach Meer und ein Hauch Diesel mischte. Von weit oben über der Wolkendecke erklang heiseres Möwengeschrei, und der Abgasgestank klebte sich an die Schleimhäute.

Es kribbelte im Bauch bei der Aussicht, endlich einmal wieder ihr altes Institut auf der schwedischen Insel Gotland wiederzusehen, wo sie ihre Ausbildung zur Rechtsanthropologin begonnen hatte – oder zur Knochenexpertin, wie ihre Freunde es lieber nannten, um die korrekte, zungenbrechende Berufsbezeichnung zu umgehen. Josefine war sich schon im Klaren darüber, dass alle ihren Beruf ziemlich abgedreht fanden, und sie hatte sich im Lauf der Zeit an die Reaktionen der Leute gewöhnt, wenn sie wegen eines Knochenfundes ganz aus dem Häuschen war. Natürlich hatte sie sich auch schon häufig gefragt, ob ihre Entscheidung für ausgerechnet diesen Fachbereich einer Art seelischer Störung entsprang, aber glücklicherweise hatte sie Kollegen, die ihre glühende Begeisterung teilten. Trotzdem vermied sie es in Alltagsgesprächen, präziser auf ihre Arbeit einzugehen. Längst nicht alle Menschen verkrafteten ihre Geschichten von bizarren Morden, Skeletten und Bruchflächen an Knochen. Und sie hatte im Laufe ihrer Karriere gelernt, dass der Tod nach wie vor ein so großes Tabuthema war, dass die Wenigsten darüber reden wollten, und schon gar nicht bei einem gemütlichen Abendessen, während der Gastgeber den Braten aufschnitt. Das war ein absolutes *No-Go.*

Sie war von den schwedischen Kollegen eingeladen worden, um ihnen bei der Untersuchung von Skeletten zur Seite zu stehen, die an Visbys Galgenberg ausgegraben worden waren. Der Vergleich der schwedischen Funde mit dänischen Knochen aus der gleichen Periode fügte sich wunderbar in ihre Studien über die Volksgesundheit der Dänen im 19. Jahrhundert, für die sie in den letzten Jahren altes Knochenmaterial von Friedhöfen und anderen Ausgrabungen untersucht hatte. Sie war gespannt zu sehen, ob es im Laufe der Zeit geografische Unterschiede der Krankheiten gab. Das Projekt war vom Institut für Archäologie und Alte Geschichte auf Gotland initiiert. Dem Namen zum Trotz befasste sich das Institut mit ganz ähnlichen Aufgaben wie die Rechtsmedizin in Kopenhagen, wo Josefine die Gerichtsmediziner und die Polizei dabei unterstützte, bis zur Unkenntlichkeit versehrte Leichen und Skelette zu identifizieren. Eins ihrer Spezialgebiete war, herauszufinden, welche Mordwaffe angewendet worden war. Einmal hatte sie bei einem Mann, der mit eingeschlagenem Schädel bei sich zu Hause gefunden worden war, den Schädelknochen so wieder zusammengepuzzelt, dass man deutlich den Abdruck eines großen Schraubenschlüssels am Hinterkopf des Toten erkennen konnte. Das war Josefines Steckenpferd; in Knochen zu lesen, indem sie die Bruchkanten und Schlagspuren am Skelett studierte.

Sie fuhr erschrocken zusammen, als sie hektisches Hupen hinter sich hörte. Im Rückspiegel sah sie den Fahrer hinter sich wild gestikulieren. Sie hatte offenbar einen kurzen Aussetzer gehabt. Es kam Bewegung in die Schlange, und sie startete den Motor, der asthmatisch hustend ansprang.

*

In der gefühlt kilometerlangen Warteschlange im Fährcafé betrachtete Josefine die Menschenmassen. Vor ihr stand ein Typ mit kräftigen Nackenmuskeln. Stiernacken, dachte sie und verdrehte die Augen.

In dem Moment drehte er sich um und sah sie mit einem schiefen Lächeln an. Wenn er wüsste, dass sie ihn gerade nicht sehr freundlich bedacht hatte. Josefine erwiderte sein Lächeln.

»Hi, öfter hier?«, fragte er beiläufig.

Josefine musste innerlich über das Klischee einer Anmache grinsen, das offensichtlich universell einsetzbar war.

»Nein … eigentlich nicht. Ich bin wegen eines Arbeitsprojekts in Visby …«

»Aha? Dann laufen wir uns ja vielleicht da irgendwo mal über den Weg …«

In dem Augenblick schlingerte die Fähre heftig, und sie verloren sich aus den Augen.

Ein Kistenstapel krachte mit ohrenbetäubendem Lärm zu Boden.

Nach diesem kurzen Flirt richtete Josefine ihre Aufmerksamkeit auf das Angebot üppig belegter Sandwiches in der Glasvitrine. Sie hatte morgens nur eine kleine Portion Müsli gegessen. Jetzt knurrte ihr Magen, und das Wasser lief ihr im Mund zusammen. Die Wahl fiel auf ein Krabbensandwich und dazu Mineralwasser. Sie fand einen Platz, von dem aus sie beim Essen die Mitreisenden beobachten konnte, die regelmäßig die Überfahrt zu machen schienen. Die einen spielten Karten, andere unterhielten sich lebhaft oder hatten sich für ein Nickerchen auf den gepolsterten Bänken ausgestreckt, nachdem sie brav die Schuhe ausgezogen und ordentlich unter die Bank geschoben hatten.

Etwa auf halber Strecke wurde das Schlingern der Fähre spürbarer, aber Josefine gewöhnte sich schnell an die Rollbewegungen. Nach dem Krabbensandwich wurden ihre Lider schwer. Sie lehnte sich gegen die gepolsterte Rückenlehne und schloss die Augen.

*

Ein paar Stunden später liefen sie in den Hafen von Visby ein. Auf dem Autodeck entfernte ein Mann in neonfarbener Warnweste demonstrativ ein paar an lange knallblaue Schnüre geknotete Keile, mit denen er offensichtlich Josefines Auto arretiert hatte. In einer Mischung aus Englisch und Schonisch machte er ihr klar, dass sie dringend ihre Handbremse reparieren lassen müsste, weil das Auto sich bei dem heftigen Seegang wohl bewegt hatte.

Ein schwedischer Familienvater untersuchte besorgt die Stoßstange seines Autos, das jetzt auf Tuchfühlung mit Josefines Wagen stand. Er sah sie vorwurfsvoll an, als hätte sie mit voller Absicht sein schönes Fahrzeug touchiert.

Sie fühlte sich wie eine Kleinkriminelle, als sie mit quietschenden Bremsen die viel zu schmale Rampe hinunterfuhr, und überlegte ernsthaft, den Koloss gegen einen zeitgemäßeren Kleinwagen einzutauschen. Aber sie hatte den Volvo von ihrem mittlerweile fürs Fahren zu dementen Vater übernommen und konnte sich nicht überwinden, ihn zu verkaufen. Ihr Vater lebte seit Kurzem in einem Pflegeheim, nachdem es ein paar unschöne Zwischenfälle gegeben hatte, als er sein Haus verlassen und sich verlaufen hatte. Die Betreuerin hatte irgendwann gesagt, dass es so nicht weiterginge, und Josefine musste ihr recht geben. Ihrem Vater ging es zu schlecht, um noch alleine in seinem Haus zu wohnen. Nach dem Umzug ins Pflegeheim hatte sie das Haus zum Verkauf angeboten, aber bedauerlicherweise hatten sich bislang noch keine Kaufinteressenten gefunden. Doch Josefine war in jedem Fall erleichtert, dass sie sich nicht mehr um seine Sicherheit sorgen und in der permanenten Angst leben musste, dass er eines Tages vergaß, den Herd auszuschalten, oder die Kellertreppe hinabstürzte. Zugleich hatte sie ein schlechtes Gewissen, weil er sich ganz offensichtlich im Pflegeheim nicht wohlfühlte. Sein unglücklicher Gesichtsausdruck und die tiefe Trauer in seinem Blick ließen sie natürlich nicht kalt. Sie war sich im Klaren darüber, dass es keine optimale Lösung für dieses Problem gab, aber es fiel ihr jedes Mal schwer, sich von ihm zu verabschieden, wenn sie ihn besuchte.

Josefine schob die negativen Gedanken beiseite und betrachtete im Vorbeifahren die Häuser, die sich zwischen den grauen Felsen vor dem ewigen Wind zu ducken schienen, der permanent über die Insel jagte. Alles bewegte sich in einer Grautonskala, vom sich im Meer spiegelnden Himmel bis hin zu den schieferfarbenen Gebäuden, die sich in das unwegsame Terrain der Insel fügten.

Vor dem Institut hielt Josefine Ausschau nach einem freien Parkplatz. Als sie ein Stück entfernt fündig geworden war, kämpfte sie sich durch den Wind zurück. Ihre Augen tränten, und die Wangen glühten, als sie endlich den Haupteingang erreichte.

An der Rezeption wurden ihr eine provisorische Mitarbeiterkarte ausgehändigt und alle praktischen Fragen geklärt. Danach fuhr sie in die Mitwohnzentrale im Zentrum von Visby, wo sie die Schlüssel für ein kleines Häuschen abholte, das sie gebucht hatte. Sie überlegte kurz, auf dem Weg dorthin noch etwas einzukaufen, war aber zu müde und verschob es auf den nächsten Tag.

*

Am nächsten Morgen waren die Farben nach Gotland zurückgekehrt. Es stürmte noch immer, aber der nahezu wolkenlose Himmel hatte einen tiefblauen Ton angenommen. Josefine stand vor dem Institut und genoss das schöne Wetter mit zugekniffenen Augen. Als sie schließlich eintrat, war es ganz still in den langen, vertrauten Korridoren.

Sie öffnete die Tür zu einem großen Raum und wurde in ihre Studienzeit zurückkatapultiert, in der sie unzählige Stunden mit ihren Kommilitonen an den langen Arbeitstischen verbracht und Knochen sortiert hatte. Die Plastikboxen mit den vergilbten Prägeetiketten, auf denen »Schwein« und »Schaf« stand, konnten ohne weiteres noch dieselben Kästen sein wie zu ihrer Zeit, dachte sie grinsend. Das Sortieren der Knochen war eine triviale, aber gute Übung für die Unterscheidung von Menschen- und Tierknochen gewesen. Dieses grundlegende Wissen kam ihr täglich zugute, wenn dem Rechtsmedizinischen Institut von Kopenhagen nach oder bei Grabungsarbeiten im Straßenbau, für die Kopenhagener U-Bahn oder im Rahmen anderer Bauprojekte Knochenfunde eingereicht wurden, und die Polizei ausschließen wollte, dass ein Verbrechen stattgefunden hatte. In den meisten Fällen handelte es sich tatsächlich um Tierknochen oder um alte menschliche Knochen von eingeebneten Friedhöfen, also um Funde, die möglicherweise von historischem Interesse waren, aber kein Fall für die Polizei.

Josefine gähnte. Sie war in dem kleinen Fachwerkhäuschen hinter der Kirche mit Blick aufs Meer viel zu früh wach geworden. Das Gebimmel der verschiedenen, aus diversen Teilen der Altstadt zu hörenden Kirchenglocken hatte sie geweckt, also hatte sie beschlossen, ihren ersten Arbeitstag früh zu starten.

Sie zog den Mantel aus. Der Kittel, der an der Garderobe hing, passte sogar einigermaßen. Sie zog ihn über den Rollkragenpullover. Dann stieg sie aus den Gummistiefeln und schob die Füße in ein Paar Gästeclogs. Der

Wind rüttelte an den Fenstern, und die dunkelblauen Ostseewellen trugen weiße Schaumkronen.

Trotz des warmen Pullis fror sie.

Sie sah aus dem Fenster auf die scharfe Horizontlinie. Diese windgepeitschte Insel mit den grauen, spitzen Felsformationen, die interessanterweise einer der wenigen Orte auf der Welt war, an denen man Rechtsanthropologie studieren konnte, hatte sie von Anfang an fasziniert, seit sie vor einigen Jahren als junge Studentin zum ersten Mal mit der Fähre hier angekommen war. Das Meer in seiner ewigen Bewegung gab ihrem Geist Ruhe, und sie konnte stundenlang auf die Wellen schauen.

Sie betrat den großen Saal und sah als Erstes ein Plastikskelett, das an einem Stativ hing. Irgendein Witzbold hatte eine violette Federboa um den knochigen Hals geschlungen, vielleicht derselbe Witzbold, der für die makaber dekorierte Installation eines großen Fischskeletts in dem leeren Aquarium verantwortlich war.

Sie sah sich die Fischinstallation genauer an. Ihr gefiel der schwarze Humor in der ansonsten eher tristen Atmosphäre des Raums. Ein unschönes Gefühl von Einsamkeit machte sich in ihr breit. Sie sehnte sich schon lange nach einem Menschen, zu dem sie nach Hause kommen und mit dem sie ihr Leben teilen konnte. Aber da steckte der Wurm drin. Von ihrer Reise nach Gotland erhoffte sie sich ein bisschen Abwechslung im Alltag, aber während sie nun ganz allein hier stand, umgeben von Knochen in jeder Schattierung, kamen ihr beträchtliche Zweifel.

Josefine richtete sich auf und beschloss, dem Ganzen noch eine Chance zu geben. Immerhin war sie gerade mal einen Tag hier.

Ihr Magen knurrte. Sie hatte am Abend in einem der Schränke in der kleinen Küche ihres Häuschens ein Paket Nudeln gefunden, die sie gekocht und mit einem Rest Ketchup aus dem hintersten Winkel des Kühlschranks gegessen hatte.

In der Teeküche des Instituts hatte eine gnädige Seele ein paar Kekse auf einem Teller liegen lassen. Das musste als Frühstück reichen, dachte Josefine und notierte sich im Kopf, den Kühlschrank zu füllen. Zur Abrundung des improvisierten Frühstücks zog sie sich einen Kaffee aus dem Automaten.

Mit einer Handvoll Kekse und dem Kaffee begab sie sich zurück in den Arbeitsraum. Die Kekse schmeckten etwas altbacken.

Sie sah sich das Skelett noch einmal genauer an und bestimmte routinemäßig sein Geschlecht: die breiten Schultern sprachen für einen kräftig gebauten Mann etwa so groß wie Alexander Damgaard, der Kollege von der Polizei, mit dem sie in einem zurückliegenden Fall zusammengearbeitet hatte. Josefine dachte oft an ihn, schob die Gedanken aber immer schnell wieder beiseite. Sie schnupperte. Das Skelett war absolut geruchsneutral. Sie ging zurück zum Tisch und spülte die restlichen Kekse mit dem Kaffee hinunter.

Danach betrat sie einen Raum, den die meisten Menschen wohl als sehr speziell bezeichnen würden – das bienenstockförmige Knochendepot, in dem mehrere Hundert Skelette gelagert wurden. An den weiß gekalkten Wänden standen übereinandergestapelte Pappkartons mit Skeletten von bislang noch unidentifizierten Toten, die mit Referenznummern gekennzeichnet waren. Bei diesen Skeletten, die hoffentlich irgendwann eine Identität bekamen, waren die Ermittlungen noch nicht abgeschlossen. Aber je mehr Zeit verstrich, desto geringer waren die Chancen.

Das Institutsgebäude war ein ehemaliges, umgebautes Käselager. In der Decke befand sich ein kugelrundes Fenster wie ein großer Türspion, in dem sich der selten blaue Himmel spiegelte und durch das die Sonnenstrahlen wie durch eine Linse gebündelt in den Raum fielen und im Laufe des Tages wie auf einer Sonnenuhr von einer Wand zur anderen wanderten. Josefine hatte immer schon gefunden, dass das Gebäude wie eine kleinere Ausgabe des Pantheons in Rom aussah, wohin sie vor vielen Jahren mal eine Studienreise unternommen hatte.

Hier herrschte eine besondere Stimmung. Vielleicht wegen des Wissens um die vielen Toten, die sich dort befanden. Wie in einer Kathedrale.

Als die Tür plötzlich aufging, zuckte sie zusammen, dann erkannte sie Professor Ohlsson, einen reizenden älteren Herren mit graumelierter Mähne, die immer in Unordnung war.

»Willkommen, meine liebe Josefine!«, rief der betagte

Professor und begrüßte sie mit zwei galanten französischen Wangenküsschen. Sie roch das Aftershave, das ihr Vater auch eine Weile benutzt hatte. »Du bist aber früh unterwegs.«

Er trug einen weißen Arbeitskittel und balancierte eine schmale Brille mit rotem Gestell auf der Nase.

»Ich bin früh geweckt worden … An die Glocken muss ich mich erst mal wieder gewöhnen«, erklärte Josefine.

»Die hör ich gar nicht mehr«, sagte er und fing ihren Blick ein. »Wir fühlen uns übrigens äußerst geehrt, dass du uns bei der Untersuchung des Knochenmaterials assistieren willst. Ich habe so gehofft, dass wir irgendwann mal wieder zusammenarbeiten.«

Sie lächelte.

»Ganz meinerseits.«

»Ich wusste damals schon, dass du es zu was bringen und eine Koryphäe deines Fachs werden wirst. Dass du eine von denen bist, die Knochen zum Sprechen bringen können.«

»Wirklich?« Josefine wurde rot.

»Du hattest …«, er strich sich übers Kinn und suchte nach den treffenden Worten, »… schon immer diese besondere Gabe für deine Arbeit, wie ich sie nur selten erlebt habe. Die nötige Leidenschaft, die man braucht, wenn man zur Elite gehören will. So alt bist du ja noch nicht … und kannst es noch weit bringen. Sieh zu, dass du noch mehr Artikel schreibst, damit du bekannter wirst. Ich habe mit großem Vergnügen deine Untersuchung zur Volksgesundheit der Kopenhagener gelesen … Es wird spannend, deine Resultate mit unseren Funden am Galgenberg zu vergleichen.«

»Ich freu mich, loszulegen. Ich liebe die Arbeit im Feld. Zu viel Schreibtischarbeit macht mich rastlos …«

Der Professor nickte und bekam einen melancholischen Blick.

»Genauso ging es mir auch, als ich jünger war«, sagte er. »Ich konnte gar nicht genug kriegen von Ausgrabungen und Knochen. Meine Freunde waren davon überzeugt, dass bei mir eine Schraube locker war. Sie konnten nicht begreifen, wieso ich meine Nächte lieber irgendwo im Wald in einem Biwak verbracht habe, als mit ihnen in die Kneipe zu gehen.«

Josefine nickte verständnisvoll.

Der Professor seufzte.

»Ach ja, das waren noch Zeiten. Aber kein Grund zur Trauer, weil wir unsere Arbeit lieben.« Er strich die Haare glatt. »Apropos … um zehn Uhr ist Abteilungstreffen. Ich hab die Sekretärin zum Bäcker geschickt. Wenn ich mich richtig erinnere, hast du einen süßen Zahn, oder?«

Josefine nickte.

»Das hört sich gut an.«

»Und denk dran, dir an der Rezeption eine Parkkarte ausstellen zu lassen … die Parkwächter hier sind gnadenlos, was Knöllchen betrifft. Wahrscheinlich kriegen sie Provision.«

*

Josefines Blick blieb zerstreut an einem Regal hängen, in dem ein paar Schädel wie Perlen auf einer Schnur aufgereiht waren. Der erste Schädel in der Reihe war der eines Erwachsenen, gefolgt vom Schädel eines Jugendlichen und so weiter. Der letzte Schädel in der Reihe stammte von einem fünf Monate alten Fötus und sah aus wie von einem kleinen Alien. Ein beendetes Leben, ehe es richtig begonnen hatte. Sie dachte nur ungern darüber nach, ob sie selbst jemals Kinder haben würde, aber sie näherte sich unaufhaltsam dem Fertilitäts-Verfallsdatum, und die Gedanken wurden drängender. Irgendwann würde sie sich entscheiden müssen. Die biologische Uhr tickte gnadenlos weiter. Aber es gab einen konkreten Grund für ihr Zögern. Ihr Bruder war an einem chronischen Nierenleiden gestorben, und sie hatte Angst, diese genetische Anlage womöglich weiterzuvererben. Außerdem arbeitete sie viel zu viel. Wirklich Platz für ein Kind war gerade nicht in ihrem Leben.

*

Für den Rest des Tages war Josefine mit der Untersuchung der Skelette vom Galgenberg beschäftigt. Wenig überraschend wiesen alle Verletzungen an den Halswirbeln auf, ein paar von ihnen hatten dazu hässliche Frakturen am Schädel, als hätte es nicht gereicht, sie zu hängen. Sie arbeitete bis zum späten Nachmittag und beschloss dann, Feierabend zu machen.

Sie koppelte den Laptop von der Dockingstation ab und packte ihn in den Rucksack. Danach hängte sie den weißen Kittel zurück an den Garderobenständer, zog die Daunenjacke an, stellte die Clogs zurück und schlüpfte in ihre Gummistiefel.

Ihr Outfit war eher unauffällig. Abgetragene Jeans, langärmliges Shirt und Rollkragenpullover. Sie kaufte ihre Kleidung im Internet und gerne mehrere Exemplare von einer Marke in dunklen Farben, wobei sie sich nie lange mit der Auswahl aufhielt. Kleiderkauf war etwas, das sie schnell hinter sich bringen wollte, und den Toten war es egal, wie sie angezogen war. Außerdem trug sie in der Rechtsmedizin eh einen Kittel.

Sie verließ das Institut durch den inneren Laubengang. An das alte Gebäude war ein Glasbau angegliedert, in dem der Eingangsbereich und die Kantine untergebracht waren. Josefine gefiel es, wie die Schweden Alt und Neu auf eine ästhetische und funktionelle Art zu mischen verstanden. Auf dem Weg die Treppe hinunter passierte sie ein feuerwehrrotes Banner mit dem weißen Schriftzug UPPSALA UNIVERSITET und trat durch die Glastür ins Freie.

Der kräftige Wind verwirbelte die grauen Gedanken, als sie durch die schmalen Gassen mit ihrem Kopfsteinpflaster zum Parkplatz spazierte. Sie genoss die offene Landschaft mit ihrem rauen Klima und den kleinen, teilweise strohgedeckten Häusern, die so ganz anders war als Kopenhagen.

Sie bog rechts ab und erhaschte einen Blick auf ihren uralten, kantigen Volvo, den ihre Kollegen frotzelnd »Leichenwagen« nannten. Bei der Überfahrt nach Gotland hatte sie einen skeptischen Blick des schwedischen Zöllners kassiert, als er den großen Kofferraum nach nicht verzollten Waren durchwühlt hatte. Er hatte sie wie eine verdächtige Alkoholschmugglerin behandelt, bis klar war, dass er nichts finden würde. Sie hatte ihn entwaffnend angelächelt, was er mit einem kalten Blick beantwortet hatte. Humor gehörte offensichtlich nicht zur Arbeitsplatzbeschreibung der schwedischen Zollbehörde.

*

Sie fuhr langsam durch das alte, schmale Burgtor in der Stadtmauer, die zum UNESCO-Weltkulturerbe gehörte.

In Visby war alles fußläufig zu erreichen, hässliche Reklameschilder waren aus dem Innenstadtbereich verbannt, und alles war frisch renoviert und gepflegt. Das Auto holperte ächzend über die unebenen Pflastersteine. Sie hatte Glück und fand direkt eine freie Parklücke, normalerweise eine dauerhafte Mangelware auf der Felseninsel.

Sie quetschte sich haarscharf auf das markierte Feld zwischen zwei Teslas, nahm den Rucksack aus dem Kofferraum und schloss das Auto ab.

Durch den Kern der Altstadt bewegte man sich am besten zu Fuß. Man verfranzte sich sonst leicht in den verwinkelten Gassen, von denen jede zweite eine Einbahnstraße war. Und ihr großer Wagen war dort ungefähr so praktisch wie ein Panzer.

Sie erreichte den Spirituosenshop gerade noch rechtzeitig vor Ladenschluss. Vor der Eingangstür saß eine Roma auf dem Boden und trotzte der schneidenden Kälte. Josefine fischte ein paar Münzen aus der Tasche und legte sie auf ein Stück faltigen Velours. Die Frau bedankte sich mit einem zahnlückigen Lächeln.

Im Laden herrschte eine entspannte Stimmung. Josefine entschied sich für eine der günstigeren Flaschen Rotwein, die allerdings auch schon fast hundert Kronen kostete, und legte sie in ihren Einkaufskorb. Dann packte sie noch ein paar Flaschen Pilsner Urquell dazu, bezahlte und verließ den Laden. Von dort ging sie in den Supermarkt nebenan und kaufte Koteletts, Sahne, Champignons und ein paar andere Dinge, die ihr fehlten.

Sie stellte den Einkauf in den Kofferraum, startete den Wagen und schlängelte sich dann mühsam durch die enge Gasse, ehe sie scharf links in die steile Kopfsteinpflasterstraße abbog zu dem bezaubernden kleinen Fachwerkhaus, das sie gemietet hatte.

Nachdem sie den Wagen abgestellt hatte, schleppte sie die Einkaufstüten zur Haustür und schloss auf. Sie freute sich auf einen gemütlichen Abend vor dem Kamin. Aus dem Fenster sah man die Türme der Domkirche und dahinter das unruhige Meer mit den weißen Gischtkronen.

Sie öffnete ein Bier, machte Feuer im Kamin und bereitete Ofengeschnetzeltes vor, eins der wenigen Gerichte, die sie meisterte, ohne sich sklavisch an ein Rezept zu halten.

Sie nahm den Teller mit vor den Fernseher, den sie aber bald wieder ausschaltete, weil nichts Spannendes lief. Sie schaute stattdessen auf die Glut hinter der Glasscheibe des Kamins. Die rubinrote Farbe und das Ticken des Metalls hatten etwas Beruhigendes. Aber es konnte das Gefühl von Einsamkeit nicht ganz vertreiben, das sie schon den ganzen Tag hatte. Und wieder einmal dachte sie an Xander. Aber das hatte keinen Sinn, sie musste ihn vergessen. Außerdem war sie diejenige gewesen, die die Notbremse gezogen hatte.

Sie holte ihren Laptop und schrieb ein bisschen was zu ihrem Projekt am Galgenberg, bis sie müde wurde. Sie beschloss, früh ins Bett zu gehen, doch dann konnte sie nicht einschlafen. Der Sturm pfiff ums Haus, und sie musste sich erst an die vielen ungewohnten Geräusche gewöhnen. Als ihr gerade die Augen zufielen, erreichte sie mit einem Pieps eine SMS des früheren Pflegers ihres Vaters, Whinston. Er machte sich Sorgen um ihren Vater, weil er so traurig wirkte und sie sehr zu vermissen schien.

Die bedrückende Nachricht befeuerte Josefines ewig schlechtes Gewissen. Trotzdem war sie froh, dass der ehemalige Pfleger ihren Vater so treu in seinem neuen Pflegeheim besuchte.

Kapitel 3

Linköping, Schweden

Ein sensationeller Knochenfund in einem Altertumsgrab nahe der schwedischen Stadt Motala hatte für Schlagzeilen in den Medien gesorgt, und der leitende Archäologe Calle Åberg erzählte bei diversen Auftritten im Fernsehen nur zu bereitwillig von dem aufsehenerregenden Grabfund.

An der Stelle, wo Göta Kanal und Motala Ström sich kreuzten, hatten die Archäologen auf einer grünen Wiese ein Gemeinschaftsgrab freigelegt, wo früher einmal Moor gewesen war. Elf Individuen lagen dort zusammen mit einem Haufen Tierknochen und diversen Grabbeigaben.

Der fruchtbare Boden um Motala herum war eine archäologische Goldgrube für sowohl Menschen- als auch Tierknochen. Åbergs Team hatte also reichlich zu tun an diesem idyllischen Ort, der sicher schon früher eine große Anziehungskraft besessen hatte.

Dass die Knochen nach beinahe achttausend Jahren in der Erde nicht zerfallen waren, war schon eine Sensation an sich, aber dass einige der Schädel komplett intakt waren, hatte international Aufsehen erregt.

Åberg war ein ambitionierter Forscher in den Vierzigern, der seine älteren Kollegen inzwischen um Längen überholt hatte, was wissenschaftliche Artikel und epochale Funde betraf. Er war ein energischer Verfechter moderner Technologien, um den Knochen ihre Geheimnisse zu entlocken, und er nutzte gerne die bildgebenden Verfahren wie MRT, die normalerweise für die Diagnose von Krankheiten bei lebenden Menschen eingesetzt wurde. So hatte er diesbezüglich auch hier eine Absprache mit dem Krankenhaus vor Ort getroffen, dessen Leitung dem Projekt unter der Bedingung zugestimmt hatte, die Untersuchungen außerhalb der normalen Öffnungszeiten durchzuführen.

Åberg hatte die zwei am besten erhaltenen Schädel aus dem Grab für das MRT der Klinik ausgesucht. Auf dem Ausgrabungsplatz nutzten sie ein mobiles Röntgengerät, aber die miese Bildqualität zeigte nur unscharfe Konturen dessen, was einmal ein lebendiger Mensch gewesen war. Das hatte zu seinem Entschluss geführt, die Knochen nur teilweise auszugraben, um sie vor dem Zerfall zu schützen. Die ausgewählten Schädel hatte er mit der sie umgebenden Erde in selbstgezimmerte Holzkisten gepackt, die das empfindliche Material wie ein natürlicher Helm beschützen sollten. Zuerst wollte er die Schädel im Erdreich durchleuchten, ehe sie gereinigt und konserviert wurden. So vermied er, das empfindliche Knochengewebe zu beschädigen, das weder Licht, Luft noch menschliche Berührung vertrug. Åberg hatte die Kisten persönlich mit seinem Assistenten gezimmert, um kein unnötiges Risiko einzugehen. Diese Gründlichkeit und turmhohen Ambitionen waren der Schlüssel zu seinem Erfolg.

Der Professor hatte an die Presse durchsickern lassen, dass er im MRT ein paar Schädel aus der Steinzeit untersuchen wollte, danach hatte es nicht lange gedauert, bis auf allen Newskanälen zu lesen war, dass die Skelette mit dem gleichen Gerät untersucht würden wie die lebenden Patienten, was Åberg gut in den Kram passte. Solche Schlagzeilen waren die beste Werbung, und die Presse hatte den Köder roh geschluckt.

*

Mit der Leiterin der Röntgenabteilung hatte er abgemacht, die Untersuchung sehr früh am Morgen durchzuführen, damit sie nicht mit dem normalen Krankenhausbetrieb kollidierte.

Jetzt rollten die Steinzeitschädel in einem unauffällig aussehenden Lieferwagen gemächlich in nahezu royalem Tempo durch Linköpings Straßen. Der Himmel war bleigrau, und in dem dichten Nieselregen wirkten die Straßenlaternen gespenstisch mit ihren milchig gelben Lichtkegeln, die sich in dem glänzenden Asphalt spiegelten.

Als der Wagen sich dem Krankenhaus am Rand des Zentrums näherte, wurde er noch langsamer. Und vor dem Haupteingang wurde er von einem grellen Blitzlichtgewitter empfangen.

Åberg betrachtete die vor dem Eingang zusammengeströmte Menschenmenge und gab dem Fahrer Anweisungen, während er seinen breitkrempigen Cowboyhut zurechtrückte, den er gerne im Fernsehen trug oder wenn er draußen beim Ausgrabungsplatz gefilmt wurde.

Sie parkten vor dem Haupteingang. Åberg stieg aus und plauderte mit ein paar Journalisten, die er von früheren Begegnungen kannte. Er war ein großer Mann, der gerne praktische Kleidung trug, mit Vorliebe von Fjällräven. Das schüttere Haar war in einem dünnen Pferdeschwanz zusammengebunden. Der Fahrer, ebenfalls Archäologe und Åbergs Assistent, ging zum Empfang und organisierte einen Rollwagen.

Mit einem Lächeln bat Åberg die Presseleute, Platz zu machen, öffnete die Türen zum Laderaum und hievte zusammen mit seinem Assistenten zwei große Holzkisten auf den Rollwagen, den sie dann feierlich ins Krankenhaus schoben.

Im Gebäudeinneren brannte grelles Licht, es roch nach chlorhaltigen Reinigungsmitteln und anderen Chemikalien. Die Flure waren lang, und an den Türen standen kryptische Nummern.

Die Räder quietschten leise in den fast menschenleeren, stillen Korridoren.

Sie fuhren mit dem Aufzug ins Untergeschoss. Åberg rückte den Hut so zurecht, dass er etwas schräg saß. Am

Ende des Flurs bogen sie links ab und blieben vor einer Tür stehen, nachdem sie die Nummer auf dem kleinen Metallschild überprüft hatten.

»Erfreulich viele Journalisten«, sagte Åberg zufrieden.

Der Assistent strich sich eine Haarsträhne aus dem Gesicht.

»Da wird ja wohl der eine oder andere was schreiben«, nickte er.

»Ich werde sie briefen, sobald wir hier fertig sind«, sagte Åberg. »Das kommt authentischer rüber als die vorher abgesprochenen Interviews, die immer so gestellt wirken.«

Der Assistent nickte erneut.

Sie betraten einen grellweiß erleuchteten Raum, in dem ein elektronisch brummendes, großes Gerät stand.

Sie hörten Schritte draußen im Korridor, ehe eine weißgekleidete Frau eintrat und sie begrüßte. Sie leitete die Röntgenabteilung und hatte dem Archäologen-Team die Nutzung ihrer Geräte angeboten. Ihr graues Haar war hochgesteckt, und sie sah sie mit lebhaften blauen Augen an.

»Danke für das Angebot, Ihre Geräte nutzen zu können«, sagte Åberg und drückte ihre Hand.

»Es freut mich, wenn ich helfen kann. Das hört sich alles sehr spannend an. Wie alt sind die Schädel, sagen Sie?«

»Ungefähr achttausend Jahre, schätzen wir.« Er lächelte.

»Aber ... wie ist so etwas überhaupt möglich?«

»Glück … in Kombination mit einer optimalen Bodenbeschaffenheit.«

Er hielt ihren Blick eine Sekunde fest und richtete seinen Fokus dann auf die Holzkisten.

Åberg hatte selbst seinen Augen nicht getraut, als die Ergebnisse der vorläufigen Analysen des Knochenmaterials gekommen waren. Er hatte Knochen aus verschiedenen Sektionen des großen Gemeinschaftsgrabes zum Test eingereicht. Dass die Knochen aber so alt sein würden, da musste selbst ein erfahrener Archäologe wie er sich in den Arm kneifen.

Dementsprechend ungeduldig war er, mit der Arbeit anzufangen, in die er große Erwartungen setzte. Die vorläufigen Untersuchungen des Grabes mit dem Bodenradar und dem mobilen Röntgengerät hatten gezeigt, dass die Schädel extrem gut erhalten waren, aber einige interessante Verletzungen aufwiesen, die möglicherweise bedeuteten, dass die Menschen aus der Zeit besonders kämpferisch veranlagt gewesen waren und sich gegenseitig bekriegt hatten – eine Verhaltensweise, die die Archäologen dem nordischen Steinzeitmenschen bisher eher nicht zugeschrieben hatten. Åberg hatte mehrere auf Holzpflöcken steckende Schädel gefunden, was mindestens so sensationell war wie die Knochenfunde selbst, weil Holz nach mehreren Tausend Jahren in der Erde normalerweise längst verrottet sein müsste.

Diese Knochen waren insgesamt in einem so erstaunlich guten Zustand, dass ihre Entdeckung in die Annalen eingehen würde. Åberg schwebte vor, dass der Fund seinen Namen unsterblich machte.

Er hatte die Ausgrabungen im Flussdelta von Motala organisiert und war über Nacht berühmt geworden, als sich herausstellte, dass die Knochen von Steinzeitmenschen stammten.

Er nahm den Hut ab, legte ihn weg und strich sich über die Stirn. Dann richtete er den Pferdeschwanz.

In einer der Holzkisten lag der kleinere Schädel einer vermutlich jüngeren Frau. Er wies einen massiven Schaden am Scheitel auf, ob natürlich verursacht oder gewaltsam zugefügt, würde hoffentlich im MRT geklärt werden. Åberg stellte sich die Frau mit hellblonden Haaren und blauen Augen vor. Eine skandinavische Schönheit, die vor dreihundert Generationen begraben worden war.

Er hatte sie auf den einer Diva würdigen Namen Greta getauft.

Der zweite, größere Schädel mit länglichem Kopf und kräftigem Kiefer wie die Bugklappe einer Fähre gehörte definitiv einem Mann. Das undeutliche Röntgenbild aus dem Gemeinschaftsgrab zeigte nach Åbergs Ansicht das Prachtexemplar eines männlichen Kriegers. Zu dem imposanten Schädel und der breiten, soliden Stirn passte der Name Harald. Vielleicht waren Greta und Harald damals ja ein Paar gewesen, dachte er.

»Legen wir los«, sagte Åberg ungeduldig. »Wir fangen mit Greta … ähm, mit der Frau an.« Sie gingen zu der Kiste mit dem Frauenschädel. »Vorsichtig«, ermahnte er den Assistenten. »Sie war eine zierliche Frau, und ihr darf nichts zustoßen.«

»Greta?«, fragte die Abteilungsleiterin mit einem schelmischen Lächeln.

»Ja«, antwortete Åberg und erwiderte ihr Lächeln. »Einige Exemplare bekommen Namen. Den anderen habe ich Harald getauft.« Er zeigte zu der Kiste mit dem Krieger. »Zu manchen Funden entwickelt man eine ganz persönliche Beziehung. Für die Frau schien mir Greta passend.«

Die Leiterin nickte.

Der Name Greta war ihm in den Sinn gekommen, als er auf der nackten Erde des Flussdeltas gekniet und mit dem mobilen Röntgenapparat nahezu zärtlich über die Erde gewischt hatte und auf dem Bildschirm ganz schüchtern das Schwarzweißbild des Frauenschädels erschienen war. Greta klang urschwedisch, fand er, und natürlich dachte er dabei auch an die schwedische Schauspielerin mit Nachnamen Garbo und an die junge schwedische Umweltaktivistin.

Jedenfalls stand für ihn fest, dass Gretas Schädel zuerst näher in Augenschein genommen werden sollte.

Gemeinsam hoben sie behutsam die Holzkiste aus einem Pappkarton, der zusätzlich mit Holzwolle gepolstert war. Ein paar Fasern rieselten lautlos zu Boden, als sie die Kiste zu dem weißen Arbeitstisch trugen.

Es war mucksmäuschenstill in dem Raum.

Die Leiterin ging an ein Schaltpult und tippte etwas ein.

Währenddessen ging Åberg durch den Kopf, was Greta in ihrem kurzen Leben wohl alles widerfahren sein mochte. Die durchschnittliche Lebenserwartung des Steinzeitmenschen lag bei fünfunddreißig Jahren. Vermutlich hatten sie damals intensiver gelebt. Und was war das Letzte gewesen, was sie gesehen hatte? War sie brutal ermordet worden oder eines natürlichen Todes gestorben? War der Schädelknochen vom Gewicht der Erde zerdrückt worden? Fragen gab es viele, aber er hatte schon vor Langem akzeptiert, dass man auf manche Dinge niemals eine Antwort bekam.

Sie hatten nur den Schädel der jungen Frau gefunden, der Rest des Skeletts war nicht vorhanden. Vielleicht war es ein spezielles steinzeitliches Ritual, den weiblichen Kopf und Körper an unterschiedlichen Stellen zu bestatten.

Es war beeindruckend, wie der Mensch sich seit Gretas und Haralds Zeiten entwickelt hatte.

Die Menschen früher hatten zum Mond aufgeschaut, inzwischen waren einige von ihnen auf dem Mond gelandet. Jahrtausendelang waren Menschen um dieses Grab herum und darüber hinweg gelaufen. Die Skelette waren Besucher aus einer fernen Vergangenheit, wo die Fähigkeit, Feuer zu machen, zu den größten Errungenschaften gehört hatte. Nun sollten diese Schädel durchleuchtet werden – mit einer unfassbaren Technik, die es ermöglichte, ins Innere des Körpers zu schauen, ohne die Haut aufzuschneiden.

»Kommen Sie … das Gerät ist bereit … Wir gehen in den Nebenraum«, sagte die Leiterin und führte sie in einen Kontrollraum, von wo sie durch ein Fenster das MRT und den Tisch sehen konnten, auf dem der Schädel seine langsame, majestätische und einsame Reise in die Röhre antrat und aus ihrem Blickfeld entschwand.

*

Åberg studierte eine Reihe gestochen scharfer Schwarzweißbilder von Gretas Schädel, die sich auf dem Bildschirm eines Laptops vorbeibewegten.

»Das hier sind die ersten Bilder«, sagte die Leiterin und klickte ein Icon an, worauf das Bild sich langsam aufbaute, bis es den ganzen Bildschirm füllte.

Åberg brauchte einen Augenblick, bis er Erde und Knochen unterscheiden konnte. Von dem Loch einmal abgesehen, war der Schädel insgesamt besser erhalten, als er zu hoffen gewagt hatte. Ein vollkommen intakter Schädel nach so vielen Tausend Jahren in der Erde war auch nicht zu erwarten gewesen. Im Gegensatz dazu leuchteten die Zähne erstaunlich weiß.

Die Stimmung im Raum, in dem normalerweise lebende Patienten untersucht wurden, war andächtig. Dies war ein historischer Augenblick, dachte Åberg und spürte ein behagliches Kribbeln im Bauch.

Er rutschte auf die vordere Stuhlkante, um ja kein Detail zu verpassen. Bei der Vorstellung, gleich in das

Innere eines jahrtausendealten Schädels zu blicken, spürte er ein aufgeregtes Ziehen im Magen. Das war fast besser als Sex, dachte er.

Außer dem leisen Surren der Lüftungsanlage war es ganz still.

Er freute sich schon auf das ausführliche Detailstudium der Bilder, darauf, alles zu vermessen und herauszufinden, ob es Abweichungen gab, evolutionäre Variationen. Eine Einordnung der Schädelform vorzunehmen, um sagen zu können, ob und welche Entwicklungen es im Laufe der Jahrtausende gegeben hatte.

Da fiel sein Blick auf etwas, das das ekstatische Gefühl einer leichten Unruhe weichen ließ, die ihn wie ein kalter Hauch streifte.

»Könnten Sie das bitte mal ranzoomen … dort?«

Er zeigte auf einen helleren Punkt auf dem Bildschirm. Das Bild wackelte kurz, ehe es sich wieder stabilisierte, und nun sahen auch die anderen den Fleck auf dem Schädel, der Åbergs Aufmerksamkeit auf sich gezogen hatte.

»Was zum Teufel ist das?«, fragte er mit scharfem Tonfall, und die Frage schwebte unbeantwortet durch den weißen Raum.

»Vielleicht ein Stein?«, schlug sein Assistent mit leiser Stimme vor, als würde er selbst nicht daran glauben.

Åberg reckte den Hals und studierte mit zusammengekniffenen Augen den Bildausschnitt.

»Können wir den Schädel auch von unten sehen?«

Die Abteilungsleiterin gab etwas in die Tastatur ein.

»Augenblick …«

Das Bild fror kurz ein und verrutschte einen Hauch, ehe sie aus einem neuen Winkel vom Unterkiefer aus in den Schädel schauen konnten. Das Loch, wo die Nackenwirbel an den Schädel ansetzten, sah aus wie eine schwarze Pupille. Die Zähne schienen vollzählig zu sein, wie Åberg nach einem automatischen Check feststellte, während seine Nervosität wuchs.

Er spürte die Blicke der Leiterin und seines Assistenten auf sich brennen, als hätten sie das Gleiche gesehen.

»Könnte unsere Datierung falsch sein?«, fragte der Assistent zurückhaltend, wohl wissend, dass er sich auf gefährlich dünnem Eis bewegte. »Vielleicht eher frühe Bronze?«

»Nein«, widersprach Åberg mit fester Stimme. »Die Grabanlage … und die Analysen der übrigen Knochenfunde deuten ganz klar auf Steinzeit.«

»Vielleicht haben … äh, Bronzezeitmenschen das Grab gefunden und etwas dazugelegt? Eine Opfergabe?«

»Sieht das vielleicht aus wie eine verfluchte Pfeilspitze?!«

Åberg erschrak selber vor seiner lauten Stimme, die von den nackten Wänden zurückhallte.

»Nein, das … so sieht es nicht aus«, sagte der Assistent eingeschüchtert.

Åberg ging zu der Kiste, in der ein kleiner Teil des Schädels unbedeckt war. Er strich sich über das Kinn, und eine angespannte Stille senkte sich über die Anwesenden.

»Ruf im Institut auf Gotland an«, sagte er zu seinem Assistenten. »Sag ihnen, dass sie so schnell wie möglich jemanden schicken sollen!«

Der Assistent bewegte sich zum Ausgang.

»Ich geh raus auf den Flur, in diesen Bleiwänden ist kein Empfang.«

Kapitel 4

Josefine bemerkte ein paar Ü-Wagen mit langen Antennen von einem der großen schwedischen Fernsehsender, die rücksichtslos kreuz und quer vor dem Klinikeingang parkten. Dazwischen liefen die Fernsehleute herum und bauten ihre Ausrüstung auf. Es herrschte die reinste Jahrmarktstimmung. Sie war gespannt, was es mit dem Eilauftrag auf sich hatte. Die Nachricht, dass sie so schnell wie möglich zum Krankenhaus nach Linköping kommen sollte, hatte natürlich ihre Neugier geweckt, und dass es obendrein noch etwas mit dem sensationellen steinzeitlichen Knochenfund zu tun haben sollte, von dem sie gelesen hatte, machte das Ganze extra spannend. Da ihr schwedischer Kollege sich krankgemeldet hatte, hatte sie die Gelegenheit ergriffen und sich auf den Weg gemacht.

Josefine tätigte einen Anruf, um zu fragen, wo sie sich treffen sollten, und erhielt eine Raumnummer im Untergeschoss. Sie quetschte sich durch die Journalistentraube, die sich vor dem Haupteingang des Klinikgebäudes gebildet hatte, und begab sich über die Treppe in die Kellerebene. Sie irrte eine Weile herum, ehe sie den richtigen Raum fand und anklopfte. Ein großer Mann mit dünnem Pferdeschwanz und Hakennase öffnete ihr die Tür.

»Kommen Sie rein«, sagte er und stellte sich als Calle Åberg vor. Er wirkte sehr kurz angebunden. »Wir haben das eine Individuum durchleuchtet ... eine jüngere Frau aus der Steinzeit.« Er fing ihren Blick ein. »Ich gehe davon aus, dass Sie von dem Fund in Motala gelesen haben?«

Josefine nickte. Natürlich hatte sie alle Neuigkeiten über den sensationellen Fund gut erhaltener Knochen aus der Steinzeit mit großem Interesse verfolgt.

»Es gibt einen Hinweis auf den Röntgenbildern, dass wir uns womöglich geirrt haben ...«

Josefines Herz schlug schneller.

*

Ein großes weißes MRT-Gerät dominierte den Raum. Josefine begrüßte die Radiologin, die die Röntgenabteilung leitete, und Åbergs Assistenten, der sie gebeten hatte zu kommen. Er war leichenblass, wirkte nervös und wischte sich trotz der niedrigen Temperaturen im Raum ständig mit einem Papiertuch den Schweiß von der Stirn.

»Könnte ich mir die Bilder mal ansehen?«, bat sie.

Die Leiterin drehte ihr den aufgeklappten Laptop zu.

Josefine setzte sich auf einen Rollhocker, zog sich näher an den Bildschirm heran und versuchte, auf den dunklen Bildern etwas zu erkennen. Die Konturen eines Schädels traten langsam hervor. Die Erde zeigte sich auf dem Bildschirm in Hellgrau, und um den Schädel herum waren runde weiße Formationen verteilt, vermutlich kleinere Steine.

Ihr Blick blieb an etwas hängen, das herausstach.

»Könnte das Metall sein?«, überlegte sie laut und strich sich eine Strähne aus der Stirn.

Åberg nickte wortlos. Sein Blick wirkte ruhig, aber die Kiefermuskeln arbeiteten energisch, und sein Gesicht glänzte unter einem dünnen Schweißfilm.

»Sehr merkwürdig«, stellte sie fest. »Darf ich mir das mal genauer ansehen? Ich bin auch sehr vorsichtig.«

Åberg nickte. Sein Adamsapfel bewegte sich hektisch auf und ab.

»Selbstverständlich ... Da drüben in der offenen Kiste.« Er zeigte zu einem Tisch, auf dem die beiden Holzkisten standen. »Wir haben befürchtet, dass die Schädel zerfallen, wenn wir sie aus der Erde nehmen.«

Es war nicht ungewöhnlich, altertümliche Funde in ihrem Milieu zu belassen, bis die Konservatoren die Objekte präparieren und stabilisieren konnten.

Aus der Kiste stieg ein erdiger Geruch. Sie erkannte die Umrisse eines mit Erde gefüllten Schädels. Auf der oberen Schädeldecke war ein großes Loch, das wie ein dunkler Krater aussah.

*

Mit einem kleinen, an ein Messer erinnernden Spatel, den sie sich von Åberg geliehen hatte, entfernte Josefine in winzigen Portionen die Erde aus dem Innern des Frauenschädels.

Der Assistent saß auf einem Stuhl und tippte auf seinem iPhone herum. Die Kiste mit dem männlichen Schädel stand in der Ecke. Der war inzwischen auch durchleuchtet, aber ohne etwas Ungewöhnliches zu finden.

Die Klinik hatte ihnen einen kleinen Wäscheraum zur Verfügung gestellt, wo sie ungestört arbeiten konnten, nachdem der Tagesbetrieb wieder losgegangen war. Josefine trug einen Mundschutz und Handschuhe, um das Knochenmaterial nicht zu kontaminieren.

Åberg saß auf einem Stuhl neben ihr und verfolgte mit glanzlosem, steifem Blick ihre Bewegungen.

Josefine arbeitete gründlich und zielstrebig und hatte bald den größten Teil der Erde aus dem Schädelinnern entfernt, als der kleine Spatel mit einem scharfen Laut auf etwas Hartes traf, entweder ein Stück Schädelknochen oder einen Stein in der Erde.

Ganz behutsam hob sie den Gegenstand heraus und zog die Augenbrauen hoch. Für einen Stein war er zu leicht, dachte sie, als sie ihn in der Hand wog.

Åberg erhob sich und stellte sich hinter sie.

Sie reinigte das kleine Teil sorgfältig mit einem weichen Pinsel. Im Pinzettengriff drehte sie den Gegenstand im Licht hin und her und begutachtete ihn ausgiebig.

Dann verglich sie die MRT-Aufnahme mit dem leuchtenden Gegenstand, der die Form einer Pyramide hatte.

»Sehr merkwürdig«, murmelte sie und legte das Objekt vorsichtig auf ein Stück Polsterwatte.

»Was ist das?«, fragte Åberg.

»Ein Knochenfragment«, antwortete Josefine.

»Und was ist daran merkwürdig? Ich meine ... die Schädeldecke ist schließlich zertrümmert ...«

»Ich glaube nicht, dass der Knochensplitter von der Schädeldecke stammt.«

Sie sah sich das Loch im Schädel an, zog die Latexhandschuhe zurecht und fuhr mit der Zeigefingerspitze in langsamen Kreisen am Rand entlang, der die Farbe von vergilbtem Elfenbein hatte. Sie ertastete keine Kerben im Schädelknochen, wie man es bei altertümlichen Werkzeugen erwarten würde, die Bruchfläche war ganz glatt und messerscharf. Wäre sie abgerundet gewesen, hätte man davon ausgehen können, dass die Frau mit der Verletzung weitergelebt hatte und der Knochen irgendwann verheilt war. Aber eine derart massive Verletzung konnte kein Mensch überleben. Der obere Teil der Schädeldecke war abgetrennt worden wie bei einem geköpften Ei. Mit chirurgischer Präzision.

Josefine hatte noch immer nicht herausgefunden, was der leuchtende Fleck auf dem MRT-Bild war. Sie drehte den Schädel vorsichtig herum, und ein paar Erdkrumen rieselten aus dem Hohlraum. Als sie sich die Zähne genauer ansah, konnte sie keinerlei Abnutzung daran erkennen. Die Bissseite menschlicher Zahnfunde aus dem Altertum war oft ganz glattgeschliffen, aber diese Frau hatte geriffelte Kauflächen wie kleine Bergrücken.

Josefine räusperte sich.

»Der Schädel stammt aus der Jetztzeit.«

Die Botschaft hing kurz in der Luft, ehe sie bei den anderen ankam.

Åberg sah sie schockiert an, sein Assistent schaute von seinem iPhone hoch.

»Wollen Sie damit sagen ...?«

Josefine nickte.

»Sie hat nicht viel länger als zwanzig Jahre dort gelegen, wenn es hochkommt, dreißig. Und hier haben wir die Erklärung für den leuchtenden Fleck auf dem MRT-Bild.« Josefine kippte den Schädel und zeigte auf einen runden, dunklen Fleck auf einem der Backenzähne. »Das ist Amalgam, wie es zur Füllung von Zähnen verwendet wird. Eine Mischung aus Quecksilber, Kupfer, Zinn und Silber ... Und wenn Sie sich die Kauflächen ansehen, ist kein Verschleiß zu erkennen.«

Josefine drehte den Schädel wieder um.

»Die Färbung des Knochens um die Bruchstelle herum ist etwas heller als der Rest. Ich gehe davon aus, dass sie auf der Stelle tot war ... kein Mensch überlebt so einen brutalen Schaden. Die Bruchfläche ist sehr interessant, die Kante ist ganz sauber und messerscharf«, fuhr sie fort, ohne den Blick von dem Loch in der Schädeldecke zu nehmen.

Man hätte eine Stecknadel fallen hören können.

»Wir haben es mit zwei Personen zu tun,« fasste Josefine ihre Untersuchung zusammen.

»Dann gehört das Knochenstück nicht zu ihr?«

»Nein«, sagte Josefine. »Das kommt von einer anderen Person. Der Schädel der Frau ist intakt bis auf das Loch an der Schädeldecke. Und das Knochenfragment stammt definitiv von der Schädelbasis.«

Åberg nickte ungläubig wie in Trance.

Josefine sah sich noch einmal das MRT-Bild der vermeintlichen Steinzeitfrau mit dem hübschen Spitznamen Greta an, mit besonderem Augenmerk auf die Zähne. Die Amalgamfüllung sah aus wie ein funkelnder Sternengruß aus der Vergangenheit.

Niemand sagte etwas. Åberg ließ sich wieder auf den Stuhl fallen.

»Könnt ihr euch vorstellen, wie die Presse sich darauf stürzen wird?«, sagte er und zupfte an seinem Pferdeschwanz. »Da interessiert sich doch kein Hund mehr für die Altertumsfunde.«

Er schüttelte langsam den Kopf.

*

Josefine fasste zusammen, was sie bislang herausgefunden hatte. Der Schädel gehörte zu einer jüngeren Frau, vermutlich einer Europäerin. Die Zähne waren gepflegt und gut erhalten, und abgesehen von der Zahnfüllung gab es keine Löcher oder Fehlstellungen. Wegen des Quecksilbers und des Risikos einer Schwermetallvergiftung wurden heute keine Amalgamfüllungen mehr gemacht, aber noch vor dreißig Jahren war das die gängigste und preiswerteste Methode gewesen. Es war also durchaus möglich, dass die Frau seit dreißig Jahren tot war, als Amalgamfüllungen noch üblich waren, ehe sie von den Kunststofffüllungen abgelöst wurden.

Ob diese Frau ermordet worden war, könnten sie erst mit Sicherheit sagen, wenn sie wussten, ob die Kopfverletzung ihr vor oder nach Eintritt des Todes zugefügt worden war. Das Ganze wirkte recht arrangiert, und man musste schon ganz schön abgebrüht sein, einen Schädel auf diese Weise aufzusägen und ein fremdes Stück Knochen hineinzulegen.

Josefine nahm das Knochenstück vom Tisch und hielt es gegen das Licht, während ihr durch den Kopf ging, dass hinter dem Ganzen vermutlich eine sehr beunruhigende Geschichte stand.

Auf eine Eingebung hin suchte sie den Raum nach einem Maßband ab und fand schließlich auf einem Regal ein Metalllineal. Sie vermaß das Knochenstück, notierte alles auf einem Blatt Papier und rechnete mit gefurchter Stirn im Kopf nach.

Ihr wurde eiskalt, als sie zu dem unheimlichen Ergebnis kam.

»Wir sollten besser die Polizei hinzuziehen«, sagte sie.

Kapitel 5

Hampus Oxenstierna von der Polizei Linköping begrüßte sie mit einem festen Händedruck.

Der Chef der Abteilung für Gewaltverbrechen war der Archetyp eines Schweden. Er war kräftig gebaut, hatte kurzgeschnittenes, strohfarbenes Haar und wirkte viel zu groß für die klaustrophobisch enge Wäschekammer im Klinikkeller, wo hinter sorgfältig verschlossenen Türen die Untersuchung von Gretas Schädel durchgeführt wurde, während die Presse ungeduldig vor den Toren wartete.

»Und?«, fragte Oxenstierna. »Was haben Sie für mich?« Dabei fuhr er sich mit der Hand durchs struppige Haar und grinste schief.

Åberg war stumm, als fehlten ihm die Worte für die niederschmetternde Tatsache, dass eins seiner Steinzeitwunder eine Niete war.

»Sie haben es mit zwei Morden jüngeren Datums zu tun«, sagte Josefine ernst und begegnete seinem Blick. Sie verschränkte die Arme vor der Brust. »Wir haben hier einen Frauenschädel, in dessen Hohlraum das Knochenfragment eines Kinderschädels liegt.«

Es wurde still, während die Nachricht sich setzte.

»Und woher wissen Sie, dass der Schädel nicht aus der Steinzeit ist?«, fragte der Polizist neugierig.

Josefine suchte die Bilder von dem Schädel und hielt sie vor die Lichtarmatur unter der Decke. Sie zeigte auf einen silbrig glänzenden Punkt am unteren Schädelrand.

»Das ist eine Amalgamfüllung«, erklärte sie.

Oxenstierna sah sich das Bild aus der Nähe an und strich sich übers Kinn.

»Und gefunden wurden die Schädel im Bereich der Ausgrabungsstätte Kanaljorden in Motala, sagen Sie?«

»Ja«, antwortete nun Åberg wie aus der Trance erwacht. »Sie haben doch sicher von den Ausgrabungen gelesen?«

Oxenstierna nickte.

»Wer nicht …?«

»Åbergs Team hat den Fund in die Steinzeit datiert«, sagte Josefine und begegnete dem hellblauen Blick des Assistenten. »Bis er die Amalgamfüllung auf dem MRT-Bild entdeckt hat.«

Åberg rieb sich seufzend übers Gesicht.

»Wie lange liegt er schon da?«, fragte Hampus Oxenstierna.

»Schätzungsweise eine Generation … dreißig Jahre. Die Verletzung an der Schädeldecke der Frau war zweifelsfrei tödlich. Und ich glaube nicht, dass sie sich die durch natürliche Ursachen wie beispielsweise einen Sturz zugezogen hat. Das Loch könnte natürlich auch post mortem zugefügt worden sein, aber es sieht nicht danach aus, dass die Erde mit ihrem Gewicht den Schädelknochen eingedrückt hat, weil das Loch kreisrund ist und scharfe, glatte Kanten aufweist. Das ist eindeutig durch Menschenhand geschehen.«

»Sie haben noch was von einem toten Kind gesagt?«

»Ja, ich habe in dem Schädel etwas gefunden«, sagte Josefine.

Sie hielt ein weiteres Bild vors Licht und tippte mit dem Kugelschreiber auf einen bestimmten Punkt.

»Das ist das Fragment einer kindlichen Hirnschale.«

Oxenstierna trat einen Schritt näher und kniff die Augen zusammen, während er das MRT-Bild betrachtete. Josefine holte unterdessen den Plastikbeutel mit dem hellbraunen Knochenstück und reichte ihn dem Ermittler.

Er nahm den Inhalt des Beutels in Augenschein.

»Und Sie sind sicher, dass es kein Stück aus dem Schädel der Frau ist?«, fragte Oxenstierna. »Ich meine … der ist ja ganz schön zerdeppert.«

»Ganz sicher. Das Stück stammt aus dem unteren Teil der Hirnschale eines Kindes unter zwölf Jahren. Ich habe die Maße überprüft.«

»Vielleicht ihr eigenes Kind?«, schlug Oxenstierna vor.

»Das ist nicht auszuschließen, aber dafür muss ich das Ganze genauer untersuchen, um mehr dazu sagen zu können. Die Frau könnte vielleicht anhand ihres Zahnstatus identifiziert werden. Ich schlage vor, einen Zahnforensiker Panoramabilder der Zähne anfertigen und rumschicken zu lassen.«

Oxenstierna nickte.

»Wir müssen den Fundort absperren und die Techniker herbestellen. Die Ausgrabung muss sofort gestoppt werden, bis wir das Ganze gründlich untersucht haben«, sagte er an Åberg gewandt, der wortlos nickte. »Was ist mit den anderen Fundstücken ... sind da womöglich noch mehr Zeitgenossen in dem Grab?«

»Nein, ganz bestimmt nicht.« Åberg strich sich übers Gesicht. »Und was sage ich jetzt der Presse?«, fragte er. »Die haben vor der Klinik ihre Zelte aufgeschlagen.«

Oxenstierna strich sich das Haar glatt.

»Um die kümmere ich mich. Haben wir was Verwertbares für eine Personenbeschreibung?«, fragte er, jetzt wieder an Josefine gewandt.

»Ich gebe mein Bestes«, antwortete sie. »Bei dem Kind wird es wie gesagt schwer werden, aber da kommen wir vielleicht über eine DNA-Analyse weiter.«

»Okay, sobald Sie mehr wissen, rufen Sie mich an.«

Sie nickte.

»Ich würde mir den Fundort gerne so schnell wie möglich ansehen«, sagte Josefine.

»Dann sehen wir uns dort«, sagte Oxenstierna. »Ich kümmere mich erst mal um die Presse, auch wenn es nicht viel zu sagen gibt. Dann stoße ich dazu.«

Er setzte sich in Bewegung, blieb dann aber noch einmal stehen und fragte in Josefines Richtung: »Wollen Sie mich vielleicht zu dem Pressetermin begleiten? Möglicherweise muss ich auf Ihre Expertise zurückgreifen.«

»Gerne.«

»Gut. Und Sie zeigen uns dann, wo die Knochen begraben waren, Åberg?«

»Selbstverständlich.«

Oxenstierna zog Josefine ein Stück mit sich, weg von den anderen.

»Ich muss so schnell wie möglich wissen, ob es noch mehr zeitgenössische Opfer gibt«, sagte er mit gedämpfter Stimme und strich das blonde Haar zurück.

Sie nickte.

»Könnten Sie auch noch die restlichen Knochen untersuchen? Zur Sicherheit, damit wir nichts von polizeilichem Interesse übersehen.«

»Ja, das kann ich auf alle Fälle.«

»Gut, aber gehen Sie so diskret wie möglich vor. Wir sollten nicht an die große Glocke hängen, dass alle Archäologen hier im Prinzip verdächtig sind.«

Kapitel 6

Motala, Schweden

Josefine hielt an einer Raststätte, tankte und kaufte sich ein Sandwich, das sie auf einer Parkbank verspeiste. Sie schaute mit den Gedanken ganz woanders auf die vorbeirauschenden Fahrzeuge und auf ein unangenehm knallbuntes Werbeplakat. Nach ihrem Imbiss setzte sie sich wieder ins Auto und ließ sich von der synthetischen Frauenstimme ihres Navis leiten, die sie ganz schläfrig machte. Åberg hatte ihr die Koordinaten der Fundstelle geschickt, und kurz darauf sah sie das Hinweisschild nach Motala, wo die vermeintliche Steinzeitfrau Greta und das Knochenfragment des Kindes begraben gewesen waren. Der Adrenalinschub verscheuchte die Müdigkeit.

*

Sie hatte einen Rollkragenpullover unter die Daunenjacke gezogen. Es war ein klarer und kalter Tag, die flammend bunten Blätter strahlten in der Sonne. Die Baumkronen wiegten sich im Wind, und rotgelbe Blätter rieselten wie Goldlametta durch die Luft auf den dunklen Teerbelag. Das Gebiet um Motala herum war von schwarzblauen Flüssen durchzogen. Zwischen den Fichten und den vereinzelt wachsenden Birken, deren gelbe Blätter in dem Immergrün wie Kerzenflammen flackerten, klammerten sich die Häuser an den Berghang.

Das Navi führte sie zielgerichtet zum Motala Ström und der Ausgrabungsstätte Kanaljorden. Sie stieg aus ihrer Rostlaube, zog die gefütterten Gummistiefel an und begab sich auf das Ausgrabungsgelände.

Schon von Weitem war die hektische, leicht chaotische Stimmung zu spüren. Aus dem Ausgrabungsplatz war ein Fundort geworden, und überall liefen uniform gekleidete Menschen in weißen Einwegoveralls herum.

Der Bereich war weiträumig mit weißen Plastikbändern abgesperrt, die in scharfem Kontrast zu den Erdhaufen leuchteten. Ein schwedischer Polizeivolvo, neben dem ihr alter Volvo wie der reinste Dinosaurier wirkte, stand mit blinkendem Blaulicht mittendrin. Sie sah Oxenstierna aus dem Wagen steigen. Er winkte ihr zu, als er ihr entgegenkam.

»Wir sollten tunlichst die Anweisungen der Techniker befolgen«, sagte er lächelnd und reichte ihr einen Einweganzug, in den sie hineinstieg. Die Schuhüberzieher zog sie über die Gummistiefel. Oxenstierna führte sie über ein paar taufeuchte, rutschige Bretter zu einem großen weißen Zelt.

»Wir wollen gleich mit dem Verhör der Archäologen beginnen«, sagte Oxenstierna. »Ich hoffe, dass Åberg schon da ist.«

Der satte Geruch feuchter Erde legte sich auf Josefines Nasenschleimhäute. Das Ausgrabungsfeld lag am Motala Ström, der in schwarzen Wirbeln dahinfloss. Der Boden war voller Löcher, zwischen denen Gangbretter ausgelegt waren. Auf kleinen Schildern waren die Grabnummern angegeben.

Sie betraten das Zelt und begrüßten den blassen und wortkargen Åberg, der sie auf den Ausgrabungsplatz hinausführte.

»Das Flussbett soll verbreitert und für eine neue Eisenbahnlinie pilotiert werden«, erklärte er. »Das hat uns einen beträchtlichen Teil gratis Buddelarbeiten beschert. Die Gemeinde lässt sich auch nicht lumpen und will ein Heimatmuseum für die übrigen Funde einrichten, nachdem sie untersucht und konserviert worden sind. Die Ausgrabungen erregen international Aufsehen … Aber jetzt …« Er seufzte und zupfte an seiner Hutkrempe. »Natürlich ist das entsetzlich mit dem Mord … und dann auch noch ein Kind.«

Josefine konnte sich lebhaft vorstellen, wie Åberg so ein Doppelmord fuchsen musste, der unter Garantie die positiven Nachrichten über die Steinzeitfunde überschatten würde, mit negativen Folgen für Åberg und sein Team.

»Im Winter liegt Motala normalerweise brach, aber so eine Attraktion würde Touristen in den Ort locken«, erklärte Åberg weiter. »Die Stadt ist ansonsten nur bekannt für ihr jährliches Radrennen um den Vätternsee.«

»Sportfreaks.« Oxenstierna verdrehte die Augen. »Alte, übergewichtige Männer. Auf das Konto geht jedes Jahr mindestens ein Verkehrsunfall. Weil die Leute nach dem Radrennen auf dem Heimweg einfach hinterm Steuer einschlafen.« Sie setzten sich in Bewegung, und Oxenstierna berichtete weiter: »Normalerweise ist es in Motala ganz entspannt und ruhig. Manch einer würde es vielleicht als verschlafene Provinzstadt bezeichnen. Aber wir werden seit einiger Zeit bedauerlicherweise von einer Einbruchserie heimgesucht. Besonders in den Villenvierteln. Einer ist zu einem brutalen Raubüberfall ausgeartet. Vielleicht haben wir es sogar mit organisierter Kriminalität zu tun.«

*

Åberg führte sie zu dem Teil des in Quadrate aufgeteilten Terrains in dem trocken gelegten Flussdelta, in dem Gretas Schädel und das Knochenfragment des Kindes gefunden worden waren.

Oxenstierna ließ den Blick hinter den vor der noch tiefstehenden Sonne an einem klarblauen Himmel zusammengekniffenen Augen durch die Landschaft schweifen.

»Wer hat alles Zugang zu dem Ausgrabungsplatz?«

»Nur wir. Das umliegende Gelände ist abgesperrt, und wir haben Zugangsverbotsschilder aufgestellt. Im Zelt sind außerdem Bewegungsmelder installiert.«

Oxenstiernas Blick blieb an den in die Erde gerammten Holzpfählen hängen, zwischen denen ein Plastikband gespannt war.

»Es scheint mir nicht gerade unmöglich, so ein Plastikband zu überwinden …«, gab er zu bedenken.

»Nein, da haben Sie wohl recht. Wir mussten erst letzte Woche ein paar Touristen abwimmeln, die mit ihren Kindern hier plantschen wollten.«

»Können wir das Grab sehen?«, fragte Josefine.

Åberg nickte. Sie spazierten über eine taubenetzte Grasfläche, auf der Kastanien wuchsen. Die Bäume hatten fast alle Blätter abgeworfen. Kurz darauf standen sie vor einer gerodeten Fläche, in der ein großes Loch gähnte.

»Passen Sie auf, dass Sie nicht auf den Planken ausrutschen«, warnte Åberg. »Die sind höllisch glatt.«

Josefine trat vorsichtig auf die glitschige Oberfläche und ging an den Rand des Lochs. Am Grund des Grabes lagen in einem Halbkreis ein paar dicke Felsbrocken.

Ein Windstoß wirbelte gelbe Blätter durch die Luft.

»Elf Personen wurden dort nach einem bestimmten System begraben, zusammen mit verschiedenen Jagdgeräten und anderen Gegenständen. Wir haben unter anderem einen Hornkamm von einem Rind gefunden und Steinwerkzeuge«, erklärte Åberg. »Es sieht so aus, als wäre das Grab über die Steinsetzung hinaus in noch weitere Zonen aufgeteilt. Wir haben unter anderem auch Unterkiefer von Beutetieren gefunden …«

»Beutetiere?« Oxenstierna rückte seine weiße Kapuze zurecht.

»Ja … also Rotwild, Elche und Rentiere. Auf symbolische Weise wurde so dafür gesorgt, dass die Toten auf ihrer Reise nicht hungern mussten.«

»Ah ja.«

»Ein komplettes Bärenskelett war auch bei der insgesamt sehr speziellen Anordnung dabei. Außer dem Bären ist keins der Skelette ganz. Bis auf Gretas Schädel fehlen allen anderen menschlichen Schädeln die Unterkiefer. Wir gehen davon aus, dass sie mit Gewalt herausgebrochen wurden. Einige Schädel stecken auf Holzpfählen, was äußerst ungewöhnlich ist. Das haben wir bei Steinzeitmenschen bisher noch nicht gesehen. Wir sind bislang davon ausgegangen, dass sie friedlich waren wie Lämmer … aber jetzt …«

»Was hat es mit dem Namen auf sich?«, fragte Oxenstierna.

»Also … wir haben Greta den Namen gegeben … vor dem ganzen Durcheinander …« Åberg räusperte sich.

»Wo haben Sie Greta gefunden?«, fragte Josefine.

»Sie lag etwas abseits am Rand des Grabes.«

»Wie war sie im Verhältnis zu den Himmelsrichtungen platziert?«

Åberg zögerte kurz, bevor er antwortete.

»Hm, ich würde spontan sagen, mit dem Gesicht nach Osten«, sagte er.

»Können Sie mir zeigen, wo exakt sie gelegen hat?«

»Dort«, sagte Åberg und zeigte auf einen kleinen knallroten Wimpel, der in der Erde steckte. »Ein Experte hat sich die Bodenbeschaffenheit genauer angesehen, ehe Sie gekommen sind, und er meint, dass deutlich zu erkennen ist, dass die Erde in neuerer Zeit bewegt wurde.«

»Und wie haben Sie das Grab gefunden?«, wollte nun Oxenstierna wissen.

»Das war schon vor etlichen Jahren«, sagte Åberg. »Kurz nach der Jahrtausendwende habe ich mit einem internationalen Archäologen-Team die einleitenden Untersuchungen vorgenommen. Damals haben wir das Gebiet gründlich mit Bodenradar untersucht, aber erst jetzt, in Verbindung mit den Bauarbeiten für die neue Eisenbahn, sind wir richtig mit unserem Projekt in Gang gekommen.«

Josefine sah sich den Grabbereich mit dem roten Wimpel an, ein dunkles Loch in der Erde. Sie schüttelte sich innerlich bei der Vorstellung, dass womöglich zwei in der jüngeren Vergangenheit ermordete Menschen mehrere Jahrzehnte in einem Altertumsgrab verscharrt gewesen waren. Ohne die geplanten Bauarbeiten wären sie wohl bis in alle Ewigkeit unentdeckt geblieben.

*

Das große Zelt war von hellen Scheinwerfern beleuchtet. Auf mehreren langen Tischen lagen diverse Objekte auf Polsterfolie. Es war kalt. In einer Ecke hatten sich einige

Archäologen versammelt und wärmten sich mit Kaffee aus einer großen Industriemaschine auf, während die Polizisten ihre Kollegen in der gegenüberliegenden Ecke verhörten.

Åberg führte sie zu einem Tisch, auf dem ein kastanienbrauner Schädel auf einem Wattepolster lag. Eine Reihe weiterer Schädel auf einem Regalbrett starrten mit leeren Augenhöhlen in den Raum. Josefine nahm den kastanienbraunen Schädel neugierig in Augenschein, dessen Hohlräume mit Erde gefüllt waren. Ihm fehlte der Unterkiefer, so dass er direkt auf den Zähnen des Oberkiefers lag. Die Oberfläche hatte dieselbe dunkle Patina wie der Schädel des Steinzeitmannes im MRT-Raum.

»Wir sind bislang davon ausgegangen, dass die Menschen aus der Steinzeit recht friedlich waren, aber bei dieser Ausgrabung haben wir mehrere auf Pfähle aufgespießte Schädel gefunden ... Das stellt alles auf den Kopf ... Wir müssen unser bisheriges Bild vom Steinzeitmenschen korrigieren.«

Josefine betrachtete einen eindeutig alten Holzpflock, der neben einem rotweißen Zollstock lag, vermutlich, um auf den Fotos die Größenverhältnisse aufzuzeigen.

»Auf den waren die Schädel aufgespießt«, sagte Åberg. »Vielleicht ein Feind, der zur Schau gestellt werden sollte.«

»Ja, zur Abschreckung und als Warnung«, stimmte Josefine zu.

»Das muss ganz schön bedrohlich ausgesehen haben. In der Steinzeit war die Gegend hier ein großes, nicht allzu tiefes Moor. Vermutlich haben sie die Pfähle mit den Schädeln zwischen zwei große Steine geklemmt, damit sie schon von Weitem zu sehen waren. Genau dieser Bereich von Motala hatte eine zentrale Bedeutung für den Steinzeitmenschen, und wir gehen davon aus, dass hier rituelle Zeremonien abgehalten wurden. Das war ein wichtiger Treffpunkt … ein heiliger Ort.« Åberg machte eine Pause. »Sehen Sie sich mal seine Verletzungen an.«

Er zeigte auf die Schädelseite, wo einige Kerben im Knochen zu sehen waren und ein Loch mit abgerundeten Kanten.

»Ein zäher Bursche«, sagte Josefine nach kurzem Zögern. »Das sieht nicht nach oberflächlichen Schrammen aus, sondern wie ein von einem Feuersteinbeil verursachter Knochenbruch. Und er hat nach der Verletzung noch eine ganze Weile gelebt, wie man aus der Kallusbildung schließen kann – also dem wulstigen Gewebe, das beim Heilungsprozess an Bruchflächen entsteht«, übersetzte sie für Oxenstierna.

Åberg hob den Schädel vorsichtig hoch und drehte ihn um. Josefine nahm die Zähne in Augenschein, die von der groben Steinzeitkost deutlich sichtbar glatt geschliffen waren. Ganz anders als die geriffelten Oberseiten von Gretas Zähnen.

»Unfassbar, wie gut erhalten die Knochen sind«, stellte sie fest. »Wie ist hier eigentlich die Bodenbeschaffenheit?«

»Der kalkhaltige Lehm scheint alles konserviert zu

haben. Die Knochen lagen zwischen großen Felsbrocken und wurden im Laufe der Zeit von verrotteten Blättern und Zweigen bedeckt, die als zusätzliche Schutzschicht gewirkt haben. Wir haben in mehreren Schädeln Knochenstücke anderer Individuen entdeckt«, sagte Åberg.

»Das kennt man aus der christlichen Tradition, wo Knochen zusammen bestattet werden, um enge soziale Beziehungen zu unterstreichen«, bestätigte Josefine. »Wie eine Art Versicherung, dass man im Tod nicht alleine ist. Eigentlich eine schöne Vorstellung. Dass man sich in der Finsternis des Todes nicht verliert.«

Trotzdem durchrieselte es sie kalt bei dem Gedanken an Gretas zertrümmerten Schädel und das Knochenfragment des noch nicht identifizierten Kindes.

Kapitel 7

Die großen Hände tänzelten geschmeidig über die Tastatur. Der Oberkörper war vornübergebeugt, und die Hintergrundbeleuchtung des Bildschirms spiegelte sich gletscherkalt in den Brillengläsern. Der Gesichtsausdruck war konzentriert, und er wandte nur einen kurzen Moment den Blick ab, um nach der Bierflasche zu greifen und einen Schluck zu trinken. Die Bilder scrollten in gleichmäßigem Tempo über den Bildschirm.

Er tippte weiter und lud ein Video aus der Cloud herunter, das mit einem sehr simplen Plot begann, der dann eine einzige Sache zum Ziel hatte. Trotz des stimulierenden Films breitete sich eine Unruhe in seinem Körper aus, weckte wie ein kitzelnder Strom eine tiefsitzende Sehnsucht in ihm. Er leerte das Bier und ging in die Küche, um sich ein neues zu holen, mit dem er sich wieder vor den Bildschirm setzte und den Film an sich vorbeiflimmern ließ, während er zwischendurch unfokussiert aus dem Fenster sah, vor dem die Herbstdunkelheit sich herabsenkte. Er stand auf und schaute über den träge dahinfließenden Kanal. Ein Vogelschwarm flog in Pfeilformation über den Himmel und führte seine Gedanken zu der Krähe, die gegen ein Fenster im Haus seiner Großeltern geflogen war, als er ein Kind gewesen war. Er hatte am Frühstückstisch gesessen, als ein Schatten vorm Fenster vorbeihuschte und es einen dumpfen Schlag tat. Er war nach draußen gelaufen und hatte zwischen zwei Stachelbeerbüschen unter dem Fenster einen reglos daliegenden Vogel gefunden. Hellrosa Blütenblätter von einer japanischen Kirsche schwirrten durch die Luft wie Schneeflocken in der falschen Jahreszeit. Als ein Windstoß unter die Federn fuhr, sah es aus, als würde der Vogel ein letztes Mal die Flügel heben. Die Augen waren ganz klar. Der Schnabel war leicht geöffnet, ein winziger Blutstropfen seilte sich davon ab. Es war das erste tote Tier, das er gesehen hatte. Er war noch nicht so alt, fünf oder sechs Jahre, vielleicht. Er ließ den Vogel liegen und sah jeden Tag nach ihm. Zuerst kamen die schwirrenden, metallisch schimmernden Schmeißfliegen, die sich auf ihm sammelten, gefolgt von blinden weißen, sich windenden Maden. Mit der Zeit schrumpfte die Krähe, als hätte sie jemand ausgesaugt, und sie begann kräftig zu riechen. Süßlich und übelerregend. Er hatte das Lufterfrischergel aus dem Bad der Großeltern geholt und die schwabbelnde Masse über den Vogelkadaver verteilt. Das Gel trocknete aus wie die Krähe, deren Augen inzwischen wie verschrumpelte Rosinen aussahen. Und eines Tages war der Vogel verschwunden. Er wurde wütend. Hatte die Katze ihn mitgenommen?

Ein kräftiger Windstoß fuhr gegen die Scheibe, und er spürte die Kälte des kühlen Herbstwindes.

Das Holz knackte, während das Boot leicht schaukelte.

Zurück am Computer, sah er, dass das Video in einer Szene eingefroren war, die das Kind und den Erwachsenen in einer absurden Stellung zeigte. Er klappte den Deckel zu und dachte an die Nachricht, dass sie gefunden worden waren. Es hatte etwas Reizvolles, so nah an ihnen dran zu sein, und der Trieb begann mit dünnen Krallen an ihm zu kratzen.

Der Fund hatte allenthalben für Schlagzeilen und Sonderberichte im Lokalsender gesorgt, wo ein Polizist mit ernstem Gesicht vor die laufenden Kameras getreten war. Neben ihm standen ein paar uniformierte Beamte und eine blonde Frau in Zivil.

Er überlegte, ob sein Verlangen zu zügeln wäre, wenn er an den Ort zurückkehrte. Er verspürte das starke Bedürfnis, ihnen ein letztes Mal nahe zu sein, um noch einmal das euphorisch-beglückende Gefühl wachzurufen. Er lächelte.

Kapitel 8

Motala, Schweden

Es war später Nachmittag. Josefine lief fröstelnd an einem der Kanäle in Motala entlang. Sie hatte eine Pause bei der Untersuchung des Knochenmaterials gemacht und war ins Zentrum spaziert, um sich dort ein Hotelzimmer zu organisieren und eine Kleinigkeit zu essen. Am Ende waren es ein neutrales Sandwich und eine Schokomilch geworden.

Wasser war allgegenwärtig in Motala inmitten eines verwobenen Flussdeltas, das von einem quer durch die Stadt verlaufenden Kanal mit Schleusen zerschnitten wurde. Das Glucksen, Tropfen und Plätschern bildete eine Hintergrundmusik in Moll, und ein Regenschauer hatte einen schimmernden Film auf allem hinterlassen.

Es dämmerte, die Baumspitzen wurden vom Nebel ausradiert, in dem die Baumsilhouetten zerflossen wie Aquarelle. Über dem schwarzglitzernden Kanal breitete sich ein luftiger Schleier aus.

Sie ging zielstrebig zurück zu der Ausgrabungsstätte in dem Flussdelta am Motala Ström.

Bei Sonne war das ein bezaubernd schöner Ort, und es wunderte sie nicht, dass die Menschen sich seit jeher zu diesem Platz hingezogen gefühlt hatten und ihn als heilig empfanden. Aber was im goldenen Schein der Sonne betörend wirkte, war nun eher unheimlich.

Sie fuhr zusammen, als etwas dicht an ihr vorbeiflog. In der Dämmerung war nicht zu erkennen, um was es sich handelte. Vermutlich ein Schwarm Fledermäuse, den hohen, spitzen Schreien nach zu urteilen.

Josefine fühlte ein unterschwelliges Unbehagen. Vielleicht, weil sie sich auf einem Gelände befand, in dem es kriegerische Auseinandersetzungen gegeben hatte. Vielleicht waren hier auch Menschenopfer dargebracht worden. Außerdem zeugte dieser Ort, an dem ein Mörder kaltblütig zwei Opfer verscharrt hatte, von einem grausamen Verbrechen.

An der Absperrung blieb sie stehen und lokalisierte einen der diensthabenden Wachmänner, dessen Reflexstreifen auf der Uniform wie eine gestrichelte Linie im Dämmerlicht leuchteten. Es beruhigte sie, den großgewachsenen Mann auf dem ansonsten menschenleeren Gelände zu sehen. Vermutlich gehörte er zu dem Team, das abends und nachts dort patrouillierte. Die Polizei hatte in der Zwischenzeit für ein etwas effektiveres Absperrgitter mit regelmäßig verteilten, unzweideutigen Verbotsschildern gesorgt. Ein paar verstreute Straßenlampen leuchteten dürftig durch den Nebel, und von der nicht weit entfernten Brücke hallte leises Rumpeln herüber und blitzten die Scheinwerfer der den Fluss überquerenden Fahrzeuge auf. Sie wies sich aus und erklärte, dass Oxenstierna sie gebeten hatte, die restlichen Knochen aus dem Steinzeitgrab zu untersuchen, bevor sie am nächsten Tag von den Konservatoren abgeholt wurden. Oxenstierna wäre es am liebsten gewesen, das Knochenmaterial so schnell wie möglich in für die Untersuchungen geeignetere Räume zu transportieren, was Åberg aber vehement abgelehnt hatte, weil er befürchtete, dass die Knochen Schaden nehmen könnten, wenn sie vor der Konservierung bewegt würden.

Sie hatten sich darauf geeinigt, dass Josefine die Untersuchung im Zelt vornahm, und Åberg war ihr beim Einrichten eines Untersuchungsplatzes behilflich gewesen. Er hatte ihr auch einen mobilen Röntgenapparat organisiert und ihr gezeigt, wie sie den Alarm aus- und wieder einschalten konnte.

Natürlich hatte sie der beunruhigende Gedanke an noch mehr neuzeitliche Opfer gestreift, und diese Frage beschäftigte sie. Sie plauderte ein wenig mit dem Wachmann, der einen kleinen Vortrag über Motala hielt und ihr länger in die Augen sah als unbedingt notwendig. Josefine war sich nicht sicher, ob aus Mitleid darüber, dass sie nach Einbruch der Dunkelheit noch Skelette untersuchen musste, oder weil er tatsächlich an diesem finsteren Ort mit ihr flirtete. Sie beschloss, dass er einfach nur freundlich war, und lehnte sein Angebot, sie bis zum Zelt zu begleiten, dankend ab.

Sie duckte sich unter dem Absperrband hindurch, ging durch ein provisorisches Tor, bestieg einen Erdwall und ließ den Blick über das Gräberfeld schweifen. In der zunehmenden Dunkelheit sahen die schwarzen Löcher wie klaffende Wunden in der Erdkruste aus.

Einige Ausgrabungsabschnitte waren mit Plane abgedeckt und leuchteten wie helle Rechtecke. Der einsetzende Nieselregen überzog alles mit einer feuchten Glasur. Die Ränder der Gräber waren mit Brettern stabilisiert, um Erdrutsche zu verhindern. In einem hinteren Winkel des Platzes lehnten ein paar Schaufeln an einer Schubkarre, in der Maurerkellen lagen. Zwischen den Gräbern wanden sich schwarze Plastikröhren wie Schlangen, vermutlich um das Wasser aus den Gräbern zu pumpen, das durch die Aushubarbeiten im Flussbett eindrang.

Josefine atmete tief die kühle Luft ein, den untrüglichen Vorboten des Herbstes. In dem spärlichen Licht der aufgestellten Scheinwerfer suchte sie einen gangbaren Weg und tastete sich langsam durch den rutschigen Schlamm vorwärts. Das Arbeitszelt im hinteren Teil des Ausgrabungsfeldes erhob sich wie ein vierschrötiger weißer Mastodon. Um ein Haar wäre sie über eins der Drainagerohre gestolpert, das sie erst im letzten Moment gesehen hatte, aber sie fing sich schnell wieder. Am Zelt angekommen, drehte sie sich um und hielt nach dem flirtenden Beamten Ausschau, der sich vom Gelände runter auf einen identisch gekleideten Kollegen zubewegte, den sie vorher nicht bemerkt hatte. Sie sah die Reflexstreifen der Uniformen, die sich im Zwielicht wie in einem Stummfilm in Zeitlupe bewegten.

Am Zelteingang deaktivierte Josefine den Alarm, ehe sie die Riemen aufschnallte und das provisorische Labor betrat.

Sie schloss die Zeltplane hinter sich und schaltete die Handytaschenlampe ein, um den Stromkasten zu suchen. Kurz darauf war das Zeltinnere in grelles Licht getaucht.

Entlang der Zeltwände standen durchsichtige, mit Wasser und Plastikbeuteln gefüllte Boxen. Aquarien mit apartem Inhalt, stellte sie fest. In dem einen lagen ein Kamm, der Röhrenknochen eines Tieres, und in einem länglichen Behälter die berüchtigten Holzpfähle, auf denen die Schädel aufgespießt gewesen waren. Sie waren altersdunkel, fast so schwarz wie Ebenholz.

Auf einem Tisch lag eine Sammlung ungewöhnlich großer Feuersteinbeile, vermutlich zum Fällen von Bäumen. Und im Kampf sicher eine respekteinflößende Waffe.

Auf einem anderen Tisch lagen eine Maurerkelle, ein weißer Helm und ein Paar Arbeitshandschuhe. Über einem Klappstuhl daneben hing eine neonrote Jacke mit Reflexstreifen und eine gestrickte Alpakamütze mit Ohrenklappen. Josefine musste grinsen. Die Archäologen und Anthropologen kamen aus der ganzen Welt zusammen, um als internationales Team an Grabungen teilzunehmen.

Ein großer, mit einem Gitter versehener Arbeitsscheinwerfer knisterte leise in einer Zeltecke, im Hintergrund ahnte sie das plätschernde Geräusch der naheliegenden Schleuse.

Josefine betrat den abgetrennten Raum, in dem die Menschenknochen aufbewahrt wurden und in dem Åberg ihr den provisorischen Arbeitsplatz eingerichtet hatte, der aus ein paar Trennwänden, einem mit Folie bezogenen Untersuchungstisch und ein paar Architektenlampen bestand. Das Knochenmaterial wurde in einem großen Regal verwahrt, sorgsam in Polsterfolie gewickelt, aber sie wusste, dass der Zersetzungsprozess des empfindlichen Materials bereits in Gang gesetzt war und sie schnell arbeiten musste.

Auf dem Boden stand die Kiste mit dem mobilen Röntgengerät.

Sie sah sich die Reihe menschlicher Schädel an. Greta und das Knochenfragment des Kindes lagen inzwischen sicher weggeschlossen bei der Polizei.

Josefine nahm sich als Erstes den großen Schädel eines Mannes mit extrem hoher Stirn vor. Die Hälfte der Zähne im Oberkiefer fehlte. Der Knochen war so braun wie die draußen um die Gräber liegenden Kastanien. Nachdem sie nichts Auffälliges finden konnte, legte sie den Schädel behutsam zurück auf seinen Platz. Der nächste Schädel war einer von den aufgespießten. Das abgesägte Endstück der Pfahlspitze ragte unter dem Kinn heraus. Eine sternförmige Fraktur an der Stirn war ein klassisches Beispiel für stumpfe Gewalteinwirkung. Möglicherweise von einer Holzkeule oder einem großen Stein. Oder von einem der Steinbeile. Manche Dinge ändern sich nie, dachte sie. Die Menschen haben sich von Anbeginn ihrer Existenz gegenseitig die Schädel eingeschlagen. Ob in diesem Fall in Folge eines Krieges, wie Åberg es vermutete, aus Eifersucht oder als Konsequenz eines frühen Falles von Bereicherungskriminalität. Vielleicht hatte der Mann etwas gestohlen und war dafür erschlagen worden, oder er hatte sich an der Frau seines Nachbarn vergriffen. Sie konzentrierte sich auf den gepfählten Schädel und kam zu dem Schluss, dass das Ganze an ein Ritual erinnerte. Den Kopf eines anderen Menschen auf einen Pfahl zu stecken war die ultimative Machtdemonstration. Dass man ihn beherrschte und über ihn bestimmte wie ein Puppenspieler. Oder das Ganze war ein Menschenopfer.

Der Nächste in der Reihe war der Schädel eines jungen Mannes mit hohen Wangenknochen, den sie ebenfalls gründlich untersuchte.

Sie achtete bei ihren Untersuchungen zielgerichtet auf Farbabweichungen im Knochenmaterial und sah sich alle Zähne genauestens an, fand aber glücklicherweise keine weiteren Zahnfüllungen. Die restlichen Relikte schienen also tatsächlich aus der Steinzeit zu stammen. Schließlich wandte sie sich dem Kinderschädel am Ende der Reihe zu, der sie aus seinen leeren Augenhöhlen ansah, als wolle er ihre Fähigkeiten testen. Sie legte einen Oberschenkelknochen beiseite, wischte die Hände an der Hose ab und hörte weit weg einen Hund kläffen. Ansonsten durchbrach nur hin und wieder das Geräusch von Autoreifen auf der nassen Brücke die Stille. Einmal hatte sie die Wachmänner leise vor dem Zelt reden hören, danach nicht mehr.

Ein leises, gleichmäßiges Scharren bahnte sich einen Weg in ihr Bewusstsein. Sie richtete sich auf. Bildete sie sich das nur ein? Sie zog die Schultern hoch und arbeitete weiter. Wahrscheinlich waren das die Wachmänner auf ihrer nächsten Runde. Als sie sich nach etwas Trinkbarem umsah, fiel ihr auf, dass es von irgendwoher zog. Der Eingang war verschlossen, wie sie ihn hinterlassen hatte. Am anderen Zeltende schien es kein Licht zu geben, jedenfalls war es dort stockduster. Sie ging langsam auf die Dunkelheit zu und spürte einen kalten Lufthauch im Gesicht. Josefine blieb stehen, kniff die Augen zusammen und sah einen langen Riss in der Zeltwand.

Ein kalter Schauder lief ihr den Rücken hinunter.

»Hallo? Ist da jemand?«

Im Augenwinkel sah sie einen flatternden Schatten vor der Zeltwand vorbeiwirbeln.

Josefine drehte sich um, rannte zurück zu dem abgetrennten Raum und hörte nun deutlich den stoßweise gehenden Atem eines Menschen. Im nächsten Augenblick gab es einen Knall, und das Licht ging aus. Sie blieb still stehen und schnappte nach Luft.

Ihr Herz hämmerte, sie konnte nichts sehen, spürte aber deutlich die Anwesenheit von jemandem, der sich durch die Dunkelheit bewegte. Sie rief laut, um die Wachmänner draußen zu alarmieren, und fummelte ihr Handy aus der Tasche, um den Bildschirm zu aktivieren, dessen bläuliches Gletscherlicht das Zeltinventar in merkwürdig deformierte, tanzende Silhouetten verzerrte.

Für einen Moment war es ganz still. Sie registrierte eine Bewegung in der Dunkelheit wie einen kühlen Windzug, dann sah sie eine schwarz gekleidete Gestalt, einen großen Mann, der auf sie zukam. Josefine versuchte zu fliehen, aber er verpasste ihr einen kräftigen Schubs. Sie stürzte. Es drückte ihr die Luft aus den Lungen, als sie auf den hartgestampften Boden aufschlug.

Sie lag auf dem Bauch, den konzentrierten Geruch der Erde in der Nase, die kalte Feuchtigkeit drang durch ihre Kleider, als sie überrumpelt vom Gewicht eines anderen Menschen zu Boden gedrückt wurde. Der Mann stieß ein kehliges Knurren aus und murmelte etwas Unverständliches. Und dann legte er seine rauen Hände um ihren Hals. Die Panik explodierte wie eine Eiswelle in ihrem Körper, als sie merkte, dass sie keine Luft mehr bekam. Ein beängstigendes Summen begann in ihren Ohren zu rauschen und steigerte die Intensität im Sekundentakt. Sie wollte schreien, aber jeder Laut blieb ihr auf albtraumhafte Weise im Hals stecken. Flackernde Monde wischten über ihre Netzhaut, während Josefine versuchte, ihre Finger in den Schraubstock der fremden Hände zu schieben, um den Griff zu lockern, aber der Mann über ihr war viel zu stark. Sie strampelte mit den Beinen und merkte, wie ihre Lunge vor Sauerstoffmangel zu brennen begann.

Wie im Traum hörte sie in der Ferne Stimmen.

Das Gewicht und der Druck auf ihrem Kehlkopf verschwanden schlagartig, und sie sog gierig kalte Luft in die Lunge. Sie hustete krampfhaft und drehte sich langsam auf die Seite, wo sie einen Augenblick liegen blieb und nach Luft schnappte.

Sie tastete mit der Hand über den sandigen Boden und fand ihr Handy. Es lag mit dem noch immer aktivierten Bildschirm nach unten neben ihr. Sie wischte die Erde ab und hielt das Gerät vor sich. Der silbrige Schimmer verdrängte die dichte Dunkelheit und fing ein paar breite Reflexstreifen ein. Ein uniformierter Mann kam auf sie zu.

»Was ist passiert?«, fragte er auf Schwedisch mit leichtem Akzent und ging neben ihr in die Hocke.

»Hier … war ein Mann im Zelt«, sagte sie und holte mühsam Luft.

Der Beamte half ihr auf die Beine.

»Alles in Ordnung mit Ihnen?«, fragte er und sah sie mit besorgten, dunklen Augen an.

»Einigermaßen«, sagte sie, räusperte sich und wischte sich den Dreck von den Kleidern. Hinter ihm tauchte der Kollege auf, und kurz darauf ging das Licht wieder an.

Josefine sah zu dem schwarzen Spalt in der Zeltwand.

»Ich glaube, er ist da raus.«

Sie zeigte auf den Riss.

Der Beamte, der zuerst bei ihr gewesen war, setzte eine Nachricht über Funk ab und verschwand nach draußen.

Josefine erzählte, was passiert war, und der Beamte

fragte, ob er sie in die Notaufnahme bringen sollte, was sie ablehnte. Außer dem gewaltigen Schrecken merkte sie nur einen empfindlichen Druck am Hals, aber das würde sich bestimmt bald legen.

Sie schlang die Arme um den Oberkörper und starrte geradeaus.

Als der Beamte vorschlug, sie zurück ins Hotel zu fahren, nahm Josefine das Angebot dankend an.

Kapitel 9

Kopenhagen, Dänemark

Kriminalhauptkommissar Alexander Damgaard, kurz Xander genannt, schaute von seinen Unterlagen auf, als sein Kollege Jørgen in einen Apfel beißend im Türrahmen auftauchte. Er befand sich in seinem Büro auf Teglholmen in Kopenhagen, wo die Ermittlungseinheit der Mordkommission untergebracht war.

»Der Zahnforensiker und die schwedische Polizei aus Motala würden gerne mit dir sprechen.«

»Ach ja?«

»Sie haben zwei noch nicht identifizierte Leichen da oben …«

»Die sie uns unterjubeln wollen?«

»Genau«, nickte Jørgen und biss krachend in den Apfel.

Jørgen war vor ein paar Jahren auf die andere Seite der Øresundbrücke gezogen. Obgleich der Abstand nach Schweden nicht groß war, fand Xander, dass sein Kollege sich seitdem ziemlich verändert hatte, und nicht nur zum Besseren. Er war ein bisschen bequem und so brav geworden. Und jetzt war Xander auch noch aufgefallen, dass er in letzter Zeit immer öfter Schwedisch und Dänisch vermischte, total albern.

»Sie wollen abchecken, ob das einer unserer Vermisstenfälle sein könnte. Sie haben in einem Steinzeitgrab einen jüngeren Schädel gefunden. Und in dem Schädel lag das Knochenstück eines Kinderschädels … wie in so einer russischen Matrjoschka.«

»Gruselig.«

Jørgen nickte.

»Eine dänische Rechtsanthropologin hat bei der Untersuchung des Schädels in Motala festgestellt, dass er nicht in das steinzeitliche Grab gehörte, sondern neueren Datums war. Das kam ihr doch sehr verdächtig vor.«

»Doch nicht etwa …«

»Doch, Josefine Jespersen persönlich«, sagte Jørgen und versenkte den Apfelrest punktgenau im Papierkorb.

Xander starrte vor sich hin, ehe er bei der schwedischen Polizei anrief. Was bitte schön machte Josefine in Schweden? Ihre letzte Begegnung lag schon einige Zeit zurück.

Er hatte ihren Rückzug so gar nicht kommen sehen, und seitdem war der Kontakt zwischen ihnen eingeschlafen.

Ihm war schon klar, dass sie ein schweres Päckchen mit sich herumschleppte und Angst hatte, sich zu binden. Und doch war er eine Zeitlang recht sicher gewesen, dass sie sich auch von ihm angezogen gefühlt hatte.

Aber wer weiß, vielleicht traf sie sich ja inzwischen mit anderen Männern? Der Gedanke bereitete Xander körperliches Unbehagen. Natürlich war ihm nicht entgangen, dass alle Männer sie insgeheim beobachteten, wenn sie einen Raum betrat. Alt wie jung.

Er spürte ein Kribbeln im Körper, als er an ihre blaugrünen Augen und das blonde, lockige Haar dachte. Unwillkommene Bilder von ihnen zusammen zogen über seine Netzhaut, aber er zwang seine Aufmerksamkeit zurück zu dem Fall.

Warum Energie auf etwas verschwenden, das niemals passieren würde?

*

Später am Tag bekam Xander einen Anruf von einem Zahnforensiker, der uralt klang und mit hoher, piepsiger Stimme sprach. Er konnte die tote Frau aus dem Gräberfeld in Motala als die Dänin Birgitte Ussing identifizieren, teilte er mit.

Xanders Magen krampfte sich zusammen.

In Dänemark waren die Zahnärzte gesetzlich verpflichtet, die Röntgenbilder ihrer Patienten aufzubewahren, die wie in diesem Fall die letzte Möglichkeit für eine Identifizierung sein konnten. Die schwedische Rundumaufnahme der Zähne hatte ein Match erzielt. Er bedankte sich für die Information und beendete das Gespräch.

Damit lag der Fall nun formell auf dänischer Seite, dachte

er und hoffte aus verschiedenen Gründen, dass Josefine der Polizei trotzdem weiter als Beraterin zur Verfügung stehen würde. Einer war, dass er sie gerne wiedersehen wollte.

Er rief Jørgen an und bat ihn, alle Informationen über Birgitte Ussing zu sammeln, die er finden konnte. Kurz darauf meldete der Kollege sich zurück und bestätigte, dass sie einer ihrer Cold Cases war, den sie aus dem alten Polizeipräsidium in Kopenhagens Zentrum anfordern mussten. Und er fügte noch hinzu, dass es sich den Anhängen in der internen Datenbank nach zu urteilen wohl um einen komplexen Fall handelte.

Xander beschloss, die Akte persönlich abzuholen. Das konnte er dann gleich mit einem Besuch bei seinem alten Kollegen Rudolf verbinden, der die Asservatenkammer im Präsidium betreute.

*

Nachmittags trommelte Xander seine Abteilung zu einem improvisierten Briefing zusammen und bat Jørgen, Gebäck zum Kaffee zu besorgen.

»Zucker ist so ungesund«, warnte Jørgen. »Wusstest du, dass Organfett lebensbedrohlich ist? Mein Arzt sagt, ich hätte Viszeralfett.« Xander musste sich das Lachen verkneifen. »Ich bin sozusagen eine tickende Zeitbombe, wenn man so will.«

Xander betrachtete Jørgens langen, mageren Bohnenstangenkörper. Wo sich da die angedeutete Fettbombe befinden sollte, war ihm ein Rätsel. Das musste schon ein sehr gut verborgenes Fettlager sein.

»Wir gehen das Risiko ein. Bring irgendwas aus der Kantine mit.«

Jørgen verschwand, und die Kollegen trudelten einer nach dem anderen im Meetingraum ein. Irgendwann kam Jørgen mit einem Kuchenklassiker in Polizeikreisen zurück: einem unnatürlich gelben Zitronenmondkuchen, den er umständlich aufschnitt. Haltbar bis ins nächste Jahrtausend und voller E-Nummern, dachte Xander.

»Das Opfer … Birgitte Ussing, vierundzwanzig Jahre alt, frisch ausgebildete Gymnasiallehrerin, verschwand 1985 aus ihrem Haus in Hvidovre«, begann er, als alle sich eingefunden hatten. »Der Fall war damals in allen Schlagzeilen, aber nach einer Weile, mit den erkaltenden Spuren, schwand das Interesse auch schnell wieder. *Same old story* … Selbst die grausamsten Verbrechen geraten mit der Zeit in Vergessenheit. Die technischen Beweise verschwinden, die biologischen Spuren zersetzen sich, die Leute vergessen. Und irgendwann sterben die Zeugen.«

»Was haben sie damals vermutet?«, fragte Jørgen.

»Sie sind davon ausgegangen, dass ein Fremder in das Haus eingebrochen ist und sie mitgenommen hat, möglicherweise weil sie geschrien hat. Die Ermittlungen sind aus Mangel an Beweisen irgendwann im Sand verlaufen. Die Befragungen in ihrem näheren Umfeld hatten nichts ergeben, und der Täter hatte alle Spuren verwischt, die zu seiner Festnahme hätten führen können.«

Jørgen nippte an seinem Kaffee und fixierte Xander.

»Wer hat damals die Polizei kontaktiert?«

»Die Mutter ... Sie war die einzige nahe Angehörige des Opfers. Sie ist in der Zwischenzeit leider gestorben.« Nach einem Blick in seine Unterlagen fügte Xander hinzu: »Vor neun Jahren. Birgitte Ussing war kinderlos und wohnte alleine in dem Haus. Ihre Mutter hatte sie finanziell unterstützt und die Immobilie für sie gekauft. Ein ganzes Heer Techniker hat das Haus gründlichst durchkämmt und den kompletten Garten umgegraben, aber sie wurde nie gefunden. Bis jetzt.«

Xander schaute ans Whiteboard, wo Jørgen mit kleinen blauen Magneten Fotos vom Opfer und dem Haus angepinnt hatte.

»In Birgitte Ussings Schädel befand sich ein Knochenstück vom Schädel eines Kindes. Von diesem zweiten Opfer wissen wir noch nichts, aber ich hoffe, die Rechtsanthropologin Josefine Jespersen als Beraterin mit ins Boot holen zu können. Das ist nicht ohne, jemanden aufgrund eines so kleinen Knochenstücks zu identifizieren.«

Er kratzte sich am Kopf. Das war insgesamt kein einfacher Fall, den die schwedischen Kollegen in seine ohnehin schon völlig überlastete Abteilung exportiert hatten. Er hatte so schon genug mit Drogenmorden, Bandenkriegen und Familientragödien zu tun, alles Fälle, die in ihrer Ballung die Mordkommission lahmlegten.

»Ich kümmere mich um die Unterlagen«, sagte Xander abschließend und beendete das Meeting.

Kurz darauf zog Xander seine Jacke über, ging hinunter auf den Parkplatz und schloss den Dienstwagen auf. Er drehte den Schlüssel im Zündschloss und nahm Kurs auf seinen alten Arbeitsplatz im Polizeipräsidium. Er dachte oft an die Zeit in dem historischen Gebäude mit dem berühmten Säulengang in dem runden Innenhof zurück.

Vor einigen Jahren war beschlossen worden, die Kopenhagener Mordkommission und die Staatsanwaltschaft in einem nagelneuen Betonklotz auf Teglholmen im Südhafen zusammenzulegen. Das alte Polizeipräsidiumsgebäude war mit der Zeit unpraktisch geworden mit den kleinen Büros, den langen, gewundenen Korridoren und den geschlossenen Türen. Das denkmalgeschützte Gebäude erlaubte keine Großraumbüros, aber für die großen Mordfälle und Fälle von Organisierter- und Wirtschaftskriminalität brauchte man eine an die neuzeitlichen Arbeitsaufgaben angepasste Architektur. Im alten Präsidium verblieben waren die Direktion und einige Verwaltungsbehörden, unter anderem die Asservatenkammer, in der beschlagnahmte Gegenstände und Beweismaterial alter Fälle aufbewahrt wurden. Die Cold Cases.

Das alte Polizeipräsidium war eine architektonische Perle, die etwas Feierliches und eine besondere Atmosphäre ausstrahlte. Das Gebäude hatte Seele. Es war gebaut worden, als die Polizei noch einen Stellenwert hatte in der Gesellschaft, was sich im Baustil widerspiegelte: den hohen Decken und spezialdesignten Lampen in den Gängen, in denen das Markenzeichen der Polizei, der Morgenstern, als exklusives, wiederkehrendes Detail eingearbeitet war. Im Gebäude waren alle Holzoberflächen so bearbeitet, dass sie wie Marmor aussahen. Jeder Korridor hatte eine eigene Farbgebung, und in den auf Hochglanz gebohnerten Böden spiegelten sich die hohen, dunklen Türen. Die Räumlichkeiten der Polizeidirektion waren durchaus königlich.

Nach und nach war es mit dem Ruf der Polizei abwärtsgegangen, und inzwischen herrschte eher das Gefühl vor, nur noch die Müllabfuhr für all den kriminellen Abschaum der Gesellschaft zu sein. Es gab keinen Respekt mehr, selbst allgemeine Streifendienste mussten inzwischen in voller Kampfmontur ausgeführt werden, und mit verbalen Angriffen mussten sie ohnehin klarkommen.

Xander seufzte. Er parkte in einer schmalen Nebenstraße in der Nähe und betrat das Gebäude durch den Personaleingang, wo er sich auswies und sein Anliegen vorbrachte. Er bewegte sich vertraut durch den langen, schmalen Flur mit den hohen Türrahmen bis zu einer Wendeltreppe, die an das Innere eines Schneckenhauses erinnerte und in den Keller führte.

Dort unten war es durch die Natursteinmauern dunkel, und es roch muffig.

Vor einer Tür mit abblätternder graublauer Farbe blieb er stehen und klopfte an. Auf einem weißen Schild stand in altmodisch geschwungenen Buchstaben »Asservatenkammer«, darunter die Öffnungszeiten.

Sekunden später öffnete sein ehemaliger Kollege die Tür.

»Tach, Xander«, sagte der betagte Polizist mit einem neonorangenen Brillenband mit dem Polizeilogo um den Hals. »Ich wollte eigentlich grad schließen, aber weil du es bist …«

Der Kollege zog die Tür auf, nieste, und wischte sich mit einem Taschentuch unter der Nase entlang.

»Danke, Rudolf. Schön dich zu sehen.«

Xander stieg der charakteristische Geruch in die Nase, als er über die Schwelle trat. Der Geruch von Stillstand, Verfall und Vergessen.

»Und, inzwischen verheiratet und Vater vieler Kinder?«, fragte Rudolf über die Schulter. »Oder immer noch der einsame Cowboy?«

Xander grinste schief.

»Mit mir hält es einfach niemand auf Dauer aus.«

»Kommt mir bekannt vor.« Rudolf lachte. »Und wie läuft es in Teglholmen? Es heißt, das Innenklima wäre der Graus.«

»Ja, irgendwas mit der Heizanlage, die spinnt.«

»Schlimmer als hier kann's ja kaum sein, wo wir entweder zerfließen oder uns den Arsch abfrieren. Ich hab jetzt auch noch eine Stauballergie entwickelt, da kriegst du die Krätze. Ironie des Schicksals.«

»Da ist das hier unten mit den ungeklärten Fällen aber nicht gerade der beste Arbeitsplatz für dich.« Xander lächelte. »Warum lässt du dich nicht für einen überirdischen Job einteilen?«

»Ich hab's nicht so mit Veränderung. Vergiss nicht, dass ich schon fast dreißig Jahre hier unten arbeite. Ich bin der Einzige, der sich hier auskennt. Die Jungen sind hoffnungslos. Ich nehme einfach ein paar Allergiepillen.«

Xander betrachtete das gerahmte Foto auf Rudolfs Schreibtisch. Darauf waren er und ein gelber Labrador zu sehen.

Der ältere Kollege schob die Brille hoch auf die Stirn.

»Und, was darf es diesmal sein?«

»Birgitte Ussing«, sagte Xander und fischte die Aktennummer aus der Tasche. »Ein Vermisstenfall von 1985.«

»Den kann ich aus dem Kopf«, sagte Rudolf und ging vor.

Sie durchquerten ein paar große Lagerräume mit beschlagnahmtem Diebesgut, ein B&O-Fernseher in Originalverpackung neben einem berühmten Egg Chair von Arne Jacobsen. Xander vermutete, dass das gute Stück mindestens eins seiner Monatsgehälter kostete.

»Die Leute sollten besser auf ihre Sachen achtgeben und sie registrieren lassen«, sagte Rudolf. »Nach einem Diebstahl können wir die Gegenstände nur an die Eigentümer zurückgeben, wenn sie beweisen können, dass sie wirklich ihnen gehören. Wenn nicht, stehen sie ungenutzt bis zum Sankt Nimmerleinstag hier rum.« Er nieste. »Natürlich wird mit jedem abgeschlossenen Fall ein bisschen aufgeräumt, aber nicht hier drinnen.« Er blieb stehen. »Das war schon eine merkwürdige Sache, dass sie damals einfach so verschwunden ist. Rollst du den Fall wieder auf, Xander?«

»Ja. Ihr Schädel wurde zusammen mit dem Knochenfragment eines Kindes gefunden. In Schweden.«

»Also ein Doppelmord?«, stellte Rudolf trocken fest.

Er strich das widerborstige weiße Haar nach hinten und öffnete die Tür, hinter der sich der Raum mit dem Beweismaterial von unaufgeklärten Mordfällen und den Vermisstenfällen befand. Jeder Polizist wollte seine Fälle aufklären, damit die Angehörigen Ruhe fanden und ihr Leben weiterleben konnten. Xander wusste, dass die meisten Menschen selbst nach vielen Jahren noch hofften, dass die Vermissten irgendwann wieder auftauchten. Wenn diese Hoffnung erlosch, setzte die Trauer ein, ein notwendiger Prozess, damit das Leben für die Hinterbliebenen weitergehen konnte.

Xander atmete die stickige Luft ein. Die Regale reichten bis unter die Decke und waren mit nummerierten Kisten gefüllt. Jede einzelne Kiste barg irgendwelche Beweise für die zahllosen Schattierungen des menschlichen Bösen. Aber zugleich beinhalteten die Kästen auch einen Funken Hoffnung für die Angehörigen. Mit der passenden Technologie und Ermittlungsmethode konnte so mancher Fall auch nach vielen Jahren noch aufgeklärt werden. Und trotzdem war allen klar, dass die Hoffnung, einen Täter zu schnappen, mit den Jahren schrumpfte. Der Mensch vergaß mit der Zeit, Zeugen oder Täter starben, und Beweismaterial zerfiel oder löste sich auf. Fast das Schlimmste war, dass auch die Opfer in Vergessenheit gerieten. Dieser Gedanke war nur schwer zu ertragen.

»Das war einer der wirklich schweren Fälle«, sagte Rudolf. »Hier geht's lang.« Er ging auf die hintere Wand zu. »Hier sind sie«, sagte er und zeigte auf ein Metallregal. »Zehn Kisten, schätze ich. Der damalige Chef der Mordkommission ist an einem Magengeschwür gestorben. Er wurde sofort eingewiesen und notoperiert, aber es gab Komplikationen. Das war wenige Monate nach Birgitte Ussings Verschwinden. Ich kannte ihn flüchtig aus dem Kegelverein. Der Fall hat ihn das Leben gekostet. Er war wie besessen davon. Nach seinem Tod hat ihn ein anderer Ermittler übernommen, der ihn auch nicht aufklären konnte. Danach ist er hier gelandet.«

Xander sah ihm in die grauen Augen. Die düstere Stimmung in dem Archiv drückte seine Schultern herunter. So viele tragische Schicksale an einem Ort. Die absolute Endstation.

Kapitel 10

Motala, Schweden

Am nächsten Tag versuchte Josefine, das schockierende Erlebnis aus dem Zelt abzuschütteln. Ihr Hals schmerzte, und sie hatte schlecht geschlafen. Am Vorabend hatte sie während der Fahrt zum Hotel mit Oxenstierna telefoniert und ihm von dem Überfall erzählt. Er hatte gleich angeboten, im Hotel vorbeizukommen, aber sie hatte abgelehnt. Sie wollte nur noch ins Bett und die schreckliche Attacke vergessen.

»Wie geht es Ihnen?«, erkundigte Oxenstierna sich jetzt.

Sie befanden sich wieder im Zelt, in dem es kalt war. Das trübe Tageslicht sickerte durch die offene Tür hinein. Der Nebel hatte sich noch nicht gelichtet und hüllte alles in einen grauen, gespensterhaften Schleier.

Ein Polizeibeamter hatte Kaffee besorgt. Josefine wärmte ihre steifgefrorenen Finger an dem Becher. Obwohl sie einen dicken Pullover mit Rollkragen angezogen hatte, fror sie.

»Den Umständen entsprechend«, antwortete Josefine.

»Ich habe ja schon erwähnt, dass wir es im Moment mit einer Einbruchserie zu tun haben … Vor Kurzem erst gab es einen schweren Raubüberfall, bei dem ein älteres Ehepaar grob misshandelt und gefesselt wurde, während die Einbrecher alles von Wert aus dem Haus geschafft haben. Das könnten dieselben Täter sein, die auch hinter dem Überfall auf Sie stehen.« Oxenstierna seufzte und strich sich durch das blonde Haar. »Und wer weiß … Meinen Sie, das könnte was mit der Pressekonferenz zu tun haben?«

»Schon möglich. Vielleicht dachte der Einbrecher, dass bei den Ausgrabungen auch Schmuck oder sowas gefunden wurde«, sagte Josefine. »In Dänemark gibt es auch immer mal wieder Einbrüche in Grabungsstätten. Grabfunde scheinen bei manchen Leuten irgendwas zu triggern. Die wenigsten Menschen wissen, dass in einem Steinzeitgrab kein Gold und auch nichts anderes für den heutigen Menschen Wertvolles zu finden ist.«

Bei einer Ausgrabung in Rom hatte Josefine einen Fall von Grabplünderung erlebt, bei der Touristen Knochen aus einer Krypta gestohlen hatten. Manche Menschen waren einfach hemmungslos. Vielleicht war ihr Angreifer ja auch so ein Trophäenjäger?

»Ganz schön abgebrüht, wenn man bedenkt, dass Wachmänner auf dem Gelände waren«, sagte Oxenstierna.

»Wurde etwas gestohlen?«, fragte Josefine.

»Nein, vermutlich haben Sie ihn bei seinem Vorhaben gestört … und der Angriff war vielleicht eine Kurzschlusshandlung.«

Josefine nickte still vor sich hin.

»Jedenfalls ist der Einbrecher spurlos verschwunden … Können Sie ihn beschreiben?«

»Hm … Er hat eine dunkle Sturmhaube getragen«, sagte Josefine nachdenklich. »Er war groß und kräftig gebaut. Und er trug schwarze Kleidung.« Sie durchforstete ihr Gedächtnis nach dem Augenblick, als sie ihn am deutlichsten gesehen hatte. »Das Licht ist ausgegangen, darum konnte ich ihn nicht richtig erkennen, trotz eingeschaltetem Handybildschirm.«

»Das ist leider nicht viel«, sagte Oxenstierna und glättete seine widerborstigen Haare.

Sie drehte sich um und sah sich den Schlitz in der Zeltwand an.

»Haben Sie keine Fingerabdrücke gefunden?«

Oxenstierna schüttelte den Kopf.

»Leider nein. Er dürfte Handschuhe getragen haben. Spuren des Messers, mit dem er das Zelttuch zerschnitten hat, gibt es auch keine.«

Oxenstierna leerte seinen Becher und schaute auf die Uhr. In dem Augenblick klingelte sein Telefon. Er stand auf und lief mit dem Handy am Ohr durchs Zelt.

Josefine hörte dem Tonfall in seiner Stimme an, dass sich etwas Entscheidendes tat.

Schließlich kam er zurück und setzte sich.

»Das war Alexander Damgaard, der Leiter der Mordkommission in Kopenhagen.«

»Wir sind alte Bekannte«, sagte Josefine und merkte, wie ihr die Hitze in die Wangen stieg.

»Okay«, sagte er und musterte sie. »Also, Damgaard hat gesagt, dass die Frau als Birgitte Ussing identifiziert wurde, eine Dänin, die 1985 verschwunden ist. Er hat den Fall übernommen und ist auf dem Weg hierher. Damit hat die Polizei Kopenhagen offiziell den Staffelstab übernommen … Haben Sie Zeit, bis zum Briefing zu bleiben?«

Josefine nickte und merkte, wie sich ihr Puls beschleunigte.

Sie war nervös bei dem Gedanken, Xander wiederzusehen.

*

Sie betrachtete Xanders breitschultrige Gestalt, als er durch die Zeltöffnung trat. Er sah besser aus, als sie ihn in Erinnerung hatte, und er begann zu strahlen, als er sie sah.

»Hallo, Josefine. So sieht man sich wieder.«

»Hallo, Xander.«

Ein lähmendes Gefühl breitete sich in ihr aus, als er auf sie zukam und ein Hauch seines angenehmen Aftershaves ihre Nasenflügel streifte. *Bitte nicht*, dachte sie, als sie wieder die Glut in ihren Wangen spürte. Hoffentlich sah er nicht, dass sie rot wurde. Während sie versuchte, sich zu sammeln, konzentrierte sie sich auf den Schlitz in der Zeltwand, der mit einem Stück Klebeband geflickt war und aussah wie eine schwarze Narbe. Oxenstierna gesellte sich zu ihnen und rettete die Situation.

Sie begrüßten sich.

»Hier drin sind alle Informationen zu Birgitte Ussing«, sagte Xander an den schwedischen Ermittler gerichtet und legte eine dicke Fallakte auf den langen Tisch mit dem kaffeefleckigen Tischtuch. »Oder zumindest ein Auszug der wichtigsten Informationen. Die können Sie gern behalten, das sind alles Kopien. Ein heftiger Fall, auf den damals ordentlich Ressourcen verwendet wurden, ehe er als Cold Case endete und Staub angesetzt hat.«

»Danke«, sagte Oxenstierna und schlug die Akte auf.

»Was habt ihr in Bezug auf das zweite Opfer herausgefunden … das Kind?«, fragte Xander.

Josefine räusperte sich.

»Nicht mehr, als dass es sich um ein Kind zwischen acht und zwölf Jahren handelt.«

»Habt ihr genug für eine Identifizierung?«

In seiner Frage schwang ein hoffnungsvoller Unterton mit.

»Nein … leider nicht … Ich sitze noch dran, das Geschlecht zu eruieren.«

»Schade, das ist nicht viel«, sagte Xander enttäuscht. »Aber ich werde trotzdem eine Fahndung in Dänemark rausschicken. Wie lange liegen die Knochen schon in dem Grab?«

»Um die dreißig Jahre, schätze ich.«

»Okay«, sagte Xander und machte sich Notizen auf einem kleinen Block.

»Was können Sie mir über Birgitte Ussing erzählen?«, fragte Oxenstierna den dänischen Kollegen.

»Sie war frisch ausgebildete Gymnasiallehrerin für Dänisch und Altertumskunde. Laut ihrer Mutter war sie Single. Sie hatte keine Vorstrafen und eine saubere Akte. Birgitte Ussing hat allein gewohnt und hatte keine Kinder.«

»Eine meiner Theorien wäre gewesen, dass es ihr Kind war«, sagte Josefine.

»Möglich, wenn sie die Geburt geheim gehalten hat, was aber eher unwahrscheinlich ist. Sie ist damals einfach spurlos verschwunden.« Er schnipste mit den Fingern. »Um Jahrzehnte später in Oxenstiernas Zuständigkeitsbereich wieder aufzutauchen.«

»Gibt es irgendwelche bekannten Verbindungen nach Schweden?«

Xander schüttelte den Kopf.

»Nein, nicht unmittelbar. Aber es ist nicht auszuschließen, dass da noch was auftaucht«, sagte er und legte eine kurze Pause ein. »Sonst noch was Relevantes?«

»Gestern Abend wurde in dieses Zelt eingebrochen«, sagte Josefine. »Er … hat mich zu Boden gestoßen und gewürgt. Das … war extrem unangenehm …«

»Alles okay mit dir?«

Er sah sie eindringlich an.

»Ja … aber das war ein ganz schöner Schock.«

»Kann ich irgendwas für dich tun?«

Sie schüttelte den Kopf.

»Nein, nein … geht schon wieder.«

»Habt ihr den Einbrecher geschnappt?«

»Nein, leider nicht.«

»Was hat er gestohlen?«

»Er hat nichts mitgenommen. Er ist da drüben reingekommen«, sagte Oxenstierna und zeigte zu der aufgeschlitzten Zeltwand. »Wir ermitteln unter Hochdruck. Unschönerweise hatten wir in letzter Zeit eine Welle richtig übler Einbrüche in der Gegend … besonders in dem etwas vornehmeren Viertel ganz in der Nähe. Die großen Villen direkt am See sind ein beliebtes Ziel für die Einbrecher. Möglicherweise gibt es Verbindungen zur organisierten Kriminalität. Josefine hat gestern an der Pressekonferenz der Polizei teilgenommen, in der es um die Funde ging – vielleicht hat das die falschen Leute auf dumme Ideen gebracht. Sie hat als Expertin gesprochen und Fragen der Journalisten beantwortet.«

»Wenn Josefine sich in der Öffentlichkeit geäußert hat, kann natürlich nicht ausgeschlossen werden, dass der Einbruch etwas mit dem Doppelmord zu tun hat«, sagte Xander nachdenklich.

»Nein, kann es wohl nicht.«

»Sorgen Sie doch bitte für Personenschutz für Josefine«, sagte Xander mit gerunzelter Stirn zu Oxenstierna.

*

Später standen Xander und Josefine auf dem Parkplatz neben den Grabfeldern und unterhielten sich. Ein schwedischer Einsatzwagen stand etwas entfernt im Leerlauf, hinter dem Steuer eine Polizistin. Die Schweden schienen ziemlich effektiv zu sein, dachte Josefine. Sie hielt es zwar für eine leichte Überreaktion von Xanders Seite, sie unter Personenschutz zu stellen, aber nichtsdestotrotz war es ein gutes Gefühl, dass jemand auf sie aufpasste. Das gestrige Ereignis und der Schock steckten ihr immer noch in den Knochen wie der Nachhall eines Albtraums.

»Das mit dem Überfall ist ja echt furchtbar«, sagte er.

»Ja … zum Glück waren die Polizisten schnell im Zelt.«

Einen Moment standen sie voreinander, ohne etwas zu sagen.

»Wenn irgendetwas ist, ruf mich bitte sofort an. Ich fahre jetzt, aber schalte das Handy nicht aus«, sagte Xander und sah sie an. »Wie ich sehe, hat Oxenstierna schon die Truppen mobilisiert.«

Er zeigte auf den Streifenwagen.

Sie nickte lächelnd.

Dann gingen sie gemeinsam zu den nebeneinander geparkten Autos.

»War dein Auto bei der Runderneuerung?« Er zeigte

auf die Rostlaube. Die goldene Herbstsonne offenbarte gnadenlos den durchgerosteten Lack und die verbeulte Stoßstange.

»Haha, sehr komisch. Der Wagen ist echt nicht kleinzukriegen. Und er war gerade bei der Inspektion.«

Josefine verschwieg den Kostenvoranschlag der Werkstatt, um das Auto für den TÜV fit zu machen. Die Summe hatte sie darüber nachdenken lassen, wie hoch sie den Liebhaberwert der Rostlaube ansetzen würde, woraufhin sie den Kauf eines neuen Wagens erst einmal auf unbestimmte Zeit verschoben hatte.

»Der hat doch bestimmt schon Oldtimerstatus, oder?« Xander schüttelte grinsend den Kopf.

Josefine schielte neidisch zu seinem zivilen Dienstwagen hinüber, einem schnittigen, frisch gewaschenen Passat, der sicher mit allem möglichen Schnickschnack und Extravaganzen aufgepimpt war.

Ein leichter Regen setzte ein. Josefine setzte ihre Kapuze auf, und Xander raffte den Kragen unter dem Kinn zusammen.

»Hast du in der Zwischenzeit geheiratet?«, fragte er.

»Nein … du?«

»Ich tauge offensichtlich nicht für längere Beziehungen«, sagte er lächelnd und strich sich übers Haar. »So, jetzt muss ich aber mal los.«

»Okay.«

»Melde dich, wenn ihr irgendwas Neues habt«, sagte er und setzte sich in sein Auto.

Sie nickte, schloss die Tür ihres Volvos auf und setzte sich auf dem abgewetzten Ledersitz zurecht, wobei sich ihr Blicke noch einmal begegneten, ehe sie den Motor startete und losfuhr.

Gleich darauf sah sie im Rückspiegel, dass der schwedische Streifenwagen ihr folgte.

Kapitel 11

Xander konnte sich nur schwer aufs Fahren konzentrieren. Er machte sich Sorgen um Josefine. Möglicherweise war es etwas übertrieben, sie gleich unter Polizeischutz zu stellen, aber er wollte lieber auf Nummer sicher gehen. In ihrem letzten Fall hätte es sie fast das Leben gekostet.

Die Atmosphäre an der Ausgrabungsstätte war bedrückend gewesen. Aber vielleicht waren es auch nur die vielen Steinzeitskelette und ihre Verbindung mit dem brutalen Doppelmord, die diese Gefühle bei ihm auslösten.

Er musste sich widerwillig eingestehen, dass der Frust über Josefines Zurückweisung wieder in ihm hochkam. Er hatte sich damals richtig in sie verliebt.

Obgleich sie offensichtlich nicht sonderlich auf ihr Äußeres achtete, war sie eine der schönsten Frauen, die ihm je untergekommen waren. Aber sie war so verdammt unnahbar. Er dachte noch immer viel zu oft an den Abend bei ihr, der sich gerade sehr romantisch zu entwickeln begann, als sie völlig aus dem Nichts innegehalten und sich zurückgezogen hatte. Er würde niemals den Kuss vergessen, der sich wie ein Brandzeichen in sein System eingebrannt hatte. In diesem Augenblick hatte er ihre Leidenschaft gespürt. Hinter der kühlen Fassade schwelte ein Feuer. Xander musste seine Fantasie bremsen, ehe sie mit ihm durchging. Er rief sich ins Gedächtnis, wie klar und unmissverständlich sie ihm mitgeteilt hatte, dass vorbei war, was eigentlich noch gar nicht richtig begonnen hatte. Nachdem er erfolglos versucht hatte, sie zu vergessen, hatte er zu einer anderen Verdrängungsstrategie gegriffen und einige seiner Exfreundinnen kontaktiert, die, inzwischen geschieden, wieder auf dem digitalen Datingmarkt anzutreffen waren, wo sie aufgehübschte, bearbeitete Profilfotos posteten. Aber die Affären hatten die Leere in ihm, die mit jedem Tag größer wurde, nur noch deutlicher gemacht. Das war nichts weiter als inhaltsloser Sex, der für den Augenblick ein akutes körperliches Bedürfnis befriedigte. Aber die Sehnsucht nach dem Gefühl, das er an jenem Abend mit Josefine empfunden hatte, wurde immer intensiver. Die Frauen, neben denen er aufgewacht war, auch wenn er sie von früher kannte, waren ihm wie Fremde vorgekommen.

Er stieß einen tiefen Seufzer aus. Vielleicht war er einfach zu alt für die wahre Liebe. Der Gedanke war deprimierend.

Kapitel 12

Visby, Gotland, Schweden

Nach einer langen Fahrt von Motala nach Visby war Josefine wieder zurück im Institut. Sie stand am Fenster und schaute aufs Meer, das grau war mit einem Stich ins Grüne.

Als sie Professor Ohlsson von dem Überfall erzählt hatte und dass sie bis auf weiteres unter Polizeischutz stand, hatte er ihr spontan angeboten, ein paar Tage frei zu nehmen, aber sie hatte gesagt, dass sie lieber arbeiten wollte.

Sie dachte über ihre Reaktion auf Xander nach und fand es ziemlich erschreckend, dass seine Anwesenheit so eine Wirkung auf sie gehabt hatte. Ihr Herz hatte getrommelt, und sie hatte ihm kaum in die Augen sehen können. Er hatte Gefühle in ihr wachgerufen, von denen sie nicht gewusst hatte, dass sie da waren, und das hatte ihr Angst gemacht. Sie hatte Angst davor, eine Beziehung einzugehen. Alle Menschen, die sie nah an sich herankommen lassen hatte, waren tot. Ihr Bruder hatte die Nierentransplantation nicht überlebt, und ihre Mutter war elend langsam dahingesiecht und an Krebs gestorben. Josefine hatte nur noch ihren Vater, der immer mehr zu einem Schatten seiner selbst wurde, je mehr Areale seines Gehirns sich diese erbärmliche Demenz einverleibte. Auch er rückte dem Tod mit jedem Tag Zentimeter um Zentimeter näher.

Josefine stand an einem weißen Arbeitstisch zwischen den gestapelten Kisten mit den Skeletten und betrachtete das Knochenfragment des Kindes. Es lag in einer kleinen Pappschachtel mit einem Lieferschein von der Kriminaltechnischen Abteilung in Linköping, fertig für die Einsortierung in die Sammlung der unidentifizierten Toten im Institut. In Linköping hatten sie das Material formell auf biologische Spuren untersucht, die es, wie nicht anders erwartet, wegen der vergangenen Zeit nicht gab. Darum hatten sie es schnell wieder zurückgeschickt.

Ihr wollte einfach nicht in den Kopf, wieso jemand das Knochenstück in den Frauenschädel gelegt hatte. Eine offensichtlich bewusste und grausame Tat. Sie strich eine Locke aus dem Gesicht, wickelte das Knochenstück in Polsterfolie ein, die sie mit einem Stück Klebestreifen fixierte. Sie kochte innerlich. Da draußen lief ein kaltblütiger Mörder herum, und das schon seit Langem. Ohne die Ausgrabung in Motala wären die Opfer vermutlich nie gefunden worden.

Sie legte den sorgfältig verpackten Knochen in die

Pappschachtel, nahm einen Permanentmarker und schrieb »Angel Doe« und eine Registrierungsnummer darauf. Der Nachname »Doe« war die internationale Bezeichnung für eine unidentifizierte Leiche. Für die Eltern, die nach dem Verschwinden eine Hölle durchlebt haben dürften und die vermutlich nach wie vor in der Ungewissheit und mit dem winzigen Funken Hoffnung lebten, ihr Kind eines Tages lebend zu finden, würde die Nachricht des Knochenfundes alle Hoffnung zunichtemachen. Und obgleich Josefine selbst keine Kinder hatte, konnte sie sich gut vorstellen, dass es nichts Schlimmeres gab, als ein Kind zu verlieren.

Um das Geschlecht und die Identität des Kindes herauszufinden, musste erst einmal eine DNA-Analyse gemacht werden. Dafür wollte sie das Knochenmaterial mit nach Dänemark nehmen. Nicht zuletzt, um sich über die Details der Knochenfunde aus Schweden mit ihrem dänischen Chef Henry Mortensen auszutauschen, der zugleich ihr guter Freund und Mentor war.

Birgitte Ussing war Dänin, vielleicht hatte Angel Doe ja auch irgendeine Verbindung nach Dänemark.

Josefine zog den Kittel aus und fasste an das Kruzifix an ihrer Halskette. Sie war nicht explizit gläubig, sondern trug es als eine Art Amulett, weil es in einem früheren Fall ihr Leben gerettet hatte. Das erinnerte sie daran, dass sie Oxenstierna über ihre Fahrt nach Kopenhagen informieren musste, damit er die praktischen Dinge des Polizeischutzes organisieren konnte.

Kapitel 13

Kopenhagen, Dänemark

Ein paar Tage später parkte Josefine die Rostlaube im Frederiks V's vej in der Nähe vom Rechtsmedizinischen Institut. Ein Polizeiauto hielt getreulich hinter ihr, und sie nickte den dänischen Beamten, die die Wache übernommen hatten, zu, als sie aus dem Wagen stieg.

Nach der langen Fahrt von Gotland war sie müde.

Das Gelände um das Institut war im Moment in einen lärmenden Bauplatz mit hohen Kränen verwandelt. Die modernen neuen Gebäude bildeten einen erfrischenden Kontrast zu dem schwarzbraunen Klotz des Anthropologischen Labors, einem Anbau ans Rigshospital, in dem ihr Arbeitsplatz war. Die düstere Ausstrahlung des Gebäudes wurde noch verstärkt durch die großen Glaspartien, und innen verschluckte der erdfarbene Klinker alles Licht. Sie durchquerte den Eingangsbereich, in dem ein paar Cafétische mit hohen Barstühlen und einige neongrüne Sofas standen – die vermutlich die dunklen Erdtöne aufhellen sollten, was nur halb erfolgreich war.

An den Wänden balancierte eine Reihe exotisch anmutender, glasierter Tonfiguren auf Ständern, und vor dem Eingang in die Pathologie thronten die Bronzebüsten zweier berühmter Pathologen, die die Besucher mit finsteren Blicken begrüßten.

Josefine war so oft hier unterwegs, dass sie sich nicht von der düsteren Stimmung beeindrucken ließ. Sie fuhr mit dem Fahrstuhl in den ersten Stock, wo Henrys Büro war.

Der Pathologe stand am Fenster und blickte auf die grauen Gebäude des Rigshospitals, die sich den tiefhängenden Wolken am hellgrauen Himmel entgegenstreckten.

Als er sie hörte, drehte er sich um und strahlte sie an.

»Hallo, Josefine! Schön dich zu sehen«, sagte er und nahm sie in den Arm. »Gute Arbeit hast du da in Motala geleistet! Du hast es auf die Titelseite geschafft …«

Die Nachricht des Schädelfundes, der der Dänin Birgitte Ussing zugeordnet werden konnte, hatte ein spontanes Interesse der dänischen Boulevardpresse für Archäologie und Steinzeitmenschen geweckt. Josefine war von diversen sensationsgeilen Journalisten angerufen worden, die von ihr mehr über Gretas Fund hören wollten.

»Eine furchtbare Sache«, seufzte sie und ließ sich auf einen Stuhl fallen. »Es ist immer schrecklich, wenn Kinder involviert sind.«

»Ja, es gibt Dinge, an die man sich niemals gewöhnt.«

Henrys Eckbüro war geräumig und hell. An der Wand hing ein Foto von ihm in hellblauem Overall mit farblich passenden Gummistiefeln. Josefine wusste, dass er nach dem Tsunami in Südostasien geholfen hatte, die Toten zu identifizieren. Sie sah ihn an, und es kam ihr vor, als wäre er plötzlich gealtert.

»Das Knochenfragment, das wir in dem Frauenschädel gefunden haben, stammt von einem Kind, das zwischen acht und zwölf Jahren alt war. Die Bruchränder sind sehr glatt und präzise ausgeschnitten. Exemplarisch wie die Abbildung in einem medizinischen Fachbuch über Schädelknochen.«

»Du denkst, dass der Täter einen bestimmten Grund dafür hatte?«

»Genau. Aber ich weiß nicht, welchen.«

Sie strich sich eine Haarsträhne aus dem Gesicht.

»Wie alt ist das Knochenmaterial?«

»Der Schädel stammt aus den Achtzigern ... Das Knochenfragment könnte jünger sein.«

Henry verschränkte die Arme vor der Brust und strich sich mit dem Zeigefinger über den Schnurrbart.

»Was hat die Fahndung ergeben?«

»Leider nichts. Ich will das Material hier auf DNA testen lassen, dann sehen wir weiter. Es scheint so unsinnig, Knochen auf diese Weise zu platzieren.«

»Vergiss nicht, dass den meisten Fällen ein Muster zugrunde liegt«, gab Henry zu bedenken. »Es kann durchaus sein, dass wir nicht auf Anhieb durchschauen, warum ein Täter auf eine bestimmte Weise agiert. Aber für ihn oder sie ergibt es im Augenblick der Tat absolut einen Sinn.«

Josefine nickte nachdenklich.

»Es gab übrigens einen sehr unschönen Vorfall dort drüben. Ich habe offensichtlich einen Einbrecher im Arbeitszelt überrascht ... Er hat mich zu Boden gestoßen und mich gewürgt.«

»Das ist ja furchtbar. Unternimmt die schwedische Polizei etwas dagegen?«

»Sie gehen der Sache natürlich nach. Alexander Damgaard war sogar persönlich an der Ausgrabungsstätte und hat dafür gesorgt, dass ich Polizeischutz bekomme, nachdem ich in Verbindung mit dem Schädelfund in den Medien aufgetreten bin. Xander befürchtet, dass ich deswegen in Gefahr bin.«

»Das scheint mir doch eine kluge Entscheidung zu sein.« Henry nickte.

»Er meinte, dass der Einbruch möglicherweise etwas mit dem Doppelmord zu tun hat, aber das kann ich mir nicht vorstellen.«

»Ich bin froh, dass er kein Risiko eingeht. Sag bitte Bescheid, wenn ich irgendetwas für dich tun kann. Brauchst du jemanden, mit dem du über den Vorfall reden kannst? Posttraumatische Reaktionen stellen sich schleichend ein, wie du weißt.«

Josefine schüttelte den Kopf.

»Mir geht es gut.«

»Okay, dann glaube ich dir das mal. Aber melde dich bitte, wenn du deine Meinung änderst.«

Henry schielte auf seine Armbanduhr.

»Ich muss los, muss ans andere Ende des Geländes. Ins Rigshospital.«

»Ach ja?«

Er sah sie an und zögerte kurz.

»Ich habe Krebs.«

*

Henrys Krebsdiagnose hebelte Josefine ziemlich aus. Sie hoffte zutiefst, dass die Krankheit früh genug entdeckt worden war.

Sie befand sich in der kleinen Kantine des Instituts und hatte sich einen Kaffee aus dem Automaten gezogen. Draußen auf dem Korridor lief sie der Rechtsmedizinerin Maria Holeby in die Arme, die in ihrer Abwesenheit nur die Eiskönigin genannt wurde. Sie sah wie üblich wie aus dem Ei gepellt aus, und auch ihr Lächeln war kühl wie immer.

»Hallo, Josefine«, sagte sie und blieb stehen. »Schon wieder zurück aus Schweden?«

»Ja, aber nur für eine Stippvisite, um Knochenmaterial zu durchleuchten. Eines der Opfer war Dänin.«

»Haben Sie die Unterlagen schon an mich weitergeleitet?«

»Nein, noch nicht ... Das macht normalerweise Henry ...«

»Ich möchte gerne über alles auf dem Laufenden gehalten werden«, fiel ihr die Eiskönigin ins Wort. »Die

Arbeitsabläufe sollen optimiert werden, um Ressourcen für neue Forschungsprojekte freizusetzen.«

»Ich kümmere mich darum, sobald ich im System eingeloggt bin«, versprach Josefine.

»Gut … Im Übrigen habe ich Ihr Büro einer Mitarbeiterin überlassen, solange Sie in Gotland sind. Sie soll uns in der Analysearbeit für unseren Artikel in *Springer Science* unterstützen. Sie müssten also vorübergehend das Büro teilen. Einverstanden?«

Ohne Josefines Antwort abzuwarten, schwebte die Eiskönigin von dannen und hinterließ eine Brise teuren Parfums.

Josefine begab sich zu ihrem Büro, das von einer kräftig gebauten Frau mit blondem Pagenschnitt und eindrucksvoller Brille okkupiert war. Der ohnehin schon winzige Raum kam ihr mit einem Mal klaustrophobisch eng vor.

»Hallo, ich bin Josefine«, begrüßte sie die Frau.

»Taina«, antwortete die Mitarbeiterin mit breitem, nordischem Akzent, den Josefine nicht genau zuordnen konnte.

Sie schaute an die hintere Wand, wo ein Teil ihrer Sachen, unter anderem eine der schwarzen afrikanischen Holzmasken, auf ein paar Umzugskartons verteilt war.

»Es war etwas voll hier«, sagte Taina und biss ein Stück von einem Schokoriegel ab, ehe sie sich wieder ihrer Arbeit widmete.

*

Josefine nahm den Fahrstuhl ins Untergeschoss und klopfte an die Tür der IT-Abteilung, wo Arne und Mohammed konzentriert hinter ein paar gigantischen Computermonitoren arbeiteten. Sie brauchte ihre Hilfe beim Einloggen ins Intranet.

»Hallo«, begrüßte sie die beiden.

»Hi. Schon zurück?«, sagte Arne, sprang von seinem Stuhl auf und begrüßte sie mit einer Umarmung und wie üblich mit strahlenden Augen, was vermutlich daran lag, dass sein Job und sein Lieblingshobby identisch waren.

Mohammed erhob sich ebenfalls und begrüßte sie etwas steifer. Er war ein attraktiver Mann, aber sehr schüchtern und etwas linkisch. Er und Arne waren ein unzertrennliches Gespann, so jedenfalls kam es Josefine vor. Sie wusste nicht mehr über Mohammed, als dass er aus Syrien nach Dänemark gekommen war und an der Universität von Kopenhagen studiert hatte. Arne hatte erzählt, dass Mohammed das jahrgangsbeste Examen hingelegt hatte. Er hatte als Vertretung in der Abteilung angefangen und war hängen geblieben.

»Nur für eine Stippvisite. Ich brauche ein paar ergänzende Analysen von Knochenmaterial … In Henrys neuem Supergerät, ihr wisst schon.«

»Aha«, sagte Arne und wechselte Blicke mit Mohammed. »Etwa in Zusammenhang mit den Motala-Morden?«

Die Neuigkeit des Doppelmordes in Schweden hatte es offenbar auch ins Eilmeldungsformat aller Medienplattformen geschafft.

Sie nickte.

»Ja, ich will Untersuchungen zum zweiten Opfer anstellen … dem Kind. Bedauerlicherweise ist niemand auf die Fahndung angesprungen, weder in Schweden noch in Dänemark.« Josefine seufzte.

»Kindermorde gehen besonders an die Nieren«, sagte Arne und strich sich über die Glatze.

Josefine nickte.

Es entstand eine Pause.

Sie sah sich im Büro um. Irgendetwas fehlte.

»Was habt ihr mit euren Lampen gemacht?«

Arne hatte einen Spleen für Poul-Henningsen-Lampen, der schon an Besessenheit grenzte. Mohammed hatte ihn deshalb liebevoll »der Hamster« getauft. Arne war immer auf der Jagd nach seltenen Exemplaren, und sie schickte ihm alle Fotos aus Antiquitätengeschäften oder Secondhandläden, wenn sie auf etwas stieß, das ihn interessieren könnte.

»Die Eiskönigin hat gesagt, wir sollen aufräumen und unseren Schrott entsorgen. Man könnte meinen, ihr gehöre das Gebäude. Als ob das Zeug hier unten irgendjemanden stören würde. Solange wir unsere Arbeit ordentlich erledigen …?«

Arne hatte das Kellerbüro ohne Wissen der Direktion als Zwischenlager für die Lampen genutzt und darauf gebaut, dass niemand dahinterkäme, weil sich aus den oberen Etagen niemals jemand in den Keller verirrte. Auf welchem Weg auch immer hatte die Eiskönigin offensichtlich Wind von dem harmlosen Arrangement bekommen. Irgendjemand musste ihn verpfiffen haben.

»Die mischt sich in alles ein, und jede Kleinigkeit soll protokolliert werden. Das ist die totale Erbsenzählerei«, sagte Mohammed in formvollendetem Dänisch.

»Hast du die Lampen mit nach Hause genommen?«, fragte Josefine.

»Versprich erst, niemandem was davon zu sagen!«

»Natürlich nicht …«

Arne winkte sie hinter sich her in den hinteren Teil des Kellerraums und schloss mit einem Schlüssel von einem dicken Schlüsselbund die Tür zu einem kleineren Lagerraum auf.

»Eine Septima«, sagte er verträumt.

Josefine sah bewundernd die messingfarbene Lampe mit sieben übereinandergefächerten Lampenschirmen an, die an einer Art Metallbügel hing.

»Produziert von Louis Poulsen. Der Vorläufer der sogenannten Artichoke«, erklärte Arne.

»Wo hast du die denn aufgetrieben?«

»Über Jordan. Der hat Verbindungen, weißt du.«

Jordan war rechtsmedizinischer Assistent und ging den Pathologen zur Hand, wenn Leichen von der Bahre auf den Untersuchungstisch gehievt werden mussten oder gewendet werden sollten. Er war auch für die MRT-Untersuchungen der Leichen verantwortlich, die im Leichensack im Institut ankamen. Und offenbar war er dazu noch ein Luxussammler.

»Mein Vater hatte solche Pendelleuchten in seinem Sprechzimmer«, sagte sie und zeigte auf ein paar Deckenleuchten mit blauen Schirmen, die in offenen Kartons lagen. »Er war ganz verliebt in sie.«

Sie überlegte kurz, wo die Lampen eigentlich abgeblieben waren, aber ihre Spur verlor sich in der Vergangenheit.

»Sag Bescheid, wenn ich dir eine coole Lampe beschaffen soll«, sagte er.

»Danke, mal schauen.« Josefine hatte ihre Zweifel, dass sie sich Arnes extravagante Kleinodien leisten könnte. »Die Eiskönigin hat mir im Übrigen eine Mitbewohnerin ins Büro gesetzt.«

»Nimm dich in Acht, das ist eine Petze.«

»Danke für die Warnung … Apropos, wie weit seid ihr mit dem 3D-Projekt?«

Damit bezog sie sich auf ein neues IT-Programm, mit dem sich ein Tatort künstlich animieren ließ, fast wie in einem Film. Als Bonus konnte man das Opfer über diverse Computerprogramme wieder zum Leben erwecken. Die Erwartungen an das Programm waren hoch, das auch als rechtsmedizinische Dokumentation vor Gericht fungieren sollte sowie als Ergänzung ihrer Beratungsdienste für die Polizei. Sie verfügten bereits über ein System, das einen Täter allein anhand seiner Gangart identifizieren konnte.

»Wir sind gerade in die Testphase übergegangen«, antwortete Arne. »Ich habe einen Probelauf für einige Funktionen zusammen mit den Pathologen gemacht, die begeistert sind, und die Polizei ist auch mit im Boot. Als nächste Testgruppe sind die Polizeitechniker dran.«

»Hört sich spannend an«, sagte sie.

»Willst du das Demo sehen?«

»Sehr gerne.«

»Das ist ja ursprünglich Henrys Projekt«, sagte Arne. »Aber die Eiskönigin ist der Meinung, wir sollten lieber auf ihre Artikel für *Springer Science* setzen.«

»Okay? Worum geht es darin«, fragte sie neugierig.

»Ich glaube, irgendwas mit Volksgesundheit der Kopenhagener im achtzehnten und neunzehnten Jahrhundert, aber nagel mich nicht auf den genauen Wortlaut fest.«

»Du irrst dich«, sagte Josefine lächelnd. »Das ist mein Projekt. Ich habe es so ausgeweitet, dass es auch die Ostseeregion mit einbezieht. Das war schließlich der Grund für meine Gotlandreise …«

»Wie auch immer«, sagte Arne und zuckte mit den Schultern. »Bei eurem Zeug verliert man schnell den Überblick … Aber wie gesagt, ich installier gerne die nötige Software auf deinem Laptop, dass du das Programm ausprobieren kannst. Ich verspreche dir, dass du nicht enttäuscht sein wirst. Es gibt einen Haufen schicke Extrafunktionen.«

Er strich sich wieder über den kahlen Schädel.

»Super.«

»Bringst du deinen Laptop vorbei?«

Sie nickte.

*

Wenige Stunden nachdem Josefine ihren Laptop abgeliefert hatte, bekam sie eine SMS von Arne, dass er startklar wäre. Sie trank einen Becher Tee in der Minikantine, begab sich zurück in ihr Büro und zwängte sich zu ihrem Platz durch, wo ein Servicemitarbeiter in der Zwischenzeit einen kleinen Schreibtisch und einen abgewetzten Bürostuhl aufgestellt hatte.

Taina nickte ihr kurz zu und arbeitete weiter.

Josefine fuhr den Rechner hoch. Auf dem Hintergrundbild war sie selbst neben einer lächelnden Frau mit üppiger blonder Löwenmähne zu sehen, ihrer Kollegin Rita, die auf dem Assistens Kirkegård ermordet worden war. Josefine sah wehmütig auf das Foto. Das war eine gute Zeit gewesen, als es aufgenommen wurde. Sie hatten beide an einem umfangreichen Projekt mitgewirkt, bei dem im Zuge von Bauvorhaben an der U-Bahn-Strecke Knochen aus einem Teil der Gräber auf dem Assistens Kirkegård geräumt, untersucht und an anderer Stelle wieder begraben werden sollten. Das Bild von Ritas toten Augen und dem zertrümmerten Schädel stieg in ihr Bewusstsein auf. Sie seufzte und machte sich daran, die der Eiskönigin zugesagte Zusammenfassung des Doppelmordes zu schreiben, in dem jetzt ermittelt wurde.

*

Später am Tag fuhr Josefine mit dem Aufzug ins Erdgeschoss und schloss die gelbe Tür zur Pathologie auf, hinter der die Obduktionen des Tages längst abgeschlossen waren.

Die Neonröhren an der Decke spiegelten sich wie Fahrbahnstreifen im glänzenden Boden. In einem Regal fand sie die weißen Clogs mit ihren Edding-Initialen an der Schuhspitze und zog sich einen sauberen Kittel an. Danach begab sie sich in den Sektionsbereich. In der Ecke stand ein staubsaugerähnliches Gerät, eine leistungsstarke Schädelsäge, die den Knochenstaub direkt in einen geschlossenen Behälter saugte. Die Wände waren weiß gefliest, und auf einem Rolltisch lag ein breites Arsenal der Werkzeuge, die die Rechtsmediziner bei ihren Obduktionen benutzten, von Skalpellen über Lungenmesser bis zu Darmscheren. Ein geriffeltes, dickes Rohr an der Decke unterstützte die Absauganlage, die in den Obduktionstischen eingebaut war und einer überdimensionalen Made glich.

Das laute Klappern ihrer Clogs auf dem Boden zerschnitt die Stille.

Sie bekam einen gewaltigen Schock, als Jordan, der sich im Nebenjob offensichtlich auch als Lampendealer betätigte, den Raum betrat. Er war ein großer, kräftig gebauter Afroamerikaner mit mahagonigetönter Haut, einem tonnenförmigen Oberkörper und einem schneeweißen Lächeln. Er drückte sie so fest an sich, dass sie ihre Knochen knacken zu hören glaubte.

»Wie geht's, meine Schöne? Willkommen zurück.«

»Ich bleibe nicht lange«, sagte sie.

»Willst du was durchleuchtet haben?«

»Einen Schädel und ein Knochenfragment.«

Josefine hatte das Knochenmaterial im Voraus nach Dänemark geschickt.

»Mehr nicht?«

»Nein.«

»Gut, das können wir gerne am Wochenende erledigen. Wir haben eine Abmachung mit dem Zoologischen Garten, ihre kranken oder toten Tiere zu durchleuchten. Aus guten Gründen lässt sich das in den Krankenhäusern nicht durchführen. Und unsere Geräte werden abends und am Wochenende ja nicht gebraucht. Aber wehe, du sagst der Eiskönigin was davon! Die flippt komplett aus, wenn sie davon Wind kriegt.«

»Was ist, wenn das rauskommt!?«

»You know nothing«, grinste Jordan und fuchtelte mit den Händen. »Nennen wir es einen Freundschaftsdienst … Sir Henry hat seinen Segen gegeben … Er meinte so was in der Art, dass er dem Ganzen einfach sein blindes Auge zuwendet. Du kennst ja seine schnurrigen Formulierungen.«

Josefines Chef hatte intern einen Adelstitel bekommen wegen seines kultivierten Auftretens und seiner extrem korrekten und leicht affektierten Ausdrucksweise.

»Gab es organisatorische Umstrukturierungen, oder warum muss Maria jetzt über alles auf dem Laufenden gehalten werden?«

»Nein, das ist wegen Henrys Krankschreibung, weißt du.«

Sie nickte und senkte den Blick.

Jordan zog die OP-Haube vom Kopf.

»Und … wo ist das Material, das wir durchleuchten sollen?«

»Ich stelle es dir hin«, sagte Josefine.

»Okay. Dann komme ich später noch mal wieder.«

Sie ging in den Hinterraum, in dem die Kiste mit dem Schädel stand, und trug sie in den Sektionsbereich. Dann zog sie einen Mundschutz und Latexhandschuhe an.

Mit einem Skalpell schnitt sie das Klebeband auf, öffnete den mit Holzwolle gepolsterten Pappkarton und hob behutsam den in Polsterfolie verpackten Schädel heraus. Trotz der MRT-Bilder aus Schweden wollte sie mit Henrys neuem Gerät, das er hätschelte wie ein Neugeborenes und das offenbar auch für die lichtscheuen Projekte außerhalb der normalen Öffnungszeiten genutzt wurde, noch mehr ergänzende Bilder des Materials anfertigen lassen.

In dem Frauenschädel lag das gut verpackte Knochenfragment des Kindes. Sie wickelte es aus und wog es in der Hand, ehe sie es vorsichtig auf dem Tisch ablegte.

Josefine fröstelte. Sie war davon überzeugt, dass der Täter genau dieses Knochenfragment nicht zufällig ausgesucht hatte.

Sie schnitt jeweils einen kleinen Splitter von dem Kinderknochenstück und von Birgitte Ussings Schädel ab und verpackte beide in getrennte Beutel, die sie in je einen braunen Umschlag für die Forensische Genetik legte, die sich im selben Gebäude befand. Sie schrieb »Retour an JOJ« darauf und auf den einen, dass das Material von einem Kind stammte, was die DNA-Analyse beschleunigen würde. Dann schrieb sie noch Referenznummern auf die Umschläge und legte sie in den Ausgangskorb für interne Post.

Bei einer erneuten, gründlichen Untersuchung von Birgitte Ussings Schädel fiel ihr auf der Innenseite ein dunkelbraunes, stoffähnliches Material auf, das sie bei ihrer letzten Untersuchung offensichtlich übersehen hatte. Sie fischte es mit einer Pinzette heraus und studierte es einen Augenblick, ehe sie es in einen kleinen Beutel mit Plastikreißverschluss legte.

Danach begab sie sich in einen der Kühlräume, in dem ein Karton mit einem für die Pathologie eher ungewöhnlichen Inhalt stand. Sie hob ihn auf einen Rollwagen, schob ihn in den Sektionsraum, stellte den Karton auf einen weißen Tisch und nahm ein paar Kokosnüsse heraus. Henry und sie hatten vor einigen Monaten eine Versuchsreihe mit verschiedenen Bruchrändern gestartet und waren zu der exotischen Lösung gekommen, dass es eine bemerkenswerte Übereinstimmung zwischen den Bruchrändern einer Kokosnussschale und einem menschlichen Schädel gab, die stumpfer Gewalt wie zum Beispiel von einem Baseballschläger oder einem großen Stein ausgesetzt gewesen waren. Bislang hatten sie für Versuche Knochen von toten Schlachttieren genommen, aber diese Lösung war viel einfacher und preiswerter. Außerdem sparte man sich so das mühsame Präparieren der Schädel, zu dem das Entfernen des weichen Gewebes gehörte. Und der neue Lieferant befand sich sozusagen direkt ums Eck. Josefine hoffte, dass die Kokosnüsse sich auch für die Überprüfung von Sägespuren eigneten. Sie setzte eine Schutzbrille auf, holte die Schädelsäge, die auch »die Heulende Nonne« genannt wurde, und schaltete sie ein. Gleich darauf ertönte ein kreischendes Heulen, das dem Spitznamen alle Ehre machte, als die Klinge der kompakten Kreissäge den Schädel durchschnitt wie ein warmes Messer die Butter. Die Schnittfläche des Kokosfleisches schimmerte weiß in der nussbraunen Schale.

Josefine schaltete die Säge aus, schob die Schutzbrille auf die Stirn und sah sich den Schnitt an. Danach legte sie die Nussschale auf die Glasplatte unter einem Mikroskop, stellte das Okkular ein und betrachtete die Sägekante.

Als Nächstes nahm sie sich noch einmal Birgitte Ussings Schädel vor. Unten am Nacken fand sie Bruchflächen, die sich von der ebenmäßigen Sägespur am Schädeldach unterschieden. Dort hatte der Täter ein anderes Instrument verwendet, dachte sie, vielleicht eine Axt. Dafür sprach der zertrümmerte Knochen.

Sie begab sich in den Raum mit dem futuristisch aussehenden MRT-Gerät, legte Schädel und Kokosnuss in einen Karton und schrieb Jordan einen Zettel, dass er sich beeilen sollte, gefolgt von einem Smiley.

Kapitel 14

Josefine saß vornübergebeugt vor ihrem Computer. Sie hatte das Haar mit einem Bleistift zum Knoten hochgesteckt. Jordan hatte in der Zwischenzeit das Knochenmaterial aus Motala durchleuchtet und ihr eine Datei mit den Bildern geschickt, die so hoch aufgelöst waren, dass jedes winzige Detail darauf messerscharf zu erkennen war. Auf dem MRT-Bild von Birgitte Ussings Schädel sah die Verletzung wie ein tiefer Meteoriteneinschlag in einer unwirtlichen Mondlandschaft aus. Das Innere des Schädels war ein schwarzes Loch. Das Knochenfragment des Kindes war so winzig daneben, als wollte es die Unmöglichkeit bestätigen, anhand von so wenig Material einen Menschen identifizieren zu können.

Sie verglich die Sägekanten der Kokosnuss mit dem Schädel und dem Knochenfragment, die den Spuren recht ähnlich sahen, die die Heulende Nonne hinterlassen hatte. Möglicherweise hatte der Täter also ein ähnliches Werkzeug benutzt.

Was aber immer noch nicht die Frage beantwortete,

warum er die Leichen auf diese spezielle Weise zerteilt hatte. Das wies auf einen kaltblütigen und abgestumpften Täter hin. Diese Herangehensweise verkörperte in ihren Augen etwas Symbolisches, was beunruhigend war, weil es bedeutete, dass sie es mit einem gnadenlosen Zyniker mit einer gehörigen Portion überschüssiger Intelligenz zu tun hatten. Trotz des erheblichen Risikos, erwischt zu werden, hatte er sich die Zeit genommen, die sterblichen Überreste regelrecht zu arrangieren. Josefine konnte nicht ausschließen, dass es sich um eine geistesgestörte Person handelte, die sich Kraft ihrer Psychose berufen fühlte zu morden, um ein anderes furchtbares Unglück zu verhindern. Sie war sich allerdings ziemlich sicher, dass dies nicht das Werk eines Geistesgestörten war. Auf sie machte das Ganze einen eher reflektierten Eindruck. Bewusste Bösartigkeit.

Die Platzierung der Knochen in dem Steinzeitgrab schien ihr auch alles andere als zufällig, eher eine kranke Form von Symbolik. Das kunstvolle Arrangement eines Täters, der stolz auf sein Werk war. Das erforderte einen hohen Grad an Sadismus. Der Täter schien das Ganze zu genießen.

»Ein Werk«, sagte sie leise zu sich selbst. »Von einem Künstler des Todes.«

*

Sie fuhr mit dem Aufzug hoch in den ersten Stock und ging in ihr Büro, in dem ihre Zimmergenossin Taina energisch ein dreieckiges Sandwich verzehrte. Josefine hatte versucht, Henry zu erreichen, der nicht ans Telefon ging. Sie hatte eine Nachricht hinterlassen und ihn gebeten, zurückzurufen.

Es roch aufdringlich nach Picknick – wie früher in der großen Pause im Klassenzimmer.

Taina mochte es scheinbar nicht so gerne warm. Das Fenster stand sperrangelweit offen, und Josefine musste sich irgendwann den selbstgestrickten Rollkragenpullover überziehen, um nicht zu erfrieren. Sie schrieb Xander eine Mail über ihre vorläufigen Ergebnisse und erkundigte sich, ob er Zeit für ein Treffen hätte. Seine Antwort, dass ihm das gut passte, kam umgehend. Sie verabredeten sich für die Mittagspause.

Kapitel 15

Xander winkte Josefine durch die Glasfront ihres Büros zu. Er war nervös wegen des Wiedersehens.

Eine blonde, kräftige Frau mit dünnem Haar und dicker Brille sah von ihrem Monitor hoch.

Josefine kam an die Tür und öffnete sie einen Spaltbreit.

»Gehen wir in die Kantine vom Rigshospital«, sagte sie leise durch den Spalt.

Er nickte.

Sie gingen nebeneinanderher zum Aufzug, fuhren ins Erdgeschoss und wechselten zum monströsen Hauptgebäude des Rigshospitals. Der Lärm der laufenden Bauarbeiten war überwältigend, und es hatte zu regnen begonnen.

Josefine ging mit ihm in die von Patienten, Besuchern und Krankenhauspersonal gut besuchte Kantine. Sie hielt Ausschau nach einem freien Tisch, während Xander Baguettes und Getränke besorgte.

Er kam zu ihr und reichte Josefine einen Teller und eine

Flasche Mineralwasser. Dann packte er sein mit Schweinebraten belegtes Baguette aus, biss hinein und legte es auf den Teller.

»Hast du was Neues herausgefunden?«

»Ich brüte noch über die Art und Weise der Verstümmelung des Kindes. Der Täter hat meiner Meinung nach kein zufälliges Schädelknochenfragment gewählt. Die Pars petrosa, das sogenannte Felsenbein, ist Teil des Schläfenbeins am unteren Teil der Schädelbasis. Im Übrigen super geeignet für die Entnahme alter DNA, weshalb ich recht zuversichtlich bin, dass die Forensischen Genetiker etwas Brauchbares finden. Ich rechne jeden Moment mit einem Anruf von ihnen.« Nach einer kurzen Pause fuhr sie fort. »Das Stück ist der härteste Teil des Schädels und gleicht einer kleinen Pyramide. Wegen der ungewöhnlich hohen Knochendichte ist es im Verhältnis zur Größe ungewöhnlich schwer und zerfällt als einer der letzten Knochen im menschlichen Skelett ... Es wurde sehr präzise herausgeschnitten, was mich vermuten lässt, dass der Täter einen medizinischen Hintergrund hat und sich in Anatomie auskennt.«

»Das ist trotz allem nicht viel«, sagte Xander und faltete die Hände. »Und warum platziert man überhaupt ein Stück Schädelknochen im Schädel eines anderen Menschen?«

Sie schaute an die Decke.

»Ja ... das ist in der Tat merkwürdig. Vielleicht ist es ein Ausdruck von Fürsorge ... das eine Opfer beschützt das andere.« Josefine trank einen Schluck Wasser. »Ich habe übrigens noch etwas anderes in Birgitte Ussings Schädel gefunden, das die Techniker untersuchen sollen. Keine Ahnung, ob es wichtig ist, aber man weiß ja nie.«

Sie wischte die Finger an einer Serviette ab, fischte einen kleinen versiegelten Beweisbeutel aus ihrer Tasche und legte ihn vor Xander auf den Tisch.

»Das sieht nicht wie etwas vom Ausgrabungsplatz in Motala aus.«

Xander wischte sich übers Gesicht und sah sich den Inhalt genauer an.

»Wenn der Täter für das Loch im Schädeldach eine elektrische Kreissäge benutzt hat, würde das die akkurate, glatte Bruchkante erklären«, fuhr sie eifrig fort.

Sie sahen sich an, ohne etwas zu sagen.

»Woher weißt du, dass es eine Kreissäge war?«, fragte Xander.

»Ich habe Sägetests an Kokosnüssen vorgenommen, für die wir normalerweise Oberschenkelknochen von Schweinen benutzen. Ich habe die Sägespuren verglichen, und es besteht kein Zweifel. Die Kreissäge ergibt einen Treffer. Aber die Stelle im Nackenbereich sieht nach Trümmerbruch aus«, erläuterte Josefine.

Xander nickte und betrachtete Josefines schönes Gesicht und ihre Wangen, die immer mehr Farbe bekamen, je aufgeregter sie während ihres Vortrags wurde.

Er schluckte den Bissen hinunter und nippte an seinem Wasser.

»Ganz schön raffiniert …«

»Zu abgedreht, willst du sagen?«

»Nein, ganz und gar nicht«, beeilte er sich hinterher zu schieben.

Er war schwer beeindruckt, wie viel sie aus so wenig Beweismitteln herausgefunden hatte.

»Vielleicht hat er zuerst den Kopf mit einer Axt vom Körper getrennt, ehe er zum effektiveren Werkzeug gegriffen hat, also der Kreissäge. Der Kopf wurde mit chirurgischer Expertise ganz oben beim Atlas vom Körper getrennt, also dem obersten Halswirbel, der eine Art Achse darstellt, die uns befähigt, unseren Kopf nach vorne und hinten und zu den Seiten neigen zu können.«

Xander nickte und bewegte so seinen eigenen Atlas vor und zurück. Danach biss er herzhaft in sein Sandwich, während Josefine eifrig weitersprach.

»Ich habe mir überlegt«, sagte sie, »dass er irgendwo einen Ort haben muss, an dem er die Leichen zerteilt und die Knochen präpariert …«

Xander sah sie an.

»Bis alle Weichteile verwest sind, vergeht viel Zeit«, sagte sie nachdenklich. »Es sei denn …«

»Was meinst du?«

»Dass er das Auflösen des Fleisches beschleunigt …«

Xander legte das Sandwich weg.

»Das Steinzeitgrab ist voller Symbolik«, sagte sie. »Die Menschen damals haben ihre Toten auf eine bestimmte Weise bestattet, um ihnen die Reise ins Totenreich zu erleichtern. Gretas … ich meine Birgitte Ussings Schädel war so platziert, dass sie nach Osten geschaut hat, wo die Sonne aufgeht. Ich glaube nicht, dass das ein Zufall ist.«

»Wie meinst du das?«

»Dass man von seinem Grab Christi Auferstehung im Osten sehen kann, ist eine christliche Tradition. Und die Steinzeitmenschen waren heidnisch.«

»Hm …«

Xander konnte ihrem Gedankengang nicht ganz folgen.

»Das könnte eine besondere Fürsorge für die Toten widerspiegeln, damit sie nicht verloren sind. Oder das genaue Gegenteil.«

Sie sahen sich an.

»Inwiefern?«

»Vielleicht fürchtet der Täter, für seine Taten bestraft zu werden.«

»Du meinst, er hat Angst, auf direktem Weg in die Hölle zu wandern?«

»Ja, das scheint mir möglich.«

»Aber es könnte doch genauso gut eine geistesgestörte Person sein, die die Knochen auf eine bestimmte Weise arrangiert, um einen Fluch oder ein Unglück abzuwenden«, schlug Xander vor. »Das sieht man doch öfter.«

»Als Ausdruck einer Art Paranoia?«, fragte Josefine. »Daran habe ich auch schon gedacht, aber das Ganze wirkt zu arrangiert. Sind geistesgestörte Menschen nicht eher unorganisiert? Das große innere Chaos …«

»Verrückte Menschen gibt es zuhauf«, sagte Xander. »Aber wahrscheinlich hast du recht, dass der Täter nicht unbedingt psychisch gestört sein muss, sondern eher total aus der Spur ist.«

Josefine nickte, umfasste das Kruzifix an ihrer Halskette und starrte vor sich hin.

Kapitel 16

Ein paar Tage später sprang Josefines Rostlaube nicht an. Ihm bekam offensichtlich die feuchte Kälte nicht, und erst beim vierten Versuch kam der Motor hustend in Gang.

Die kleine weiße Engelsfigur am Rückspiegel folgte den ruckelnden Bewegungen. Sie war ein Geschenk ihres Bruders, bevor er damals krank geworden war, und sie war nicht sonderlich schön, aber sie gehörte untrennbar zum Wagen.

Der Morgenverkehr lief zäh, und als sie beim Institut ankam, musste sie lange nach einem Parkplatz suchen.

Sie sah auf dem Handydisplay, dass Henry mehrmals versucht hatte, sie zu erreichen. Als sie ihn zurückrief, hatte er offenbar sein Handy ausgeschaltet, denn sie wurde direkt zur Mailbox weitergeleitet. Sie schloss den Wagen ab, begab sich in das dunkle Gebäude und fuhr mit dem Aufzug in die erste Etage.

Die Nachricht von Henrys Krebsdiagnose hatte sich mit epidemischer Geschwindigkeit im Institut verbreitet. Bei der Morgensitzung in Abwesenheit der Hauptperson wurde allenthalben hinter vorgehaltener Hand geraunt. Sie und Henry hatten ein spezielles Verhältnis zueinander. Er hatte bei vielen Gelegenheiten schützend seine Hand über sie gehalten, und sie hatte auf fachlicher Ebene eine Menge von ihm gelernt. Mit den Jahren waren sie richtig gute Freunde geworden.

Nach der Sitzung ging Josefine zurück in ihr Büro und fand in ihrem Posteingang eine Antwort von den Kollegen der Forensischen Genetik, die sich mit ihren Analysen richtig beeilt hatten.

Ihr Herz klopfte aufgeregt, als sie die Mail öffnete.

*

Xander bekam einen Anruf vom Nationalen Kriminaltechnischen Zentrum NKC, dass die Kartons mit dem Beweismaterial zum Birgitte-Ussing-Fall eingetroffen waren und dass der leitende Techniker, Kenneth Nyborg, sich sofort an die Untersuchung des Inhalts machen wollte. Der Techniker fragte, ob Xander beim Auspacken dabei sein wollte, ehe die Sachen zur weiteren Analyse geschickt wurden. Xander sah auf die Uhr und bejahte. Das konnte er noch irgendwie dazwischenquetschen.

Die beiden Kollegen hatten im Laufe der Jahre in etlichen Mordfällen zusammengearbeitet, und Xander hegte großen Respekt vor Kenneth, einem gemütlichen Burschen mit einer Leidenschaft für Fußball.

Nach halbstündiger Fahrt erreichte er das neu errichtete Gebäude des NKC im Glostruper Industrieviertel, ein anonym grauer, uneinnehmbar wirkender Bunker mit abweisenden Spiegelglasfenstern und Überwachungskameras, umgeben von einem hohen Zaun. Er musste sich an der Gegensprechanlage ausweisen, ehe ein hohes Gittertor langsam aufglitt.

Die Rezeptionistin prüfte ausgiebig seinen Dienstausweis, ehe sie ihm eine Besucherkarte aushändigte, die er an sein Hemd klemmte. Während Xander wartete, betrachtete er das gerahmte Foto eines Beamten, der ein rot-weiß gestreiftes Absperrband mit einem Skalpell durchschnitt, wobei ihm ein paar lächelnde Kollegen zusahen. Das Foto stammte von der noch nicht lange zurückliegenden Einweihung des Gebäudes, wie er der Bildunterschrift entnahm.

Kenneth tauchte kurz darauf in der Rezeption auf und führte Xander durch einen langen Flur mit weißen Wänden und grauem Linoleumboden. Es roch nach Farbe und Chemikalien.

»Wir sind nach dem Umzug aus dem Slotsherrensvej eigentlich jetzt erst richtig hier angekommen«, sagte Kenneth. »Was für ein Projekt, kann ich nur sagen. Und es ist ein echter Vorteil, dass wir jetzt mit den IT-Leuten unter einem Dach sitzen. Die meisten Fälle heutzutage haben ja irgendwas mit IT-Kriminalität zu tun. Da ist es wichtig, dass wir das Material zuerst auf biologische Spuren untersuchen, ehe es an die IT-Spezies weitergereicht wird, die dann prüfen, wo zum Beispiel ein Handy sich befunden hat und ihm alle inneren Geheimnisse entlocken. Auf die Weise vermeiden wir, dass sie mit ihren zehn linken Daumen wichtige Spuren vernichten. Eine praktische Lösung.« Er blieb stehen. »Hier geht's rein«, sagte er und zog seine Personalkarte durch einen Leser. »Die Direktion hat das umgesetzt, was sie vorab in Sachen Sicherheitslevels gesagt hat. Ohne Personalkarte kommst du hier nicht weit.«

Sie betraten eine große Lagerhalle mit Metalltoren, durch die auch große Fahrzeuge passten. In einer Ecke stand ein messingfarbener Wäschewagen mit übereinandergestapelten Kartons, auf denen Xander die Registrierungsnummer von Birgitte Ussings Fall wiedererkannte, handschriftlich notiert mit einem dünnen Filzschreiber.

»Wir wollen ja vermeiden, die Sachen mit unserer DNA zu kontaminieren«, bemerkte Kenneth und reichte Xander einen eingeschweißten Schutzanzug, zwei Schuhüberzieher und einen Mundschutz. »Die Kollegen damals waren glücklicherweise so vorausschauend, für zukünftige Spürhunde Beweismaterial mit biologischen Spuren aufzubewahren. 1985 steckte die DNA-Technologie noch in den Kinderschuhen und hat erst Anfang der Neunziger ernsthaft ihren Platz gefunden.«

Xander stieg in den Overall und die Schuhüberzieher. Danach band er den mintfarbenen Mundschutz vor die untere Gesichtshälfte und zog die Kapuze über den Kopf.

»Steht dir gut«, sagte Kenneth, der wie ein kleinerer und stämmigerer Klon von Xander aussah.

Der Techniker schob den Rollwagen mit den Kartons zu einem weißen Arbeitstisch.

Sie zogen Latexhandschuhe über und begannen mit der Durchsicht der Kartoninhalte. Selbst hinter der Maske nahm Xander den Geruch von staubiger Pappe wahr, der sich langsam im Raum ausbreitete, was das Cold Case-Gefühl noch verstärkte.

Ein Karton enthielt ausschließlich Tatortfotos. Xander blätterte sie durch und verharrte bei den Bildern vom Schlafzimmer. Das Bett war blutgetränkt, an den Wänden sah er rote Wolken. Wie ein Blutnebel, dachte er und blätterte weiter. Er stutzte erneut bei einer Nahaufnahme einiger Dosen mit Duftspray, die auf dem Boden vor der Küchenwand aufgereiht standen. Das reichte bei täglicher Anwendung locker für ein Jahr, dachte er. Dann war da noch eine grüne Transportkiste mit diversen Teilen einer Kreissäge und mit Detailaufnahmen von kleineren schwarzen Plastikteilen auf dem Boden der Kiste. Nach weiterer Suche fanden sie ein paar Beutel mit sorgfältig ausgeschnittenen Stücken von einem blutverschmierten Teppich und ein Stück Leinenstoff, dem die Rechtstechniker, wie Kenneth meinte, etwas abgewinnen konnten.

»Sieh dir doch auch gleich noch mal das hier an«, sagte Xander und zog den Reißverschluss seines Schutzanzuges auf, um den Beutel aus der Innentasche seiner Jacke zu fischen, den Josefine ihm in der Kantine gegeben hatte. »Das hat Josefine Jespersen in Birgitte Ussings Schädel gefunden.«

»Sieht aus wie grob gewebter Leinenstoff«, stellte der Techniker nach einem genaueren Blick fest. »Interessant.« Er hielt den Beutel gegen das Licht. »Hast du am Wochenende Fußball geschaut? Liverpool hat Manchester plattgemacht.« Er strahlte. »Die haben ordentlich einkassiert!«

Xander überlegte, ob das der Moment wäre, zu bekennen, dass er für die plattgemachten Rivalen war, behielt dieses Geheimnis dann aber doch lieber für sich. Es gab keinen Grund, die entspannte Stimmung zwischen ihnen zu gefährden. Normalerweise war Kenneth die Ruhe selbst, aber er durchlief eine schockierende Dr. Jekyll und Mr. Hyde-Verwandlung, wenn es für Liverpool nicht gut lief. Xanders Mitarbeiter Jørgen hatte den Riesenfehler begangen, Kenneth zu offenbaren, dass er bei der letzten EM für die Schweden gewesen war. Seitdem zeigte er Jørgen die kalte Schulter, wenn sie mal ein Feierabendbier zusammen tranken.

*

Eine Stunde später hatten sie das Material nach Kenneths Anweisungen verteilt.

»Das hier geht in die Forensische Genetik«, sagte der Techniker und zeigte auf eine Plastikbox mit biologischem Material vom Tatort.

Xander erkannte die viereckigen Teppichflicken und das verfärbte Bettleinen.

»Vielleicht kann mit den modernen Techniken ja tatsächlich noch was Neues ausgegraben werden«, sagte er hoffnungsvoll.

Nach der Verteilung der Aufgaben an seine Leute gingen Kenneth und Xander hinaus auf den Flur und zogen ihre Schutzanzüge aus. Xander checkte sein Handy und sah, dass Josefine ihm eine SMS geschickt hatte. Das Ergebnis der DNA-Analyse aus der Forensischen Genetik sei da, und er solle sie bitte anrufen.

Er war gespannt, ob es sie in den Ermittlungen voranbringen würde.

Schon nach dem ersten Klingeln war Josefine am Apparat.

»Und, was sagen sie?«, fragte er ungeduldig.

»Es gab glücklicherweise ein Match im System. David Hansen, bei seinem Verschwinden elf Jahr alt. Wie erwartet gibt es keine familiäre Beziehung zwischen den beiden. Theoretisch könnten sie über mehrere Ecken miteinander verwandt gewesen sein. Aber das ist nicht der Fall. Ich schicke dir die Details in einer Mail.«

Ein Klappern war zu hören, und es rauschte in der Leitung.

»Okay«, sagte Xander. »Das ist ja schon mal was … Danke.«

Kapitel 17

Am nächsten Tag sammelte Xander Informationen zum Fall David Hansen, der im Jahr 2000 nach einem Ausflug mit seinen Freunden in den Vergnügungspark Dyrehave bei Klampenborg verschwunden war. Trotz der sparsamen Informationen rieselte es Xander kalt den Rücken hinunter, als er las, dass ein Mann mit schwarzer Sturmhaube mit David zusammen gesehen worden war, auf dem Waldweg, der zum Bahnhof führte. Danach verlor sich jede Spur von ihm.

Das Telefon klingelte. Es war Kenneth, der etwas zu dem Inhalt des Beweisbeutels herausgefunden hatte, den Josefine Xander mitgegeben hatte. Bei dem Stoff handelte es sich um Gipsgaze, das zum Beispiel in Krankenhäusern zur Fixierung von gebrochenen Armen und so weiter gebraucht wurde. Die dunkle Färbung kam vermutlich von der Erde. Xander fragte sich, was Gipsgaze in Birgitte Ussings Schädel zu suchen hatte. Er trommelte abwesend mit dem Kugelschreiber auf den Tisch, ehe er Josefines Nummer wählte.

»Xander hier.«

»Hallo …«

»Ich habe das Ergebnis zu dem Material aus Birgitte Ussings Schädel bekommen.«

»Und?«

»Es ist Gipsgaze.«

Für einen Moment war nur ein atmosphärisches Rauschen zu hören.

»Wozu bitte hat der Täter Gipsgaze gebraucht?«

»Keine Ahnung«, seufzte Xander. »Kenneth Nyborg sagt, das wäre das Zeug, mit dem man im Krankenhaus auch gebrochene Arme fixiert.« Die Leitung knisterte wieder. »Was David Hansen angeht – er ist auf dem Heimweg aus dem Vergnügungspark verschwunden. Ein maskierter Mann hat ihn vor den Augen seiner Freunde in den Wald entführt. Die Polizei hat keine einzige Spur gefunden, weder von dem Jungen noch von dem Entführer.«

»An den Fall kann ich mich noch erinnern«, sagte Josefine.

Kapitel 18

Xander und Jørgen tauschten sich am nächsten Tag in der Kantine über den Stand der Ermittlungen aus.

Mit Pinzettenfingern zog Jørgen mikroskopisch dünne Gräten aus einem Stück Fisch, das streng roch, wie Xander fand. Er selbst hatte sich den Teller mit Spaghetti und einer Riesenportion Hackfleischsoße beladen und aß mit großem Appetit. Zu einem Frühstück hatte die Zeit nicht gereicht, was sicher nicht gesund war. Es war zur schlechten Angewohnheit geworden, die erste Mahlzeit des Tages zu überspringen, und abends landete er oft bei einem der Gesundheit sicher nicht zuträglicheren Fertiggericht, weil er keine Lust hatte, für sich alleine zu kochen.

»Irgendwelche Ideen zum Mordmotiv?«, fragte Jørgen.

»Hm, vielleicht was Sexuelles«, sagte Xander nach kurzer Bedenkzeit.

»Vielleicht hat einer ihrer Schüler am Gymnasium sie umgebracht, als Rache wegen schlechter Noten … oder weil er unglücklich verliebt war«, schlug Jørgen vor. »Ich war in der ersten Klasse der Oberstufe selbst total verknallt in meine Mathelehrerin.«

Xander musterte seinen Kollegen und konnte ihn sich nur schwer als jung und über beide Ohren verliebt vorstellen.

»Nein, die Spur haben sie damals auch verfolgt. Es gab nur sechs Jungen … eine neusprachliche Klasse … der Rest waren Mädchen. Sie hatten alle wasserdichte Alibis.«

Jørgen lehnte sich auf seinem Stuhl zurück.

»Was glaubst du, was passiert ist?«

»Ihr gesamter Schmuck lag auf dem Nachttisch«, antwortete Xander, »darum ist man nicht von einem Raubüberfall ausgegangen. Die Polizei hat vermutet, dass der Täter über ein Kellerfenster ins Haus eingedrungen ist. Das Auto war weg, vermutlich vom Täter gestohlen, und wurde nie gefunden. Der Ermittler konnte damals nicht ausschließen, dass die Tat sexuell motiviert war, aber beweisen konnte er es auch nicht. Es gab keine Spermaspuren oder Ähnliches, das auf eine aus dem Ruder gelaufene Vergewaltigung hingedeutet hätte. Und Birgitte Ussings Leiche wurde nie gefunden. Oder Unterwäsche, an der man biologische Spuren hätte sichern können.«

Die Fotos in der Fallakte zeigten eine hübsche junge Frau mit einem sorglosen Lächeln. Xander hoffte, dass sie nicht mitbekommen hatte, was ihr angetan wurde. Trotzdem befürchtete er, dass sie es mit einem sadistisch veranlagten Täter zu tun hatten.

»Hm«, sagte Jørgen, schob mit dem Messer Spinat auf

den weißen Fisch und danach die Gabel in den Mund. »Gibt es eine Verbindung zwischen ihr und dem Jungen?«

»Josefine Jespersen meint anhand der Art und Weise, wie sie in dem Gemeinschaftsgrab lagen, dass eine nahe Beziehung zwischen den beiden bestand«, sagte Xander. »Dass Birgitte Ussing das Kind, also David Hansen, sozusagen symbolisch beschützt hat. Sie hatte selbst keine Kinder, und David war zum Zeitpunkt von Ussings Verschwinden noch nicht geboren. Außerdem liegen fünfzehn Jahre zwischen den Fällen.«

»Das ist eine lange Zeit«, sagte Jørgen nachdenklich.

»Genau«, antwortete Xander. »Zuerst einmal müssen wir also herausfinden, was für eine Verbindung zwischen den beiden bestanden haben könnte, wenn es denn eine gab.«

Jørgen nickte und legte sein Besteck ordentlich über Kreuz, auf zwanzig nach acht, auf den Teller. Er strich sein dünnes Haar nach hinten, lehnte sich zurück und tupfte die Lippen mit der Serviette ab.

»Alles scheint bis ins letzte Detail geplant«, sagte Xander und wickelte umständlich seine Spaghetti auf die Gabel. Bolognesesoße tropfte von der Gabel, als er sie in den Mund schob. Er ärgerte sich, dass er keinen Löffel mitgenommen hatte, um besser schaufeln zu können. Sein Magen knurrte ungeduldig.

»Er schafft Birgitte Ussings Leiche weg, und fünfzehn Jahre später ermordet und zerlegt er den Jungen und vergräbt beide Schädel in Schweden. Was er mit den restlichen Körperteilen macht, weiß keiner. Ein zufälliger Vergewaltiger würde so schnell wie möglich den Tatort verlassen, denke ich mir. Das Zerteilen einer Leiche erfordert einen Plan, geeignete Werkzeuge und eine gewisse Intelligenz. Ich stelle mir den Täter als versierten Gewalttäter vor«, sagte er leise, fast zu sich selbst. »Mich lässt der Gedanke nicht los, dass der Tötungsvorgang an sich im Zentrum steht, dass er mit den Körpern anstellen kann, wozu er Lust hat. Das Ganze sieht mir verdächtig nach einer Form von Machtdemonstration aus.«

»Wie meinst du das?«

»Eine Leiche, die man loswerden will, würde man vermutlich in einem Wald begraben oder sie im Meer oder in einem See versenken. Unser Täter kommt mir sehr detailverliebt vor ... Die Zerteilung wurde laut Josefine Jespersen sehr sorgfältig und präzise durchgeführt. Der Mörder scheint extrem kontrolliert zu sein und weiß, was er tut.«

»Warum keine Mörderin?«, wollte Jørgen wissen.

»Das kann ich mir nicht vorstellen, aber spür doch mal Birgitte Ussings ehemalige Kollegen und Nachbarn auf und befrag die«, schlug Xander vor.

Er wickelte eine weitere Portion Pasta auf die Gabel und führte sie zum Mund. Ein Klecks Sauce landete auf dem Tisch wie ein Blutstropfen. Er wischte ihn mit der Serviette ab.

»Wir müssen auch herausfinden, was der Gazeschnipsel in Birgitte Ussings Schädel zu bedeuten hat. Josefine soll den Prozess begleiten, damit wir nichts übersehen.

Und wir müssen davon ausgehen, dass die Reste von Birgitte Ussings und David Hansens Skeletten irgendwo da draußen liegen.«

Jørgen nickte.

»Gib eine neue Fahndung nach Birgitte Ussings Auto heraus. Die gab es damals natürlich auch, aber ergebnislos … Sie hat einen weißen Citroën 2CV gefahren. Und ich glaube nicht, dass noch so viele Enten auf unseren Straßen unterwegs sind, dass wir die nicht überprüfen können.«

»Darum kümmere ich mich gleich als Nächstes«, versprach Jørgen.

»Okay«, sagte Jørgen. »Und was machen wir in Bezug auf David Hansen?«

»Ich will alles über ihn wissen. Sieh zu, was du an Artikeln über sein Verschwinden ausgraben kannst. Ich würde auch gerne mit den Eltern und den Zeugen von damals sprechen. Er war ja mit ein paar Freunden unterwegs.«

Jørgen nickte abwesend, beugte sich vor und sah Xander tief in die Augen.

»Pass mit der Weizenpasta auf. Schnelle Kalorien, sag ich nur. Null Ballaststoffe. Männer in unserem Alter sterben wie die Fliegen an Darmkrebs. Kerstin sagt, ich sei körperträge und soll mindestens zehntausend Schritte am Tag gehen. Sie hat mir einen Schrittzähler geschenkt.«

Er stand auf, hob das Tablett mit dem Geschirr hoch und schob es in ein Fach des Tablettwagens.

Xander starrte auf seinen Teller, auf dem es wie nach einer Schlacht aussah. Er schüttelte den Kopf und dachte, was sich doch für absonderliche Worte in Jørgens Sprachgebrauch einschlichen. »Viszeralfett« und »körperträge«. Offensichtlich Leihgaben von seiner Freundin Kerstin, die Jørgen in seinen Sprachschatz integriert hatte.

*

Jørgen hatte schnell alle Informationen zum Fall David Hansen und sein Verschwinden zur detaillierten Durchsicht für Xander herausgesucht, der bis tief in die Nacht über den Unterlagen saß. Es war ein auf allen Ebenen komplexer Fall. Aus einer Notiz ging hervor, dass Davids Eltern einige Jahre nach dem Verschwinden ihres Sohnes bei einem Segelunfall ums Leben gekommen waren.

Bei Kindesentführungen war die Zeit ein ganz entscheidender Faktor. Nur wenige Stunden konnten den Unterschied zwischen Leben und Tod bedeuten. Aus Erfahrung war das Risiko am ersten Tag am höchsten, dass das Kind umgebracht wurde, wenn der Entführer sich nicht wegen Lösegeld meldete, und das war leider der Fall gewesen bei David Hansen.

*

Am nächsten Tag sah Xander sich eine der Zeugenaussagen von damals noch einmal an. Der schriftlichen Aussage war ein USB-Stick beigefügt, den er in den Computer steckte. Der Ton war suboptimal. Damals verfügten noch die wenigsten Polizeireviere über professionelle Aufnahmegeräte. Heutzutage waren bei grundsätzlich allen Vernehmungen Ton- und Videoaufnahmen Standard, um Gesichtsausdrücke und Körpersprache zu dokumentieren und nachträglich noch einmal zu analysieren, was in manchen Ermittlungen entscheidend sein konnte.

Es krächzte und rauschte, ehe im Hintergrund eine leise Männerstimme zu hören war.

»Du heißt Patrik Lund?«

Stille, unterbrochen von einem Knistern.

»Sprich bitte ins Mikrofon.«

»Ja«, antwortete eine unsichere Jungenstimme.

Scharren.

»Du warst am 10. Mai mit David Hansen unterwegs?«

»Hm … Ja …«

»Kannst du erzählen, was passiert ist?«

Der Junge räusperte sich.

»Magst du etwas trinken?«

»Ja, gerne.«

Wieder ein Scharren wie von einem Stuhlbein, das über den Boden gezogen wurde. Dann das Geräusch eines Kronkorkens, der geöffnet wurde, gefolgt von einem leisen Zischen und Sprudeln.

»Ich würde gerne von dir erfahren, was an dem Tag passiert ist, als David verschwunden ist … Nimm dir die Zeit, die du brauchst.«

»Also, wir sind mit der Bahn nach Klampenborg gefahren und durch den Wald zum Vergnügungspark gegangen … Der Tag war cool, obwohl das Wetter echt schlecht war und nicht viele Leute da waren. Wir hatten Freikarten und sind immer wieder Achterbahn gefahren. Und Autoscooter.«

»Okay …«

»Mit unseren Eltern war abgemacht, dass wir die S-Bahn um halb neun nach Hause nehmen.«

»Dann seid ihr …«, Papierrascheln, »… so gegen 20 Uhr 10 aufgebrochen?«

»Ja … so ungefähr …«

»Und was ist dann passiert?«

Man hörte, wie der Junge einen Schluck trank.

»Es war schon fast dunkel … und hat geregnet und gestürmt. Auf dem Weg zum S-Bahnhof durch den Wald hat Torben Gruselgeschichten erzählt … dass zwischen den Bäumen Zombies lauern … mit roten Augen und Reißzähnen. David hat gesagt, er soll die Klappe halten. Ich glaube, er hat Angst im Dunkeln. Aber Torben hat weitergemacht, als hätte er keinen Ausknopf. Irgendwann hat er den Ball, den David im Vergnügungspark gewonnen hat, in den Wald geschossen. David war total sauer und hat gesagt, dass Torben den Ball wiederholen sollte, aber der hat nur gelacht. Ich fand das echt fies und hab David angeboten, ihm beim Suchen zu helfen. Ich glaube, David hatte noch nie irgendwas gewonnen, darum wollte er den Ball unbedingt wiederhaben. Torben hat dann auch mitgesucht, und wir sind weiter in den Wald reingegangen. Da meinte er, dass er was gehört hat. Knackende Zweige. Wir dachten natürlich, dass er sich das wieder nur ausdenkt, um uns Angst zu machen. Er fing echt an zu nerven. Ich hab gesagt, dass es bestimmt ein Hirsch ist, von denen wir auf dem Hinweg jede Menge gesehen hatten. Aber die waren im Gehege. Dann hab ich auch was gehört in einem dichten Gestrüpp. Und plötzlich sprang direkt vor uns ein Mann aus dem Unterholz und hat uns mit einer grellen Taschenlampe geblendet.«

Ein Klappern war zu hören, und Patrik räusperte sich.

»Wir hatten total Schiss …«

Es folgte eine Pause.

»Der Mann hat David gefragt, wie alt er ist. Dabei hat er ihm ins Gesicht geleuchtet. David hat sich vor Schiss fast in die Hose gemacht und nicht geantwortet. Da wurde der Mann sauer und hat ihn mit einem Messer bedroht. David hat angefangen zu heulen und gesagt, dass er gerade elf geworden ist. Da hat der Mann David am Haar gepackt und ihn weggezogen … weiter in den Wald. David hat geschrien und versucht, sich zu befreien. Und der Mann hat Torben und mir zugerufen, dass wir die Augen schließen und bis tausend zählen sollten. Wenn nicht, wollte er uns mit dem Messer umbringen.«

Seine Stimme brach ab.

»Lass dir Zeit.«

»David hat geschrien, dass er nicht sterben will und

dass der Mann ihn gehen lassen soll, aber der hat nur geantwortet, dass er die Klappe halten soll.«

»Konntet ihr die beiden noch länger hören?«

»David hat nach seiner Mutter gerufen, dann wurde es ganz still. Ich hab zu Torben gesagt, dass wir den Mann verfolgen müssen, aber Torben ist einfach abgehauen, und alleine hab ich mich auch nicht getraut. Wir … aus einem Restaurant im Wald haben wir die Polizei angerufen.«

Es war ein Schniefen zu hören, als ob der Junge weinte, gefolgt von rauschender Stille.

»Patrik … das ist jetzt sehr wichtig«, fragte der Ermittler. »Wie sah der Mann aus?«

»Wie ein Monster«, sagte Patrik langsam. »Ein schwarzes Monster.«

*

Xander starrte vor sich hin und versuchte, das Grauen abzustreifen, das ihn nach dem Hören des Augenzeugenberichts zu dem furchtbaren Verbrechen überkam, das, wie sie mittlerweile wussten, in einem Mord gipfelte.

Er blätterte weiter durch das Protokoll bis zu der Zeugenaussage des zweiten Freundes, Torben, der sagte, dass er doch nur aus Spaß den Ball in den Wald geschossen hatte, wo sie ihn dann zusammen gesucht hätten. Plötzlich sei ein Mann mit einem Messer in der Hand aus dem Gestrüpp gesprungen und hätte David nach seinem Alter gefragt. Der Mann hätte ihnen gedroht, sie umzubringen, wenn sie nicht taten, was er sagte.

Die beiden Jungen hatten dann kurze Zeit später aus dem nahen Restaurant Peter Lieps Hus die Polizei verständigt, die schnell vor Ort gewesen war und mit der Durchsuchung des Vergnügungsparks und der Umgebung begonnen hatte. Ein Helikopter war über dem Gebiet gekreist, und am nächsten Tag war Verstärkung von den naheliegenden Polizeirevieren dazugekommen. Es wurde eine intensive Suche nach dem Entführer und David auf die Beine gestellt und auf den Großraum Kopenhagen ausgedehnt. Einen Tag später wurde der Radius noch einmal erweitert und das dänische Militär hinzugezogen. Es waren Spürhunde eingesetzt worden, aber vergeblich.

David war wie vom Erdboden verschwunden. Von einem Entführer gekidnappt und vermutlich tief in den Wald verschleppt. Wo er vermutlich missbraucht, getötet, zerteilt und weggeschafft worden war. Die vielen Verhöre der Eltern ergaben nichts, was die Polizei auf Davids Spur oder die seines Entführers gebracht hätte.

Die Ermittlungen waren mehrere Monate intensiv weitergeführt worden, und es waren im großen Stil Hinweise von Mitbürgern bei der Polizei eingegangen. Einige Zeugen behaupteten, David auf der Schwedenfähre gesehen zu haben, im Stadtteil Nørrebro, und ein dänischer Tourist behauptete steif und fest, ihn an einem Strand in der Türkei erkannt zu haben. Die Polizei ging allen Hinweisen nach, und Freiwillige aus der Gegend starteten ihre eigene Suchaktion. Das war alles gut gemeint gewesen, dachte Xander, aber es gingen oft wichtige Spuren verloren, wenn so viele Leute an einem Tatort herumtrampelten.

Xander las ein paar Zeitungsartikel aus dieser Zeit. Die Entführung hatte in den lokalen und landesweiten Medien viel Spaltenplatz eingenommen.

Ihm schoss ein Gedanke durch den Kopf, und er gab etwas im Suchfeld ein.

»Verdammt«, murmelte er und strich sich mit der Hand durch das kräftige, halblange Haar.

Er ging auf den Flur, entdeckte Jørgen und winkte ihn zu sich ins Büro.

»Als David verschwunden ist, war in Lyngby ein Pädophiler auf freiem Fuß, gerade mal zehn Kilometer von Klampenborg und dem Vergnügungspark entfernt«, leitete Xander das Gespräch ein und legte einen ausgedruckten Artikel vor Jørgen auf den Tisch, der gerade einen Haferkeks knabberte.

»Wurde er festgenommen?«

»Nein.«

»Haben die damals wenigstens die Spur verfolgt?«

»Wohl nicht sehr gründlich. Sie haben ihn zwar zur Vernehmung vorgeladen, hatten aber nichts gegen ihn in der Hand, was für eine Anklage gereicht hätte. Außerdem wurden sie mit unzähligen Hinweisen aus der Bevölkerung bombardiert. Sie sind durch die Ermittlungen geeiert, und offenbar gab es niemanden mit einem Gesamtüberblick über den Fall, was das Ganze vermutlich zusätzlich verzögert hat. Wegen der massiven Medienpräsenz gab es Unmengen an Tipps von außen, was den Fokus von den eigentlichen Ermittlungen abgelenkt hat, also den Vernehmungen in der unmittelbaren Umgebung des Tatorts. Das gehört ja schließlich zum Grundwissen eines jeden Ermittlers, dass man punktuell beginnt und sich dann in größer werdenden Kreisen vorarbeitet. Das wurde allerdings durch die Tatsache erschwert, dass der Vergnügungspark Dyrehaven sich über ein Gebiet von über tausend Hektar erstreckt. Natürlich haben sie die Schausteller verhört, die die Stände und Fahrgeschäfte betreiben, was aber nichts Relevantes ergeben hat. David wurde auf der Schwedenfähre nach Helsingborg gesehen, in Kopenhagen und sogar in der Türkei. Sensationen machen etwas mit manchen Menschen, da entsteht schnell ein Medienzirkus. Sie glauben dann wirklich, das Opfer gesehen zu haben, auch wenn es vermutlich eher ein Wunschdenken ist. Sie wollen so schrecklich gerne helfen, das verschwundene Kind zu finden, aber ihr Gehirn spielt den meisten dieser Menschen einen Streich. Meiner Meinung nach war das Versäumnis damals, dass sie nach einem Auto hätten fahnden müssen. Aber in keinem der Polizeiberichte steht etwas von einem Auto. Mir scheint es jedenfalls unwahrscheinlich, ein schreiendes Kind ohne Fahrzeug zu entführen. Ein elfjähriges Kind ist auf Dauer schwer zu tragen. Ich denke, wir sollten noch mal mit den Augenzeugen sprechen … Patrik Lund und Torben Baltzer.«

Jørgen nickte und schluckte den letzten Bissen Keks hinunter.

»Such du nach dem verdächtigen Pädophilen. Mit dem würde ich auch gerne reden.« Xander rieb sich die Augen. »Was ist übrigens bei den Gesprächen mit Ussings Kollegen rausgekommen?«

»Nichts.« Jørgen seufzte. »Ein Teil lebt nicht mehr, die anderen erinnern sich an nichts. Das Gleiche gilt für die Nachbarn. Sie scheint sich damals einfach in Luft aufgelöst zu haben, jedenfalls ist niemandem irgendwas Ungewöhnliches aufgefallen.«

Kapitel 19

Am nächsten Tag stellte Xander sein Auto auf dem großen Parkplatz neben dem idyllisch gelegenen, alten Vergnügungspark nördlich von Kopenhagen ab. Als er durch das orangerote Tor trat, hörte er förmlich die helle Stimme des Jungen, mit der er die erschütternde Entführung beschrieben hatte.

Jørgen hatte Patrik Lund ausfindig gemacht, den einen der zwei Zeugen, und Xander hatte sich mit ihm am Dyrehavsbakken verabredet, um sich ein Bild vom Ort der Entführung zu machen. Der zweite Zeuge, Torben Baltzer, war in der Zwischenzeit verstorben, teilte Jørgen bedauernd mit.

Xander betrachtete versonnen ein paar dicke Buchen, deren Kronen im Wind schwankten, und steinalte Eichen, die ihre knorrigen Äste gen Himmel reckten. In Gedanken ging er den Fall durch. Er versuchte, ein Muster zu erkennen, das sie damals übersehen hatten. Dachte das Undenkbare. Was hatte der Täter dem kleinen David angetan, ehe er ihn umgebracht hatte?

Patrik hatte ausgesagt, dass das Wetter schlecht und nicht viele Besucher im Vergnügungspark unterwegs gewesen waren. Trotzdem war es sehr riskant, jemanden an so einem Ort zu überfallen. Aber der Wald war weitläufig mit vielen alten Bäumen mit dicken Stämmen, hinter denen sich ein Mensch entspannt verstecken konnte.

Xander sah einen Mann auf sich zukommen.

»Patrik Lund?«

Der Mann nickte.

Sie begrüßten sich.

»Danke, dass Sie gekommen sind.«

»Kein Problem.«

»Gehen wir ein Stück?«

Patrik nickte.

Sie liefen schweigend nebeneinanderher. Es hatte zu nieseln begonnen.

Der Herbst hatte Einzug gehalten, die gelben Blätter bildeten impressionistische Muster auf dem Boden.

»Ich bin seit Davids Verschwinden nicht mehr hier gewesen«, sagte Patrik tonlos.

Xander suchte nach Ähnlichkeiten mit der Jungenstimme, die er auf der Aufnahme gehört hatte, aber sie war nicht wiederzuerkennen. Der Mann war stämmig und farblos, und er trug eine randlose Brille. Sein Blick war grauschwarz, das Gesicht angespannt.

Sie liefen an verrammelten, bunten Buden und Fahrgeschäften vorbei zu der alten Holzachterbahn, die er selbst an einem geschwänzten Montag vor vielen, vielen Jahren ausprobiert hatte. Auf den ersten Blick sah alles aus wie früher, aber die Atmosphäre außerhalb der Saison war ganz anders. Xander hörte eine elektrische Säge. Die Vergnügungsparkbetreiber hielten ihre Buden, Fahrgeschäfte und Cafés in Schuss. In dem Holzskelett der historischen Achterbahn kletterten ein paar Männer herum, und es war gleichmäßiges Hämmern zu hören. Die Sicherheit der Achterbahn wurde regelmäßig überprüft. Und wenn man gegen das Holz hämmerte, konnte man hören, ob es morsch war.

»Sie sind mehrmals mit der Achterbahn gefahren?«

Er zeigte auf das uralte Gerät.

»Ja, und dann haben wir uns da drüben einen Hamburger geholt«, sagte Patrik und zeigte zu dem Stand von Oscars Burgerbar. Auf die Scheiben waren Hamburger essende Comicfiguren gemalt.

Xander erinnerte sich noch gut an den Stand aus seiner eigenen Jugend.

»Wir sind durch den Ausgang da hinten rausgegangen«, sagte Patrik. »Vorbei an der Zirkusrevue und dem Restaurant Peter Lieps Hus.«

Sie folgten einer schmalen asphaltierten Straße vorbei an dem Waldlokal. Um sie herum rieselten Blätter leise auf den Weg.

Nach etwa hundert Metern blieb Patrik stehen.

»Da drinnen war es«, sagte er und zeigte zwischen die Bäume. Xander betrachtete die alten Baumriesen, deren Zweige ein schwarzes, filigranes Muster vor dem Himmel bildeten. Die Buchen standen im Schulterschluss und bildeten dunkle Astgewölbe.

»Können Sie mir die genaue Stelle zeigen?«

»Ich werde es versuchen ...«, sagte Patrik und setzte sich mit steifen Schritten in Richtung einer Ansammlung von mächtigen Buchen in Bewegung.

Xander folgte ihm und stellte fest, dass die Bäume an der Stelle dichter wuchsen. Die herabgefallenen Blätter bildeten einen federnden Teppich.

»Hier ist er ganz plötzlich aus dem Gestrüpp aufgetaucht«, sagte Patrik.

»Haben Sie vielleicht Autogeräusche gehört? Auf dem Weg zum S-Bahnhof gibt es einen kleineren Parkplatz.«

»Nein.«

»Und beim Eingang zum Vergnügungspark haben Sie auch niemanden gesehen?«

»Nein ... da bin ich ziemlich sicher. Aber das Ganze war so brutal, wir hatten echt Angst«, sagte Patrik und starrte auf den Boden. »Warum ausgerechnet er?«

Sie sahen sich an.

»Das frage ich mich immer wieder. Ich hoffe nur, dass ihm nicht mehr klar geworden ist, was ihn erwartete«, sagte Patrik. »Er war ein echter Schisshase. Ganz anders als Torben, der vor ein paar Jahren an Leukämie gestorben ist ... Ich habe sie beide verloren.«

Patrik wischte sich mit der Hand übers Gesicht.

Der Gedanke an den zynischen Täter, der in der Dunkelheit zwischen den Bäumen gelauert und den Jungen entführt, möglicherweise missbraucht und dann umgebracht hatte, war selbst für einen abgebrühten Ermittler wie Xander kaum zu ertragen. Vor allen Dingen das Wissen darum, dass der Mörder damals davongekommen war.

Auch wenn etwas an dem Täterprofil nicht recht passen wollte, musste es irgendeinen Zusammenhang geben, da ein Knochenfragment von Davids Schädel im Schädel von Birgitte Ussing gelegen hatte. Xander musste tiefer in die Hintergründe der Opfer eintauchen, wenn er den Fall verstehen wollte. Er konnte das frustrierende Gefühl nicht abschütteln, gründlich festzustecken, und er fühlte sich unendlich schwer.

Kapitel 20

2000

Die helle Abdruckmasse fühlte sich kühl an, als er sie sanft knetete. Diesen Teil des Prozesses vollzog er am liebsten mit den Händen, um die Konsistenz besser unter Kontrolle zu haben. Bei zu viel Wasser wurde die Masse zu dünn für einen Abdruck.

Der fahlbeige Teig mit dem Stich ins Gelbliche hatte die perfekte Hautfarbe. Das Individuum lag mit leicht aufgerichtetem Oberkörper auf der Liege, das Gesicht glänzend von Schweiß und Vaseline. Arme und Beine waren mit Klebeband an der Liege fixiert, und der Kopf wurde mit Hilfe einer selbstgebastelten Konstruktion aus einem Metallbügel und ein paar Kabelbindern in der richtigen Position gehalten. Er hatte lange über die perfekte Position des Körpers nachgedacht, damit die Abdruckmasse nicht vom Gesicht rutschte.

Schlafmittel hielten das Individuum ganz ruhig.

Er lächelte vor sich hin und war recht zufrieden mit seiner Arbeit, die Geschick und Fingerfertigkeit erforderte.

Aber er arbeitete gegen die Zeit an. In fünf Minuten wurde die Masse hart.

Er nahm den Behälter, stellte sich ans Kopfende der Liege und verteilte den Brei mit behutsamen Bewegungen auf dem Gesicht. Bis an den Haaransatz und unters Kinn. Er fühlte bereits, dass die Masse zäher wurde. Er strich sie glatt, betrachtete das Resultat und wusch sich die Hände im Handwaschbecken. Er trocknete sie an einem Lappen ab, schaltete Musik ein und summte das Kinderlied mit.

Nach einem Blick auf die Uhr beschloss er, dass es noch für einen Kaffee reichen würde. Er schaltete den Wasserkocher in der Küche ein, gab Nescafé in einen Becher, goss kochendes Wasser auf und ging zurück in den Raum, während er umrührte.

Er nippte an dem Kaffee, stellte den Becher ab, ging zu dem Individuum und tippte vorsichtig mit dem Finger gegen die Masse, die sich wie kalte Haut anfühlte. Er schaltete die Musik wieder aus.

Am Arbeitstisch holte er ein paar dünne Gipsgazestreifen aus der Plastikverpackung, tauchte sie in kaltes Wasser und legte den ersten Streifen über die Stirn des Individuums. So machte er Streifen um Streifen weiter, bis das ganze Gesicht bedeckt war.

Während der Gips trocknete, genehmigte er sich ein zweites Frühstück.

Danach begab er sich zurück in den Raum, löste ganz behutsam die Masse an den Rändern und zog sie nach oben, bis sie sich langsam von der Haut löste.

An der Nase hing sie fest, aber nach ein paar vorsichtigen Rucken ließ sie sich abheben. Er bewunderte sein Werk. Das Innere der Maske war genauso, wie er es erhofft hatte.

Er füllte einen Eimer mit kaltem Wasser, holte den Sack mit Modelliergips, schnitt eine Ecke ab und streute das Pulver, das wie Mehl aussah, langsam in den Eimer mit Wasser. Als der Gips das Wasser komplett aufgesogen hatte, rührte er mit einem Malerstab Achten in die Masse, bis sie zähflüssig genug war, um sie in die Abgussform zu füllen.

Die Maske lag mit der Nase nach unten auf einem Hühnergitter, das er so geformt hatte, dass es die Maske stützte, damit sie stabil lag. Er füllte das Innere der Maske mit dem Gips, der ein bisschen an weiße Nougatmasse erinnerte.

Wie immer stimmte es ihn ein wenig melancholisch, sich von dem Individuum trennen zu müssen, aber das ließ sich nicht ändern. Er holte etwas, das wie eine Federmappe aussah, und zog den Reißverschluss auf. Darin lagen ein frisch angespitzter Bleistift, ein Radiergummi und ein paar scharfe Instrumente, die sich brutal von ihrer Umgebung abhoben.

Kapitel 21

2019
Kopenhagen, Dänemark

Josefine hätte eigentlich erleichtert sein sollen, dass Angel Doe nun eine Identität hatte. Aber das Unbehagen in der Bauchgegend wollte nicht nachlassen, als wären sie erst am Anfang eines Albtraums.

Xander hatte ihr telefonisch die wichtigsten Details zu David Hansens Entführung mitgeteilt, und es durchrieselte sie kalt, als sie hörte, dass der Täter die Freunde aufgefordert hatte, bis tausend zu zählen, während er mit dem völlig verängstigten Jungen abgezogen war.

Sie hatte Professor Ohlsson am Gotland Institut mitgeteilt, dass die Untersuchung der Skelette vom Galgenberg verschoben werden musste, bis die Ermittlungen an dem Doppelmord abgeschlossen waren. Ohlsson hatte trocken geantwortet, dass die Skelette ja nicht weglaufen würden und dass er schon glücklich wäre, wenn sie überhaupt wiederkäme. Sie kündigte ihre Ferienwohnung in Visby und teilte Oxenstierna mit, dass sie bis auf Weiteres in Dänemark bleiben würde. Die Polizei sah keine unbedingte Notwendigkeit, den Personenschutz aufrechtzuerhalten. Sie versprach Oxenstierna, sich zu melden, sobald sie wieder nach Schweden käme.

Nach einem Blick auf die Uhr beschloss Josefine, ihren Vater zu besuchen.

*

Das Pflegeheim war eigentlich freundlich eingerichtet, trotzdem wirkte der Ort auf Josefine wie immer nicht sehr einladend.

Sie ging die Treppe hoch in die zweite Etage, wo ihr eine Mischung aus Kaffee- und Essensduft entgegenschlug.

Die Wände der breiten Korridore waren strahlend weiß gestrichen. An der Decke leuchteten moderne Lampen so hell, dass man schier geblendet wurde. In einem Gemeinschaftsraum lief ein Fernseher in voller Lautstärke, was den alten Mann, der in einem Sessel saß und mit offenem Mund schnarchte, nicht zu stören schien. Eine Frau im Rollstuhl streichelte einen weißen Plüschseehund auf ihrem Schoß. Draußen auf dem Balkon sah Josefine kleine Glutpünktchen von Zigaretten und roch den Rauch. Sie hörte Stimmen und Lachen, vermutlich die Angestellten, die eine Pause machten.

Ihr Vater antwortete nicht auf ihr Klopfen an der Tür. Sie trat ein. Es war eiskalt im Zimmer. Die Fenster standen weit offen, und auf dem kleinen Balkon entdeckte sie ihren Vater mit nacktem Oberkörper und in Schlafanzughose.

»Papa! Was machst du denn da?«

Er drehte den Kopf.

Sie ging auf den Balkon, hakte ihn unter und bugsierte ihn ins Zimmer. Seine Haut war eiskalt. Sie schloss die Balkontür und die Fenster, fand das Schlafanzugoberteil und zog es ihm an.

Er widersprach nicht, als Josefine ihn ins Bett brachte und ihn gut zudeckte.

Sie sah ihn eindringlich an.

»Was hast du denn halbnackt da draußen auf dem Balkon gemacht? Du holst dir noch eine Lungenentzündung.«

»Ich wollte Luft schnappen.«

»Aber es ist eiskalt draußen.«

»Ja, es war schon ein wenig kühl«, gab er zu.

Josefine zog einen Stuhl ans Bett.

Ihr Vater nieste.

»Wie geht es dir?«

»Ich kann nicht schlafen. Da schreit einer die ganze Nacht«, sagte er und sah sie an. »Ich will nach Hause.«

Josefine senkte den Blick.

»Aber Papa, darüber haben wir doch gesprochen. Das geht nicht. Erinnerst du dich nicht, wie du nach einem Spaziergang nicht mehr nach Hause gefunden hast?«

»Ich halte es hier nicht aus!«

Seine Stimme war jetzt aggressiv.

»Ich hole dir erst mal eine Tasse Tee. Soll ich fragen, ob sie Suppe haben?«

Ihr Vater starrte wütend vor sich hin und antwortete nicht.

Sie verließ das Zimmer und dachte, dass der Zustand ihres Vaters wirklich stark schwankte. Meistens schien er sich der Situation sehr bewusst zu sein und normal zu antworten, aber zwischendurch war es unmöglich, ein Gespräch mit ihm zu führen. Heute war er eher auf Widerstand gebürstet, und sie dachte, dass es schwer für ihn sein musste, sich in seinen klaren Momenten in einer Abteilung mit fortgeschritten demenzkranken Menschen wiederzufinden.

In ihrem Kopf ploppten Erinnerungsfetzen an ihren Vater auf, bevor er alt und vergesslich geworden war. Dem Vater, der mit ihr und ihrem Bruder Familienausflüge im Volvo gemacht hatte. Bevor ihr Bruder seine Nierenkrankheit bekam. Søren war ihr ein und alles gewesen, ihr bester Freund. Sie hatten immer zusammen gespielt. Søren hatte den Schafschädel auf dem Acker gefunden und experimentiert, wie man das Fleisch abbekam, damit er schön sauber und weiß wurde. Er unterstützte Josefines Interesse für Knochen, das sie vor ihren Eltern geheim hielt, die kein Verständnis für ihr apartes Hobby hatten, Skelette zu sammeln. Ihre Mutter schmiss alle Knochen sofort weg, die sie entdeckte, und ihr Vater kaufte ihr Puppen. Aber Josefine war nicht wie die anderen Mädchen. In der Schule wurde sie gehänselt, weil sie in ihrem Schrank das Skelett einer Kohlmeise aufbewahrte, das sie gefunden hatte. Die Mitschüler meinten, dass es stank. Was es vermutlich auch tat. Aber Josefine machte der Gestank nichts aus; sie war völlig fasziniert von der Form des Schädels, dem starken Schnabel und den Lufträumen im Schädel und dem Skelett, das den Auftrieb erleichterte.

Søren war schnell außer Atem und konnte nicht mit ihr mithalten, wenn sie herumlief. Zwischendurch musste er anhalten und sich übergeben. Ihr Vater hatte irgendwann kryptisch gesagt, dass die Zeit jetzt gekommen wäre, und ihre Mutter hatte genickt. Ein halbes Jahr später hatte Sørens Zustand sich so verschlechtert, dass er eine Dialyse brauchte, aber auch das hielt nicht lange an. Ein Jahr später setzten seine beiden Nieren aus. Josefines Kindheit endete abrupt, als sie erfuhr, dass nur sie das Leben ihres Bruders retten konnte. Sie wussten schon seit kurz nach seiner Geburt von seiner erblichen Nierenkrankheit, weil der Vater als Arzt schnell festgestellt hatte, dass etwas nicht stimmte. Er hatte Søren von einem Spezialisten untersuchen lassen, der ihnen gesagt hatte, dass er das Teenageralter vermutlich nicht überleben würde, wenn er nicht eine neue Niere bekäme. Josefine hatte die Mitteilung zwar inhaltlich verstanden, aber die emotionalen Konsequenzen waren ihr erst nach und nach aufgegangen. Obwohl völlig klar für sie war, dass sie alles tun würde, um ihren Bruder zu retten. Aber das hatte nichts genützt, er war kurz nach der Transplantation gestorben. Er war schon zu schwach gewesen, die Niere noch anzunehmen. Josefine fühlte sich noch immer schuldig, obgleich sie natürlich wusste, dass er in jedem Fall gestorben wäre.

Kapitel 22

Am nächsten Tag fuhren Josefine und Xander raus zum NC3, der hochspezialisierten IT-Einheit der Polizei, die im gleichen Gebäude wie Kenneth Nyborgs Polizeitechniker in Glostrup behaust waren.

Anlass ihres Besuchs war eine interessante Information über den Pädophilen, der sich zu dem Zeitpunkt von David Hansens Entführung in Lyngby aufgehalten hatte.

Sie meldeten sich an der Rezeption an und wurden kurz darauf von einem großen jungen Mann mit Holzfällerbart und Haarknoten abgeholt, der eine spannende Kombination aus maskulin und feminin in sich vereinte. Xander konnte sich nicht so recht mit diesen albernen Zöpfen und den Rauschebärten anfreunden. Er war dankbar, dass dieser Trend in Teglholmen noch keinen Einzug gehalten hatte, obwohl bei ihnen gerne jeder in seinen privaten Kleidern kommen konnte.

Der Mann stellte sich ihnen als Niels vor. Auf dem Weg in die Abteilung plauderten sie ein wenig. Niels klärte sie über die etwas schräge Personalzusammenstellung beim

NC3 auf. Er selbst war früher Hacker und auf Homepages großer internationaler Unternehmen spezialisiert gewesen. Xander amüsierte sich im Stillen über Niels' aparten Lebenslauf, wusste aber, dass die Polizei immer wieder Leute einstellte, die den Schwerverbrechern Paroli bieten konnten – auch wenn sie eine nicht ganz saubere Weste hatten.

Niels öffnete die Tür zu einem breiten, hellen Gang mit einer Reihe kleinerer Büros hinter einer Glasfront mit dem sandgeblasenen, charakteristischen Streifenmuster der Einsatzfahrzeuge der Polizei. Es roch nach frisch gebrühtem Kaffee und verbranntem Plastik. Er führte sie in ein Büro, in dem es im Vergleich zum Flur recht dunkel war. Der silbrige Schimmer der Computermonitore wirkte wie Mondschein zur falschen Tageszeit.

Ein breitschultriger Mann schweißte gerade etwas auf einer Platine zusammen. Ein dünner Rauchfaden stieg von der Spitze des Lötkolbens auf. Der Mann trug einen Fleecepullover, auf dem »IT-Kriminaltechnik« stand. Auf dem Schreibtisch lag ein knallrotes Handy, das er offensichtlich in seine Einzelteile zerlegt hatte. Es herrschte eine ausgeprägt elektronische Atmosphäre im Raum. Über einen Bildschirm an der Wand schlängelte sich ein stilisierter Lichterschlauch, der Xander in eine ferne Vergangenheit zurückkatapultierte.

Niels führte sie an den Arbeitsstationen vorbei in einen Raum, wo zwei Männer in konzentrierter Stille arbeiteten.

»Das sind Jimmi und Johnny«, stellte Niels die Kollegen vor. »Und das hier sind Josefine Jespersen, Rechtsanthropologin, und Alexander Damgaard von der Abteilung für Gewaltverbrechen bei der Kopenhagener Polizei.«

Die beiden Männer drehten sich synchron auf ihren Stühlen um. Xander registrierte perplex, dass sie sich wie ein Ei dem anderen glichen.

»Jimmi«, sagte der Mann links.

»Johnny«, nickte der andere.

Sie sahen nicht nur identisch aus, ihre Stimmen waren ebenfalls genau gleich.

»Die beiden sind eineiige Zwillinge«, erklärte Niels überflüssigerweise.

»Jimmi ist mein großer Bruder«, präzisierte Johnny. »Eine Viertelstunde vor mir geboren.«

»Ah ja.« Xander lächelte und bemerkte, wie die beiden Josefine musterten.

»Jimmi und Johnny sind verantwortlich für unsere Operation Lollipop, eine Pädophilenjagd im Netz«, erklärte Niels. »Sie sind Spezialisten für den Tor-Browser.«

»Aha.« Xander nickte und bemerkte, dass die Brüder beide auf identische Weise die Hände unter dem Bauchnabel verschränkten wie zwei Buddhas.

Niels bot Josefine galant einen Bürostuhl an und zeigte auf einen Hocker für Xander.

Josefine setzte sich und schlug ein Bein über das andere. Xander nahm ein Kabel vom Hocker, ehe er sich setzte.

»Und, was haben Sie herausgefunden?«

»Die Polizei Nordsjælland hat im Jahr 2000 einen verdächtigen Pädophilen in Bezug auf David Hansens Verschwinden verhört. Er war bei mehreren Gelegenheiten in der Nähe von Dyrehaven und Bakken aufgefallen, weil er sich auffällig benommen und wohl mehrfach versucht hat, mit Jungen ins Gespräch zu kommen, die alleine dort unterwegs waren, ohne sie aber wirklich zu belästigen. Der Mann heißt Erik Valentin.«

»Wurde er angezeigt?« Xander verschränkte die Arme vor der Brust.

»Ja, aber die Polizei bekam nichts aus ihm heraus. Sie konnten nichts finden, was ihn mit dem Fall in Verbindung brachte, und sie waren völlig überfordert von den vielen Bürgerhinweisen«, antwortete der eine Zwilling.

Er griff nach einer Dose Cola und nahm einen Schluck. Der andere machte es ihm nach wie ein verzögerter Schatten.

»In den Jahren danach ist Erik Valentin von unserem Radar verschwunden. Wie Sie wissen, haben wir unseren Einsatz gegen kriminelle Pädophile im Netz intensiviert, und wir patrouillieren auf dem Tor-Browser im Darknet. In dem Zusammenhang sind wir auf einen Pädophilenring gestoßen. Tor wurde ja ursprünglich von der US-Navy entwickelt und von Leuten genutzt, die es aus dem einen oder anderen Grund bevorzugten, anonym durchs Netz zu surfen. Normalerweise erkennt der Web-Server den Absender, aber auf Tor findet der Datentransfer über zufällig ausgewählte Router statt und wird Schritt für

Schritt verschlüsselt. Das ist beispielsweise praktisch für Journalisten, die in einer Diktatur leben, aber leider wird der Tor-Browser auch für Waffenhandel und die Verbreitung von Kinderpornos missbraucht.«

»Und Sie meinen, dass Valentin etwas damit zu tun haben könnte?«

Die Zwillinge nickten synchron.

»Wir haben Beweise gefunden, dass er dem Pädophilenring angehört, den wir aufgedeckt haben. Die Verbindungen reichen bis in die USA. Sämtliche Mitglieder des Rings haben Aliasse. Erik Valentin agiert dort unter dem Decknamen *die Spinne.*«

»Wenn das Ganze verschlüsselt wird, wie konnten Sie dann *die Spinne* identifizieren?«, fragte Josefine und beugte sich vor.

Ein gewitztes Lächeln breitete sich auf den Gesichtern der Brüder aus.

»Wir stehen im Kontakt mit dem FBI, die eine Homepage mit dem Namen ›Scandic Fun‹ aufgespürt haben, deren Administrator im gesamten Norden Kinderpornos verbreitet hat. Sie meinten, der Ring würde von einer Person mit dem Alias *der Bär* geleitet. Der Kopf des Ganzen, sozusagen.«

»Und?«, fragte sie.

»Sie operierten über einen Server auf Island. Das FBI hat eine Überwachung des Netzwerkes eingeleitet … Die Nutzer gingen natürlich davon aus, dass sie sich dank verborgener IP-Adressen anonym durchs Netz bewegten, aber das FBI hat die Computer der Tor-Nutzer mit einem Spyware-Programm infiziert. Wir haben ihr Einloggen in Chats verfolgt und ein falsches Profil erstellt: Lollipop. Das …« Er räusperte sich. »Das war mit das Perverseste, was wir je gesehen haben.«

Ihre Gesichter wurden für einen Moment ernst. Xander ahnte eine Verletzbarkeit in ihren Augen. Die joviale Fassade war vermutlich ihr Panzer, ihre mentale Überlebensstrategie. Sie bekamen täglich die Hölle auf Erden zu sehen, und natürlich ging das nicht spurlos an einem vorüber.

»Zwei sind in die Falle getappt, aber *die Spinne* und den *Bären* haben wir nicht bekommen. Wir hatten ein physisches Treffen unter unserem fiktiven Profil Lollipop vereinbart, wo unsere Kollegen sie überwältigt haben. Aber *der Bär* und *die Spinne* haben offensichtlich Lunte gerochen, weil uns nur zwei relativ kleine Fische ins Netz gegangen sind.«

»Und wer ist *der Bär*?«, fragte Xander.

»Wir wissen extrem wenig über ihn. Nur, dass er clever genug ist, in keine unserer Fallen zu tappen. Aber er ist zweifellos derjenige, der das Netzwerk leitet … und die Infrastruktur entworfen hat. Er ist mit der Zeit und der Technologie gegangen und ist uns immer einen Schritt voraus.«

Ein Handy klingelte. Xander erkannte ein altes Nokia-Gerät vom gleichen Typ, wie er es auch vor vielen Jahren gehabt hatte, sogar den gleichen Klingelton.

Nach einem kurzen Gespräch beendete der Techniker die Verbindung.

»Der neueste Trend ist, für die Kommunikation alte Technologien wie diese hier zu nutzen.« Er zeigte auf das Nokia. »Dumbphones sind der Hit. Alle elektronische Hardware kann gehackt werden, aber das Nokia 3310 ist eine harte Nuss. Aus dem Grund haben die meisten Kampfpiloten so eines. Früher haben sie häufig bedrohliche Nachrichten von den Russen empfangen, wenn sie internationalen Luftraum überflogen, und ihre Ehefrauen daheim haben eine SMS bekommen, dass ihr Gatte sich einen anderen Job suchen sollte. Echt scary. Aber seit sie auf das 3310 umgestiegen sind, gibt es kaum noch solche Schikane-Nachrichten. Alle sind zufrieden. Die Piloten spielen Snake, wenn sie am Boden sind ... Bei uns der totale Kult. Wir spielen um eine Kiste Bier.«

Jetzt wusste Xander wieder, wieso ihm die elektronische Leuchtschlange auf dem Wandmonitor so bekannt vorgekommen war. Das war das legendäre Spiel. Und er dachte daran, wie viel er selbst sein Handy nutzte und wann es wohl gehackt werden würde.

»Ich hätte gerne, dass Sie diesen Fall priorisieren«, sagte Xander mit Nachdruck.

»Verlassen Sie sich auf uns«, antworteten die Zwillinge.

Kapitel 23

Einen Tag später wartete Xander in einem der klaustrophobisch engen Verhörräume in Teglholmen auf Erik Valentin alias *die Spinne*. Derselbe Mann, der zur Jahrtausendwende wegen pädophiler Aktivitäten in der Gegend um den Dyrehaven vorgeladen worden war. Das Zwillingsteam hatte seine Aktivitäten im Internet rekonstruiert und bestätigt, dass der berüchtigte Pädophilenring über die Jahre nur durch smarte Technologien, Aliasse und verborgene Chatforen hatte überleben können.

Xander hatte einen Stapel Fotos vor sich, die der NC3 ihm am Morgen geschickt hatte, und er fühlte tiefsten Widerwillen und Ekel beim Anblick der Motive. Die Fotos waren von einer sogenannten »Pädo-Cloud« aus dem Netz heruntergeladen, wo die Mitglieder des Rings ihre widerwärtigen Fotos posteten, um ihre eigenen feinen Computer nicht zu beschmutzen. Es hatte ihn große Überwindung gekostet, die Bilder durchzusehen, und irgendwann hatte er eine Pause einschieben müssen, bevor er auch den Rest durchgehen konnte.

In seiner Aussage bei der Polizei Nordsjælland damals hatte Valentin hartnäckig behauptet, für den Abend, an dem David Hansen entführt wurde, ein Alibi zu haben. Er hatte beteuert, mit seinem Freund zusammen gewesen zu sein, was Xander so stark bezweifelte wie die Verlässlichkeit der Aussage von Valentins Freund.

Xander hoffte, Valentin irgendwie mit dem Mord an David Hansen in Verbindung bringen zu können und genügend Beweise zu finden, um Anklage zu erheben. Es freute ihn daher umso mehr, dass die ITler inzwischen ausreichend Material für einen Gerichtsbeschluss gegen ihn gesammelt hatten, um seinen Computer zu beschlagnahmen, weil ihnen Valentins Suchchronik verdächtig vorgekommen war. Es gab Beweise, dass er auf dem finsteren Grund des Darknets unterwegs war, wo sich lichtscheue Existenzen in Gestalt von Waffenhändlern, Auftragskillern und nicht zuletzt Pädophilen tummelten.

Es klopfte an der Tür, und Valentin betrat in Begleitung eines Polizeibeamten den Raum, der wieder verschwand, nachdem er den Verdächtigen abgeliefert hatte.

Valentin war ungefähr so groß wie Xander, aber übergewichtig. Er war gepflegt und zeigte keinerlei Anzeichen von Nervosität. Seine Körpersprache strahlte Ruhe aus, der Händedruck war trocken und fest.

Xander bat ihn, Platz zu nehmen, und startete das Verhör, wobei er sein Gegenüber nicht aus den Augen ließ. Valentins Blick war offen und direkt, und er geriet an keiner Stelle seiner Ausführungen ins Stocken. Das graue, gebügelte Hemd zeigte keine nervösen Schweißflecken. Xander sah sich einem gut aussehenden Mann gegenüber, der offenbar nichts zu verbergen hatte. Einem Mann, dem man nicht unmittelbar eine kriminelle Handlung unterstellen würde.

Aus der Fallakte ging hervor, dass er in der Nähe vom Dyrehaven lebte, Anfang sechzig war und einen Direktorenposten in einem Pharmaunternehmen bekleidete.

Xander reichte ihm wortlos den Stapel Fotos.

»Ich denke, das spricht für sich«, sagte er. »Wir haben die Fotos im Darknet gefunden. Gepostet von einem Profil mit dem Namen *Die Spinne.*«

Valentin sah ihn an und schluckte, und Xander bemerkte eine Veränderung in seinem Blick.

»Davon weiß ich nichts«, sagte sein Gegenüber und starrte auf einen Punkt hinter Xander, ganz offensichtlich den Blick auf den Fotostapel meidend.

»Da bin ich aber anderer Meinung«, sagte Xander. »Wir haben Beweise, dass Sie *die Spinne* sind. Und wir haben noch einen anderen Alias gefunden: *Der Bär*. Wer ist das?«

Xander registrierte, wie Valentins Augenbrauen nach oben wanderten, ehe er das Gesicht wieder in neutrale Falten brachte.

Er räusperte sich.

»Ich habe, wie schon gesagt, keine Ahnung, wovon Sie reden.«

Xander sah ihn lange an, ehe er fortfuhr.

»Sie wurden im Jahr 2000 in Bezug auf das Verschwinden von David Hansen verhört«, sagte er.

Valentin stieß einen verärgerten Seufzer aus.

»Ich war an dem Abend mit Hannibal zusammen. Das habe ich mindestens tausend Mal gesagt. Wir haben uns diese Serie, *Matador,* angesehen. Ich kann Ihnen genau sagen, welche Staffel und welche Folge.«

Xander musterte ihn. Da war eine winzige Veränderung in seinem Blick, als würde ihm gerade aufgehen, dass Xander möglicherweise noch einen Trumpf im Ärmel hatte.

Mit flacher Hand fächerte er die Fotos auf dem Tisch vor Valentin auf und wartete auf die Reaktion.

»Sehen Sie sich die Bilder an!«

Valentins Blick huschte über die Fotos, sein Adamsapfel vollzog hektische Auf- und Abbewegungen.

»Ich frage Sie noch einmal. Haben Sie etwas mit David Hansens Entführung zu tun?«

Ein eindeutiger Schweißfilm hatte sich über Valentins Gesicht gelegt.

»Nein … nein …!«

Die Stimme war ein trockenes Flüstern.

»Das glaube ich Ihnen nicht.«

Xander lehnte sich nach vorn und stemmte die Ellenbogen auf die Tischplatte.

»Ein Junge wurde ermordet und verstümmelt!«

»Das war ich nicht.«

Xander zeigte auf die auf dem Tisch verteilten Fotos.

»Sie fahren doch auf Jungs im Teenageralter ab«, knurrte er. Xander musste sich zusammenreißen und zwang seine Stimme in eine freundlichere Tonlage. Auch einem verdächtigen Pädophilen gegenüber musste er professionell bleiben und Verständnis oder wenigstens Neutralität bekunden. Das war die beste Chance, die Leute zum Reden zu bringen. Das verhinderte aber nicht, dass in ihm eine ätzende Wut hochstieg und sich wie Gift im Körper ausbreitete.

»Die hier sind von gestern Abend«, sagte er und hielt Valentin das obere Foto des Stapels vor die Nase, auf dem zwei Jungen in einer unnatürlichen und äußerst intimen Situation zu sehen waren. Dem Verdächtigen lief jetzt der Schweiß übers Gesicht und wurde vom Hemdkragen aufgesogen. Unter seinen Achseln wuchsen dunkle Schweißflecke. Er rieb sich nervös über die Stirn und brachte seine Frisur durcheinander. Die Fassade des über alles erhabenen Mannes aus dem Kopenhagener Speckgürtel zerbröselte.

»Wenn das hier rauskommt … dann …«, sagte er mit schwacher Stimme.

»Das ist das Einzige, woran Sie denken?!«, rief Xander aufgebracht und sprang so unvermittelt auf, dass sein Stuhl nach hinten kippte. Es juckte ihn gewaltig in den Fingern, Valentin die geballte Faust in das gepflegte Gesicht zu pflanzen, aber er zügelte sich. Er durfte nicht riskieren, das hier gegen die Wand zu fahren. Er würde sich brav an die Vorschriften halten. Das Dümmste, was jetzt passieren könnte, war ein Formfehler von seiner Seite, der Valentin wieder in das Revier der unangreifbaren Reichen in Nordsjælland entlassen würde, wo er sich vor seinem Bildschirm weiter auf Kosten unschuldiger Kinder aufgeilen konnte.

»Das hier reicht auf alle Fälle für einen Durchsuchungsbeschluss Ihres Hauses und die Beschlagnahmung aller Geräte mit einem elektronischen Puls. Unsere IT-Polizei ist auf Kaliber wie Sie spezialisiert.«

Valentin sah verkrampft auf seine ordentlich manikürten Hände.

»Ich würde gerne meinen Anwalt anrufen.«

Er hob den Kopf, und ihre Blicke kreuzten sich für einen kurzen Augenblick wie Schwertklingen. Valentins Farbe war in die Wangen zurückgekehrt.

Xanders Mut sank ein wenig, als er sich klarmachte, dass Valentin bis zum Letzten kämpfen würde. Vermutlich hatte er einen der teuren Schlipsträger angeheuert, der ihn möglicherweise da raushaute oder eine lächerlich kurze Haftstrafe aushandelte. In diesem Moment schwor er sich, dass er ihn für das hier hinter Gitter bringen wollte. Denn auch wenn ihnen bislang noch die handfesten Beweise fehlten, war Erik Valentin zu diesem Zeitpunkt ihr Hauptverdächtiger für den Mord an David Hansen. Und Xander wäre es eine große Genugtuung, ihn im Herstedvester Gefängnis zu wissen, wo die Insassen ihn rund um die Uhr leiden lassen würden. Selbst die hartgesottensten Kriminellen würden sich Valentin vornehmen. Pädophile rangierten in der Gefängnishierarchie auf der untersten Stufe. Bodensatz. Xander schämte sich für seine Gedanken, weil er eigentlich gar kein Freund von Selbstjustiz war, aber er war auch nur ein Mensch.

Er seufzte. Jetzt musste er nur noch die entscheidenden Beweise finden, die Valentin mit dem Mord an David Hansen in Verbindung brachten. Und als nächsten Schritt mussten sie sich sein Haus genauer anschauen.

Der NC3 würde sicherlich allein vor dem Hintergrund des Besitzes von kompromittierendem Bildmaterial eine Anklage gegen ihn erheben können, aber es wäre immer noch ein weiter Weg zu einer Verurteilung wegen Mordes an David Hansen.

Kapitel 24

Erik Valentin wohnte in einer dieser klassischen Luxusvillen aus schwarzem Backstein. Die Pharmaindustrie schien eine lukrative Branche zu sein, dachte Xander. Aus allen Mauerritzen dampfte Wohlstand.

Der Hauseigentümer war nicht zu Hause, da der NC3 ihn wegen Besitzes kinderpornografischer Bilder in Untersuchungshaft genommen hatte.

Die Villa lag in der Nähe des Hotels Fortunen und Dyrehaven und war von Wald umgeben. Xander erkannte den Lieferwagen der Techniker, der mit offener Heckklappe vor dem Haus stand. Das Innere war mit Schubladenschränken ausstaffiert, in denen die gesamte Ausrüstung untergebracht war, geordnet nach einem durchdachten System, das nur sie selbst durchschauten.

Im vorderen Garten hatte ein Ahorn seine tiefroten Blätter abgeworfen, die kleine Blutlachen im Gras bildeten.

Er begrüßte Kenneth, der gerade aus dem Haus kam.

»Habt ihr was gefunden?«, fragte er.

»Tut mir leid, nein. Das Haus ist clean, du kannst ohne

Schutzanzug reingehen. Wir sind fertig. Seine Putzhilfe hätte ich auch gern.«

»Hm«, sagte Xander, sog die kalte Luft tief in die Lungen und beschloss, eine Runde durch das Haus zu machen.

*

Alles war sehr aufgeräumt, als erwartete der Eigentümer Gäste. Xander kam sich vor wie in einem Wohnmagazin.

Er ging hinaus in den hinteren Garten, wo sich die Herbstsonne in einem kleinen Teich spiegelte, auf dem ein Entenpaar gemütlich herumdümpelte.

Weiter hinten entdeckte er einen Schuppen. Auf dem Weg dorthin sank er mit den Schuhen in dem aufgeweichten Rasen ein. Eine Amsel zwitscherte etwas schief, und mit der feuchten Luft kam der Herbstduft kompostierter Erde, der Vorbote des nahenden Winters.

Das Schuppendach bestand aus verrotteter Dachpappe, und einige Bretter schienen ziemlich morsch. Das Sonnenlicht wurde von einer metallenen Oberfläche reflektiert. Xander strich mit den Fingerspitzen über ein scheinbar neues Vorhängeschloss, auf dem kein Rostfleck zu sehen war. Er rief einen Techniker zu sich, den er oben am Haus entdeckt hatte.

Der junge Mann im Schutzanzug kam auf ihn zu.

»Seien Sie doch so gut und besorgen Sie einen Bolzenschneider.«

Er zeigte auf das Vorhängeschloss.

Kurze Zeit später hing das Schloss offen vor ihm.

Die Tür glitt knarrend auf. Der ihm entgegenströmende Teergeruch erinnerte ihn an Sommer, aber die Kälte holte ihn schnell in die Realität zurück. Er ließ den Blick schweifen, aktivierte die Handytaschenlampe und leuchtete mit dem kalten Licht das Innere des Schuppens aus, in dem Gartengeräte gelagert waren. Ein aufgerollter Wasserschlauch, ordentlich gestapelte Gartenstühle und, unter einer durchsichtigen Plastikhülle, die Luxusausgabe eines Gasgrills. Er suchte nach einem Schalter und machte Licht. Nach der gründlichen Untersuchung des Schuppens verspürte er ein frustrierendes Gefühl der Niederlage. Wieder einmal war er vor die Wand gefahren, hatte sich von seinen Impulsen auf eine falsche Fährte locken lassen. Er hatte so gehofft, etwas zu finden, das Valentin mit dem Mord an David Hansen in Verbindung brachte.

Er wollte gerade die Tür schließen, als er mit dem Fuß gegen etwas stieß. Während sein Blick über den Boden schweifte, bemerkte er, dass die Kanten zweier Bodenfliesen im Verhältnis zu den anderen etwas höher aufragten. Er ging in die Hocke und strich sich das Haar aus der Stirn. Mit den Fingerspitzen folgte er ein paar hellen, frisch wirkenden Kratzspuren, als hätte erst kürzlich jemand etwas über die Fliesen geschoben oder gezogen. Das an sich war nicht ungewöhnlich in einem Gartenschuppen. Xander ging davon aus, dass Valentin einen Gärtner hatte. An der Holzwand hingen an einer Reihe

Haken die Gartengeräte. Er griff nach einem neu aussehenden Spaten und sah sich das metallene Blatt an. Darauf waren ganz feine, frische Rillen zu erkennen, die darauf hindeuteten, dass der Spaten vor Kurzem benutzt worden war. Er schob das Blatt zwischen die beiden verschobenen Fliesen und ruckelte hin und her. Mit einem kratzenden Schaben konnte er die eine Fliese so weit lockern, dass er das Spatenblatt darunter schieben und als Hebel einsetzen konnte. Er stemmte sich mit seinem ganzen Gewicht auf den Spatenschaft und klappte die Fliese auf die dahinter. Darunter waren Bretter zu sehen.

Xander schob einen wackeligen Tisch aus dem Weg, um mehr Platz zu haben, und entfernte zwei weitere Fliesen. Er richtete sich auf und betrachtete den Untergrund. In dem geäderten Holz war deutlich eine viereckige, dunkle Linie zu erkennen. Das musste eine Bodenluke sein.

Er bückte sich und fuhr mit den Fingern an der Kante entlang, bis er eine Kerbe fand, in die er mit Mühe zwei Finger schieben konnte. Er zog mit aller Kraft, bis sich die Luke mit einem schnarrenden Geräusch öffnete. Er ließ sie nach hinten kippen und schaute in einen auf den ersten Blick leeren Raum.

Eine Hühnerleiter führte hinunter in das dunkle Loch. Er kletterte langsam abwärts und sprang das letzte Stück. Die Wände waren mit Riffelblech verkleidet und der Boden aus Beton. Es roch synthetisch nach etwas, das Xander spontan nicht einordnen konnte. Lavendelspray, vielleicht. Er drückte auf einen Schalter, woraufhin blinkend ein kräftiges, grelles Licht ansprang, wie in einem Operationssaal. Es rieselte ihm kalt den Rücken hinunter. Wer hatte so einen geheimen Raum unter seinem Gartenschuppen? Wohl nur jemand, der ernsthaft etwas zu verbergen hatte. Aber warum war es hier so leer?

Außer einem Poster von *Pu der Bär* war der Raum völlig kahl.

Fragen wirbelten durch sein Gehirn, und ein tiefer Tinnitus begann wie ein Nebelhorn in seinem Kopf zu blasen. Wieder oben im Schuppen angekommen, blieb er kurz stehen und hielt sich die Ohren zu, was, wie er wusste, auch nichts nutzte. Er biss die Zähne aufeinander und hoffte, dass es eine der kürzeren Attacken war. Der Tinnitus war die tägliche Erinnerung, wie lebensgefährlich sein Job zeitweise war. Während eines Einsatzes bei einer Frau, die sich mit Gas das Leben nehmen wollte, hatte die Explosion seine Kollegin getötet, während er selbst, abgesehen von dem Heulton im Ohr, ohne einen Kratzer überlebt hatte.

Nach einer Weile ließ der Piepton ein wenig nach. Er ging ins Freie und weiter zu Kenneth, der gerade etwas auf der ausladenden Holzveranda untersuchte.

»Unter dem Schuppen ist ein geheimer Raum!«

»Ernsthaft?«, sagte Kenneth.

»Aber er ist komplett leer. Schaust du dir das trotzdem mal an? Es ist schon seltsam, so einen Raum zu haben und ihn nicht zu nutzen.«

Er legte die Hand aufs eine Ohr, als der Heulton wieder lauter wurde.

»Klar, ich geh gleich rüber. Alles okay mit dir?«

»Ja, alles gut«, sagte Xander. »Ruf mich an, sobald du irgendwas Ungewöhnliches findest.«

Kenneth nickte und zog die Kapuze des Schutzanzugs in die Stirn.

Kapitel 25

Josefine war im Rechtsmedizinischen Institut auf dem Weg in die IT-Abteilung, wo Arne und Mohammed ihr das neue Animationsprogramm vorführen wollten.

Sie war überrascht, Mohammed mit entblößtem Oberkörper auf einem Drehstuhl sitzen zu sehen, während Arne mit konzentrierter Miene runde schwarze Klebepads auf seiner Brust befestigte, offensichtlich nach einem bestimmten Muster, das sie nicht ganz durchschaute.

»Komm rein«, sagte Arne unangefochten.

»Bin ich zu früh?«

»Nein, nein, wir sind nur noch nicht ganz fertig. Mohammed ist die Testperson des *Walking Dead*-Projekts …«

»Vielleicht solltet ihr lieber einen politisch korrekteren Namen für das Projekt nehmen als *Walking Dead*«, sagte Josefine, die bereits Probleme mit den oberen Etagen witterte. »Ich kann mir vorstellen, dass die Eiskönigin sonst meutert.«

»Keine Sorge«, sagte Arne. »Das haben wir im Griff.

Wir nennen es einfach WD. Es fragt garantiert keiner nach, wofür das steht. Das bleibt unser kleines Geheimnis.«

Er zwinkerte ihr zu. Josefine war nicht ganz überzeugt, dass sie damit durchkamen.

Mohammed schenkte ihr ein strahlendes Lächeln, und Josefine senkte den Blick. Sein Oberkörper war alles andere als unansehnlich.

»Wie funktioniert das Programm?«

»Wir reanimieren das Opfer«, sagte Arne mit größter Selbstverständlichkeit. »Man könnte auch sagen, dass wir die Leiche wiederbeleben und zeigen, wie der Mord abgelaufen ist. Ich befestige gerade Peilsender an seinem Körper, die wie eine Art Fixpunkte für die Kamera fungieren.«

Er befestigte mit entschiedenem Daumendruck ein letztes Klebepad. Mohammed fügte sich klaglos in die Behandlung.

»Um die Bewegungen eines Menschen zu rekonstruieren, müssen wir eine reale Person imitieren, sonst wirkt es gekünstelt. Ich benutze das aktuellste Animationsprogramm.«

Die Geschäftsleitung hatte große Erwartungen in das Projekt gesetzt, und Josefine drückte alle Daumen, dass es diese Erwartungen erfüllte.

Arne stellte eine Kamera auf einem Dreibein-Stativ ein. Er ging ein paar Mal zu Mohammed und korrigierte seine Sitzhaltung, bis er ihn in der gewünschten Position hatte.

Danach ging er wieder an die Kamera und beugte sich über die Linse. Mohammeds wohlproportionierter Torso war von schwarzen Punkten übersät wie von einer gefährlichen Krankheit.

»Steh auf«, befahl Arne.

Mohammed folgte der Aufforderung, stand vom Stuhl auf und setzte sich wieder. Danach lehnte er sich ein Stück vor, danach nach hinten. Die Bewegungen wirkten gründlich einstudiert, fast rituell. Nach einer Weile schien Arne alle gewünschten Aufnahmen gemacht zu haben.

Josefine sah sich in dem Raum um, in dem sich ein organisiertes Durcheinander in Form von Kabeln, Werkzeug und einer Schaumgummipuppe darbot, die von Pfeilen mit kleinen Zahlenetiketten durchbohrt war.

Sie sah sich die Puppe näher an, in deren Gesicht nur andeutungsweise Augen, Nase und Mund zu erkennen waren. Die Puppe schien im Todesaugenblick gefangen wie ein verletztes Tier in der Arena.

»Das ist Victor. Wir haben ihn in einem Garderobenschrank des Pathologen gefunden, der gerade in Pension gegangen ist. Er war als ›victim person‹ bekannt, aber wir finden Victor Persson persönlicher.«

»Klar.« Josefine grinste.

»Wir nutzen ihn, um den Weg einer Kugel durch den Körper nachzuweisen«, sagte Arne und stand auf. »So ein Körpermodell ist praktisch beim Basteln von Programmen.«

Ihr Blick streifte Mohammed, der sich die Klebepads

abfummelte, was offensichtlich nicht ganz schmerzfrei war, weil er jedes Mal ein paar Brusthaare mit ausriss.

Josefine spürte Arnes Blick auf sich.

»Magst du eine Tasse Kakao?«, fragte er und verschwand in eine Kammer, aus der er kurze Zeit später mit einem Becher zurückkam, den er auf dem einzigen freien Fleck des überladenen Schreibtischs abstellte. »Setz dich«, sagte er und zog Josefine einen Stuhl heran. »Wie geht es mit dem Doppelmord voran?« Er setzte sich auf einen zerschrammten Hocker ihr gegenüber.

»Wir haben uns etwas festgefahren«, sagte Josefine, setzte sich und pustete in ihren heißen Kakao.

»Und wie sieht's an der Heimatfront aus?«

»Okay, soweit«, sagte Josefine. »Mein Vater macht mir nur etwas Kummer. Er fühlt sich nicht wohl in dem Pflegeheim.«

»Wie bedauerlich.«

»Aber er kann einfach nicht mehr alleine zu Hause wohnen. In letzter Zeit war er immer verwirrter. Und es war nicht nur einmal Gefahr im Verzug.«

»Du musst aber auch dein Leben leben«, sagte Arne und strich sich über die Glatze. »Ich habe ja auch immer noch meine alte Mutter. Sie ist inzwischen komplett blind und hatte Angst allein zu Hause. Für sie war es definitiv besser, in ein Pflegeheim zu kommen. Trotzdem habe ich ein schlechtes Gewissen, dass sie den ganzen Tag nur rumhockt.«

Josefine nickte und nippte an ihrem Kakao.

»Das kenn ich gut.«

»Jetzt wollen wir dir aber erst mal das Programm zeigen«, sagte er und stand auf.

Er schaltete einen Großbildschirm an der Wand ein.

»Wir zeigen den Tatort zum Zeitpunkt des Mordes und reanimieren das Opfer. Dafür haben wir verschiedene Scantechnologien miteinander kombiniert ... Hast du den Film *Tomb Raider* gesehen?«

Josefine dachte scharf nach, musste aber passen.

»Mit Angelina Jolie?«, half Arne ihr auf die Sprünge.

Josefine schüttelte den Kopf.

»Okay. Die haben in dem Film jedenfalls ein Animationsprogramm namens ›Poser‹ für einige Szenen benutzt, und genau das Programm haben wir bei uns auch installiert.«

Er drückte die Taste einer Fernbedienung, woraufhin ein körniges Bild auf dem flimmernden Computerschirm auftauchte. Kurz darauf sah man ein Skelett vor einem dunklen Hintergrund.

»Das ist Mohammed«, sagte Arne grinsend.

Das Filmmodell senkte den Blick, als wäre es ihm peinlich, vor Josefines Augen so bis auf die Knochen entkleidet zu sein. Ihr ging es ähnlich.

Arne drückte einen Knopf an einem Schaltpult auf dem Tisch.

Das Skelett setzte sich in Bewegung, ganz natürlich und entspannt. Wie ein Waldspaziergang.

»Wir haben die Aufnahmen da drüben gemacht«, sagte Arne und zeigte auf ein Laufband in der Ecke.

»Kreativ«, sagte Josefine.

»Aber die Bewegungen des Torsos brauchten noch ein Feintuning, deshalb die Extrabilder von Mohammeds Oberkörper.«

Sie nickte.

Arne drückte eine andere Taste, und das Skelett trabte los.

»Wow«, sagte Josefine. »Das ist ja total lebensecht.«

»Das gelbe Siegertrikot geht eindeutig an Dänemark«, sagte Arne mit schlecht verhohlenem Stolz. »Die ultimative Unsterblichkeit.«

»Trotzdem ganz schön gespenstisch«, stellte Josefine fest, als Arne noch einmal die Geschwindigkeit erhöhte und das Skelett direkt auf sie zuzukommen schien. Mohammed hatte sich in der Zwischenzeit wieder vollständig angezogen und setzte sich zu ihnen.

»Das ist ja ursprünglich Sir Henrys Projekt«, sagte Arne. »Er will den Tod digitalisieren, quasi ein Archiv für die Nachwelt erstellen. Mit dem Hintergedanken, das Programm vor Gericht zu nutzen – und in der Ausbildung von Rechtsmedizinern. Es ist ein Dilemma, dass er krankgeschrieben ist. Die Eiskönigin hält das Projekt, nicht sehr überraschend, für zu kostspielig, will die Gelder lieber für ihre eigenen Forschungsprojekte und Artikel ausgeben.«

Josefine nickte. Das überraschte sie in der Tat nicht.

»Das Ganze ist in der Cloud«, meldete Mohammed sich zu Wort.

»Cool«, antwortete Josefine.

»Die Scantechnologie nutzen wir für das Innere einer Person, Laser und das Tomb-Raider-Programm zur Darstellung des Äußeren. Und wuppdi, fertig ist die Animation. Das war schon eine echte Herausforderung, aber wir sind ja keine Anfänger. Man muss einfach die Technologien miteinander verknüpfen«, sagte Arne. Das grelle Licht spiegelte sich auf seiner glatten Platte. »Es ist optimal für die Rekonstruktion von Schussverletzungen oder des Tataugenblicks und viel besser als vorher, als wir nur Victor Persson hatten.« Er schielte zu der sicherlich tödlich verletzten Schaumgummipuppe. »Wenn das fertig entwickelt ist, können wir die Toten in einem digitalen Leichenschauhaus archivieren«, sagte Arne. »Es friert sozusagen den Todeszeitpunkt ein.«

»In der Cloud geht nichts verloren«, fügte Mohammed philosophisch hinzu.

»So ist es … Wenn wir dann die Animation der Opfer mit Fotos vom Tatort verknüpfen, kommt ein echter Gruselthriller dabei heraus. Wir scannen den Tatort mit diesem Ding«, sagte er und zeigte Josefine ein Gerät, das wie ein tragbarer Scheinwerfer aussah. »Das ist ein mobiler Scanner … Vierzigtausend kostet so ein Schätzchen. Messerscharfe Bilder, kann ich dir sagen. Da siehst du selbst die Fliege an der Wand. Solche Geräte werden auch zum Durchleuchten der Pyramiden eingesetzt, damit haben sie geheime Räume entdeckt, die selbst die Grabräuber übersehen hatten. Das Ding zeigt noch an, was sich hinter einer massiven Steinmauer verbirgt. Echt smart. Sieh dir das mal an«, sagte er und ließ das Skelett vom Monitor verschwinden. »Das hier stammt von einer Schießerei in Kopenhagen letzte Woche. Die Techniker haben uns den Tatort mit dem mobilen Scanner durchleuchten lassen, nachdem sie mit der Spurensicherung fertig waren.«

Er tippte etwas ein, und eine Wohnung wurde sichtbar, ein bisschen, wie wenn man von oben in ein Puppenhaus schaut. Arnes Finger huschten über die Tasten des Steuerpults, und Josefine hatte das Gefühl, sich in der Wohnung zu befinden. Mit dem Zeigefinger steuerte Arne den Kamerafokus, ein bisschen, wie in einem der Videospiele, die ihr Bruder gehabt hatte. Er war völlig von ihnen absorbiert gewesen, wie auf einem anderen Planeten.

»Wir haben ein Animationsdemo gemacht, das wir dir zeigen wollen.«

»Spannend.«

»Und ich habe einen extra Gimmick eingebaut.«

Das überraschte Josefine nicht. Arne war so was wie ein Magier seines Fachs.

»Schließ die Augen«, sagte er.

Josefine kniff die Augen zu. Sie zuckte erschrocken zusammen, als sich Arnes Hände auf ihre Schultern legten.

»Sorry, ich wollte dich nicht erschrecken …«

»Alles gut. Was ist das?«

»Nicht gucken. Kannst du dein Haar zusammenbinden?«

Josefine fummelte ein Haargummi aus ihrer Hosentasche und band die Haare zu einem Pferdeschwanz zusammen. Dann spürte sie ein kühles Band um den Kopf.

»Jetzt kannst du wieder gucken.«

Sie schlug die Augen auf.

»Das ist eine Virtual Reality Brille«, erklärte Arne und korrigierte den Sitz noch ein wenig. »Du bist nicht empfindlich, oder?«

Josefine schüttelte vorsichtig den Kopf. Die Brille war schwer, und in den integrierten Kopfhörern rauschte es. »Nein …«

»Unser Nesthäkchen hat nämlich einen leichten Schock bekommen …«

»Oh shit, das habt ihr nicht wirklich getan?!«

»Erst letzte Woche haben wir der Eiskönigin das Geld aus den Rippen geleiert, weshalb wir etwas improvisieren mussten, um das Projekt rechtzeitig ins Ziel zu bringen, und uns fehlten Testpersonen«, sagte er, die Stimme zu einem verschwörerischen Flüstern gedämpft. »Aber ganz ruhig, sie wird der Eiskönigin nichts …«

»Ist das Nesthäkchen okay?«

»Ja doch. Ihr Heimcomputer wurde gratis bereinigt, und wir haben eine neue Harddisk für sie gefunden und installiert. So, jetzt verbinde ich dich.«

Josefine blinzelte und spürte ein Ziehen im Bauch, als sie sich wie von Zauberhand in der Wohnung befand. Ganz dicht am Geschehen. Und es war alles unfassbar realistisch, selbst das Muster der Tapete. Ziemlich unheimlich, als wäre sie leibhaftig dort.

Sie betrachtete die auf dem Boden liegende Leiche. Der tote Mann hatte eine größere Schusswunde am Hinterkopf, und um Kopf und Oberkörper hatte sich eine sehr lebensechte rote Blutlache gebildet.

»Ein Einbruch, der aus dem Ruder gelaufen ist«, klang Arnes synthetische Stimme in den Kopfhörern. »Der Mann hat den Dieb offensichtlich überrascht. Das Opfer ist ein bekannter Sammler von Cobra-Kunst. Du solltest mal seine Poul-Henningsen-Pendelleuchten sehen. Der hatte ein echtes Vermögen unter der Decke hängen.«

Es folgte eine rauschende Pause.

»Und jetzt kannst du sehen, wie es abgelaufen ist«, sagte Arne.

Das Bild wechselte. Blutlache und Leiche waren auf wundersame Weise verschwunden. In der Türöffnung tauchte ein maskierter Mann auf. Josefine dachte voller Unbehagen an den Angreifer in dem Zelt in Motala. Der maskierte Mann in der Animation ging auf eine Wand zu, an der ein Bild mit einem pink-lilafarbenen, nonfigurativen Motiv hing, und betrachtete es. Dann kniff er mit einer Zange offensichtlich die Aufhängeschnüre durch. Josefine drehte den Kopf einen Tick zur Seite und schaute auf eine andere Wand, an der ein paar Skizzen hingen.

Sie kam sich wie in einem Zombiefilm vor, als das Opfer plötzlich quicklebendig auftauchte. Der maskierte Mann fuhr herum, zog eine Pistole und schoss auf das Opfer, das zu Boden ging. Es war total realistisch, als die

Blutwolke aus dem Hinterkopf des Mannes stäubte, bevor er zusammenbrach.

Josefines Herz hämmerte gegen die Rippen.

Arne nahm ihr die VR-Brille ab, und sie fuhr sich mit den Fingern durchs Haar.

»Das Geniale ist, dass wir hiermit die exakte Schussrichtung berechnen können. Und wo der Täter stand. Mit dem System können wir die Einschuss- und Austrittsstelle auf den Millimeter genau bestimmen.«

Josefine starrte vor sich hin.

»Hört mal zu, ich hab da eine Idee«, sagte sie und klärte die Männer in groben Zügen darüber auf.

Mohammed und Arne wechselten Blicke.

»Ist das machbar?«

»No problem.«

Kapitel 26

»*Walking Dead*?«, wiederholte Xander am Telefon.

Hörte Josefine da einen sarkastischen Unterton in seiner Stimme?

»Das ist nur der Arbeitstitel. Meine beiden Kollegen am Institut, Arne und Mohammed, arbeiten an einem Programm, das den Tatort und das Opfer animiert. Es ist ziemlich spooky, kann ich dir sagen, wenn man das Opfer von den Toten auferstehen sieht.«

»Das kann ich mir vorstellen. Ich hab schon von dem Projekt gehört, hatte aber keine Ahnung, dass es schon fertig ist.«

»Ist es auch noch nicht, aber sie sind weit gekommen und haben ein Demo angefertigt. Und sie sagen, dass sie trotz einiger fehlender Details einen Tatort rekonstruieren können. Was hältst du davon, ihnen das Material aus Birgitte Ussings Haus zu geben. Vielleicht taucht so noch was Neues auf.«

Es folgte eine kurze Pause.

»Einen Versuch ist es auf alle Fälle wert«, sagte Xander.

»Ich hatte mir auch schon überlegt, dorthin zu fahren, um mir einen Eindruck zu verschaffen.«

Sie verabredeten sich für den nächsten Tag vor Birgitte Ussings Haus.

*

Nach ihrem Telefonat mit Xander rief Josefine im Pflegeheim an und ließ sich zur Abteilungsleiterin durchstellen.

»Bei meinem letzten Besuch stand mein Vater mit nacktem Oberkörper in Schlafanzughose auf dem Balkon. Wie kann es sein, dass das niemand bemerkt hat?«

»Wir können ihn leider nicht rund um die Uhr bewachen. Aber wir sollten seine Fenster und die Balkontür von innen abschließen, damit das nicht noch mal passiert. Ich wollte Sie auch noch darauf ansprechen, dass es für uns nicht ganz einfach ist, Sie zu erreichen, obwohl Sie die einzige Angehörige sind. Mein Personal sagt, sie würden Nachrichten hinterlassen, auf die Sie nicht antworten.«

Josefine fühlte sich von dem Vorwurf getroffen.

»Okay … und was würden Sie sagen, wie es ihm geht?«

»In der Regel ist er friedlich, aber wir haben Phasen erlebt, in denen er unruhig ist, besonders nachts … Und er entzieht sich allen gemeinschaftlichen Aktivitäten.«

»Und was wird da so gemacht?«

»Einmal in der Woche backen wir, und dann gibt es die Bastelstunden mit den Ergotherapeuten und sonntags gemütliches gemeinsames Singen. Lesen Sie denn nicht unser Hausblatt?«

Josefine ignorierte die Bemerkung.

»Es tut mir leid, das sagen zu müssen, aber das ist alles nichts für meinen Vater«, sagte Josefine.

»Wir bieten eine Reihe mehr Aktivitäten an als die meisten anderen Pflegeheime in Kopenhagen«, sagte die Leiterin vorwurfsvoll.

»Können Sie nicht Schach mit ihm spielen? Das liebt er. Und das würde ihn auch geistig fordern.«

»Wir können nicht auf alle Extrawünsche und Bedürfnisse jedes einzelnen Patienten eingehen. Es ist so schon stressig genug. Die Salamipolitik der Regierung betrifft auch uns.«

»Und er macht gerne Ausflüge«, versuchte Josefine es weiter. »Ins Tivoli zum Beispiel.«

»Das mit den Ausflügen haben wir ganz eingestellt. Wir haben zu viele Demenzpatienten und zu wenig Personal für die Betreuung außerhalb des Heims«, sagte die Leiterin. »Das ist nur zu ihrem eigenen Besten. Wir haben eine schöne eingezäunte Gartenanlage …«

»Ich stimme Ihnen zu, dass er etwas dement ist … aber er hat auch seine klaren Phasen.«

»Josefine, ich glaube, Sie sind nicht auf dem neusten Stand … Es ist viel schlimmer geworden.«

»Das liegt daran, dass er nicht genügend stimuliert wird!«

»Er braucht aber auch mehr persönliche Unterstützung

von Ihnen. Die anderen Angehörigen sind viel häufiger hier und nehmen an den gemeinsamen Unternehmungen teil. Erst vor Kurzem hatten wir einen Pastor zu Besuch, der uns von seiner spannenden Arbeit erzählt hat.«

Josefine konnte sich kaum beherrschen, nicht sehr barsch ihre Meinung zu den gemeinsamen Unternehmungen kundzutun. Natürlich würde sie gar nichts erreichen, wenn sie das System kritisierte, das nicht flexibel genug schien, um sich auf die Bedürfnisse ihres Vaters einzustellen.

Kapitel 27

Birgitte Ussings Haus stand momentan leer, wie Xander erfuhr. Er hatte den Immobilienmakler angerufen, der ihm mitteilte, dass es in der Zwischenzeit mehrfach den Besitzer gewechselt hätte.

Das Wetter war schlecht. Über ihm dräute ein grauer Himmel, und es regnete in Strömen. Er erkannte das Haus von dem umfangreichen Bildmaterial aus der Asservatenkammer im alten Polizeipräsidium wieder. Damals war es weiß gewesen, aber einer der späteren Besitzer hatte sich für eine hellrote Variante entschieden, die absolut nicht zu der tristen Fassade passte, die von grünen Algenstreifen überzogen war. Der Garten war eine Wildnis, zwischen den frostgesprengten Bodenplatten spross Unkraut, und der morsche Zaun war an ein paar Stellen in sich zusammengesackt.

Xander rauchte eine Zigarette, während er fröstelnd auf die Ankunft der anderen wartete, die zusammen mit Josefine in ihrer Rostlaube fahren wollten, die sich nahtlos in die trostlose Umgebung einfügte.

Er begrüßte Josefines Kollegen, die im geräumigen Kofferraum des antiken Volvos einen Haufen Ausrüstung dabeihatten. Arne redete wie ein Wasserfall, während Mohammed eher scheu wirkte und sich etwas im Hintergrund hielt.

Xander schloss die Eingangstür mit dem Schlüssel auf, den er vorher bei dem Immobilienmakler abgeholt hatte. Abgestandene Luft strömte ihnen von drinnen entgegen.

Arne plauderte mit Josefine, während sie durchs Haus gingen. Xander schielte ständig zu ihr hinüber. Sie schien sich auf die Eindrücke im Haus zu konzentrieren. Ihr Haar war stramm nach hinten gebunden, was ihr gut stand, auch wenn er sie mit offenen Haaren hübscher fand.

Die Stimmung im Haus übertrug sich auf ihn. Es war sauber und aufgeräumt, aber da war etwas, bei dem sich die Härchen auf seinem Unterarm aufstellten. Vielleicht war es auch nur die Kühle im ganzen Haus.

Die Heizkörper liefen auf Sparflamme, von den großen Fensterpartien zog es frostig herein. Aber vielleicht löste auch nur das Wissen über den grausamen Mord, der hier stattgefunden hatte, diese emotionale Kälte bei ihm aus. Unter der Wandfarbe, zwischen den Bodenbrettern und draußen in der Garage müssten auch nach so langer Zeit noch mikroskopische Blutreste vorhanden sein.

Arne schien sehr bemüht, Josefine zu gefallen, dachte Xander. Sie hatte diese Wirkung auf Männer. Alle wünschten sich, ihr näherzukommen.

Xander fegte ein paar Fliegenleichen von einem Fensterbrett mit abplatzender Farbe und breitete darauf die Fotos vom Tatort aus. Die Bilder waren klar und detailliert, als wäre der Mord an Birgitte Ussing gerade erst geschehen.

Das Badezimmer sah hingegen ganz anders aus als auf den Bildern. Einer der zwischenzeitlichen Besitzer hatte die Kacheln und das Handwaschbecken erneuert, die Badewanne rausgeschmissen und an der Stelle eine bequeme, bodentiefe Dusche eingebaut.

Xander ließ den Blick durch das Bad schweifen, das so strahlend weiß war, dass es fast in den Augen schmerzte. Er dachte an den Kontrast zu damals, als Wände und Boden noch dunkelbraun gefliest gewesen waren und das Blut sich in den dunklen Fugen verstecken konnte. Auf den Tatortfotos war deutlich zu sehen, wie der chemische Verräter Luminol auf den Bodenfliesen das reinste Feuerwerk bläulicher Spritzer sichtbar gemacht hatte.

Wie in einem Schlachthaus.

Er ging ins Wohnzimmer, wo Mohammed eine äußerst avancierte Fotoausrüstung aufbaute. Arne erklärte Josefine offensichtlich irgendein Detail des Programms, was sich sehr technisch anhörte. Xander zog sie ein Stück beiseite.

»Kannst du mir sagen, wie die beiden das Ganze rekonstruieren wollen? Hier ist garantiert mehrmals gestrichen worden, und das Bad ist komplett renoviert.«

»Das Gerät durchdringt selbst dicke Mauern«, erklärte

sie. »Wenn sie die Aufnahmen im System gespeichert haben, verknüpfen sie sie mit den ursprünglichen Fotos vom Tatort. Soweit ich es verstanden habe, kombinieren sie verschiedene Systeme miteinander, ein bisschen wie ein fortschrittliches Computerspiel … Das ist echt erschreckend real. Ich durfte gestern schon mal ihre Animation einer Schießerei in Kopenhagen testen. Das war absolut realistisch und lebensecht.«

»Unheimlich.« Xander nahm Anlauf. »Du, ich habe überlegt, ob …«

In dem Augenblick rief Arne nach Josefine, die verschwand. Er fluchte, dass er nicht besser im Smalltalk war. Dass … Er bremste sich und konzentrierte sich wieder ganz auf das Haus und das so viele Jahre zurückliegende Verbrechen.

Er drehte mit dem Grundriss, den er vom Immobilienmakler bekommen hatte, eine Runde durch die Zimmer, vom Wohnzimmer über einen Flur in ein Schlafzimmer, das zum Garten hinausging. Trotz des grauen Wetters war es verhältnismäßig hell in dem Raum mit den großen Fenstern und einer Glasschiebetür. Er öffnete nacheinander die Schubladen und Türen der Einbauschränke. Die Fächer waren leer, und ihm stieg Staubgeruch in die Nase. Er trat an die Fensterpartie und sah in den verwilderten Garten. Der Täter hatte vermutlich freien Einblick durch die Fenster gehabt. Er verließ das Schlafzimmer und ging weiter in die Küche, wo ihm einfiel, dass auf einem der Tatortfotos ein Messerblock auf der Arbeitsplatte neben dem Kühlschrank mit einer abstoßend rotbraunen Front gestanden hatte.

Er öffnete die Kellertür und ging eine dunkel gebeizte Holztreppe hinunter, die laut unter seinem Gewicht knackte. Bei dem alten Beweismaterial waren auch Bilder aus dem Keller gewesen, wenn er sich recht erinnerte. Hier schien keiner der wechselnden Besitzer etwas verändert zu haben. Es gab einen schmalen Gang und ein paar kleinere Abstellräume. Hinter einer lackierten Holztür war der Heizungskeller, in dem es kräftig nach Öl roch. Ihm strömte warme Luft entgegen, in die sich ein kühler Luftzug von einem kleinen Fenster mit Drahtnetz anstelle einer Scheibe mischte. Diagonal über das Drahtnetz verlief ein Riss. Durch dieses Fenster war der Täter dem Polizeibericht zufolge ins Haus eingestiegen.

Er verließ den Heizungskeller, um etwas zu überprüfen. Wieder oben im Wohnzimmer blätterte er die Fotos durch und zog eins aus dem Stapel, während er sich übers Kinn strich.

Arne scannte das Haus, und Josefine unterhielt sich mit Mohammed. Sie lachte, und Xander stellte fest, dass ihre Wangen glühten.

Xander zwang seine Aufmerksamkeit zurück zu dem Fall, und in seinem Kopf nahm eine neue Idee Form an, die die damalige Theorie der Polizei auf entscheidende Weise aktualisieren könnte.

Kapitel 28

Josefine war sehr gespannt auf die Präsentation des Animationsprogramms *Walking Dead* und drückte alle Daumen, dass sie die Eiskönigin überzeugen konnten. Über das Programm sollten die Rechtsmedizin und die verschiedenen Abteilungen der Polizei enger zusammenrücken.

Solange Henry krankgeschrieben war, hütete die Eiskönigin den Goldschatz. Wenn sie das Programm also vollenden und implementieren wollten, mussten sie die Idee zuerst ihr verkaufen.

Die Rechtsmedizin saß seit Tagen wie auf glühenden Kohlen, weil die Präsentation des Programms im Büro der Eiskönigin stattfinden sollte. Die IT-Leute hingegen verströmten die gewohnte Ruhe und schienen kein bisschen nervös vor der Premiere. Josefine hoffte inständig, dass sie das Ganze im Griff hatten.

*

Als Josefine das Büro der Eiskönigin betrat, waren bereits Vertreter der Polizei, des Nationalen Kriminaltechnischen Zentrums und der Kopenhagener Polizei eingetroffen, die sie nicht kannte.

Sie schaute diskret auf ihre Handyuhr. Die verantwortlichen Projektleiter von *Walking Dead* glänzten mit Abwesenheit, obgleich Josefine ihnen eingetrichtert hatte, auf keinen Fall zu spät zu kommen. Die Eiskönigin war bekannt für ihre Ausraster, wenn die Leute nicht pünktlich kamen.

In dem angespannten Schweigen drehte die Eiskönigin das Handgelenk und blickte seufzend auf ihre Cartier-Uhr. Xander und Kenneth unterhielten sich leise miteinander.

Mit einer halben Stunde Verspätung tauchten Arnes und Mohammeds Silhouetten in der Glaspartie auf. Mit je einem Laptop unter dem Arm traten sie ein.

»Das akademische Viertel«, entschuldigte Arne sich und wurde von kühl angespanntem Schweigen begrüßt.

Sie beeilten sich, die Laptops mit dem Großbildschirm an der Wand zu verbinden.

Josefine erkannte in dem Bild auf dem Monitor das Haus, in dem Birgitte Ussing ermordet worden war. Sie hatten ihm den damaligen weißen Außenanstrich verpasst.

»Wir haben zuerst das Haus gescannt«, sagte Arne und räusperte sich. »Danach haben wir die Tatortfotos ins Programm eingearbeitet. Es ist noch nicht ganz ausgereift, aber wir haben ein wenig improvisiert. Hier sehen Sie den Eingangsbereich.«

Sie sahen einen klaustrophobisch engen Raum mit dunklen Wänden.

»Normalerweise ist das Programm für VR-Brillen gedacht, aber in diesem Fall zeigen wir ein Demo für den PC. Alles ist dabei: Tapeten, Teppiche, Gardinen. Die biologischen Spuren werden sozusagen als nächste Schicht darübergelegt.« Er betätigte ein paar Tasten. »Die nächste Aufnahme zeigt die Luminolprobe.«

Er wechselte das Bild.

Eine Explosion bläulicher Nuancen füllte den Bildschirm. Das Wissen, dass es sich dabei um Blut handelte, war erschreckend.

»Die Polizei ist damals von einer Fremdtat ausgegangen, also dass das Opfer den Täter nicht gekannt hat«, sagte Xander, stand auf und stellte sich neben den Bildschirm. »Eine Theorie behandelte den Fall als aus dem Ruder gelaufene Vergewaltigung. Das Opfer … Birgitte Ussing war jung und attraktiv. Vielleicht hatte der Täter auf der Straße ein Auge auf sie geworfen, war ihr gefolgt und hatte herausgefunden, wo sie wohnte, um später in das Haus einzubrechen und sie zu vergewaltigen. Aber im Haus wurden weder Sperma noch andere Spuren gefunden, die auf ein sexuelles Motiv hinwiesen. Es gibt auch eine Notiz, dass es sich um einen Raubüberfall gehandelt haben könnte, der vermutlich tödlich endete. Vielleicht hat sie geschrien, worauf er sie ermordet und die Leiche weggeschafft hat. Der Raubüberfalltheorie widerspricht der Schmuck auf ihrem Nachttisch. Sie sind jedenfalls damals zu dem Schluss gekommen, dass eine fremde Person durch das Drahtnetz-Kellerfenster ins Haus eingedrungen ist, dort Birgitte Ussing überfallen und entführt hat. Wir gehen inzwischen allerdings von einem anderen Verlauf aus.«

»Inwiefern anders?«, wollte die Eiskönigin wissen.

»Darauf komme ich gleich«, sagte Xander.

Das Foto eines blutverschmierten Bettes erschien auf dem Bildschirm.

»Er überfällt sie im Schlafzimmer«, fährt er fort. »Der Täter hockt über ihr und fügt ihr einen oder mehrere tiefe Messerstiche zu, zu sehen an der Richtung der Blutspritzer. Sie schafft es, sich aus seiner Umklammerung zu befreien, und läuft in den Flur, um zu entkommen. Aber er holt sie ein und tötet sie.«

Arne zeigte das nächste Bild, auf dem etwas zu sehen war, das an einen mondbeschienenen Fluss in Blautönen erinnerte.

»Hier ist die Schleifspur zu sehen«, fuhr Xander fort, »aus der wir schließen, dass er sie in die Badewanne gelegt hat, wo sie ausbluten konnte. Über der Wanne hingen ein paar Duftbäume an einer Wäscheleine, und im Abfluss wurden Gewebereste von ihr gefunden. Am Ende macht er alles sauber und zerlegt sie draußen in der Garage.«

»Und warum zerteilt er sie draußen in der Garage?«, hakt die Eiskönigin nach.

»Weil dort eine praktische Arbeitsbank aus Metall stand«, antwortete Xander. »Vermutlich waren Leiche und Elektrosäge dort einfacher zu handhaben. Die Innenseite des Garagentors ist mit Blut- und Geweberesten übersät, wie auf den alten Tatortfotos zu erkennen ist. Außerdem waren im Betonboden der Garage Kerben einer Axt zu sehen.«

Es war mucksmäuschenstill im Büro. Xander signalisierte Arne, das nächste Bild zu zeigen.

»Und hier kommen wir also zum Keller«, sagte er.

Die virtuelle Tour war so realistisch, dass man das Gefühl hatte, in einem Film mitzuwirken. Das Demo zeigte eine Kellertreppe und danach das Bild eines Heizungsraums. Die Kamera stellte den Fensterrahmen mit dem Drahtnetz scharf.

»Die Polizei ging damals davon aus, dass der Täter sich durch dieses Kellerfenster Zugang ins Haus verschafft hat.«

Sie betrachteten das Bild des alten Sprossenfensters mit dem schwarzen Drahtnetz. Ein langer, diagonaler Riss stach ins Auge.

»Schalte doch bitte zur Küche um«, sagte Xander zu Arne, der einen Befehl in die Tastatur hämmerte. Das Bild einer Siebzigerjahre-Küche in dunklen Farben war zu sehen. Josefine erkannte die Kühlschrankfront, die die Farbe von getrocknetem Blut hatte.

»Zoom den Messerblock heran«, sagte Xander.

»Yep«, sagte Arne.

»Sehen Sie genau hin«, sagte Xander und zeigte auf den Großbildschirm.

Die Eiskönigin setzte eine Brille auf die Nasenspitze und schaute mit zusammengekniffenen Augen auf den Bildschirm.

»Wonach halte ich Ausschau?«, fragte sie mit ungeduldiger Stimme.

»Der Mörder hat versucht, das Ganze wie einen Einbruch aussehen zu lassen«, antwortete Xander. »Er wollte die Polizei auf eine falsche Fährte locken, damit alle glaubten, dass ein Fremder in das Haus eingestiegen war und sie ermordet hat.«

»Wie?«

»Achten Sie auf dieses Detail«, sagte Xander und zeigte auf die Messer in dem Messerblock aus Holz. Eins der Messer steckte etwas schief und nicht ganz in dem vorgesehenen Schlitz, so dass das obere Stück der Klinge zu sehen war. Arne zoomte noch näher heran. Am oberen Ende der Messerschneide, unmittelbar unter dem Handgriff, waren ein paar kreuz und quer verlaufende, hauchdünne Fäden zu sehen.

»An einem der Küchenmesser hafteten Fasern … Der Täter hat das Drahtnetz im Kellerfenster von innen zerschnitten. Das ist ein Netz von der Sorte, wie man es zum Lüften von Räumen verwendet, um Schimmel zu vermeiden und Insekten fernzuhalten. Er ist in den Heizungskeller runtergegangen, hat einen Schlitz in das Netz geschnitten und danach das Messer zurück in den Messerblock in der Küche gesteckt. Aber er hat die Fasern auf dem Messer übersehen, genau wie die Polizei damals. Unsere neue Theorie ist daher, dass das Opfer ihn selbst ins Haus gelassen hat. Vielleicht hatte er auch eigene Schlüssel. Ich glaube, dass wir nach einem Liebespartner suchen.«

»Aber in dem Bericht stand doch, dass sie Single war?« Die Eiskönigin blätterte in einem Stapel Unterlagen vor sich.

»Ja, aber der Bericht wurde nach der Zeugenaussage der Mutter verfasst. Vielleicht wusste sie schlicht und ergreifend nichts von den männlichen Bekanntschaften ihrer Tochter. Dasselbe dürfte für die Nachbarn gelten. Möglicherweise war es eine ganz frische Beziehung? Oder sie waren einfach nur diskret.«

Arne änderte mit einem Tastendruck den Fokus der Kamera. Auf dem Küchenboden standen ein paar Spraydosen. Josefine erkannte erst beim zweiten Blick, dass es sich um Duftspray handelte.

»Wir haben uns gefragt, was die Spraydosen zu bedeuten haben«, sagte Xander. »Wahrscheinlich gar nichts, und sie mochte einfach nur Lavendelduft und hatte bei einem Sonderangebot zugeschlagen. Die Duftbäume im Badezimmer lassen vermuten, dass sie gerne angenehme Düfte im Haus hatte.«

Es klopfte an die gläserne Trennscheibe, und Jordans breite Gestalt tauchte dahinter auf. Er zeigte auf Josefine, die mit Gesten zu verstehen gab, dass sie nicht gestört werden wollten, aber es war offensichtlich wichtig.

»Entschuldigen Sie mich«, sagte sie leise, erhob sich von ihrem Platz und ging hinaus auf den Gang.

*

»Ehrlich, hättest du nicht bis nach der Sitzung warten können? Du weißt doch, wie sehr Maria Holeby Störungen hasst.«

»Ich habe gerade deinen Arsch gerettet, du darfst gerne ein bisschen Dankbarkeit zeigen«, sagte Jordan geheimnisvoll und winkte sie hinter sich her.

»Was ist los?«

»Wart's ab.«

Sie fuhren mit dem Fahrstuhl ins Untergeschoss, wo Jordan sie in das Büro der rechtsmedizinischen Assistenten führte.

»Darf ich dir den Mann vorstellen, der mich gerade im Blackjack besiegt hat? Er wollte lieber Schach spielen, aber das Einzige, was wir hier haben, ist ein Kartenspiel.«

Vor ihr saß ein alter Mann mit dem Rücken zu ihr. Jordan hatte ihm offensichtlich einen Kittel geliehen, und über seinen Schultern lag eine Bettjacke. Der Mann drehte den Kopf zur Seite.

»Papa! Was machst du denn hier?«

»Hallo, Josefine«, sagte er und lächelte sie an. »Das muss Whinstons Vetter von der Elfenbeinküste sein«, grinste er verschwörerisch und zeigte auf Jordan.

Es dauerte einen Augenblick, bevor Josefine die Verbindung zwischen dem früheren Pfleger ihres Vaters und Jordan herstellte. Sie waren beide afrikanischer Herkunft, hatten sehr dunkle Haut und ähnelten sich tatsächlich auf den ersten Blick, auch wenn Jordan größer und breiter als Whinston war.

»Er ist im Taxi gekommen«, informierte Jordan sie. »Ich hab den Fahrer bezahlt, der meinte, dein Vater hätte ihm gesagt, dass er zu einem Notfall müsse, und ihm die Adresse von der Kapelle im Rigshospital genannt. Und er hat gesagt, dass er Dr. Jespersen wäre. Der Taxifahrer fand die Geschichte etwas merkwürdig, hat ihn aber trotzdem hierhergefahren und an der Tür unten an der Rampe geklingelt, wo der Leichenwagen mit den Toten vorfährt.«

Josefine nickte.

»Ich hab ihm was zum Anziehen geliehen … du weißt schon …« Er blinzelte ihr vielsagend zu. »Seine Sachen habe ich in eine Tüte gepackt.«

Er zeigte zu einer blauen Plastiktüte.

»Danke für deine Hilfe«, sagte Josefine und strich sich übers Haar.

»Gern geschehen. Er hat darauf bestanden, dich sofort zu sehen, aber ich habe ein bisschen Zeit rausgeschunden, um nicht zu riskieren, dass er sich in den Gängen verirrt. Stell dir vor, die Eiskönigin hätte ihn gesehen.«

Josefine verdrehte die Augen.

»Komm, Papa, ich bring dich zurück ins Pflegeheim.«

Ihr Vater schaute von dem Kartenspiel hoch.

»Ich geh nicht zurück in den Knast. Lieber sterbe ich. Die schließen mich nachts ein …«

»Sie schließen dich ein?«, wiederholte Josefine verdutzt.

Ihr Vater nickte.

Eine explosive Wut kochte in ihr hoch.

»Letzte Runde. Sie sind dran mit Geben«, sagte der Vater zu Jordan, als wäre nichts gewesen.

Kapitel 29

»Haben Sie meinen Vater in seinem Zimmer eingesperrt?!«, fragte Josefine wutschnaubend am Telefon die Abteilungsleiterin des Pflegeheims. Sie saß im Schlafzimmer ihrer Wohnung in der Madvigs Allé. Ihren Vater hatte sie im Wohnzimmer installiert, eine Pizza geordert und ihm ein Bier hingestellt. Sie hörte den laut dröhnenden Fernseher durch die geschlossene Tür.

»Tut mir leid, aber er ist heute Nacht unkontrollierbar durchs Haus geirrt. Und unsere Kapazitäten sind nachts äußerst begrenzt.«

»Das ist schlicht und ergreifend nicht in Ordnung!«, rief Josefine.

»Josefine, darf ich Sie bitten, sich etwas zu zügeln. Ich muss schließlich auch an die anderen Bewohner der Abteilung denken. Und an das Personal. Und Ihr Vater kann sehr aufbrausend werden, wenn er seinen Willen nicht kriegt. Die Alternative wäre, ihn mit Medikamenten ruhigzustellen …«

»Ich nehme ihn zu mir«, sagte Josefine.

»Wie bitte?«

»Sie haben sehr gut verstanden, was ich gesagt habe!«

Josefine beendete das Gespräch.

Sie fühlte sich erleichtert, weil sie ihre Meinung gesagt und ihren Vater mit zu sich nach Hause genommen hatte. Aber jetzt meldeten sich die ganz praktischen Probleme. Sie befürchtete, dass ihr Vater sich draußen in dem dichten Verkehr und Stadtgewimmel verlaufen könnte, wollte ihn aber natürlich auch nicht in der Wohnung einsperren, wenn sie nicht da war.

Sie holte sich ebenfalls eine Flasche Bier und setzte sich zu ihm vor den Fernseher. Es war gemütlich, fast wie in alten Tagen. Und im Laufe des Abends kam ihr eine Idee, wie es vielleicht funktionieren könnte.

*

Xander saß im Auto, als Jørgen ihn wegen Erik Valentin anrief. Sie hatten die Untersuchungshaft wegen des Besitzes kinderpornografischer Bilder nicht verlängern können, weshalb sie ihn gehen lassen mussten. Sein Anwalt hatte erfolgreich Zweifel gesät, ob tatsächlich Valentin hinter dem Alias *die Spinne* stand. Die Anklage wegen Besitzes von Kinderpornografie blieb bestehen, was aber nur ein geringer Trost dafür war, dass Xanders Hauptverdächtiger sich wieder auf freiem Fuß befand.

Er fluchte im Stillen und beendete die Verbindung. Übermannt von dem Gefühl, auf der Stelle zu treten, zweifelte er aufrichtig daran, diesen Fall jemals aufklären zu können. Er dachte an den verdächtigen Hintermann mit dem Decknamen *der Bär*, der dem gleichen Pädophilenring angehörte wie Valentin alias *die Spinne*. Die harmlosen Tiernamen waren eine dünne Fassade, hinter der sich das pure Böse verbarg.

Kapitel 30

Das Fischgrätenparkett knarrte, als Erik Valentin das Gewicht von einem Bein auf das andere verlagerte. Er war in seinem Haus und schaute aus dem Panoramafenster in den Garten, wo die Dunkelheit aus den Büschen herangekrochen kam.

Er schob eine Hand hinter die Gardine und drückte einen Schalter. Draußen sprangen ein paar Scheinwerfer an, die die ausladenden Äste der fast kahlen Buchen anstrahlten, die sich wie ein lebendiges Dach über dem parkähnlichen Garten ineinander verschränkten.

Die Konturen des Schuppens zeichneten sich wie ein dunkles Viereck ab. Zum Glück hatte er ihn noch im letzten Moment räumen können, bevor die Polizei sein Haus okkupiert hatte. Ein Informant im Netzwerk hatte vor gefakten Profilen gewarnt und dass die Polizei in dem Bereich aufgerüstet hatte, sodass sich gerade keiner mehr sicher fühlen konnte.

Die Eiswürfel, die langsam in dem bernsteinfarbenen Whisky schmolzen, klirrten leise. Er leerte das Glas und spürte ein angenehmes Brennen in der Speiseröhre, das wie weicher Samt den Magen auskleidete. Aber auch der Whisky vermochte den Knoten im Bauch nicht zu lösen, der dort war, seit der Fund des toten Jungen bekannt geworden war. Und jetzt war noch eine ermordete Frau hinzugekommen. Seine Gedanken kreisten um das, was er letztes Jahr beobachtet hatte … Das Ganze war außer Kontrolle geraten.

Er ging zu dem Barschrank, der wie ein Globus geformt war, füllte mit einer Silberzange Eiswürfel in das Glas und übergoss sie mit Whisky. An der Wand hing ein Spiegel mit goldenem Rahmen in der Form einer strahlenden Sonne. Er betrachtete sein Spiegelbild in der spärlichen Beleuchtung. Das Haar war verfilzt, die untere Gesichtshälfte von einem Dreitagebart beschattet. Er trug einen alten Bademantel und sah aus wie ein Penner. Er tat sich selber leid.

Er ging langsam zurück ans Fenster. Der Wind rüttelte an den Baumkronen, das Licht färbte die schwarzen Blätter golden, als sie vor dem Fenster vorbeiwirbelten. Ein paar Fichten bewegten sich gemächlich vor und zurück wie in einem speziellen Tanz.

Seine Kehle schnürte sich zusammen, und er stellte den Whisky weg. Dann zog er das Handy aus der Tasche und tippte eine Nummer ein. Seine Hände zitterten, die Finger fühlten sich steif und kalt an.

Er räusperte sich, als der Anruf durchging.

»Ich würde gerne mit Alexander Damgaard sprechen«,

sagte er mit einer Stimme, die rau vom Whisky und dem Schlafmangel in der Arrestzelle war. »Es ist dringend …«

»Er ist nicht mehr im Haus. Kann ich ihm eine Nachricht hinterlassen?«

»Nein … ich …«

Er wischte sich übers Gesicht und spürte die schabenden Bartstoppeln unter der Handfläche.

»Mit wem spreche ich?«

Er zögerte.

»Sind Sie noch dran?«

»Bitten Sie ihn, sich bei Erik Valentin zu melden«, sagte er schließlich und gab seine Nummer an. »Sagen Sie, dass es wichtig ist.«

Er legte auf.

Er fühlte sich erleichtert, dass er bei der Polizei angerufen hatte. Er konnte es nicht länger verschweigen. Er musste mit jemandem reden. Es war nie beabsichtigt gewesen, so weit zu gehen. Niemals. Er wusste, dass er nicht mehr ändern konnte, was passiert war, aber jetzt war es an der Zeit, die Wahrheit zu sagen.

Valentin setzte sich aufs Sofa und hoffte, dass Damgaard sich bald meldete. Sein Kopf war schwer, und er war erschöpft. Er streckte sich aus und schloss die Augen. Kurz darauf war er fest eingeschlafen.

*

Er wurde von einem Scharren am Fenster geweckt. Sein Herz hämmerte los, alle seine Sinne waren geschärft. Schlich da draußen jemand ums Haus?

Er stand vom Sofa auf und ging zu der Terrassentür mit den quadratischen Sprossenfenstern.

Trotz der hellen Scheinwerfer war es in bestimmten Ecken des Gartens ausgesprochen dunkel, und die schwarzen Schatten der Fichten hatten etwas sehr Menschliches.

Mit zusammengekniffenen Augen suchte er den Garten ab.

Es schien alles ganz friedlich und ruhig, die vermutete Gestalt war wahrscheinlich nur eine optische Täuschung gewesen, beschloss er. Der Alkohol hüllte ihn ein wie eine warme, schützende Decke.

Er genoss den Blick in den Garten, während seine Sorgen sich langsam verflüchtigten, und schloss die Augen.

Als er sie wieder aufschlug, stand direkt vor der Glastür ein Mann mit einer schwarzen Sturmhaube. Valentin machte einen Satz nach hinten, während die Panik ihn wie ein dunkler, kalter Strom der Angst überrollte.

Dann stand er einen Augenblick wie versteinert da. Die Gestalt vor der Tür machte eine rasche Bewegung, und das Aufblitzen einer Stirnlampe erreichte Valentins Netzhaut wie ein Lichtreflex. Das ohrenbetäubende Splittern von Glas zerriss die Stille. Er wunderte sich, dass der Alarm nicht losging. Die Scherben waren über den Boden verstreut wie glitzernde Eissplitter und knarzten spröde, als der schwarzgekleidete Mann durch die eingeschlagene Terrassentür ins Wohnzimmer sprang.

Der Brieföffner, dachte Valentin. In der Schublade des Mahagonischreibtisches. Er stieß sich in die Richtung ab und registrierte eine Bewegung in der Luft, gefolgt von einem harten Schlag auf seine rechte Schulter und einen heftigen Ruck. Sekunden später kam der rot explodierende Schmerz bei ihm an. Sein Arm hing schlaff an der Seite herunter.

Der maskierte Mann hob seinen Arm. Zähe Blutstropfen rannen von einem Axtblatt. Valentin riss die Schreibtischschublade auf und tastete nach dem Brieföffner, der beim hektischen Aufziehen in den hinteren Teil gerutscht war. Mit den Fingerspitzen der linken Hand bekam er den Schaft zu fassen, aber in dem Moment sauste die Axt erneut herab und lähmte auch diesen Arm. Valentin drehte sich um und bemerkte benommen, dass beide Arme wie nutzlose Anhängsel an der Seite herunterhingen und taktfest Blut aus seinem Körper pumpte. Seine Knie wurden weich, er schwankte vor und zurück. Mit apathischem Blick folgte er dem Axtkopf, der über ihm schwebte wie eine Guillotine. Der Tod war nicht unverdient, dachte er und bereute es, vorher niemandem anvertraut zu haben, was geschehen war. Er sah in die schwarz glänzenden Augen des Mannes. Kannte er ihn?

Valentin schloss die Augen und spürte eine quälende Angst. Er hörte das Echo unterdrückter Schluchzer, dachte an die apathischen Gesichter der Kinder, wenn sie sich währenddessen aus ihrem Körper zurückzogen.

Es rauschte in seinen Ohren und dröhnte in seinem Kopf. Es knackte laut, sein Bewusstsein implodierte, und er wurde in ein schwarzes Loch gesogen.

Es waren ein paar dumpfe Laute zu hören, ehe Stille einkehrte.

*

Der Mann blickte auf den blutüberströmten Menschen, der vor ihm lag.

Im Frottee des Bademantels bildeten sich rote Inseln.

Er hob die Axt hoch über den Kopf und ließ ein paar Trümmerschläge niedergehen. Frische Blutspritzer glänzten auf seiner schwarzen Kleidung.

Als der Mann das Wohnzimmer verließ, achtete er darauf, nicht in die Blutlachen zu treten. Draußen schlug ihm ein frischer, rauer Wind entgegen, der den unangenehm metallischen Blutgeruch vertrieb.

Er öffnete den Kofferraum seines Wagens, in dem eine Sporttasche mit Wechselsachen stand. Er zog die blutfleckigen Kleider, die Sturmhaube und die Handschuhe aus. Nackt bis auf Schuhe und Socken spürte er den Wind auf der Haut und saugte den Duft von Komposterde und trockenen Blättern ein. Es war kalt, aber er fror nicht. Sein Inneres war wie glühende Lava. Nach einer Weile im kalten Abendwind zog er die sauberen Sachen an, stopfte die blutigen Klamotten in einen Müllbeutel, legte ihn in den Kofferraum und setzte sich hinters Steuer. Von dort aus griff er nach einer Spraydose, die neben ihm auf dem Beifahrersitz lag. Gleich darauf wurde der Blutgeruch von synthetischem Lavendel überdeckt. Mit ein paar Feuchttüchern entfernte er sorgsam die feinen roten Blutspritzer aus seinem Gesicht und von seinen Händen.

Er lehnte sich kurz im Autositz zurück und schloss die Augen.

Ganz allmählich verging die Übelkeit. Er blendete das Geräusch splitternder Knochen aus, sah violette Lavendelfelder vor seinem inneren Auge und fühlte sich wie auf einem von der Sonne aufgeheizten Felsen, auf dem er die Wärme genoss. Der Duft war wie ein Konzentrat von Südfrankreich.

Nach einer Weile öffnete er die Augen und kehrte zurück in sein wachsames Bewusstsein. Jetzt musste er zusehen, wegzukommen, ohne bemerkt zu werden.

Kapitel 31

Am nächsten Tag baute Josefine das Verkaufsschild vor dem Haus ihres Vaters in Valby ab und stellte es in die Garage. Sie hatte ihre Wohnung zur Untervermietung auf einem Immobilienportal angeboten und war erstaunt, wie groß die Nachfrage war. Sie hatte im Nu eine Untermieterin gefunden, eine frisch geschiedene Frau, die froh war, die Wohnung möbliert und so kurzfristig beziehen zu können.

Ihr Vater saß im Auto und hörte klassische Musik. Er schien glücklich und zufrieden. Die Nacht war ohne Zwischenfälle verlaufen, seinem Schnarchen nach zu urteilen, das deutlich durch die Wand zu hören gewesen war, hatte er wie ein Stein auf dem Sofa geschlafen. Josefine hatte nicht so gut geschlafen, weil ihr allmählich klar wurde, was sie da in Gang gesetzt hatte. Aber jetzt gab es kein Zurück mehr.

Das Haus aus gelbem Backstein mit den Teakholzfensterrahmen hatte schon bessere Zeiten erlebt. Etliche der alten Thermofenster waren inzwischen undicht, das Glas war zwischen den Scheiben angelaufen. Der Garten war eine Wildnis mit Obstbäumen, die dringend beschnitten werden mussten, und die Hecke lebte ihr eigenes Leben. Die Bäume waren inzwischen so hoch, dass sie die Sonne abschirmten und für eine eher düstere Atmosphäre sorgten. Sie beschloss, für die gröbsten Arbeiten einen professionellen Gärtner zu engagieren, sobald es wieder wärmer wurde.

Das Dach machte Josefine Sorgen, nachdem sie einen großen rostfarbenen Fleck in der Küche entdeckt hatte, der verdächtig nach einem Wasserschaden aussah. Und innen war auch die eine oder andere Renovierung nötig. Die Wände schrien nach einem Anstrich. Aber jetzt musste sie sich erst einmal auf das Wesentliche konzentrieren und für sichere Rahmenbedingungen sorgen. Vielleicht könnte sie später irgendwann anfangen, die Zimmer eins nach dem anderen selbst zu streichen.

Es war ein hektischer Vormittag gewesen, an dem sie mit der Heimleitung den Umzug ihres Vaters nach Hause organisiert hatte, und glücklicherweise war ihm direkt eine hohe Pflegestufe bewilligt worden.

Josefine kontaktierte den früheren Pfleger ihres Vaters, Whinston. Er hatte seine Stelle beim Pflegedienst gekündigt und verdiente seinen Lebensunterhalt nun mit Taxifahren.

»Was sagst du zu einer extra Verdienstquelle?«, fragte sie.

»Wie meinst du das?«, fragte Whinston.

»Ich bin bei meinem Vater eingezogen«, sagte Josefine.

»Ernsthaft?«

»Ich ertrage es nicht, ihn so zu sehen. Du weißt ja selber, dass er in dem Heim kreuzunglücklich war. Und jetzt haben sie auch noch angefangen, ihn über Nacht in seinem Zimmer einzuschließen. Er empfindet das als Gefängnis. So dement ist er noch nicht.«

»Bei allem Respekt, du hast sie nicht alle«, sagte Whinston.

»Ich weiß schon, dass das eine Herausforderung werden wird. Jedenfalls wollte ich dich fragen, ob du auf ihn aufpassen kannst, wenn ich bei der Arbeit bin. Der Pflegedienst kommt dreimal täglich und einmal nachts. Du hättest nichts anderes zu tun, als ihn ein bisschen zu unterhalten und ein Auge auf ihn zu haben, weil er nicht alleine sein kann.«

Sie tauschten sich über die Lohnvorstellungen aus, und Josefine hoffte, dass ihr Angebot einigermaßen fair war.

»Ich rede mit meiner Frau«, sagte Whinston. »Ich fahre jetzt Taxi, seit ich beim Pflegedienst gekündigt habe. Hauptsächlich Nachtschichten. Die Zeittyrannei war einfach unerträglich, vor allem dass alles so eng getaktet war, die Alten haben mir echt leidgetan. Und dass es jedes Mal Ärger gab, wenn man sich ein bisschen Zeit für sie genommen hat, hat mich sehr gestört.«

Nach dem Gespräch schickte Josefine ein stilles Gebet gen Himmel, dass Whinston zusagte. Ansonsten hätte sie ein echtes Problem. Glücklicherweise rief er wenige Stunden später an und sagte, dass er sich auf die Arbeit freute.

Er erkundigte sich, ob er sonst noch etwas für sie tun könnte, und Josefine antwortete, dass sie eine helfende Hand beim Zusammenbauen der IKEA-Möbel gebrauchen könnte, die sie kaufen wollte.

*

Einen Tag später kamen schon die Möbel ihres Vaters aus dem Pflegeheim. Zwei Umzugshelfer trugen sie an ihren Platz. Danach fuhr Josefine zu IKEA, wo sie einen Kleiderschrank und ein Bett für sich kaufte, die später am Tag geliefert werden sollten. Bei der Gelegenheit kaufte sie auch ein paar künstliche Palmen, wohlwissend, dass weder sie noch ihr Vater daran denken würden, irgendwelche Pflanzen zu gießen. Die sollten das Wohnzimmer aufpeppen.

Josefine richtete sich einen kombinierten Arbeits- und Schlafplatz in ihrem alten Kinderzimmer ein. Endlich einmal hatte sich die Rostlaube mit dem geräumigen Kofferraum als sehr praktisch erwiesen, als sie ein paar alte Möbel und anderes Zeug zum Recyclinghof gebracht hatte.

Mit Whinstons Hilfe und anhand der Anleitungen, für die man ein Studium brauchte, hatte sie die Möbel zusammengebaut. Beim Kleiderschrank wären sie fast ernsthaft aneinandergeraten, als beim Aufstellen eine Tür rausfiel.

Whinston bemerkte trocken, dass er froh war, nicht mit ihr verheiratet zu sein.

Danach machte Josefine sich an den Hausputz, der mehrere Stunden in Anspruch nahm.

Knochenkaputt vom Fensterputzen und Bodenwischen streckte sie sich zum Verschnaufen auf dem Sofa aus, sehr zufrieden mit ihrem Einsatz.

Da ihre Kochkünste eher bescheiden waren, hatte Josefine Essen auf Rädern bei der Gemeinde bestellt. Sie stellte die gelieferten Portionstabletts mit Ausnahme des heutigen Essens in den Kühlschrank. Es gab Frikadellen und Sahnewirsing, einem Lieblingsessen ihres Vaters. Von der Portion würden sie locker zu zweit satt werden. Josefine deckte den Tisch und zündete Kerzen an.

»Magst du ein Bier?«

»Na endlich, ich dachte schon, du würdest gar nicht mehr fragen.« Ihr Vater lächelte und setzte sich steif an den Esstisch. »Wann kommt Whinston?«

»Morgen.«

»Hm.«

Sein Blick wanderte zum Schachbrett. Die Figuren lagen in einem Plastikbeutel.

Josefine hatte im hinteren Winkel der Rostlaube ein Puzzle gefunden, das sie von Gotland mitgebracht und vergessen hatte, ihrem Vater zu geben. Das Motiv war ein Foto von Visbys berühmter Stadtmauer mit dem Meer im Hintergrund, aufgenommen an einem schönen Sommertag. Ihr Vater würde Whinstons Unterstützung brauchen, um es zu legen. Er war immer ein begeisterter Puzzler gewesen, aber vermutlich ziemlich aus der Übung.

Josefine ging in die Küche, nahm zwei Bier aus dem Kühlschrank und suchte nach dem Flaschenöffner, den sie schließlich in der verkehrten Schublade fand. Sie öffnete die Biere und wärmte das Essen in der Mikrowelle, brachte schon mal die Flaschen ins Wohnzimmer und stellte sie auf den Tisch. Danach holte sie das Essen und füllte ihre Teller.

Ihr Vater aß mit gutem Appetit. Sie selbst stocherte im Essen, das irgendwie nach nichts schmeckte.

»Ich hätte nie geglaubt, noch mal hier zu sitzen«, sagte er lächelnd.

»Es ist schön, dich zu Hause zu haben. Ich passe jetzt auf dich auf«, sagte sie.

Ihr Vater nickte und setzte die Flasche an den Mund, trank ein paar Schlucke und rülpste zufrieden.

Kapitel 32

Die Nachricht von der brutalen Verstümmelung und Ermordung ihres Hauptverdächtigen Erik Valentin traf die Abteilung für Gewaltverbrechen wie eine Schockwelle.

Valentins Putzhilfe hatte die grausam zugerichtete Leiche im Wohnzimmer gefunden.

Es stand schnell fest, dass der Täter durch die Terrassentür eingebrochen war und sein Opfer im reinsten Blutrausch angegriffen hatte. Die Kerben im Parkettboden und die zahlreichen Knochensplitter deuteten darauf hin, dass der Täter eine Axt verwendet hatte. Die Blutmenge war überwältigend. Der Diensthabende vom Vorabend hatte Xander informiert, dass Valentin kurz vor seinem Tod versucht hatte, ihn zu erreichen, und Xander zerbrach sich nun den Kopf darüber, was er ihm hatte erzählen wollen. Aber dieses Geheimnis hatte Valentin mit ins Grab genommen.

*

Später am Tag stand Xander vor der gelben Tür, die in den Sektionsbereich des Rechtsmedizinischen Instituts führte. Auf einem an die Scheibe geklebten Formular wurde eine baldige Fensterputzaktion angekündigt mit der Bitte, vorher alle Fensterbretter leer zu räumen. Ein kleiner Zipfel Alltag an dem ansonsten eher ungewöhnlichen Arbeitsplatz, der viele Parallelen zu seiner eigenen Arbeit aufwies, wo Gewalt und Mord ebenfalls zur Tagesordnung gehörten.

Er wurde von einer zierlichen, kittelbekleideten Frau hereingelassen, die ihn zum Umkleideraum brachte und ihm dort einen Wickelkittel in XXL aushändigte. Er suchte sich ein Paar Clogs in seiner Größe aus. So ausstaffiert begab er sich in den abgetrennten Raum für verdächtige Mordfälle, der sich hinter ein paar Milchglasfenstern befand.

Auf dem Weg dorthin kam er an verschiedenen, gerade stattfindenden Obduktionen vorbei, bei denen geschäftiges Treiben herrschte. Er vermied den Blick auf die Leichen auf den Stahltischen, musste aber trotzdem schlucken, als ihm ein unterschwelliger Leichengeruch in die Nase stieg. Um sich abzulenken, richtete er den Blick hoch an die Decke, unter der ein paar gewöhnliche Heizkörper montiert waren, als hätten Boden und Decke die Plätze getauscht. Die Lüftungsanlage erinnerte an eine altmodische Trockenhaube beim Damenfriseur, und das gedämpfte Gemurmel der Leute mischte sich mit dem Summen der Absauganlage.

Er schob die Glastür auf und lächelte Josefine zu, die in dem Augenblick den Kopf zur Tür drehte. Beim Anblick ihrer meerblauen Augen ging es ihm gleich etwas besser. Sie deutete ein Nicken an und lächelte blass. Er ging zu ihr und stellte sich dicht neben sie.

Xander ging davon aus, dass es einen Zusammenhang zwischen Valentins plötzlichem Mitteilungsdrang und seinem brutalen Ableben gab. Er fragte sich, wieso der Alarm in Valentins Haus nicht losgegangen war. Er hatte den Rolls-Royce unter den Alarmanlagen gehabt, hatte Kenneth erzählt, und nicht an der Ausrüstung gespart. Um die Seite des Falls musste das NC3-Trio sich kümmern, dachte Xander.

Kapitel 33

Josefine fand, dass Xander etwas blass aussah, aber das konnte auch an der gnadenlosen Beleuchtung im Obduktionsraum liegen, die allem die Farbe entzog.

Ihre Interims-Chefin hatte ihren Auftritt um Schlag zehn Uhr. Alle Blicke wandten sich der Eiskönigin zu, deren lange Wimpern über dem Mundschutz wie Insektenbeine aussahen.

Josefine betrachtete Jordans kräftige dunkle Unterarme, die sich nussbraun von dem weißen Hintergrund abhoben, als er behutsam das Laken von dem Toten zog. Sie zwang ihren Blick zu der Leiche des kräftig gebauten Mannes, dessen Arme in Höhe der Schultergelenke abgehackt waren. Das Gesicht war eine einzige Blutmaske. Es bot sich eine kontrastreiche Farbpalette von getrocknetem, dunklem Schorf an den Wundrändern bis zu weißen Knochen an den Schultern, die in dunkelrotem Fleisch leuchteten.

Die Arme lagen wie tote Äste neben dem Oberkörper, das Stirnbein war gespalten.

Der Anblick erfüllte sie mit Grauen.

Es klickte gedämpft und blitzte grell, als der Techniker seine Fotos schoss. Die Blitze hinterließen huschende Punkte auf der Netzhaut, und es dauerte eine Weile, bis Josefine wieder klar sehen konnte.

Der Techniker Kenneth Nyborg und die Eiskönigin nahmen die äußere Untersuchung des Toten vor und sicherten Spuren unter den Nägeln, ehe die Leiche gewaschen wurde. Nachdem das Blut entfernt worden war, harmonierte die Haut farblich besser mit der weißen Umgebung.

»Der Verstorbene wurde formell als Erik Valentin identifiziert«, leitete die Eiskönigin ein. »Das Erste, was einem ins Auge springt, sind die massiven Kopfverletzungen, die, wie ich annehme, tödlich waren, und danach die beiden fast gänzlich abgetrennten Arme, die nur noch durch ein paar Hautfetzen mit dem Körper verbunden sind.«

Die Eiskönigin warf Jordan einen Seitenblick zu, der sich wie auf Kommando aufrichtete. Es kam Bewegung in die Herde, jeder Einzelne kannte seinen Platz und seine Aufgabe. Es war fast wie ein Ritual. Jordan reichte der Eiskönigin ein Skalpell.

»Wir gehen jetzt zur inneren Untersuchung über.«

Sie drückte das kompakte Messer in das weiße Gewebe und vollzog einen eleganten Schnitt durch die Haut, der ein formvollendetes Y wie ein Flussdelta bildete. Sie löste die Haut am Hals und an der behaarten Brust und legte die Rippen zwischen dem gelblichen Fettgewebe frei.

»Ich öffne jetzt den Bauchraum«, fuhr sie mit monotoner Stimme fort, während sie mit kurzen Schnitten die Haut ablöste und die Öffnung in den unteren Bauchraum vergrößerte.

Ein Blick der Eiskönigin über den Rand ihres Mundschutzes veranlasste Jordan, ihr ein Werkzeug zu reichen, das einer Astschere ähnelte, mit dem sie präzise routiniert mit gedämpften Knacklauten eine Rippe nach der anderen durchschnitt. Schließlich hob sie die Rippen ein Stück an und entfernte die dreikantige Brustplatte, die an einen Schutzschild erinnerte. Jordan nahm sie in Empfang und legte sie auf einen Stahltisch.

Jetzt waren Herz und Lunge sichtbar. Zuerst entnahm sie das Herz, das auf eine Waage gelegt wurde, gefolgt vom rechten und linken Lungenflügel, danach Leber und Milz. Zum Schluss wurden die Nieren entfernt und als Letztes die Speiseröhre.

Sie ging zum Stahltisch und betrachtete das Herz eine Weile, ehe sie es in die Hand nahm.

»Gewicht?«

»421 Gramm«, antwortete Jordan und schrieb den Wert mit einem quietschenden Stift auf ein Whiteboard.

»Es ist leicht vergrößert«, sagte die Eiskönigin nachdenklich, während sie das Herz ins Licht hielt. In der Beleuchtung funkelte das Blut rubinrot. »Und es ist sehr schlaff«, fügte sie hinzu und tippte mit dem Zeigefinger dagegen. »Typisch für eine übergewichtige, inaktive Person.«

Sie legte es auf ein Schneidebrett und begann, es mit einem langen, schmalen Messer zu filetieren.

»Verdickte Wand der rechten Herzkammer«, stellte sie fest. »Vermutlich in Folge erhöhten Blutdrucks. Die Leber, bitte!«

Jordan reichte ihr das Gewünschte.

Sie unterzog das rotbraune Organ der gleichen Prozedur.

»Hellrote Oberfläche«, kommentierte sie und beugte sich über die in Scheiben geschnittene Leber. »Eine Textur wie Pastete. Dazu gibt es nicht viel zu sagen. Er war übergewichtig und hat vermutlich viel Alkohol getrunken. Die Lifestylekrankheiten hätten ihm den Rest gegeben, wenn er nicht vorher umgebracht worden wäre. Was können Sie zu der Mordwaffe sagen, Josefine?«

Alle Blicke richteten sich auf sie. Sie trat an den Stahltisch. Als sie die Leiche berührte, fühlte sie die übliche Kälte. Die ersten Male, die sie frisch ausgebildet in der Pathologie assistiert hatte, war sie erstaunt gewesen, wie kalt so ein toter Körper war. Als würde man die Finger in Eiswasser tauchen, hatte sie damals gedacht. Eine Kälte, die sich bis in ihr Inneres ausbreitete. Manchmal musste sie lange unter der heißen Dusche stehen, bis ihr wieder warm wurde. Als würde die Todeskälte Schmelzwasser in ihr hinterlassen.

Josefine nahm eine gründliche Untersuchung der Wundränder an der Stirn des Toten vor. Die Röntgenbilder der inneren Zerstörung hatte sie bereits gesehen. Brutal, wie ein alles auslöschender Bombeneinschlag.

Sie ging zu einer Leuchttafel, schaltete sie ein und befestigte eine Reihe Bilder.

»Das sieht nach vulnus caesum aus … also einer Hieb- oder Hackwunde mit der scharfen Schneide einer Axt. Zwei Schläge gegen die Stirn, die tief ins Hirngewölbe eingedrungen sind.« Ihre Stimme klang belegt, und sie räusperte sich. »Die Arme wurden unterhalb der Schultergelenke mehr oder weniger amputiert, vermutlich mit derselben Axt. Sie hängen nur noch an wenigen Hautfetzen am Körper. Der Blutverlust muss beträchtlich gewesen sein.«

Die Eiskönigin nickte.

»Danke, Josefine. Die Mordwaffe war also eine Axt.«

»Das passt zu den Schlagspuren, die wir am Tatort vorgefunden haben«, bestätigte Kenneth und zupfte an seinem Mundschutz. »Und wir haben Gewebereste und Knochensplitter auf dem Boden gefunden.«

Die Eiskönigin zog die Handschuhe aus. Ihre Nägel waren in einer ähnlichen Farbe wie Valentins Blut lackiert.

»Wir wären hier dann fertig. Um den Rest kümmern sich meine Kollegen. Sie bekommen den abschließenden Obduktionsbericht heute Nachmittag«, sagte sie mit einem Lächeln zu Xander.

Sie entschwebte durch die Tür und überließ es Jordan, die Leiche so gut wie möglich wieder zusammenzusetzen.

Xander folgte Josefine nach draußen.

»Was hältst du von einer Tasse Kaffee?«, fragte Xander.

Sie sah ihn an.

»Ein andermal«, sagte sie lächelnd. »Ich habe eine Verabredung.«

Sie verschwand in die Damen-Umkleide.

Xander seufzte.

*

Auf dem Weg nach Teglholmen überlegte Xander, ob Josefine vielleicht einen Freund hatte. Sie hatte etwas von einer Verabredung gesagt. Der Gedanke machte ihn traurig.

Obgleich er sich selbst als ziemlich hartgesotten empfand, wenn es um Morde ging, fiel es ihm schwer, die Bilder von der verstümmelten Leiche aus dem Kopf zu kriegen. Sein Tinnitus hatte sich in die Schneidbrennerphase hoher, greller Pfeiftöne gesteigert, die es ihm schier unmöglich machten, sich zu konzentrieren.

Sein Handy klingelte. Einer von Josefines kauzigen Kollegen, der kahlköpfige Arne mit der Lederweste war dran. Er erzählte ihm, dass sie mit dem neuen mobilen Scanner durch Valentins Haus gegangen und auf etwas Interessantes gestoßen waren. Kenneth Nyborg und seine Techniker waren schon da. Nun wollte Arne wissen, ob Xander auch Zeit hätte, vorbeizukommen. Als Xander hörte, dass Josefine gerade eingetroffen war, antwortete er, dass er in einer halben Stunde da sein könnte.

Erleichtert, dass Josefines Verabredung arbeitsmäßiger Natur war, machte er einen gewagten U-Turn.

Es hatte aufgefrischt, und auf den nicht durch Bäume oder Hecken geschützten Straßenabschnitten rüttelte der Wind heftig am Auto.

Valentins Luxusvilla wirkte düster in dem weichenden Licht, und die Bäume im Garten sahen in der Straßenbeleuchtung riesig aus. Der Kastenwagen der Techniker und Josefines Schrottkiste parkten vor dem Haus. Die Haustür stand offen, ein gelber Lichtstreifen fiel auf die Treppe. Xander parkte den Wagen und stieg aus.

Er knöpfte den Mantel zu. Es war grimmig kalt, und der Wind pfiff um die Ecken. Die Luft war schneidend, wie ein Vorbote des ersten Frostes. Er überquerte die Straße und erkannte Josefine und Kenneth im Eingangsbereich.

Er hob das rotweiße Absperrband an und betrat die Sperrzone.

»Was gibt es?«

Josefine und Kenneth begrüßten ihn.

»Fette Ausrüstung«, sagte Kenneth anerkennend. »Ich kann es kaum erwarten, auch so ein Teil anzuschaffen. Ein echt cooles Gerät.«

Seine Augen strahlten.

»Jetzt erzählt schon, was ihr gefunden habt«, sagte Xander, der vor Neugier platzte. »Muss ich einen Schutzanzug anziehen?«

»Nein, die Spuren sind gesichert«, antwortete Kenneth. »Apropos, bevor ich es vergesse: Niels & Co meinen, dass der Alarm gehackt wurde …«

»Hast du nicht gesagt, dass wäre der Rolls-Royce unter den Alarmanlagen?«

»Alles kann gehackt werden, Xander.«

»Hm …«

Arne erschien im Türrahmen. Er trug dieselbe Lederweste, konstatierte Xander.

»Hallo, Damgaard«, sagte er.

Xander nickte.

»Valentin hatte seine kleinen Geheimnisse«, sagte Arne kryptisch.

»Inwiefern?«

»Wir haben das Haus durchleuchtet und alle Daten in unser Programm eingearbeitet. Wir brauchen noch ein paar Fälle als Anschauungsmaterial für die Geschäftsführung.«

Xander nickte ungeduldig.

»Das war eine ziemliche Aufgabe bei einem Haus dieser Größenordnung. Jedenfalls ist uns aufgefallen, dass der Grundriss nicht mit den tatsächlichen Maßen übereinstimmt. Das haben wir aber erst gerafft, nachdem wir alle Informationen ins System übertragen hatten.«

»Sag schon!«

»Fällt dir hier irgendwas auf?«

Xander sah sich um. Der Eingangsbereich sah aus wie in vielen exklusiven Häusern dieser Art. Hohe Decke und Parkettboden. An den Wänden hingen große Spiegel, unter der Decke saß ein Kronleuchter.

»Nein, nichts.«

Arne ging ins Wohnzimmer und holte einen Laptop.

»Sieh dir das an«, sagte er und drehte den Bildschirm so, dass Xander das von dem neuen Programm bearbeitete Haus betrachten konnte. »Auf den ersten Blick sieht alles okay aus, aber hier auf der linken Seite des Hauses stimmt was nicht.«

Xander sah sich die Stelle genau an, auf die Arne gezeigt hatte. Josefine stellte sich neben ihn.

»Da ist etwas hinter der Wand«, sagte sie und zeigte zu den Spiegeln.

»Ja«, stimmte Xander ihr zu, der einen schmalen Gang oder Korridor erahnen konnte.

»Genau«, sagte Arne. »Ganz schön clever, so etwas hinter einem Spiegel zu verstecken. Das nennt man optische Täuschung. Die Spiegel lassen den Raum größer erscheinen.« Er strich sich über den kahlen Schädel. »Hast du ein Brecheisen dabei, Kenneth?«

Der Techniker nickte. »Was denkst du denn?« Er lief nach draußen und kam mit einem Brecheisen und einer Reihe anderer Werkzeuge zurück.

Xander und Josefine sahen den Technikern und Arne dabei zu, wie sie die großen Spiegel ins Wohnzimmer transportierten, bis die Wand kahl war. Von außen war nicht zu sehen, dass sich hinter der Wand ein Geheimgang befand.

Es knackte ordentlich, als Kenneth mit der Brechstange routiniert die Panelbretter entfernte und sie mit den Nägeln nach oben auf den Boden legte.

Xander betrachtete die Wand, die mit einer geschmackvollen Tapete in weichen Farbtönen tapeziert war. Kenneth nahm ein Klappmesser aus der Tasche und schnitt ein Viereck in die Tapete.

»Das ist eine gewöhnliche Gipswand«, gab er kurz darauf bekannt.

Mit ein paar ohrenbetäubenden Schlägen hämmerte er ein Loch in die Wand. Als es groß genug war, versammelten sie sich vor der Öffnung.

Muffige Luft strömte ihnen entgegen. Sie sahen den oberen Teil einer schmalen Treppe, die hinab ins dunkle Nichts führte.

»Ich geh runter«, sagte Xander und bewegte sich langsam die Stufen hinunter, die unter seinem Gewicht ächzten. Die Treppe war alt und stammte vermutlich aus der Zeit, als das Haus gebaut worden war. Hauchdünne Spinnweben blieben in seinen Haaren und im Gesicht hängen, und die Luft war abgestanden und staubig. Am Fuß der Treppe schaltete er seine Handytaschenlampe ein, um sich zu orientieren. Er befand sich in einem schmalen Gang mit einer Reihe Metallregalen, in denen Umzugskartons standen. Er entdeckte eine nackte Glühbirne mit einer Schnur, an der man ziehen musste, um sie einzuschalten. Das kalte Licht vermittelte ihm einen Eindruck von der Größe des Raumes. Er befand sich in einem langen dünnen Gang. Xander streifte Latexhandschuhe über, zog wahllos einen Karton aus dem Regal und öffnete ihn. Es roch nach Pappe und Staub und reizte die Schleimhäute im Rachen und in der Nase, als er die Deckellaschen aufklappte. Er holte eine Lederpeitsche heraus, legte sie auf ein Regalbrett und widmete sich wieder dem Karton, in dem noch mehr Lederkleidung lag, die für diverse Sexspiele vorgesehen war, wie er vermutete. Ihm wurde schlecht, und er stellte den Karton wieder zurück ins Regal.

Im nächsten Karton waren Fotos. Xander war nicht überrascht über die Motive, wie sie die ITler schon in der Cloud gefunden hatten. Das war widerwärtig. Erik Valentin alias *die Spinne* hatten die digitalen Bilder nicht gereicht, er brauchte auch noch Papierfotos.

Xander hatte gerade beschlossen, zu den anderen zurückzugehen, als er hinter einem Pappkarton einen auffällig anders aussehenden viereckigen Gegenstand sah. Er schob den Karton beiseite und betrachtete die kleine Schatulle. Er nahm sie aus dem Regal und versuchte, sie zu öffnen, aber sie war fest verschlossen und kein Schlüssel zu sehen. Hinter dem Platz, an dem die Schatulle gestanden hatte, entdeckte er einen geraden Riss in der Wand, möglicherweise eine Tür. Er machte einen Schritt nach hinten und sah sich das Regal genauer an. Dann begann er, Pappkartons herauszuziehen und auf dem Boden zu stapeln. Er kniete sich davor und warf einen Blick unter das untere Brett. Das Regal stand auf Rädern. Er schob es von der Wand weg und öffnete die Tür. Die Holzfaserplatte dahinter ließ sich mit der flachen Hand wegschieben. Er zog die zu sich und stellte sie zur Seite. Der vermeintliche

Vorhangstoff dahinter entpuppte sich aber als einer von mehreren Mänteln und Jacken auf Kleiderbügeln. Xander schob sie nach links und rechts und blickte in das Innere eines alten Holzschranks. Als er die Tür von innen aufschob, erkannte er, dass er sich jetzt in dem moderneren Teil des Kellers befand. Valentins geheime Schatzkammer befand sich also hinter einem Schrank und hinter einer von einem beweglichen und mit Pappkartons gefüllten Regal verborgenen Tür.

Xander ging zurück zu der schmalen Stiege, kletterte hoch und übergab Kenneth die Schatulle.

»Kriegst du die auf, Kenneth?«

»Aber sicher«, sagte der Techniker. »Was ist sonst noch da unten?«

»Eine widerwärtige Fotobibliothek und Lack- und Lederklamotten inklusive einer Lederpeitsche für Sexspiele. Und der eigentliche Eingang zu diesem Bereich, versteckt hinter einem Garderobenschrank voller Mäntel.«

»Brrr.« Kenneth schüttelte sich. »Da hat ja jemand sehr akribisch dafür gesorgt, dass seine geheime Kammer selbst für uns unentdeckt bleibt. Wir sehen uns da unten gleich mal um. Und ich schau mal, ob ich was dabeihab, um das Ding hier zu öffnen.«

Er verschwand kurz.

Josefine kam zu Xander herüber.

»Du hast da was im Haar«, sagte sie. »Spinnweben.« Sie zupfte es heraus.

Sie sahen sich in die Augen.

»War es schlimm?«

»Schlimmer. Valentin war ein Monster.«

Sie nickte.

Kenneth kam mit triumphierendem Blick zurück.

»Seht mal, was ich gefunden habe«, sagte er. »Einen USB-Stick.«

*

Josefine, Mohammed und Arne fuhren zurück ins Institut. Sie redeten über Gott und die Welt und hörten Musik.

»Jordan hat erzählt, dein Vater hätte dem Institut einen Überraschungsbesuch abgestattet?«

»Ja ... Ich bin zu ihm in sein Haus in Valby gezogen.«

»Hut ab«, sagte Arne.

»Wir haben eh keine Käufer für das Haus gefunden. Und er hat sich einfach nicht wohlgefühlt in dem Pflegeheim.«

»Und jetzt ist er wieder glücklich?«

Sie nickte.

»Und ich wohne wieder in meinem Kinderzimmer.«

»Gut, dass er dich hat, Josefine«, sagte Arne und sah ihr tief in die Augen.

Kapitel 34

Am nächsten Morgen trafen Xander und Josefine sich in dem aquarienblau ausgeleuchteten Büro der IT-Zwillinge Johnny und Jimmi bei der Polizeitechnik. Es herrschte eine konzentrierte Atmosphäre, und bis auf das Klappern der Tastatur war es ganz still. Der Inhalt des USB-Sticks war natürlich verschlüsselt gewesen, aber das Problem war bereits gelöst.

Josefine lehnte mit vor der Brust verschränkten Armen an der Wand. Xander saß verkehrt herum auf einem Drehstuhl, die Unterarme auf der Rückenlehne abgestützt. Er musste sich dazu zwingen, die Bilder anzuschauen, bei deren Anblick ihm schlecht wurde. Aber er suchte verzweifelt nach etwas, das die Ermittlungen ankurbelte. Die immer perverseren und brutaleren Fotos auf dem USB-Stick waren ein weiteres beängstigendes Zeugnis von Valentins immer abartigeren, sexuellen Vorlieben. Eine bekannte Entwicklung. Man stumpfte mit der Zeit immer mehr ab und brauchte eine stärkere Stimulanz, um zum gleichen Resultat zu kommen. Nicht anders als bei anderen Suchtthemen, dachte er bedrückt.

Auch das war eine Droge.

Die Fotos flimmerten vorbei wie Perlen auf einer Schnur. Josefines Gesichtsausdruck wirkte neutral, aber Xander war überzeugt, dass sie genau wie er um Fassung rang.

Da fuhr ihm ein Adrenalinschub wie ein Stromstoß durch den Körper.

»Stopp«, sagte er. »Geht noch mal zurück.«

Etwas hatte während einer Bilderfolge mit dunklen Motiven seine Aufmerksamkeit erregt.

»Sieht aus wie Fehlaufnahmen«, sagte einer der Zwillinge und ließ die dunklen Bilder noch einmal ablaufen.

Xander rückte näher an den Bildschirm, und Josefine stellte sich hinter ihn.

»Kann man sehen, wann die aufgenommen wurden?«

Der andere Zwilling gab etwas in die Tastatur ein.

»Ja, letztes Jahr … im November.« Er sprang weiter zum nächsten Bild. »Das hier ist ein Video«, sagte er und klickte auf Play.

Xander kniff die Augen zusammen und betrachtete die graumelierten Schatten auf den dunklen Aufnahmen. Im Vordergrund schälten sich die Konturen eines Menschen heraus. Ein Mann mit Sturmhaube und dunkler Kleidung. Entweder schwankte er vor der Kamera hin und her, oder die Kamera bewegte sich. Dann drehte der Mann der Linse den Rücken zu, verschwand kurz aus dem

Bild und kam zurück. Wieder war er nur von hinten zu sehen und hielt etwas in der Hand. Ein Bündel oder einen Beutel, schätzte Xander und rieb sich das Kinn, während er sich auf die Schattensilhouetten konzentrierte. Etwas blitzte auf, wie von einem blanken Gegenstand reflektiertes Licht, vielleicht Glas. Das Bild ruckelte und geriet kurz aus dem Kurs, zoomte aber gleich darauf etwas Unförmiges, Dunkles heran. Xander durchrieselte es kalt, obwohl kaum zu erkennen war, was dort vor sich ging. In dem Moment hob der maskierte Mann das Bündel hoch, füllte den gesamten Bildschirm aus und verschwand wieder aus dem Fokus. Man hörte ein dumpfes Klatschen, Scheppern und leises Gemurmel, gefolgt von einem Rauschen.

Das Video blieb stehen, und die nun folgende Stille hätte man schneiden können.

»Vielleicht gibt es noch mehr Opfer«, sprach Xander seinen Gedanken laut aus.

Josefine nickte.

»Es ist schwer zu erkennen, was da passiert. Es sieht aus, als würde der maskierte Mann etwas wegwerfen«, sagte sie.

»Könnt ihr sehen, wer das Video gedreht hat?«

»Nein«, antwortete der eine Zwilling. »Aber vermutlich Valentin.«

»Wir müssten herausfinden, wo das aufgenommen wurde«, sagte Xander.

»Könnt ihr mir den Film schicken, damit ich ihn mir noch mal genauer anschauen kann?«, fragte Josefine.

Sie überlegten noch eine Weile ergebnislos, wo das Video aufgenommen worden sein könnte.

Die Zwillinge hatten herausgefunden, dass viele Kinderpornofotos in Valentins geheimem Raum unter dem Gartenschuppen aufgenommen worden waren. Das Plakat mit Winnie Puuh hatte ihn entlarvt.

Xander bedankte sich für die Informationen und verließ das Büro. Während der Fahrt dachte er über den Pädophilenring nach, den die NC3-Zwillinge aufgespürt hatten und dem Valentin alias *die Spinne* und *der Bär* angehörten. Vielleicht war der maskierte Mann auf dem Video ja der Hauptverantwortliche des Netzwerks. *Der Bär.*

Kapitel 35

Josefine gelang es auch am nächsten Tag nicht, die bedrückende Stimmung aus dem Obduktionssaal und den Anblick von Valentins verstümmelter Leiche abzustreifen. Hinter so einem brutalen Mord konnte nur ein psychopatischer und gnadenloser Mörder stecken. Ganz offenbar hatte Valentin etwas Entscheidendes über ihn gewusst.

Ein Geheimnis, das er mit ins Grab genommen hatte.

Josefine saß mit dem aufgeklappten Laptop im Wohnzimmer ihres Vaters. Sie hatte mit ihm zu Abend gegessen und ihn zeitig schlafen geschickt, weil er müde war und von sich aus ins Bett wollte. Sein Tagesgericht hatte heute aus Schweinebraten mit Rotkohl und identisch großen Kartoffeln bestanden, die wie geklont aussahen. Sie hatte sich eine Portion Hähnchencurry warm gemacht, die nach absolut nichts schmeckte, trotz der feurig gelben Farbe, mit der sich die Sauce leuchtend von dem schwarzen Kunststoffteller abhob. Das Gemeindeessen deckte sicher den täglichen Kalorienbedarf, mehr aber auch nicht. Sie hatte sich schon länger vorgenommen, sich in der Kunst des Kochens zu üben, aber bisher war es beim guten Vorsatz geblieben. Josefine brachte die halb gegessene Portion in die Küche und entsorgte sie samt Teller im Müll. Dann kochte sie sich einen Tee. Zurück im Wohnzimmer, machte sie es sich auf dem Sofa bequem und spielte das Video von dem USB-Stick ab, den Xander am Nachmittag in dem geheimen Raum in Valentins Keller gefunden hatte. Die dunkle und verschwommene Aufnahme war möglicherweise etwas vollkommen Banales und für die Abteilung für Gewaltverbrechen gänzlich Uninteressantes. Oder etwas Kriminelles, aber auf einem harmlosen Niveau.

Sie stutzte über ein paar Schatten im Bild, als die Kamera einen Sprung machte und kurz ins Schlingern geriet. Irgendetwas klingelte bei ihr. Wo hatte sie diese Umrisse schon einmal gesehen? Die Szenerie hatte etwas Vertrautes, Bekanntes, aber präziser konnte sie es nicht einkreisen.

Sie sah sich die Bildsequenzen noch einmal einzeln an, die Stirn konzentriert in Falten gelegt. Dann vergrößerte sie eins der Bilder. Bevor sie es sich genauer anschaute, holte sie sich eine Tafel Schokolade. Sie riss die Verpackung auf, brach einen Riegel ab und biss hinein.

Plötzlich stellten sich ihre Nackenhaare auf, und sie fühlte sich wie in das Bild hineingesogen. Sie nahm eine Googlesuche vor, ohne Resultat.

Danach loggte sie sich ins Intranet des Rechtsmedizinischen Instituts ein, durchsuchte die Datenbank und klickte einen Artikel an. Sie schloss die Augen und nickte.

Josefine war sich ihrer Sache so gut wie sicher.

Sie nahm das Handy und tippte eine Nummer.

Kapitel 36

Aus dem Fußballspiel, das Xander sich ansah, war die Luft raus. Entweder war das ein abgekartetes Spiel, oder der strömende Regen, der auf den Rasen pladderte und ihn in ein einziges Matschfeld verwandelte, hatte allen Kampfgeist der Spieler weggespült. Er hatte genügend Rotwein getrunken, dass der Tinnitus auf ein Hintergrundklingeln reduziert war und er ihn einigermaßen ignorieren konnte.

Sein Handy vibrierte. Er senkte die Lautstärke des Fernsehers.

»Ich glaube, ich weiß, wo es ist«, sagte Josefine.

»Was?«

Sein Gehirn war wattig.

»Wo das Video aufgenommen wurde.«

Xander war schlagartig nüchtern.

»Aha, und wo?«

Im Hintergrund war eine Männerstimme zu hören.

»Wir treffen uns morgen früh in Nyhavn, ich simse dir noch, wo genau und wann«, sagte sie geheimnisvoll und beendete das Gespräch.

Am nächsten Morgen wurde Xander mit Kopfschmerzen wach. Er löste eine Schmerztablette in einem Glas Wasser auf und machte sich eine Tasse Nescafé. Josefine hatte die angekündigte SMS mit der Zeit und dem Treffpunkt geschickt. Er hatte nicht mehr viel Zeit und beeilte sich, ins Bad zu kommen.

Er parkte sein Auto beim Ankerdenkmal in Nyhavn und legte seine Dienstplakette hinter die Windschutzscheibe. Der große Anker war ein beliebter Treffpunkt für Touristen, und Xander kämpfte sich durch den Wald herumwedelnder Selfiestangen einer Gruppe Asiaten, die sich vor dem malerischen Hafenbecken verewigten und gleich darauf weiterströmten wie ein buntschillernder Fischschwarm.

Die bunten Fassaden der Häuser belebten den tief hängenden Wolkenhimmel. Die formgeschnittenen Bäume am Straßenrand waren weihnachtlich mit Lichterketten geschmückt.

Josefine wartete in praktischen Gummistiefeln schon auf ihn. Ihre Hände waren tief in den Taschen vergraben, und sie trug das Haar offen.

Er hätte gern gewusst, wen sie gestern zu Besuch gehabt hatte. Jemanden mit einer tiefen Stimme.

»Na«, sagte sie grinsend. »Ist es gestern spät geworden bei dir?«

Xander strich die Haare glatt und räusperte sich.

»Eigentlich nicht, ich hab nur saumäßig geschlafen. Und, was willst du mir zeigen?«

Josefine holte ihr Handy hervor und suchte das Video.

Jetzt war er wirklich gespannt.

Xander schaute auf das graupixelige Bild, wurde aber extrem von ihrem sehr gut duftenden Parfum abgelenkt.

»Komm«, sagte sie und setzte sich in Bewegung.

Vor einem der Restaurants fegte ein Kellner das Kopfsteinpflaster, während ein anderer Angestellter ein Bierfass nach draußen schleppte. Ein großer Mann ging mit einem Hund von der Größe einer Ratte Gassi. Das Tier funkelte Xander feindlich an. Josefine blieb stehen, um sich zu orientieren.

Sie aktivierte das Display ihres Handys und schob sich eine Locke hinters Ohr.

Xander stellte sich neben sie und kniff die Augen zusammen. Auf den ersten Blick konnte er auf dem Bild rein gar nichts erkennen, vor allem weil es obendrein von feinen Regentropfen verzerrt wurde.

»Das sieht nach Wasser aus, wenn du mich fragst«, sagte Josefine und wischte mit einem Zipfel ihres Ärmels über das Display, ehe sie auf den unteren Bildrand zeigte. »Da spiegelt sich irgendwas.«

Xander glaubte jetzt auch, ein paar verschwommene Konturen zu erkennen. Den Umriss eines Krans und einen großen Bagger hinter einem Zaun.

»Eine Baustelle … oder Straßenarbeiten«, sagte er nachdenklich.

»Das sehe ich auch so.«

Xander verlagerte sein Gewicht ungeduldig auf den

anderen Fuß. Wenn sie nur endlich mal zum Punkt kommen würde.

»Hier ist es vielleicht ein bisschen klarer«, sagte sie und drückte auf das Play-Symbol. »An einer Stelle wechselt der Fotograf abrupt den Fokus, als wäre er aus dem Gleichgewicht gekommen. Ich glaube, die Aufnahme wurde hier in Nyhavn gemacht. Ungefähr an dieser Stelle, also nicht weit weg von Kongens Nytorv und der neuen U-Bahn-Station.« Sie zeigte in Richtung Hotel d'Angleterre. »Ähnlich wie in Motala haben die Archäologen vom Kopenhagener Museum sich an die städtischen Tiefbauarbeiten drangehängt, um Kosten sparend Ausgrabungen in tiefer liegenden, historischen Erdschichten durchzuführen, an die sonst nicht so ohne weiteres ranzukommen ist. So konnten sie unter Kongens Nytorv das alte Osttor ausgraben. Zusammen mit dem dazugehörigen Stadttor, das im Museum ausgestellt werden soll. Für den Bau des Cityrings ist gefühlt ja halb Kopenhagen umgegraben worden. Unter anderem auch der Assistens Kirkegård.«

Sie sahen sich an und wollten beide nicht weiter über den Fall reden, der Josefine um ein Haar das Leben gekostet hätte.

»Hm.« Xander nickte und sah sich um.

»Vielleicht schmeißt er auch nur irgendwelchen Müll ins Wasser«, sagte sie und wischte sich Regentropfen aus dem Gesicht.

»Aber es kann nicht schaden, das Hafenbecken zu untersuchen«, sagte Xander nach einem Augenblick.

»Aber das, was er ins Wasser geschmissen hat, kann inzwischen sonst wo hingetrieben worden sein.«

Sie schauten runter in das graugrüne Wasser, in dem das Seegras der sanften Strömung folgte wie Meerjungfrauenhaar. Es schien nicht allzu tief zu sein, da man bis auf den Grund sehen konnte. Trotzdem machte Xander sich nichts vor, dass das Absuchen des Hafenbeckens eine kostspielige und komplizierte Angelegenheit werden würde. Nyhavn war ein Touristen-Hotspot, und trotz der vielen von der Stadt aufgestellten Mülleimer folgten längst nicht alle Leute dieser offensichtlichen Aufforderung. Das Hafenbecken war sozusagen eine Unterwasser-Müllkippe.

Kapitel 37

Am folgenden Tag war Xander wieder am Kai in Nyhavn. Er fror, und die Kollegen ließen auf sich warten, aber zumindest regnete es nicht. Die Sonne stieg gerade über die Dächer und färbte die Wattewolken golden. Nach und nach wurde es umtriebig auf dem Kai. Ein Transporter rumpelte über das Kopfsteinpflaster und hielt vor einem Restaurant, um Waren abzuliefern. Ein paar übernächtigte Touristen zogen ihre Rollkoffer hinter sich her, die auf dem holprigen Untergrund schwer in Spur zu halten waren.

Xander hatte veranlasst, Taucher den Teil des Hafenbeckens um die Stelle absuchen zu lassen, die Josefine ihm gezeigt hatte, obwohl er bezweifelte, dort unten etwas zu finden. Die Theorie war einfach zu vage. Trotzdem war er davon überzeugt, dass die handgedrehte Videosequenz nichts Gutes verhieß.

Vom Hafenverwalter wusste er, dass der Hafenkanal einmal im Jahr gereinigt wurde, was die Wahrscheinlichkeit, dort etwas zu finden, noch einmal verringerte. Andererseits war bei der letzten Reinigungsaktion nichts Auffälliges gefunden und der Film vor weniger als einem Jahr gedreht worden.

Das Spiegelbild der bunten Nyhavn-Fassaden in dem glatten Wasser hatte etwas von einem lebenden Aquarell, die alten Holzschiffe verstärkten die pittoreske Atmosphäre. Es knarrte leise im Gebälk der den sanften Bewegungen des Wassers folgenden Boote.

Als frischgebackener Abiturient hatte Xander hier in der elliptischen Gartenanlage um die Reiterstatue von Christian V. getanzt, um die herum inzwischen neue Lindenbäume gepflanzt worden waren. Damals war ihm die ganze Welt strahlend grün und frisch vorgekommen. Später waren sie durch Nyhavn gezogen, wo die aufgeheizte Luft in der Sonne flimmerte und das Bier wunderbar kühl und brutal teuer gewesen war. Das war einer der besten Tage seines Lebens gewesen. Er spürte einen Stich im Magen. Was hatte er seitdem eigentlich erreicht? Er hatte ein paar gefährliche Kriminelle eingebuchtet. Beruflich war er auf der Erfolgsspur. Aber was hatte er davon, wenn er Abend für Abend alleine auf dem Sofa vor der Glotze hockte?

Ein junges Paar schlenderte vorbei, Händchen haltend und mit diesem frisch verliebten Lächeln, als hätten sie ein großes Geheimnis. Xander folgte ihnen eine Weile mit dem Blick.

Der Anleger wurde von einem rot-weißen Boot angesteuert, das normalerweise den Seenotrettungsdienst unterstützte, aber auch ab und zu von der Polizei für Ermittlungsarbeiten wie diese angefordert wurde.

Als er den Kopf drehte, sah er Josefine auf sich zukommen.

Das Boot legte in einer engen Lücke direkt neben dem alten Feuerschiff an, und Xander begrüßte den Einsatzleiter und Josefine. Zusammen gingen sie an Bord und tuckerten hinaus auf den Kanal.

*

Josefine sah sich in der kompakten und dunklen Steuerhütte um, die mit allen möglichen elektronischen Geräten ausgerüstet war. Im hinteren Teil saß eine Frau mittleren Alters mit einem Laptop, der einen silbrig grünen Schimmer verströmte. Ihr Blick war konzentriert auf den Monitor geheftet. Es roch nach Meer und Dieselöl, und durch die offene Tür sah man die Reflexe der Sonne auf der Wasseroberfläche.

Außer dem Einsatzleiter waren noch zwei hochgewachsene Taucher an Bord. Sie waren hereingekommen, um sich aufzuwärmen.

Das Rettungsboot schwankte hin und her. Josefine gähnte und rieb sich die Augen. Ihr Vater hatte sie mitten in der Nacht geweckt, als er auf der Suche nach der Toilette im Haus herumgegeistert war und sie ihm den Weg zeigen musste. Danach konnte sie nicht mehr einschlafen, weil seine Verwirrtheit sie beunruhigte. Sein Zustand war insgesamt sehr schwankend. Zwischendurch war er wie in alten Tagen, aber in der letzten Nacht war er völlig neben der Spur gewesen.

»Sehen Sie sich das mal an«, sagte der Einsatzleiter und winkte sie zu der Frau mit dem Laptop.

Sie stellten sich hinter sie. Die unscharfen Schwarzweißbilder hätten auch auf dem Mond gemacht worden sein können. Die Bildeinstellung setzte zwischendurch aus, als wäre die Verbindung instabil. Unten drunter war eine messerscharfe Karte des Meeresgrunds.

»Wir suchen das Hafenbecken nach einem systematischen Plan ab«, erklärte der Einsatzleiter und zeigte ihnen eine in vier rechteckige Zonen aufgeteilte Übersichtskarte. »Das Sonar funktioniert auch bei schlechten Sichtverhältnissen unter Wasser ... Wie bei Fledermäusen.«

Josefine dachte an die kleinen Fledermäuse in Motala, die sie auf dem Weg über den Ausgrabungsplatz aus der Luft hätte fangen können.

»Können Sie das genauer erklären?«

»Die Technologie funktioniert grob gesagt ähnlich. Die ausgesendeten Schallwellen treffen auf einen Untergrund und werden zu Bildern umgewandelt.«

Josefine spürte einen Stimmungsumschwung, als die Frau am Laptop wortlos auf ihren Monitor zeigte, auf dem eigentlich nicht viel zu erkennen war. Mit viel Wohlwollen konnte sie einen Schatten in der oberen rechten

Ecke ausmachen, aber sicher war sie nicht. Die Frau, die die Sonarausrüstung bediente, drehte an einem Schalter und zoomte das Bild heran. Jetzt konnte Josefine einen runden Gegenstand auf dem Meeresboden erahnen.

»Das sieht interessant aus«, sagte der Einsatzleiter und verließ die Kajüte. Josefine und Xander folgten ihm an Deck, wo er eine orange Boje setzte.

»Seid ihr bereit?«, fragte der Einsatzleiter die Taucher.

»Allzeit bereit«, antwortete der eine grinsend, ein langer, schlanker Kerl mit getrimmtem Vollbart.

Der Einsatzleiter drehte den Daumen nach unten, und die Taucher ließen sich rückwärts von der Reling ins Wasser kippen.

Xander stellte sich hinter Josefine und fragte ganz beiläufig: »Und, hattest du gestern Abend Gäste?«

»Nein, ich hab mir das Video gefühlt hundertmal angeguckt. Ein sehr spannender Abend. Ich bin bei meinem Vater eingezogen.«

»Aha?«

»Er war kreuzunglücklich in dem Pflegeheim.«

»Du bist echt mutig …« Er lächelte.

Sie wollte ihm gerade von dem Höhepunkt des Abends erzählen – ihrem Gespräch mit dem neuen Abendpfleger von der Gemeinde, als einer der Taucher die Oberfläche durchbrach. Er hielt eine blaue Gummitasche hoch, wie sie für die Spurensicherung im Wasser benutzt wurden.

Als die Taucher wieder an Deck waren, öffnete der Einsatzleiter den blauen Gummibeutel. Darin lag ein weiterer Beutel aus einem dunklen Stoff.

*

Am späteren Nachmittag war Josefine im Obduktionssaal des Rechtsmedizinischen Instituts. Auf dem Stahltisch lag der blaue Gummibeutel.

Sie wartete auf den Rest der Mannschaft. Um Punkt drei Uhr trat die Eiskönigin zur Tür herein, flankiert von Jordan, der Josefine freundlich zunickte.

Kurz darauf traf Xander ein. Auch er nickte ihr zu.

Das grelle Deckenlicht flutete den Raum.

Die Eiskönigin leitete die Séance mit einem wortlosen Nicken ein. Sie öffnete den Gummisack, zog den Stoffbeutel heraus und stellte ihn auf die Stahlfläche. Dann schob sie die Hand in den Beutel und nahm einen Gegenstand heraus. Es war ein Kinderschädel.

Sie legte ihn vorsichtig auf den Untersuchungstisch und sammelte dann ein paar Steine aus dem Beutel, mit denen der Schädel vermutlich beschwert worden war, damit er auf dem Grund des Kanals vor Nyhavn verblieb. Sie reichte die Steine an Jordan weiter, der sie in einen Beweismittelbeutel für die Techniker legte.

Josefine schluckte. Die Zeit in dem kühlen Raum fror ein und verging langsamer. Für einen kurzen Moment war nur das schwache Brummen der Absauganlage zu hören.

Die Eiskönigin räusperte sich und schaltete das Mikrofon ein, das von der Decke hing.

»Ein Kinderschädel«, sagte sie, nachdem sie Aktenzeichen und Datum angegeben hatte. »Mit einem großen Loch an der Schädeldecke. Haben Sie das MRT-Bild dabei?«, fragte sie an Josefine gewandt.

»Augenblick«, sagte diese und tippte etwas auf der mit Folie überzogenen Tastatur, woraufhin eine Schwarzweißaufnahme des Kinderschädels auf dem Bildschirm zu sehen war. Josefine zog die Augenbrauen hoch, als sie im Innern des Schädels etwas entdeckte.

»Da ist etwas«, sagte sie und sah die anderen an.

Die Eiskönigin schob einen Finger in den Hohlraum. Ein leises Kratzen war zu hören.

Alle Anwesenden beugten sich vor, um nichts zu verpassen.

»Jordan, eine Zange, bitte«, sagte die Eiskönigin.

Der Assistent reichte ihr eine kleine Zange.

Vorsichtig zog sie den Gegenstand aus dem Hohlraum, ein Stück Kieferknochen, aber definitiv nicht von einem Menschen, dafür war der Eckzahn zu lang, konstatierte Josefine.

Die Eiskönigin legte das Kieferfragment auf den Stahltisch und vermaß den Schädel mit einem Metallmaßband.

»Durchmesser 22,5 Zentimeter.«

Eine Miniatur-Kopie von Birgitte Ussings Schädel, dachte Josefine. Das Loch in der Schädeldecke sah aus einem gewissen Abstand wie eine Lagune aus. Bis auf diese Stelle schien er intakt zu sein. Aber das würde man erst nach einer genaueren Untersuchung mit Gewissheit sagen können. Aber sie war sicher, dass sie es mit einem Opfer desselben Täters zu tun hatten, auch wenn der Schädel sehr viel jüngeren Datums schien als Birgitte Ussings. Wobei berücksichtigt werden musste, dass Erde und Wasser sich unterschiedlich auf Knochen auswirkten.

Der Schädel lag traurig verlassen auf dem Tisch. Er hatte zu einem Kind gehört, das ermordet, zerstückelt und ins Meer geschmissen worden war. Sie spürte eine innere Kälte in sich aufsteigen.

»Die obere Spitze der Kalotte wurde entfernt«, fuhr die Eiskönigin mit monotoner Stimme fort. Sie nahm den Schädel in die Hand und hielt ihn vor die helle Operationslampe.

»Was halten Sie davon, Josefine?«, fragte sie, nachdem sie den Gegenstand ihrer Untersuchung wieder abgelegt hatte.

Josefine ging zu ihr und nahm den Schädel hoch. Ein leichter Duft von Salzwasser mischte sich unter den Chlorgeruch, der alle unwillkommenen Gerüche im Raum übertönen sollte.

Das eindringliche Starren der leeren Augenhöhlen berührte sie tief in ihrem Innern wie ein stummer Hilfeschrei.

Sie sah sich den Schädel zuerst durch das Vergrößerungsglas an, das Jordan ihr reichte. Er war der perfekte

Assistent, der immer wusste, was zu tun war, ohne dass man etwas sagen musste.

»Das ist der Schädel eines Jungen zwischen neun und zwölf Jahren.« Sie drehte ihn um und begutachtete die Zähne. »Dazu passt auch der Zahndurchbruch.«

Sie fuhr mit dem Finger über den kreisrunden Rand des Loches, ohne einen Widerstand oder Unebenheiten zu fühlen.

Ihre Hand zitterte leicht. Es war schwer, sich nicht davon beeinflussen zu lassen, dass es sich um ein Kind handelte. Da half nur, sich rituell an die Abfolge der systematischen Untersuchung des Knochenmaterials zu halten, um die nötige emotionale Distanz zu wahren. Auch wenn sich dieser Panzer bei Kindern nicht immer aufrechterhalten ließ.

Sie ging zu einer der Arbeitsstationen und sah sich die Verletzung des Knochens auf dem Computerbildschirm an. Nachdem sie sie mit Birgitte Ussings MRT-Bildern verglichen hatte, ging sie zurück an den Obduktionstisch und zur Eiskönigin.

»Die Sägespuren sind identisch. Der Täter dürfte die Schädelkuppe mit einer elektronischen Kreissäge geöffnet haben.«

Trotz der Stoffbahnen unter der Decke, die die Geräusche dämpfen sollten, hallte die Botschaft durch den Raum, ehe sie verklang. Selbst für die Hartgesottenen unter ihnen war es nur schwer zu begreifen, wie man ein Kind auf diese Weise verstümmeln konnte.

»Das könnte durchaus eine Säge wie unsere Heulende Nonne sein. Ich habe mit Kokosnüssen experimentiert.«

Die auffällig gezupften Augenbrauen der Eiskönigin wanderten nach oben.

»Kokosnüsse? Sehr eigenwillig«, sagte sie kopfschüttelnd.

Josefine wollte gerade ihre Vorgehensweise verteidigen und auf die Tatsache hinweisen, dass die Eiskönigin selbst Sparmaßnahmen gefordert hatte, ließ es aber bleiben. Maria Holeby lud nicht zu dieser Art von Diskussionen ein. Josefine hatte ohnehin das Gefühl, ihr nichts recht machen zu können. Irgendetwas war immer verkehrt.

»War das Kind tot … als …?« Die Frage, die von Xander kam, hatte sie sich auch bereits gestellt.

Sie wechselten Blicke.

»Ja«, sagte sie. »Zumindest betäubt. Da der Schnitt … die Sägekante absolut sauber und glatt ist, muss der Junge ganz still gelegen haben.«

Sie atmete tief ein.

»Kerben oder Unebenheiten wären ein eventueller Hinweis, dass das Opfer sich gewehrt oder versucht hat, zu entkommen.« Davon abgesehen ließ es aber auch auf einen extrem kaltblütigen, skrupellosen Menschen schließen, der seine Tat mit so ruhiger Hand ausgeführt hatte.

»Und wenn er gefesselt war?«

Josefine schluckte.

»Das können wir natürlich nicht ausschließen … Aber ich glaube, dass der Junge zu dem Zeitpunkt bereits tot war oder schwer narkotisiert, als die Verstümmelung vorgenommen wurde. Der Täter hat ihn mit dem Gesicht nach unten gelegt.«

»Damit er ihm nicht ins Gesicht sehen muss«, ergänzte Xander.

Josefine nickte verbissen.

»Am oberen Halswirbel sind Quetschungen zu erkennen. Ich vermute, dass der Kopf mit einer Axt vom Körper getrennt wurde.«

»Dieselbe Vorgehensweise wie beim Ussing-Mord«, fasste Xander zusammen.

»So sieht es aus.« Josefine nickte. »Und möglicherweise mit der gleichen Axt, mit der auch Valentin getötet wurde.«

»Was ist mit dem Knochenfragment … dem Stück Kieferknochen im Schädel?«, hakte die Eiskönigin nach.

»Definitiv nicht menschlich«, sagte Josefine. »Das sieht sich gerade ein Experte genauer an.«

»Wie lange hat er im Wasser gelegen?«, fragte die Eiskönigin.

»Etwa ein Jahr, schätze ich. Die gefundenen Aufnahmen untermauern das.«

»Sonst noch was Relevantes?«

Josefine schüttelte den Kopf.

»Dann wären wir hier fertig«, sagte die Eiskönigin.

Nacheinander verließen sie den Obduktionsraum.

»Können wir noch kurz sprechen?«, fragte Xander.

»Klar, im Eingangsbereich sind Sitzgruppen.«

Der sicher aufrichtige Versuch, im Eingangsbereich des Rechtsmedizinischen Instituts so etwas wie Gemütlichkeit zu schaffen, war nicht sehr erfolgreich gewesen. Die erdbraunen Kacheln neutralisierten den Lichteinfall von den großen Fensterpartien, und die giftgrünen Sofas und Sessel hoben sich blendend von dem dunklen Boden ab. Die Innenbeete mit Kakteen-Skulpturen hatten etwas von kleinen, trockenen Wüsten.

Josefine setzte sich schon mal auf eins der Sofas, während Xander Kaffee für sie aus einem antiken Automaten zog.

Die Kälte aus der Pathologie steckte ihr noch in den Knochen, und sie fror.

»Alles okay bei dir?«, fragte Xander und reichte ihr einen Pappbecher, ehe er sich setzte.

Sie blies auf die Oberfläche und nippte an dem Getränk, das absonderlich schmeckte.

»Nein, ganz und gar nicht. Ein geisteskranker Serienmörder, der Frauen, Kinder und Tiere tötet, das ist einfach zu viel.«

Xander nickte zustimmend und sah sie an.

»Da hast du recht. Und es ist so konfus.«

Er seufzte und rieb sich übers Gesicht.

»Es muss doch ein Muster geben«, beharrte Josefine und beugte sich nach vorn.

Xander bemerkte die dunklen Ringe unter ihren Augen. Sie sah erschöpft aus.

»Henry sagt immer, man müsse versuchen, das Unverständliche zu begreifen«, sagte sie. »Dass es immer eine Logik gibt, wie abseitig sie auch sein mag.«

»Wie geht es ihm eigentlich? Ich habe ihn schon lange nicht mehr gesehen.«

»Er hat eine Krebsdiagnose bekommen …«

»Das ist ja furchtbar.«

»Ja, ein echter Schock.«

Xander nickte vor sich hin. Er leerte den Becher, stand auf und warf ihn in den Abfalleimer. Danach setzte er sich wieder. Sie sahen sich stumm an.

»Wir haben es mit einem intelligenten Täter zu tun, der die Fähigkeit hat, die Morde zu planen und durchzuführen«, fasste er zusammen.

Josefine nickte zustimmend.

»Der Täter scheint seine Opfer in dem Grab in Motala auf eine bestimmte Weise arrangiert zu haben. Er hat ein Stück von David Hansens Schädel in Birgitte Ussings Schädel gelegt, das Pars petrosa oder Felsenbein, den härtesten und unvergänglichsten Teil des Skeletts, den er sehr sorgfältig herausgeschnitten hat«, sagte sie.

»Wie ein ewiges Andenken.«

»Oder er wollte Birgitte Ussings Schädel zu einem schützenden Behälter machen. Mit der symbolischen Bedeutung, dass sie auf David aufpassen soll … Ähnlich wie bei unserem neuen Opfer, das auf das Tier aufpassen soll«, schlug Josefine vor. »Wobei in diesem Fall das Opfer nicht besonders arrangiert wurde, sondern es eher so aussieht, als hätte er es loswerden wollen.«

»Das könnte aber auch eine Signatur sein«, sagte Xander. »Er zerteilt die Leiche und arrangiert die Teile auf eine bestimmte Weise. Es geht um Macht und Kontrolle. Er demonstriert damit, dass er mit seinem Opfer machen kann, was er will. Dass er derjenige ist, der bestimmt.«

Josefine nickte.

»Wenn es sich um ein- und denselben Täter handelt, haben wir es mit einem Serienmörder zu tun, der in der Mitte der Achtziger mit dem Morden begonnen hat, wenn nicht früher. Ohne den Teufel an die Wand malen zu wollen, müssen wir mit noch mehr Opfern da draußen rechnen, und möglicherweise schlägt er erneut zu. Vielleicht hat er pädophile Neigungen, obwohl das nicht zu dem Mord an Birgitte Ussing passt, die etwas über zwanzig war. Das lässt Schlimmes ahnen. Morde an Kindern, Frauen und Tieren. Aus der Perspektive des Mörders schwache Wesen. Ich muss ins Archiv und mir ein paar alte Fälle anschauen.«

»Und wonach suchst du konkret?«

»Ich schätze, dass der Täter in jungen Jahren mit dem Gesetz in Konflikt geraten ist. Er könnte mit kleinen Einbrüchen angefangen haben, die sich zu reellen, gewalttätigen Raubüberfällen entwickelt haben. Vielleicht hat er auch schon zu Beginn seiner kriminellen Laufbahn jemanden getötet. Solche bestialischen Morde kommen nicht aus dem Nichts. Ich kann mir vorstellen, dass seine Verbrechen sich schrittweise über eine längere Zeitspanne gesteigert haben. Wer weiß, vielleicht taucht ja was im Archiv auf. Ein Verbrecherprofil mit Potenzial zum Serienmörder.«

»Du redest immer von ihm. Könnte es auch eine Frau sein?«, fragte Josefine.

»Nein, das glaube ich nicht. Bei solchen Morden sind nach wie vor Männer überrepräsentiert.«

»Aber ist es nicht zu früh, sich auf ein Täterprofil festzulegen?«

»Irgendwo müssen wir doch anfangen, Josefine. Ich muss irgendeine Art von Begrenzung vornehmen, weil ich befürchte, dass das Ganze sonst aus der Spur läuft.«

Er stand auf.

»Apropos, ich sollte schon längst auf dem Weg nach Teglholmen sein. Wo parkst du?«

»Ein Stück den Frederik V's Vej runter.«

»Dann können wir zusammen gehen.«

Xander hielt ihr die Eingangstür auf, und sie verließen gemeinsam das düstere Gebäude.

»Werden dir die Knochen eigentlich nie langweilig?«, fragte er.

Josefine lächelte verlegen.

»Das wird nicht passieren. Aber an Verbrechen an Kindern werde ich mich nie gewöhnen …«

»So geht's mir auch.« Er blieb stehen und sah ihr in die Augen. »Du bist eine alte Seele … wie ich. Wir haben jede Form von Unglück gesehen, die Konsequenzen von Gewalt und Mord … und die Spur der Verwüstung, die ein Mord mit sich bringt.«

Josefine bemerkte, dass seine Augen fast schwarz waren … bodenlos. Vom Bösen verhärtete Augen. Sie spürte eine fast elektrische Energie zwischen ihnen.

»Bis morgen«, rief ein Radfahrer, der auf einem Mountainbike in rasanter Geschwindigkeit die Straße Richtung Fælledparken überquerte.

Josefine winkte Jordan hinterher, der geschmeidig einer Frau auswich, die auf ihrem Handy herumtippte und einen Kinderwagen mit schreiendem Kind vor sich herschob.

Kapitel 38

Xander hatte die eine Hälfte seiner Abteilung an die Aufgabe gesetzt, alte Fälle mit jungen Kriminellen herauszusuchen, die Raubüberfälle oder Morde begangen hatten. Er hatte seinen Leuten ein paar Stichworte mit auf den Weg gegeben und erklärt, nach was für einem Täterprofil er suchte, dabei aber klar und deutlich unterstrichen, dass sie unbedingt auf ihren Instinkt hören sollten und er an allen Fällen interessiert war, bei denen sich der Täter irgendwie von der Masse abhob. Er war davon überzeugt, dass ein Mörder solchen Kalibers bereits als junger Mensch ein auffälliges Verhalten an den Tag gelegt hatte, wenn nicht bereits als Kind. Jeder Mörder hat eine Vorgeschichte, eine langsame Reise, die im ultimativen Verbrechen kulminiert. Er glaubte daran, dass in jedem Menschen das Potenzial steckte, einen anderen Menschen zu töten, wenn der Betreffende nur genügend in die Ecke gedrängt wurde oder ausreichend viel auf dem Spiel stand.

Die andere Hälfte des Ermittlerteams arbeitete intensiv

an der Identifizierung des Jungen aus dem Hafenbecken von Nyhavn. Xander hoffte im Stillen, dass die übrigen Kriminellen eine Pause einlegten, weil sein personalmäßiges Kartenhaus sonst sofort in sich zusammenfallen würde. Aber ihm war natürlich klar, dass sich diese Hoffnung nicht lange erfüllen würde. Die rivalisierenden Kopenhagener Banden gingen sich eifrig gegenseitig an den Kragen, seine Leute würden sich also ranhalten müssen.

Schnell tauchten zwei potenzielle Möglichkeiten auf, wer das Kind aus dem Hafenbecken sein könnte: ein Junge, der bei einem Schulausflug verschwunden war, oder einer, der ein Jahr zuvor vermeintlich ertrunken war. Xander verstand nicht gleich, wieso Jørgen mit dem ertrunkenen Jungen ankam, bis der ihm erklärte, dass der Kleine damals gerade elf Jahre alt geworden war und seine Leiche nie gefunden wurde. Zudem hatte er mit seiner Familie in Nordsjælland gelebt, nicht weit weg von der Stelle beim Dyrehavsbakken, an der David Hansen entführt worden war.

Xander überließ Jørgen den Vermisstenfall und verfolgte selber den Fall des mutmaßlich ertrunkenen Jungen.

*

Nachmittags kam Jørgen mit der Mitteilung zurück, dass die Kollegen der Polizei Mittel- und Westsjælland den zwölfjährigen Jungen aufgespürt hatten, der während des Schulausflugs verschwunden war. Er war von seinem eigenen Vater entführt worden und befand sich jetzt in Syrien. Der Vater hatte ihn unbemerkt von seinen Mitschülern und den Lehrern weggelockt. Dann hatte er ihn in einem PKW über die Landesgrenze geschmuggelt und war mit ihm durch ganz Europa gefahren. Glücklicherweise ging es dem Sohn den Umständen entsprechend gut, und die Aufgabe, den Jungen zurück nach Dänemark zu holen, lag nun bei den entsprechenden Behörden.

Xander erreichte die Mutter des mutmaßlich ertrunkenen Jungen und fuhr zu der Adresse. Vorher hatte er Josefine gebeten, mit dem Zahnforensiker wegen einer offiziellen Identifikation über die Zahnkarte zu sprechen, der sich schnell mit einem sicheren Treffer zurückmeldete. Es handelte sich um Theis van Hauen. Der Grund seines Besuches war damit darauf ausgeweitet, den Eltern mitzuteilen, dass ihr Sohn ermordet worden war.

*

Das Haus lag direkt am Furesø. Im Vorgarten stand ein Verkaufsschild mit der Aufschrift »Liebhabernest«.

Eine elegant gekleidete Frau öffnete ihm die Tür. Ihr trauriger Blick wich von ihrem makellosen Äußeren ab.

»Hallo«, sagte sie. »Ulla van Hauen.«

»Alexander Damgaard, Polizei Kopenhagen. Wir haben eben telefoniert. Darf ich reinkommen?«

»Natürlich.«

Sie machte einen Schritt zur Seite, und er betrat den Eingangsbereich und sah eine Reihe gerahmter Fotos an den Wänden, auf denen er auch den Jungen wiedererkannte. Eins der Fotos war nach seinem Verschwinden in den Zeitungen veröffentlicht worden und lag auch im Polizeiarchiv.

»Das ist unser Theis«, sagte sie mit einem kaum sichtbaren Lächeln.

Xander blickte bedrückt auf die Gedenkwand und bedauerte die Frau.

»Möchten Sie einen Kaffee?«

»Nein danke.«

Die Tür zu einem hellen Zimmer ging auf, und ein Mann kam heraus.

»Carl ... das hier ist Alexander Damgaard von der Kopenhagener Polizei. Er sagt, es gäbe Neuigkeiten über Theis.«

Xander betrachtete den Ehemann mit dem stahlgrauen Haar, der ungefähr seine Statur hatte.

Sie begrüßten sich.

»Setzen wir uns doch«, sagte Carl und führte sie in einen Raum mit unverstelltem Blick auf den See. Die Aussicht war bezaubernd, aber für die Eltern musste sie ein lebendig gewordener Albtraum sein.

»Wir haben das Haus zum Verkauf ausgeschrieben«, sagte Ulla. »Ich habe zu Carl gesagt, dass es mir ganz egal ist, was wir dafür kriegen. Ich will einfach nur weg hier. Ich dachte, es würde mit der Zeit besser werden, aber jedes Mal, wenn ich aus dem Fenster schaue, denke ich an Theis' Unfall.«

Ihr Ehemann starrte mit leerem Blick vor sich hin.

Xander legte vorsichtig eine Hand auf ihren Arm.

»Bitte, lassen Sie uns erst einmal hinsetzen.«

Sie nahmen auf einem geblümten Sofa Platz.

»Wie bereits am Telefon erwähnt, gibt es neue Erkenntnisse zu Theis … Würden Sie mir bitte noch einmal schildern, wie er verschwunden ist?«

Der Blick der Mutter begann zu flackern, und der Vater holte tief Luft.

»Ich weiß, dass sie das schon unerträglich oft erzählt haben.«

Sie nickte stumm und strich sich mit einer müden Geste das Haar aus dem Gesicht.

»Er war mit dem Kajak unterwegs. Wir wohnen ja direkt am See. Er war gut trainiert und hatte unsere Erlaubnis, alleine loszufahren … Es war sein Geburtstag. Das werde ich mir niemals verzeihen können. Er war unser einziges Kind.«

Sie rang die Hände.

»Zu welcher Tageszeit ist er losgefahren?«

»Vormittags.«

Ihre Augen wurden blank.

»Er ist von dem Steg dort unten gestartet.« Sie zeigte zum See hinunter, wo ein schmaler Holzsteg zu sehen war. »Ich war in Eile, weil ich mich um das Geburtstagsessen kümmern wollte. Stellen Sie sich mal vor, wegen so etwas habe ich mir Sorgen gemacht. Völlig unwichtig.« Sie starrte geradeaus. »Normalerweise sind wir zusammen gefahren, oder er hat sich mit den Jungs vom Kajak-Club getroffen. Aber er hat mir in den Ohren gelegen, weil doch sein Geburtstag wäre und das Wetter so schön.« Ihr Blick schweifte ab. »Sie ... haben das Kajak am anderen Seeufer gefunden.«

»Hat er eine Schwimmweste getragen?«

»Ja, natürlich ... Darauf habe ich immer sehr gewissenhaft geachtet.«

Sie schlang die Arme schützend um den Oberkörper, und Carl legte eine Hand auf ihre Schulter.

»Aber ...«

Ihr Körper bebte.

»An dem Tag ... das Telefon hat geklingelt, und ich habe kontrolliert, ob er die Schwimmweste anhatte, bevor ich in die Küche ging, um zu antworten. Das war das letzte Mal, dass ich ihn gesehen habe.«

Sie schluchzte.

Xander wartete, bis sie sich ein wenig beruhigt hatte.

»Sie haben mehrere Tage nach ihm gesucht. Nach dem schönen Sonnenschein war das Wetter plötzlich extrem schlecht. Er wurde nie gefunden.«

Ihre Trauer überrollte ihn.

»Ein paar Tage später haben sie seine Schwimmweste gefunden. Vielleicht hatte er sie nicht ordentlich festgespannt.«

Xander starrte auf seine Handrücken.

»Der Fureso ist der tiefste See Dänemarks. Ich ertrage den Gedanken nicht, dass er alleine dort unten liegt und wir ihn nicht beerdigen können.«

Xanders Blick wanderte aus dem Fenster zu der schwarzen Wasseroberfläche und dem Schilfstreifen, der sich in die Windrichtung verneigte. Er nahm innerlich Anlauf und dachte, dass er sich nie daran gewöhnen würde, jemandem diese Art von Nachricht zu überbringen.

»Wir haben Theis gefunden …«

Das kurze Aufglimmen zielloser Hoffnung in den Augen der Eltern verlosch sofort wieder.

»Seine Leiche … oder richtiger seine sterblichen Überreste.«

»Wo?«

»In Kopenhagen … Nyhavn.«

Xander zögerte, ehe er ihnen sagte, dass Theis ermordet worden war. Er brachte ihnen so schonend wie möglich bei, dass sie nur seinen Schädel gefunden hatten. Solche Dinge kamen früher oder später an die Öffentlichkeit, und das Letzte, was er wollte, war, dass die Eltern es aus der Klatschpresse erfuhren.

*

Auf dem Weg zurück nach Teglholmen gingen Xander die trauernden Blicke von Theis' Eltern nicht aus dem Kopf. Es bedrückte ihn, dass er ihnen noch nicht einmal die wenigen irdischen Überreste ihres Sohnes übergeben konnte. Obgleich er selber keine Kinder hatte, konnte er gut nachempfinden, dass dieser Verlust eine Kategorie für sich war. Etwas, das man nie verwinden würde, wie viel Zeit auch vergehen mochte.

Auf dem Revier rief er sein Team zu einem improvisierten Briefing zusammen, in dem er einen Statusbericht zu alten Fällen mit gewalttätigen Kandidaten bekam, die sich zu potenziellen Serienmördern weiterentwickelt haben könnten. Das Resultat war mager, aber womit hatte er eigentlich gerechnet angesichts der vagen Suchkriterien und dem langen Zeitraum, in dem sie suchten. Seine Mitarbeiter hatten nach den Anweisungen ihre Computer mit seinen Suchkriterien gefüttert.

Er wollte seine Theorie gerade über Bord werfen, als ihm eine neue Idee kam. Er dachte an die klobigen Bildschirme und Großrechner am Anfang seiner Polizeikarriere, die kryptischen DOS-Kommandos und empfindlichen Disketten. Seitdem waren die Computer immer kleiner und kompakter geworden, die Monitore schlanker, und die Leute schauten inzwischen mehr auf ihre Handys, als sich in die Augen zu sehen. Die kalte Computerintelligenz okkupierte immer mehr das menschliche Gehirn und machte den Menschen zu einem asozialen Wesen, trotz der sozialen Medien, für die Xander persönlich nicht viel übrighatte. Rudolfs analoges Elefantengedächtnis war vermutlich mindestens so zuverlässig wie die Suchmaschinen der Polizei. Vielleicht erinnerte er sich ja an etwas, das ihnen half, die Nadel im Heuhaufen zu finden. Er suchte die Telefonnummer seines früheren Kollegen heraus und rief ihn an.

Kapitel 39

Der Fælledpark badete in warmem Licht, als Josefine auf der Suche nach ihrem krankgemeldeten Chef Henry die Rasenfläche überquerte. Sie fand ihn schließlich auf einer Parkbank. Er war kaum wiederzuerkennen.

»Hallo, Josefine«, sagte er lächelnd und erhob sich.

Er nahm sie in den Arm, und sie setzten sich.

»Schön, dich zu sehen.«

»Ganz meinerseits«, sagte sie. »Wie geht es dir?«

»Ich soll irgendwann in absehbarer Zeit operiert werden. Das Gesamtpaket der Behandlung schlägt an.«

»Aber wie geht es dir?«

Er sah sie an.

»Sie sagen, dass ich es schaffen werde«, antwortete er. »Der Krebs hat glücklicherweise nicht gestreut.«

Henry wischte sich eine Staubfluse vom Hosenbein.

»Susanne und die Kinder stärken mir den Rücken. Jetzt geht es darum, das Ganze hinter mich zu bringen. Im Frühjahr bin ich hoffentlich mit der Bestrahlung und Chemo durch …« Er legte eine Hand auf Josefines Arm.

»Aber jetzt erzähl du erst mal, wie es mit deinem Fall vorangeht. Ich brauch was, womit ich mich ablenken kann.«

»Eine harte Nuss«, sagte sie knapp. »In groben Zügen bist du eingeweiht, oder?«

»Ja, das lässt sich ja kaum vermeiden. Der Fall ist auf allen Titelseiten.«

»Wir haben im Nyhavnskanal einen weiteren Schädel gefunden. Die Polizei ist damit noch nicht an die Öffentlichkeit gegangen.«

»Okay?«

Henry beugte sich vor, schlug den Mantelkragen hoch und stützte die Ellenbogen auf den Knien ab.

»Es handelt sich um ein Kind. Wir haben den Jungen gerade identifiziert. In das Schädeldach war ein Loch gesägt, und in dem Hohlraum lag der Kieferknochen eines Tieres.«

Sie wechselten Blicke.

»Hm«, sagte Henry, nahm die Brille ab und putzte sie mit einem Stofftaschentuch. »Das wirkt schon alles sehr symbolisch«, sagte er und sah hinüber zu ein paar spielenden Kindern.

Er schob seine Brille hoch auf die Stirn.

»Das finde ich auch, aber was bedeutet es?«

»Es muss ein Muster geben«, sagte Henry. »Auch wenn es schwer zu erkennen ist. Erzähl mir von der Ausgrabung in Motala.«

»Dort wurde ein sensationelles Steinzeitgrab gefunden«, sagte Josefine. »Ungewöhnlich gut erhaltene Menschenknochen, Beutetiere und ein komplettes Bärenskelett, alle in einer bestimmten Anordnung begraben. Irgendwann in den Nullerjahren hat der Mörder in eben diesem Grab Birgitte Ussings Schädel zusammen mit David Hansens Pars petrosa vergraben.«

Henry strich sich nachdenklich übers Kinn.

»Damit will er seine Überlegenheit demonstrieren«, antwortete er nach einer Weile. »Er ist stolz auf seine Fähigkeit zu morden und dass er die Kontrolle über die Opfer und den Prozess sowie über die Entsorgung der Leichen hat. Denk immer daran, dass die Umgebung um den Fundplatz und das Grab mindestens so wichtig sind wie das Skelett. Versuch dir die Frage zu beantworten, wieso der Mörder die Skelettteile genau dort platziert hat.«

»Das beschäftigt mich schon die ganze Zeit. Und warum legt er ausgerechnet dieses spezielle Fragment … das Pars petrosa in den Frauenschädel?«

»Gute Frage, auf die ich dir keine Antwort geben kann. Aber das mit den Tierknochen muss etwas bedeuten.«

»In Motala war der Schädel in Erde vergraben, in Nyhavn wurde er ins Wasser geworfen.«

»Was sagt dir das?«

Henry drehte den Kopf zur Seite und sah ihr in die Augen. Etwas von der vertrauten Glut blitzte in ihnen.

»Dass er seinen Modus geändert hat?«, sagte Josefine langsam.

»Nein, das glaube ich nicht. Motala liegt an einem Kanal, der in den Motala Ström mündet, wenn ich es richtig erinnere. Nyhavn ist ein Hafenkanal, nicht weit entfernt von den archäologischen Ausgrabungen am Cityring. Die Fundorte ähneln sich also. In die Schädel wurden Löcher gesägt und fremdes Knochenmaterial hineingelegt. Ich an deiner Stelle würde die Tierknochen genauer unter die Lupe nehmen. Wenn die Antwort nicht vor deiner Nase liegt, musst du den Untersuchungsradius Stück für Stück ausweiten, bis du die Lösung hast.«

Er stand auf.

»Komm, lass uns gehen, der Wind ist kalt. Ich kann mir jetzt keine Erkältung leisten.«

Sie spazierten langsam los. Der Wind wirbelte die Blätter auf, und eine Wolke schob sich vor die Sonne.

Josefine fröstelte.

»Es gibt übrigens noch ein Rätsel«, sagte sie. »Wir haben ein Stück Gipsgaze in Birgitte Ussings Schädel gefunden.«

»Aha«, sagte Henry, »das sind eine Menge spannende Informationen … Vielleicht besteht da eine logische Verbindung, auch wenn ich sie noch nicht benennen kann.«

Als sie das mit dem Gazestoff erwähnte, streifte Josefine ein Gedanke. Sie arbeiteten im Institut und auf Gotland auch hin und wieder mit Gipsabdrücken. Und obwohl die 3D-Technologie immer mehr auf dem Vormarsch war und man die Knochen scannen und eine Kunststoffkopie drucken konnte, zogen ein paar altmodische Kollegen weiterhin den Gipsabdruck vor. Gute alte Handarbeit statt digital. Der Gedanke schien irgendwie abwegig – aber andererseits auch wieder nicht.

»Wäre es vorstellbar, dass er Modelle der Schädel anfertigt?«

»Spannende Theorie. Aber warum?«

»Weil ihm klar ist, dass er die Originale, die ihn verraten könnten, loswerden muss«, sagte Josefine. »Weil immer irgendwelche biologischen Spuren übrig bleiben, egal wie viel Mühe man sich gibt, sie zu verwischen. Aber vielleicht schafft er es nicht, sich gänzlich von ihnen zu trennen, und behält das Nächstbeste. Als eine Art Souvenir …«

Henry strich das Haar aus der Stirn.

»Hört sich logisch an. Er begräbt die echten Schädel und behält die Kopie. Die Abdrücke sind seine Erinnerungsstücke … aber das sind nur leere Schalen … Und irgendwann meldet sich unweigerlich der Drang, wieder zu töten. Er gibt dem Impuls nach und ermordet ein neues Opfer. Und das setzt sich in einer Endlosschleife fort, wie ein Teufelskreis.« Henry nickte vor sich hin.

Die gelben und dunkelorangenen Blätter mischten sich wie ein Kartenspiel, als sie über die Rasenfläche schlenderten. Josefines Haar flatterte in einem Windstoß. Sie schob eine verirrte Locke hinters Ohr.

Es durchrieselte sie kalt, als sie an die Gipsabdrücke dachte, und dass es im Prinzip einer ihrer Kollegen sein könnte, der hinter den Morden stand. Josefine überlegte kurz, ob sie diesen Gedanken mit Henry teile sollte, ließ es dann aber bleiben, weil er wahrlich Wichtigeres zu bedenken hatte. Sie wollte ihn nicht unnötig beunruhigen.

Kapitel 40

Xander klopfte an die in die Jahre gekommene Tür zur Asservatenkammer im Keller des Präsidiums. Gleich darauf hörte er Schritte, und die Tür öffnete sich.

»Hallo, Rudolf.«

»Komm doch rein. Ich hab gerade Kaffee aufgesetzt.« Er ging voran in das dunkle Büro, in dem es nach Staub und frisch gebrautem Mokka duftete. »Einen frischen Hefeknoten vom Bäcker hab ich auch«, sagte er augenzwinkernd. »Ofenwarm.«

Sie setzten sich an einen ramponierten Konferenztisch. Rudolf riss ein paar Blatt Küchenrolle ab, die sie als Teller benutzten.

»Bist du dabei, den Ussing-Fall zu lösen? Es ist furchtbar, dass in dem Grab auch Leichenteile eines Kindes gefunden wurden. Und dann sind mir Gerüchte von einer weiteren Kinderleiche zu Ohren gekommen. Stimmt das?«

»Leider, ja. Noch ein elfjähriger Junge. Wir haben seinen Schädel im Hafenbecken in Nyhavn gefunden. Heute wird es öffentlich gemacht.«

Rudolf sah ihn mit finsterem Blick an.

»Ich hoffe, du schnappst ihn ganz bald, Damgaard.«

Xander nickte zögernd. Noch hatte ihn der Mut nicht ganz verlassen, aber es fehlte nicht mehr viel.

Rudolf schenkte Kaffee ein und teilte das Hefeteilchen brüderlich.

»Ein Serienmörder. Gib mir Details.«

»Er sägt die obere Wölbung des Schädeldachs ab und legt Skeletttteile in den Hohlraum. Im Schädel des Jungen in Nyhavn lag das Stück Kieferknochen eines Tiers.«

Rudolf verharrte in seiner Bewegung.

»Himmel Herrgott«, platzte er heraus. »Wie krank ist das denn!?«

»Das kannst du laut sagen. Bisher haben alle geglaubt, das jüngste Opfer sei mit dem Kajak gekentert und im Furesø ertrunken. Die Leiche wurde nie gefunden, und man ging davon aus, dass der Junge irgendwo auf dem Grund des Sees lag.«

Rudolf nickte eifrig.

»Oh ja, der Furesø ist tückisch und birgt viele Geheimnisse. Ich war selbst als Kind häufig dort, meine Großeltern mütterlicherseits haben ganz in der Nähe gewohnt, und sie sind richtig sauer geworden, wenn ich ohne einen Erwachsenen ans Wasser gegangen bin. Mit dem See ist nicht zu spaßen, in der Mitte ist er geradezu lebensgefährlich. Im Sommer sind es die Fallwinde, und im Winter, wenn der See zugefroren ist, die berüchtigten Eislöcher.«

Xander nickte.

»Einige Tage nach dem Verschwinden des Jungen haben sie sein Kajak und die Schwimmweste am gegenüberliegenden Ufer gefunden und haben geschlussfolgert, dass er die Weste wohl nicht ordentlich zugeschnürt hatte und es ohne Hilfe nicht bis ans rettende Ufer geschafft hat.«

Rudolf schüttelte so energisch den Kopf, dass seine Mähne in Unordnung geriet. Er schob sich einen Bissen Hefeknoten in den Mund und leckte sich die Finger ab. Dabei fixierte er einen Punkt hinter Xander. Sekunden später kehrte er mit dem Blick zu ihm zurück.

»Habt ihr in Erwägung gezogen, dass der Täter die Leiche möglicherweise am Ufer gefunden und sie mitgenommen hat? Dass wir es mit einem Nekrophilen zu tun haben?«

»In dem Fall überrascht mich bald nichts mehr. Vielleicht hat er den Jungen auch überredet, in sein Boot umzusteigen, oder was weiß ich.« Xander sah Rudolf an. »Ich brauche wirklich deine Hilfe«, sagte er mit Nachdruck.

»Aber klar doch, schieß los«, sagte Rudolf. »Wir wollen den Kerl schnappen, und das so schnell wie möglich.«

»Erinnerst du dich an besonders herausstechende Fälle von … sagen wir mal, Ende der Siebziger, Anfang der Achtziger Jahre, in die Kinder oder Jugendliche involviert waren? Ich denke dabei an ein frühes Debüt mit grober Gewalt … wenn nicht sogar Mord. Verstehst du den Jungen, verstehst du auch den Mann.«

»Du meinst den Täter?«

»Genau.«

Rudolf legte die Stirn in Falten.

Xander hatte das Gefühl, sich an einen Strohhalm zu klammern. Auch Rudolf wurde älter, obwohl er so klar im Kopf schien wie eh und je. Blieb nur zu hoffen, dass er seinem Spitznamen »Elefantengehirn« noch alle Ehre machte.

Bevor sie angefangen hatten, jeden Furz zu digitalisieren, waren sie immer als Erstes zu Rudolf gegangen, ehe sie im Archiv zu suchen begannen. Noch heute fand der Kollege die meisten Fallakten aus dem Gedächtnis. Xanders Blick streifte einen PC auf dem Schreibtisch, der vermutlich nur zum Schein dort stand.

»Gib mir ein bisschen Bedenkzeit«, sagte Rudolf und leerte seinen Kaffee. »Das liegt weit zurück. Da klingelt zwar ganz verborgen ein Glöckchen, aber das muss ich erst mal überprüfen.«

Xander nickte.

»Okay, gib Laut, sobald du was findest.«

»Das werde ich.«

Xander spürte Rudolfs Blick auf sich.

»Sag mal … Ist es der Fall, der dich so bedrückt?«

»Möglich … Der saugt einem das Mark aus den Knochen«, seufzte Xander.

»Wenn Kinder betroffen sind, muss man gut auf seine Psyche achten, weißt du.«

»Ja.«

»Triffst du dich mit jemandem?«, fragte Rudolf und musterte ihn freundlich. »Ein Mann im besten Alter.«

Xander lächelte verlegen.

»Sag es ihr, bevor es zu spät ist«, sagte Rudolf, als wäre er ein Spezialist auf diesem Gebiet. »Denk an meine Worte.«

Kapitel 41

Am folgenden Tag fuhr Josefine raus zum Zoologischen Museum. Sie hatten sich die ganze Zeit auf die Menschenknochen konzentriert, aber nach ihrem Gespräch mit Sir Henry über die Tierskelettteile in dem Steinzeitgrab in Motala hatte sie beschlossen, sich genauer zu informieren, ob eine tiefere symbolische Bedeutung dahinterstand, Menschen und Tiere gemeinsam zu begraben.

Sie wusste, dass die Antworten selten auf einem Silbertablett serviert wurden und die Ursachen für einen Mord oft verwickelt waren. Man musste sich in die dunklen Winkel vorwagen, in denen das Böse herrschte. Es war, wie im Dunkeln ein schauriges Puzzle zu legen, und sie hoffte, bald die fehlenden Teile zu finden.

Es hatte den ganzen Morgen genieselt, und wie sie durch die Glastür vom Eingangsbereich der Rechtsmedizin sehen konnte, fiel der Regen jetzt dichter. Sie schüttelte sich, schloss den Mantel bis zum Hals und setzte die Kapuze auf, ehe sie die Tür öffnete.

Josefine kämpfte sich durch den Wind zum Auto, das

ausnahmsweise beim ersten Versuch ansprang. Sie rollte langsam rückwärts aus der Parklücke auf die Straße und merkte schnell, dass irgendwas nicht stimmte, weil die Rostlaube leicht nach links ausscherte. Das übliche Lenkradspiel war das nicht, beschloss sie und fuhr auf einen Parkplatz am Straßenrand. Sie fluchte laut, als sie sah, dass sie einen Platten hatte. Das fehlte ihr gerade noch! Sie wählte die Pannenhilfenummer ihrer Werkstatt, mit der sie fast wöchentlich telefonierte. Sie versprachen, im Laufe der nächsten Stunden den Reifen zu wechseln.

Das war der Moment, als sie sich entschied, zu Fuß ins Zoologische Museum zu gehen.

*

Die Waschbeton-Fassade des Museums erinnerte an den tristen grauen Teilum-Trakt des Rigshospitals und verstärkte den düsteren Gesamteindruck noch. Dazu die tiefhängenden Wolken und der Wind, der wie eine unsichtbare Hand die Herbstblätter in die Luft wirbelte und wieder auf das nasse Gras des Universitätsparks rieseln ließ.

Hinter den Fenstern standen Tierskelette wie makabre Kunstinstallationen, und während Erinnerungen an ihre Kindheitsbesuche in ihr wach wurden, dachte sie, dass sich hier offensichtlich wenig verändert hatte.

Sie war als junges Mädchen häufig allein ins Zoologische Museum gegangen, um Skelette noch lebender und ausgestorbener Tiere zu studieren. Dabei hatte sie oft Zeit und Raum vergessen. Sie hatte Skizzen der Skelette in ihre Kladden gezeichnet und war mit der Zeit richtig gut darin geworden, ihre Motive mit leichten Bleistiftstrichen zu verewigen.

Die Skizzenhefte hatte sie unter dem Bett vor ihren Eltern versteckt. Die wünschten sich, dass sie später einmal Medizin studierte wie ihr Vater, aber so sollte es nicht kommen.

Josefine tätigte einen Anruf aus dem Eingangsbereich und wurde kurze Zeit später von einem Mitarbeiter des Museums mit dem Namen Eske Knudsen abgeholt, der für die Sammlung größerer Säugetiere verantwortlich war.

»Danke, dass Sie sich Zeit für mich nehmen.«

»Kein Problem, hier geht's lang. Wir haben im Moment nur ziemlich viel um die Ohren, weil wir in der Øster Voldgade eine neue Ausstellung eröffnen mit der Hauptattraktion eines waschechten Tyrannosaurus rex, der bis jetzt im Naturkundemuseum in Berlin ausgestellt war. Jetzt ist er endlich nach Dänemark gekommen. Gesponsert von zwei dänischen Wohltätern … die den Dinosaurier Tristan-Otto genannt haben, nach ihren Söhnen.«

Eske Knudsen führte sie durch einen Flur mit vielen präparierten Tieren in Glasvitrinen. Auf einem Felsen lag ein zufriedener Seehund und ruhte sich aus, während hinter ihm vor der weißen Wand die Silhouette eines Gotteslachses aufschimmerte.

Josefine atmete tief ein. Es roch genau wie damals: nach Linoleum, Formalin und Alter. Sie fühlte sich wie in einer Zeitschleife.

Sie betrachtete die ausgestopften Tiere mit ihren starren Glasaugen und lebendig wirkenden Körperhaltungen. Den Konservatoren war es gelungen, den präparierten Tieren Leben einzuhauchen. Manche sahen aus wie unmittelbar vor dem Augenblick ihres Todes eingefangen.

Eske Knudsen redete wie ein Wasserfall, während er sie durch ein paar verwinkelte Gänge mit dunkelbraunem Boden führte. Die insgesamt eher düstere Stimmung störte Josefine nicht weiter. Knudsen hatte graue, schulterlange Haare und einen Schnäuzer. Seine dicke Brille rutschte ihm ständig auf die Nasenspitze. Josefine fand es sehr charmant, ihn aus seiner Welt berichten zu hören, die sich eigentlich nicht großartig von der ihren unterschied. Sie beschäftigten sich beide mit dem Tod. Wobei Josefine sich auf das menschliche Böse in Form von Morden konzentrierte, während es in Knudsens Arbeitsbereich eher etwas friedlicher zuging. Obgleich die Natur auch gnadenlos sein konnte und der tägliche Kampf ums Überleben seine Opfer forderte. Aber Tiere konnten nicht per se als böse bezeichnet werden. Es war aber nun mal so, dass nur die Stärksten überlebten.

Sie kamen in ein kleines, nicht sehr geräumiges Büro, das an Josefines Kammer erinnerte.

Das Kieferstück, das in Theis van Hauens Schädel gelegen hatte, war mit einem Boten zum Zoologischen

Museum gebracht worden, nachdem die Techniker den Tierknochen vorher auf biologische und andere Spuren untersucht hatten, die zur Identifizierung des Täters beitragen könnten wie beispielsweise Haare oder Stofffasern. Doch nach der langen Zeit im Wasser war nichts mehr zu finden gewesen.

»Der Kieferknochen steht in Verbindung mit einem Mordfall«, erklärte Josefine. »Er lag im Hohlraum eines Kinderschädels.«

»Furchtbar«, sagte Knudsen. »Und ein seltsamer Aufbewahrungsort für einen Tierknochen.«

Josefine nickte.

»Ich habe mir den Knochen genauer angesehen«, sagte Knudsen und stabilisierte seine Brille, damit sie wieder gerade saß. »Es ist das Kieferfragment eines Braunbären.«

»Okay«, sagte Josefine.

Sie sank auf ein ausgedientes Sofa mit Aussicht auf eine Glasvitrine mit präparierten Gürteltieren in unterschiedlichen Größen, die sehr urzeitlich aussahen.

»Ich war in Motala, um mir dort den Ausgrabungsplatz anzusehen«, sagte sie und betrachtete den Schädel eines Walrosses mit Stoßzähnen. »Da waren unterschiedliche Tiere mit im Grab wie Elche, Hirsche, Wildschweine und ein Bär.«

»Ich habe die Ausgrabungen in Motala nur von der Seitenlinie verfolgt. Schreckliche Sache, was da noch gefunden wurde, aber die eigentliche Ausgrabung ist hochinteressant … Wir haben einige Museumsmitarbeiter dorthin geschickt. Michael Leander und Arvid Lindberg. Vielleicht haben Sie die beiden ja getroffen?«

Josefine schüttelte den Kopf.

»Die Namen sagen mir nichts. Aber an solchen Ausgrabungen sind ja immer viele Leute beteiligt ... aus allen Ecken der Welt.«

»Wohl wahr. Aber wir sind von den Tieren abgekommen ... Beutetiere als Grabbeigaben sollen im Totenreich den Hunger fernhalten«, sagte Knudsen sinnierend. »Die Jagd war damals überlebenswichtig. Aber auch den jeweiligen Göttern wurden Tiere geopfert, um sie zu besänftigen, und damit sie sich nicht rächten. Man glaubte, alles in der Natur sei beseelt, und für jedes Leben, das man nahm, würde man zur Rechenschaft gezogen. In der damaligen Zeit ein großes Tier zu erlegen war eine logistische Höchstleistung. Wildschweine zum Beispiel können sehr gefährlich werden ... besonders, wenn sie verwundet sind ... dann greifen sie auch schon mal an. Und so ein Elch ist gewaltig groß«, sagte er an niemand Bestimmten gewandt. »Aber das Bärenskelett in dem Grab ist in der Tat interessant. Es sticht heraus, weil es sich um ein Raubtier handelt.«

»Hat man in der Steinzeit keine Bären gejagt?«

»Doch, wegen der Felle, und natürlich hat man das Fleisch gegessen, aber in diesem Fall sollten wir den Bären wohl eher als ein Totemtier betrachten ... ein Tier mit besonderen Eigenschaften, die auf Menschen übertragen werden können. In der alten nordischen Volkstradition tauchen immer wieder Berserker auf. Das sind

Menschen, die sich in Bären verwandeln konnten, wenn ein Krieg ausbrach. Und als Bärenmenschen hatten sie übernatürliche, außergewöhnliche Kräfte.«

Josefine nickte.

»Der Bär sollte dem Menschen also Kraft geben?«

»Ja.«

»In Motala fehlten die Unterkiefer von den Schädeln der Steinzeitmenschen, dafür hat man Tierkiefer ins Grab gelegt. Und es gab Tierkörper, aber keine Tierschädel, mit Ausnahme des Bären«, sagte Josefine.

»Aha, sehr interessant«, sagte Knudsen mit glänzenden Augen. »Das könnte ein Hinweis sein, dass Mensch und Tier sich ergänzen ... einander vollenden. Der Mensch übernimmt die Fähigkeiten des Tieres. Der Bär ist intelligent und gerissen. Ich denke gerade an Freunde in den USA, die nächtlichen Besuch von einem Bären bekommen haben. Er hat es geschafft, den Kühlschrank zu öffnen, und hat die Reste vom Sonntagsbraten gefressen. Diese Tiere sind unglaublich erfinderisch und neugierig ... und extrem gefährlich.«

Josefine schüttelte sich.

»Ja, unheimlich, oder? Kommen Sie mit, ich zeige Ihnen unseren Grizzly ...«

Er ging vorweg in einen großen, hohen Raum, in den durch die großen Fenster einer Schiebetür schräge Sonnenstrahlen hereinfielen. Auf ein paar Kisten lagen exotische weiße Knochen eines offenbar großen Tieres, das Josefine nicht unmittelbar identifizieren konnte.

»Ein in der Nähe von Rømø gestrandeter Schnabelwal«, erklärte der Zoologe. »Äußerst selten. Er wurde gerade bei uns obduziert und präpariert. Er hatte Parasiten in den Nieren und Plastik im Magen. Nicht gesund für so einen Burschen. Die Obduktion hat übrigens Arvid Lindberg durchgeführt, der Spezialist für große Meeressäuger und eine absolute Kapazität in seinem Fachbereich.«

Er ging zu einem gigantischen Obduktionstisch in der Mitte des Raums.

Knudsen hob das Laken an, unter dem ein Wolf in einer unbequemen Haltung lag. Der Kopf war zur Seite gedreht, als hätte er etwas Spannendes entdeckt.

»Er ist noch nicht ganz aufgetaut. Ein jütländischer Schafzüchter hat ihn erlegt, weil er die Nase voll hatte von dem Wolf, der immer wieder seine Schafe angefallen hat. Für diesen Abschuss hat er eine Strafe auf Bewährung bekommen, weil der Wolf ganzjährig unter Schutz steht.«

Der riesige Stahltisch, der hoch- und runtergefahren werden konnte, das Krangewinde an der Schiene unter der Decke und die große Schiebetür verrieten, dass hiermit auch die ganz großen Tiere in den Raum transportiert werden konnten. Das waren andere Dimensionen als in der Pathologie in der Rechtsmedizin.

»Womit wir schon wieder von unserem Bären abgekommen wären«, sagte Knudsen und zeigte in eine Ecke zu einem imposanten Bären mit einem Riesenschädel und zottigem dunkelbraunem Fell, der den schätzungsweise ein Meter neunzig großen Zoologen noch überragte.

»Die größten Exemplare messen auf den Hinterbeinen fast drei Meter«, informierte Knudsen sie und schob die Brille hoch. »Ursus arctos horribilis ist sein lateinischer Name.«

»Horribilis«, sagte Josefine lächelnd. »Das klingt aber nicht sehr vertrauenswürdig.«

»So ist es … Das bedeutet schauerlich oder entsetzlich, genau wie ›grizzly‹ auch. Dabei sehen die Jungtiere richtig knuddelig aus. Aber Kuscheltiere sind das beileibe nicht. In den USA gibt es jedes Jahr mehrere Todesfälle in Folge von Bärenattacken. Dieses Exemplar haben wir von einem privaten Spender bekommen. Da er dummerweise von Motten befallen ist, steht er nicht in der Ausstellung.«

Josefine sah sich den Bären mit seinen langen, spitzen Krallen an. So süß Bärenjunge auch sein mochten, die erwachsenen Tiere verloren doch einen Großteil dieses Charmes. Sie konnte sich gut vorstellen, dass die Steinzeitmenschen besonderen Respekt vor diesem Tier gehabt hatten.

»Am Bären scheiden sich die Geister«, sagte Knudsen nachdenklich. »In der Welt der Erwachsenen symbolisiert er Stärke, Gefahr, Jagd. Andererseits werden sie als Plüschbären oder Zeichentrickbären wie Winnie Puuh geliebt.«

Sie nickte und entdeckte in der gegenüberliegenden Ecke das gigantische Modell einer Vogelspinne.

»Die wollen wir an Halloween einsetzen, die Kinder werden sie lieben«, sagte Knudsen glucksend.

Ein junger Mann betrat den Raum, gefolgt vom lauten Quietschen einer Tür, die langsam aufglitt und den Blick in einen Verschlag freigab.

»Das ist Benny, unser Praktikant.«

Benny war blass und trug einen Kapuzenpulli. Dem Flaum in seiner unteren Gesichtshälfte nach zu urteilen, war er kaum älter als zwanzig.

»Ich hoffe, Sie sind nicht empfindlich«, sagte er.

»Nicht sonderlich.«

Trotzdem rümpfte sie die Nase bei dem Gestank, der ihr entgegenschlug, als der junge Mann die Tür ganz öffnete, ein feuchter Geruch von Verrottung und Tod. Selbst für Josefine, die einiges gewohnt war, war der Gestank so überwältigend, dass sie gegen ein Würgen ankämpfen musste.

In dem kleinen Raum stand ein großer Stahltank. Der junge Mann lächelte Josefine aufmunternd an.

»Wollen Sie sich das Elchkalb mal ansehen?«, fragte er.

Sie nickte und machte einen Schritt nach vorn.

Er drehte einen Griff und hob den Deckel ab. Der Gestank wurde, wenn überhaupt möglich, noch krasser. Josefine atmete durch den Mund, eine Technik, die bei stark verwesten Leichen in der Pathologie einigermaßen erfolgreich funktionierte.

In dem Stahlbehälter stand eine mit Wasser gefüllte Wanne, in der auf einem überdimensionalen, viereckigen Sieb ein von Fell umgebener Haufen Knochen lag. Der Junge mit dem Kapuzenpulli machte sich daran, die Wanne zu leeren, worauf der Wasserstand rapide sank. Josefine dachte an ihre Unterhaltung mit Xander in der Kantine vom Rigshospital und an die Vermutung, dass der Täter seine Opfer präparierte, um alle Weichteile zu entfernen, ehe er die Knochen begrub.

»Den haben wir letzte Woche reinbekommen. Er wurde in Schweden angefahren.« Knudsen rieb sich über den Bart. »Wir legen die Tiere in ein heißes Wasserbad. Nach vierundzwanzig Stunden sind alle Weichteile weg, übrig bleibt ein sauberes Skelett.«

»Gute Idee«, sagte Josefine.

Von dem Gestank abgesehen war das Arrangement ziemlich smart. In der Rechtsmedizin verwendeten die Techniker für das gleiche Resultat ein Schwefel-Gemisch.

»Apropos ... wenn ich die skelettierte Leiche eines Menschen verstecken wollte, würde ich sie der Sammlung unseres Säugetier-Knochendepots unterjubeln«, sagte Eske Knudsen grinsend.

Josefine lächelte über den derben Humor des Kollegen.

Benny ging zu einem Kontrollpult und drückte eine Taste. Das Schiebetor glitt langsam auf und ließ frische, kalte Luft in den Raum, die Josefine gierig einsog.

»Tausend Dank für die Hilfe«, sagte sie und machte Anstalten, sich zu verabschieden, als ihr noch etwas einfiel. »Wo finde ich denn wohl die nächste Toilette?«

»Den Gang runter, zweite Tür links«, sagte Knudsen.

»Danke«, sagte sie. »Ich finde dann selbst raus.«

»Wunderbar ... Rufen Sie mich an oder mailen Sie, falls Sie noch Fragen haben.«

Knudsen verschwand, und Josefine steuerte die Toilette an. Als sie ihre Hände wusch, betrachtete sie ihr Gesicht im Spiegel. Sie war blass, die Wangenknochen traten schärfer hervor als sonst. Sie spritzte sich kaltes Wasser ins Gesicht und tupfte es mit dem rauen Handtuchpapier ab.

Auf dem Weg zum Ausgang kam sie an einem Büro vorbei, aus dem gerade eine Reinigungskraft mit einem Putzeimer und einem Mopp herauskam, ohne die Tür richtig hinter sich zu schließen. Durch den Türspalt sah Josefine an der einen Wand eine schwarze afrikanische Maske, vermutlich aus Ebenholz. Sie warf einen Blick auf das Namensschild neben der Tür: Michael Leander. Das war einer der beiden Männer, die Knudsen in Verbindung mit der Ausgrabung in Motala erwähnt hatte.

Einer spontanen Eingebung folgend, betrat Josefine das Büro. Die Maske mit dem grimmigen, unheimlichen Ausdruck sah ihrer eigenen afrikanischen Maske sehr ähnlich, die Taina von der Wand genommen und in einen Umzugskarton gelegt hatte. Es roch intensiv nach Putzmittel.

Auf einem der Fotos an den Wänden sah sie einen Mann mit Fellumhang, leerem Blick und ausgehöhlten Wangen, als hätte er lange gehungert. Ein anderes zeigte ein paar riesige aneinander gelehnte Knochen, die wie zu einer Skulptur arrangiert waren.

Es wurden häufig Zoologen zu archäologischen Ausgrabungen hinzugezogen, um Funde von Tierknochen zu untersuchen. Diese Spur sollte auf alle Fälle weiterverfolgt werden, dachte sie, als sie Schritte hörte und sich beeilte, aus dem Büro hinauszukommen. Sie sah einen Mann auf sich zukommen und bog zum Ausgang ab. Dann zögerte sie. Der Typ kam ihr irgendwie bekannt vor.

Als er sie mit einem »Hallo« begrüßte, ging ihr auf, dass das der Mann mit der beeindruckend kräftigen Nackenmuskulatur war, den sie auf der Gotlandfähre getroffen hatte. Der Stiernacken. Er lächelte sie schief an.

»Ich dachte, Sie arbeiten auf Gotland? Oder habe ich das falsch verstanden?«

»Im Moment nicht ... Ich habe etwas in Kopenhagen zu erledigen.«

»Okay? Hier bei uns im Museum? Oder haben Sie sich verlaufen?«

»Nein«, sagte sie lächelnd. »Ich hatte einen Termin bei Eske Knudsen. Und Sie?«

»Ich arbeite hier. Sie nennen mich den Walmann.« Er grinste. »Spaß beiseite, ich bin Konservator und präpariere Wale und Meerestiere ... und sammle hinterher ihre Skelette.«

»Dann haben wir ja einen ganz ähnlichen Job. Ich bin Rechtsanthropologin ...«

»Aha«, sagte er und ließ seinen Blick auf ihr ruhen. »Wie heißen Sie?«

»Josefine.«

»Arvid … Schönen guten Tag.«

Sie gaben sich die Hand. Dann schaute er auf seine Armbanduhr.

»Josefine, ich muss leider los. Aber vielleicht begegnen wir uns ja ein drittes Mal.«

Er entschwand über den Gang.

Josefine setzte sich ebenfalls in Bewegung. Am Ausgang begegnete sie einem großen, breitschultrigen Mann mit einem freundlichen Gesicht. Er hielt einen Schirm in der Hand. Es schien also immer noch zu regnen. Ihr Mantel war nach dem Gang hinüber zum Museum noch nicht mal ansatzweise getrocknet. Der Mann öffnete die Glastür und hielt sie ihr galant auf. Draußen drehte sie sich um und sah, dass er auf das Büro mit der exotischen Holzmaske zuging.

Sie zog sich die Kapuze über den Kopf und ging die Treppe hinunter. Vor dem Museum versuchte sie, ein Taxi zu erwischen. Der Regen war noch stärker geworden, und sie hatte keine Lust, noch einmal bis auf die Knochen nass zu werden.

Neben ihr fuhr ein großer Mercedes der Luxusklasse wie in einem Actionfilm mit quietschenden Reifen an den Bürgersteig. Ein stampfender Heavy-Metal-Bass war zu hören, als der Fahrer die Seitenscheibe herunterfuhr.

»Rechtsmedizinisches Institut, Frederik V's Vej. Ich weiß, dass das ein Katzensprung ist, aber das Wetter, wissen Sie.«

Er nickte, und sie stieg hinten ein. Mit dem Bürstenhaarschnitt sah der Fahrer von hinten aus wie ein bekannter Fußballspieler, dessen Name Josefine nicht einfallen wollte. Ihr Vater kannte die Namen der meisten Spieler, stellte dafür jedoch den Zucker in den Kühlschrank und legte die Bratwurst im Badezimmer ab. Das menschliche Gehirn war schon ein seltsamer Klumpen. Whinston war ja da. Sie wusste nicht, was sie ohne ihn tun würde, der zuverlässig kam und ihren Vater unterhielt, und sie betete, dass er niemals kündigen würde.

Josefine rümpfte die Nase, als der Geruch von saurem Rauch und süßlichen Drops ihre Schleimhäute erreichte.

»Ist die Musik okay?«, rief der Fahrer nach hinten.

Sie nickte, obwohl sie die Musik ätzend fand, aber die kurze Strecke würde sie schon überleben. So blieb ihr wenigstens erspart, sich mit ihm unterhalten zu müssen.

Bruchstücke ihres Gesprächs mit Eske Knudsen gingen ihr durch den Kopf. Wie hatten die früheren Menschen über den Tod und das Leben gedacht? Die Jagd war ein überlebenswichtiger Teil ihres Daseins, so wie die Besänftigung der Götter. Die Naturkräfte waren gewaltig, und das Überleben im hohen kalten Norden war eine echte Herausforderung gewesen.

Sie richtete den Blick auf die Windschutzscheibe. Über dem Rückspiegel hing ein gelber Duftbaum, der vermutlich den süßlich künstlichen Duft verströmte, während der Fahrer für den kalten Zigarettenrauch zuständig war. Jeder Geruch einzeln war schon eine Zumutung, aber zusammen bildeten sie einen giftigen Cocktail.

Josefine sah hinaus auf die verwaschene Stadtlandschaft, die auf der kurzen Strecke zur Rechtsmedizin an ihnen vorbeirauschte.

Der Duftbaum folgte den abrupten Bewegungen des Fahrzeugs.

Wunderbaum hieß das Ding, fiel Josefine schlagartig ein, und sie dachte an Michael Leanders Büro, wo es ganz ähnlich gerochen hatte.

Der Fahrer fuhr, als wäre ihnen der Teufel auf den Fersen.

Gerüche und Wunderbäume spielten in ihrem Fall auch eine entscheidende Rolle, dachte sie. Möglicherweise hatte der Täter die Duftbäume über Birgitte Ussings Badewanne aufgehängt, in der sie laut Technikern vor ihrer Zerteilung gelegen hatte. Oder Birgitte Ussing war einfach nur geruchsempfindlich gewesen, wie Xander es in der Sitzung bei der Eiskönigin dargestellt hatte.

Sie klammerte sich am Handgriff über dem Seitenfenster fest, als das Taxi ein jähes Wendemanöver vollzog und vor dem Institutseingang hielt.

Der Fahrer bekam kein Trinkgeld, was er ihr übelnahm. Josefine ignorierte seinen vorwurfsvollen Blick.

Kapitel 42

»Ich habe mich mal bei Birgitte Ussings damaligem Arzt nach ihrem allgemeinen Gesundheitszustand erkundigt«, leitete Jørgen das Gespräch ein.

Sie befanden sich in Xanders Büro.

»Ist der noch aktiv?«, fragte Xander überrascht.

»Ja, echt erstaunlich. Er hatte wohl gerade als praktischer Arzt angefangen, als sie als Patientin zu ihm gekommen ist. Sie hat sich einer Fertilitätsbehandlung unterzogen. Nicht bei ihm, sondern bei einem Spezialisten. Der Arzt meinte, sie hätte einen Freund gehabt.«

»Finde den Spezialisten, wenn das nach so vielen Jahren noch möglich ist, und sprich mit ihm.«

»Der lebt bedauerlicherweise nicht mehr.«

»Okay, dann schau ich mal bei dem Hausarzt vorbei.«

Jørgen nickte und schob Xander einen Zettel mit der Telefonnummer und Adresse des Arztes über den Tisch.

*

Auf dem Weg zu Birgitte Ussings früherem Hausarzt dachte Xander, dass das mit ihrem Freund schon ein interessanter Hinweis war, weil diejenigen, die Tisch und Bett mit einem weiblichen Opfer teilten, ganz oben in der Mordstatistik standen. Und in diesem Fall schienen die damaligen Ermittler nichts von seiner Existenz gewusst zu haben. Das untermauerte Xanders These, dass sie den Täter persönlich hereingelassen hatte, weil sie ihn kannte.

Unterwegs rief Kenneth an. Er klang, als hätte er den Jackpot geknackt.

»Was gibt's Neues, Kenneth?«

»Ich habe fremde DNA im biologischen Material aus Birgitte Ussings Haus gefunden.«

»Fantastisch! Wie zum Teufel ist dir das gelungen? Nach so vielen Jahren!?«

»Wir sind ja nicht ganz doof«, sagte Kenneth deutlich geschmeichelt. »Die Forensische Genetik hat die neuen Amplifikationstechniken angewandt, und es ist uns gelungen, das Profil eines Mannes zu reproduzieren … eines Europäers.«

»Und jetzt nennst du mir noch seinen Namen?«, sagte Xander hoffnungsvoll.

»Wenn das so einfach wäre«, seufzte Kenneth. »Aber nun kannst du deine Verdächtigen wenigstens testen und auf ein Match hoffen.«

Xander kratzte sich frustriert die Kopfhaut.

»Wenn ich denn einen hätte.«

»Wir haben die gleiche Technik angewandt wie bei

den großen Cold Cases in den Neunzigern. Ein paar von denen aus Rudolfs Asservatenkammer. Leider war manches Material komplett zerstört. Es ist extrem wichtig, sie auf die richtige Art zu verwahren, aber das wusste man damals noch nicht.«

»Nein, leider.«

»Xander, ich muss los. Mach's gut!«

*

Xander ließ sich vom GPS führen und parkte vor der Arztpraxis in Hvidovre. Wenig später trat er in ein altmodisch eingerichtetes Wartezimmer, in dem niemand saß.

Er stellte sich der Sekretärin vor, einer eleganten älteren Dame, und nannte ihr den Grund seines Besuchs. Sie sagte, er habe Glück, weil der Herr Doktor, der auch ihr Mann war, gerade den letzten Patienten behandelte. Sie erzählte weiter, dass sie schon seit Anfang der Achtziger in der Praxis arbeitete.

Während er wartete, fragte Xander, ob sie sich an Birgitte Ussing erinnern konnte, und zeigte ihr ein Foto.

»Ja, ich erinnere mich gut an sie«, sagte die Frau. »Das war damals furchtbar mit dem Mord. Ich erinnere mich auch deshalb an sie, weil wir damals gerade die Praxis gekauft hatten und sie eine unserer ersten Patientinnen war. Und nach ihrem Verschwinden war sie ja auf allen Titelseiten.«

Sie richtete ihr hochgestecktes Haar.

»Am Anfang kam die Praxis nicht so recht in Schwung, weil in der Nähe eine sehr beliebte Ärztin praktizierte, zu der alle wollten. Aber Birgitte Ussing war von Anfang an bei uns.«

»Sie hat sich einer Fertilitätsbehandlung unterzogen …?«

»Über den Gesundheitsstatus der Patienten kann ich leider nichts sagen. Selbst bei denen, die nicht mehr leben.«

»Es geht um Mord. Ich kann natürlich einen Gerichtsbeschluss einholen, wenn Sie das wollen. Aber es wäre eine große Hilfe für die Ermittlungen, wenn Sie uns die Informationen zeitnah, sprich jetzt, zukommen lassen könnten.«

»Also gut … Es stimmt, dass sie sich ein Kind gewünscht hat. Sie hatte Unterleibsprobleme, aber Finn … mein Mann meinte, dass ihr ein Facharzt vielleicht helfen könnte.«

Die Tür ging auf, und eine Mutter ging mit ihrem Kind an ihnen vorbei.

Die Sekretärin stand auf und ging zur Tür.

»Finn?«

Ein älterer Mann erschien in der Türöffnung.

»Alexander Damgaard von der Polizei hätte ein paar Fragen an dich.«

»Kommen Sie rein«, sagte der Arzt. Um seinen Hals hing ein Stethoskop.

Xander folgte ihm, und sie begrüßten sich.

»Setzen Sie sich.«

Er ließ sich auf einem dieser typischen Ameisenstühle in blau nieder und betrachtete den Arzt, der sich gut gehalten hatte, dafür, dass er sich dem Pensionsalter nähern dürfte.

»Sie haben mit meinem Kollegen über Birgitte Ussing gesprochen …?«

»Ja, ich kann mich, wie gesagt, gut an die beiden erinnern. Sie wollten gerne schwanger werden, und ich habe sie an einen Spezialisten überwiesen.«

»Entschuldigung, Sie sprechen im Plural …?«

»Sie war mit ihrem Partner da, der den sehr innigen Wunsch hatte, ein Kind zu bekommen. Das ist mir aufgefallen, weil es normalerweise umgekehrt ist.«

Xanders Herz begann schneller zu schlagen, und in seinen Ohren begann es zu rauschen.

»Können Sie mir den Mann beschreiben?«

Der Arzt strich sich übers Gesicht und schaute aus dem Fenster. In dem Moment brach die Sonne durch und tauchte den Raum in einen goldenen Schimmer.

»Nein … oder vielleicht«, sagte der Arzt. »Er hat jedenfalls mein Maßband dort hinten überragt«, sagte er und zeigte über Xanders Schulter, der sich umdrehte und einen ausgefalteten Zollstock an der Wand entdeckte.

Dann war Birgitte Ussings Partner um die zwei Meter groß gewesen.

»Also auffallend groß«, sagte Xander. »Fällt Ihnen sonst noch etwas ein?«

»Er hatte dunkle Haare und war kräftig gebaut. Tut mir

wirklich leid, das ist alles, was ich noch weiß. Ein echter Schrank. Na ja, das Ganze ist ja auch schon einige Zeit her.«

Xander war beeindruckt, an wie viele Details der Arzt sich nach so vielen Jahren noch erinnerte. Er wählte Josefines Nummer, die nicht ans Handy ging, also sprach er ihr auf die Mailbox, dass Birgitte Ussing mit einem Mann zusammen einen Arzt konsultiert hatte, der ihnen bei ihrem Kinderwunsch behilflich gewesen war.

Kapitel 43

Es war mitten in der Nacht, der Wind zerrte an der Plane, mit der das Baugerüst an dem Mietshaus im Zentrum von Kopenhagen verkleidet war.

Der Junge schlief tief und fest. Er hatte die Decke weggestrampelt und lag auf dem Bauch. Er trug einen gestreiften Schlafanzug.

Das Fenster stand auf Kipp, und die Gardinen bauschten sich leicht vor und zurück wie bei Atemzügen. Vom Fenster war ein kurzes Klicken zu hören. Der Junge murmelte etwas im Schlaf, drehte sich um und schlief auf dem Rücken weiter.

Das Fenster öffnete sich, die Gardinen wurden langsam zur Seite gezogen.

Eine dunkle Gestalt glitt durch das offene Fenster herein und landete lautlos auf dem Teppich. Der Mann hatte eine schwarze Sturmhaube über den Kopf gezogen, seine Augen glänzten in dem schwachen Licht, das von der Straße durchs Fenster fiel.

Die Augen waren hellwach und hungrig.

Er betrachtete den Jungen, während er seine behandschuhten Finger durch das blonde Kinderhaar gleiten ließ.

Der Junge drehte sich auf die Seite.

Die Augäpfel zuckten unter den Lidern hin und her, als würde er einen inneren Film schauen.

Der Mann mit der Sturmhaube lächelte.

In dem Moment riss der Junge die Augen auf. Sein heller Schrei zerriss die Stille.

Kapitel 44

Am nächsten Tag befragte Xander die Eltern und den Jungen, der den nächtlichen Übergriff eines maskierten Mannes erlebt hatte.

Der Junge beschrieb den Mann als schwarzes Monster. Der Eindringling hatte keinerlei Spuren hinterlassen, was das Gefühl verstärkte, ein schwarzes Phantom zu jagen. Xander beauftragte einen Polizeizeichner, ein Phantombild des Täters anzufertigen, und als es fertig war, saß er lange davor und betrachtete es. Der Mann war ganz in Schwarz gekleidet gewesen, kräftig gebaut, maskiert und hatte einen starrenden, finsteren Blick gehabt.

Xander gab das Bild an die Presse weiter, in der Hoffnung, ein paar brauchbare Hinweise aus der Bevölkerung zu bekommen.

Es dauerte nicht lange, bis das Phantombild des Täters auf allen Titelseiten prangte.

Das Bild strahlte etwas Tierisches aus, dachte Xander, der Josefine über den nächtlichen Einbruch bei dem Jungen und den Übergriff informiert hatte. Es musste der ultimative Albtraum für ein Kind sein, von einem fremden Mann geweckt zu werden, der es streichelte. Glücklicherweise hatte der Junge geschrien, bevor noch mehr passieren konnte, und der Eindringling war durchs Fenster geflohen.

Xander und Josefine hatten diskutiert, ob es sich möglicherweise um denselben Täter handelte, der auch für ihre Morde verantwortlich war. Xander hatte keine Beweise, aber es war in jedem Fall alarmierend, wenn ein maskierter Mann bei einem schlafenden Kind einbrach und es liebkoste. Er wusste aus früheren Fällen, das Pädophile sehr spezielle Präferenzen hatten. Und der belästigte Junge war elf Jahre alt. David Hansens Entführer hatte den Jungen auch als Erstes nach seinem Alter gefragt. Und auch Theis war elf Jahre alt gewesen. Das konnte natürlich alles Zufall sein, aber Xander konnte und wollte für sich nicht ausschließen, dass es der gleiche Täter sein könnte.

Er wurde vom Klingeln des Telefons aus seinen Gedanken gerissen.

»Ich habe hier ein paar Profile, die du dir mal anschauen solltest«, sagte Rudolf. Es klang, als riefe er vom anderen Ende der Welt an, was vermutlich an der Verbindung im Präsidiumskeller lag, die berüchtigt für ihre regelmäßigen Ausfälle war.

»Das ging ja schnell«, sagte Xander.

»Mir musste nur wieder einfallen, wo ich die Sachen abgelegt hatte«, antwortete Rudolf. »Es ist ja schon eine Weile her, dass ich die Akten in den Fingern gehabt habe, aber wie du weißt: Ein Elefant vergisst nichts.«

Xander lächelte, und ihm graute jetzt schon vor dem Tag, an dem Rudolf in Pension gehen und einen Haufen Wissen mit sich nehmen würde. Und Rudolf versäumte keine Gelegenheit, darauf hinzuweisen, wie hoffnungslos verloren die jüngeren Kollegen ohne ihn waren.

»In dem einen Fall wurde 1980 in Brøndby eine ältere Frau, der ein Fahrradladen gehörte, in ihrem Laden mit einer Eisenstange niedergeschlagen. Sie stirbt wenig später im Krankenhaus an ihren Verletzungen. Der Hinterkopf war komplett zerschmettert. Die Polizei ging anfangs von einem Raubüberfall aus, aber nachdem sie den erst zwölfjährigen Täter geschnappt und verhört hatten, haben sie eine ganz andere Geschichte gehört. Der Junge hat als Grund für seine Tat angegeben, dass die Frau ihn bei seinem letzten Besuch in ihrem Laden komisch angesehen hätte, als er Ventile und Schmieröl für sein Rad kaufen wollte.«

»Was für ein Debüt«, sagte Xander. »Wie hat die Polizei ihn gefunden?«

»Die Frau hatte nach einem früheren Einbruch Überwachungskameras in ihrem Laden installiert. Sie hat Sicherheitsvorkehrungen getroffen … aber in diesem Fall hatte sie absolut keine Chance. Im Verhör stellte sich heraus, dass der Junge ähnliche Pläne mit der Bäckersfrau hatte, die ihn beim Keksklau erwischt hatte. Sie hatte ihn im Laden zur Rede gestellt … und für diese Demütigung wollte er sich rächen.«

»Was hat man damals mit ihm gemacht? Ich meine … er war ja noch minderjährig und damit nicht strafmündig.«

»Gute Frage«, sagte Rudolf. »Er kam in ein Heim für Schwererziehbare oder wie immer das damals hieß. Aber von da ist er getürmt und hat seine kriminelle Karriere angefangen. Bewaffnete Überfälle. Im Laufe der Achtziger ist er dann irgendwann spurlos von der Erdoberfläche verschwunden.«

»Hm, okay«, sagte Xander. »Und worum ging es in dem anderen Fall?«

»Ein neunjähriger Junge hat Fasching mit seinen Freunden gefeiert. Sie wollten ›die Katze aus der Tonne schlagen‹ spielen, du weißt schon, so lange mit einem Schlagholz gegen eine mit Süßigkeiten gefüllte Tonne schlagen, bis sie zerbricht und die Süßigkeiten herausfallen. Das hat der Bursche sehr wörtlich genommen. Ohne das Wissen seiner Freunde hatte er eine Katze in die Tonne gesteckt und sie dann zugenagelt.«

Xander hörte einen tiefen Seufzer am anderen Ende der Leitung.

»Ich hasse es, wenn Tiere gequält werden«, sagte Rudolf. »Wenn irgendjemand meiner Bella was zuleide tun würde, weiß ich nicht, zu was ich fähig wäre.«

Xander zweifelte keine Sekunde daran, dass Rudolf gewalttätig werden würde, wenn jemand versuchte, Bella ein Haar ihres Hundepelzes zu krümmen.

»Aber ein Neunjähriger ist sich eventuell der Konsequenzen seines Handelns noch nicht so bewusst«, wandte Xander ein.

»Die Freunde meinten, er hätte ganz genau gewusst,

was er tat. Er hat hinterher regelrecht damit geprahlt. Die anderen Kinder haben einen ordentlichen Schock bekommen, als aus der Tonne Blut zu tropfen begann. Er hatte die Katze mit Schlaftabletten betäubt, die er zerstoßen und unters Katzenfutter gemischt hatte. Die Pillen hatte er von seiner Mutter gemopst. Nach dem Tonnenschlagen hat er sich mit einem der anderen Jungs geprügelt, was der Grund war, dass die Polizei hinzugezogen wurde. Der Junge hatte eine Platzwunde an der Augenbraue, und seine Mutter hat die Polizei gerufen.«

»Hast du noch mehr gefunden?«, fragte Xander.

»Ja, einen Teenager, der seinen geistig behinderten Bruder umgebracht hat. Trotz seines jungen Alters war er ein bekannter Name in der Psychiatrie. Er behauptete, er hätte Stimmen gehört ... die ihm befohlen haben, das zu tun. Er hat seinen Bruder in einen Gülletank geschubst, auf dem Hof in Malling, wo sie gewohnt haben. Den Hund hat er gleich hinterhergeworfen. Wegen der glitschigen Wände hatten sie keine Chance, aus dem Tank herauszukommen.«

»In allen drei Fällen sind die Schwachen die Opfer«, fasste Xander nachdenklich zusammen. »Eine ältere Frau, ein geistig behinderter Junge und ein Tier.«

»Genau das habe ich auch gedacht«, sagte Rudolf.

Xander nickte vor sich hin. Manche Dinge änderten sich nie. Gewalt gegen Tiere machte häufig einen großen Teil der DNA eines Serienmörders aus.

Er hatte ein ungutes Gefühl. Die drei Profile strahlten

etwas Unheilschwangeres aus, und jedem von ihnen war es zuzutrauen, dass aus ihnen ein Serienmörder geworden war.

»Schickst du mir die Aktenzeichen, Rudolf?«

»Aber sicher, willst du auch physische Beweise?«

»Für den Anfang erst mal die Fallakten, danke.«

»Wird gemacht. Und auf dem Heimweg werde ich beim Metzger einen schönen Knochen für Bella besorgen. Man weiß ja nie, wie lange man sich noch hat.«

*

Am späten Nachmittag gingen Xander und Jørgen in Teglholmen zusammen die Resultate der Ermittlungen vom Fundort Nyhavn im Fall Theis van Hauen durch.

Xander sagte voraus, dass das kein leicht zu lösender Fall werden würde. Nyhavn war ein Magnet für Horden von Einheimischen und Touristen, die sich in dem charmanten Hafenviertel tummelten. Es würde schwer werden, brauchbare Zeugen zu finden. Er erinnerte sich an seine eigenen Streifzüge durch die Stadt, wenn er mit seinen Kumpels durch Nyhavn geschlendert war, in den Bars oder am Kai gesessen und die Menschenmassen auf der »Sonnenseite« betrachtet hatte, die den Beinamen »die Freche« hatte nach den Mädchen aus Nyhavn, die die Seemänner in vielerlei Hinsicht bedient hatten. Er hatte auf die andere Seite von Nyhavn geblickt, die Schattenseite, wo trotz der zwei Theaterschiffe alles irgendwie seriöser wirkte. Dort gab es keine Außengastronomie, und alles war irgendwie exklusiver. Nyhavn vereinte zwei Seiten in sich, Tag und Nacht.

Hätte ihn damals irgendwer gefragt, ob ihm etwas Außergewöhnliches aufgefallen wäre, hätte er sich garantiert an nichts erinnert, bei den vielen Gezapften, die er getrunken hatte.

Die Tatsache, dass schon ein ganzes Jahr vergangen war, seit der Täter Theis' Schädel im Wasser versenkt hatte, erschwerte die Ermittlungen. Das ohnehin fehleranfällige menschliche Gedächtnis wurde mit der Zeit nicht verlässlicher. Xanders schlimmste Ahnungen wurden bestätigt, als seine Leute die Bewohner der Häuser in Nyhavn befragten. Niemand schien sich an irgendetwas Auffälliges aus dem November des letzten Jahres zu erinnern.

Es gab zwar jede Menge Überwachungskameras in Nyhavn, aber es war gesetzlich vorgeschrieben, die Aufnahmen nach dreißig Tagen zu löschen. Das war Xander schon immer ein Dorn im Auge gewesen. Er war für eine längere Aufbewahrungszeit solcher Aufnahmen, weil das die Arbeit der Polizei sehr erleichtern würde, aber das würde so schnell nicht durchgesetzt werden. Die Menschen fürchteten einen Orwell'schen Überwachungsstaat, und die erschwerten Arbeitsbedingungen der Polizei waren ihnen egal, auch wenn das dazu führte, dass Kriminelle frei herumliefen, die sie mangels ausreichender Beweislage nicht fassen konnten. Der Gedanke machte Xander wütend.

»Was ist mit den alten Holzschiffen im Hafen, die fest dort liegen? Haben die vielleicht Aufnahmen, die noch nicht gelöscht sind?«, fragte Xander.

»Nein«, antwortete Jørgen. »Auf den Booten finden Firmenveranstaltungen statt, Fortbildungen für Manager und solcher Kram, wo sie aufs offene Meer rausfahren und lernen, wie man Geld spart und Angestellte feuert. Zum Abschluss wird dann lecker Essen und Wein aufgetischt. Wir haben mit den Kapitänen gesprochen, die gesagt haben, dass die Filme ebenfalls nach einem Monat gelöscht werden und dass sie im letzten Jahr nichts Außergewöhnliches bemerkt haben. Ich habe den leisen Verdacht, dass während dieser Veranstaltungen auch eine Bombe einschlagen könnte und keiner etwas davon mitbekäme. Bei diesen Firmenarrangements geht es offenbar hoch her. Und berauschte Menschen tun verrückte Dinge, egal ob auf dem Wasser oder am Kai.«

Jørgen sah Xander ernst an, als kenne er sich mit solchen Sachen aus.

Xander seufzte.

»Der Täter schmeißt die Tasche mit dem Schädel ins Wasser, vermutlich frühmorgens. Vom Kai vor dem Restaurant Skipperkroen oder möglicherweise von der gegenüberliegenden Seite«, fasste Jørgen zusammen. »Und wird dabei zufällig gefilmt von Erik Valentin.«

Die Spuren waren schon lange kalt, und wenn der Täter ein Tourist gewesen war, würde es nahezu unmöglich werden, ihn aufzuspüren. Xander sah sich das Foto von der Tüte an, in der Theis' Schädel gelegen hatte. Sie war zerfleddert, vermutlich nach einer Begegnung mit einer Schiffschraube.

»Hattest du Gelegenheit, in die Fälle reinzuschauen, die ich dir geschickt habe?« Xander bezog sich mit der Frage auf die Profile der möglichen Verbrecher, die Rudolf ihm geschickt und die er Jørgen zur Durchsicht weitergegeben hatte.

»Die vom Elefantengedächtnis aus der Asservatenkammer? Ja, aber mal ganz ehrlich, Xander, meinst du nicht, dass das ein Schuss ins Blaue ist?«

Xander tippte mit einem Kugelschreiber auf die Tischplatte.

»Hast du vielleicht einen besseren Vorschlag? Die Befragungen in Nyhavn haben nichts ergeben, und die Überwachungsvideos sind längst gelöscht oder mehrfach überspielt. Mögliche Zeugen aus der Nacht sind längst wieder weg und waren obendrein betrunken oder bekifft oder was weiß ich.«

»Trotzdem ist es ziemlich riskant, Leichenteile in Nyhavn zu entsorgen«, sagte Jørgen. »Selbst im Herbst sitzen noch viele Besucher draußen, wo es Decken und Heizpilze gibt. Die Außenplätze sind beliebt, weil man da rauchen kann.«

»Wahrscheinlich hat er einfach nur Glück gehabt«, sagte Xander seufzend.

Jørgen nickte.

»Ich schlage vor, dass du dir den jütländischen Fall

mit dem Jungen, der im Gülletank ertrunken ist, mal genauer ansiehst«, sagte Xander und legte Jørgen eine grüne Mappe hin. »Schau mal, ob du Zeugen von damals auftreiben kannst, und finde heraus, was aus dem Täter geworden ist.«

Jørgen nickte erneut.

»Ich kümmere mich um die beiden anderen.«

*

Als Jørgen sich wieder in sein eigenes Büro begab, rief Xander einen alten Kollegen aus der Citywache an, der ihm erzählte, dass er bald in Pension gehen würde. Er hatte ursprünglich in dem Fall der erschlagenen Fahrradhändlerin ermittelt. Und er erzählte weiter, dass der Mörder, nachdem er ein paar Jahre lang abgetaucht gewesen war, in Zusammenhang mit einem bewaffneten Raubüberfall einer Tankstelle festgenommen worden war. Er war für den Überfall verurteilt worden und hatte viele Jahre hinter Gittern gesessen. Im Gefängnis war er drogenabhängig geworden, und nach seiner Entlassung war er ziemlich bald als obdachloser Junkie geendet. Der Kollege meinte, dass er vermutlich nicht mehr lange leben würde, weil er sich eine Hepatitis B eingefangen hatte und mehr oder weniger dauerhaft im Krankenhaus lag. Das klang nicht nach ihrem Täter, dachte Xander und ärgerte sich über die weitere Niete.

Kapitel 45

Josefine war auf dem Weg nach Hause, um Whinston abzulösen, und spazierte den Frederik V's Vej hinunter, wo ihr Wagen geparkt war, den sie früh am Morgen aus der Werkstatt abgeholt hatte.

Es war einer dieser Tage, an dem die Dunkelheit ungnädig früh am Nachmittag hereinbrach. Der Wind war aufgefrischt und bog die alten Bäume im Fælledpark hin und her.

Während viele Tiere sich allmählich in den Winterschlaf begaben, wenn die kalte Jahreszeit kam, gingen die Menschen trotz der früher einsetzenden Dunkelheit weiter ihren Alltagstätigkeiten nach. Eigentlich wider die Natur, dachte sie. Sie selbst fühlte sich zunehmend erschöpft, je kürzer die Tage wurden.

Das Klingeln ihres Handys riss sie aus ihren Gedanken. »Maria Holeby« stand auf dem Display, und Josefine atmete einmal tief durch, ehe sie mit dem Finger über den Bildschirm strich.

»Hallo, Maria.«

Es rauschte an ihrem Ohr. Die Stimme der Eiskönigin

ertrank in einem Windstoß. Josefine drehte sich mit dem Rücken in die Richtung, aus der der Wind kam und die Blätter von den Bäumen durch die Luft wirbelte, ehe sie neu sortiert auf den Bürgersteig fielen.

»Was haben Sie gesagt?«

»Wir haben einen neuen Auftrag. Die Presse ist hellwach. Ein historischer Skelettfund in einer Schule … Sie haben einen Pestfriedhof entdeckt.«

»In einer Schule?«, wiederholte Josefine ungläubig.

»Ja, das ist ein bisschen verzwackt … Ich gebe Ihnen die Adresse durch.«

Die Eiskönigin nannte ihr einen Straßennamen und eine Hausnummer.

»Ich habe Sie für morgen Vormittag angekündigt. Da stand kein Termin in Ihrem Kalender.«

»Okay, das passt«, sagte Josefine und schloss ihren Wagen auf. Irgendjemand hatte »Verschrotte mich« auf die verdreckte Fahrertür geschrieben. Sie grinste über den trockenen Humor.

*

Josefine steckte in einem langen Morgenstau auf dem Weg zu der Schule, unter der Bauarbeiter auf einen Pestfriedhof gestoßen waren. Während sie darauf wartete, dass sich vor ihr irgendetwas bewegte, hörte sie Radio. Der Fund von Theis van Hauens Schädel lief als Breaking News in Endlosschleife. Nachdem sie einen Bericht zu Ende gehört hatte, schaltete sie das Radio aus und betrachtete die Kopenhagener Seen, während der Verkehr sich unerträglich langsam vorwärtsschob. Das Wasser sah nicht sehr einladend aus, die kleinen, spitzen Zacken der gekrausten Oberfläche hatten die Schlammfarbe des Himmels angenommen. Davor leuchteten die weißen Silhouetten der Schwäne und Möwen. Die Vögel suchten allmählich Zuflucht auf den Seen, wo sie überwinterten. Durch das dichte Flechtwerk der Kastanienzweige konnte Josefine die Umrisse des Strandpavillons erahnen, der heimeliges Licht verströmte.

Endlich hatte sie ihr Ziel erreicht und spürte gleich die spezielle Atmosphäre. Sie befand sich inmitten eines Wohnviertels mit älteren, mondänen Wohnblöcken aus rotem Backstein. Das Viertel wirkte sehr gepflegt, aber es dräute etwas Düsteres über allem. Grüne Schlingpflanzen mit blanken Blättern rankten an den nackten Baumstämmen empor, und Tannen mit dichtem Nadelkleid standen in kleinen, eng zusammengerückten Grüppchen vor den Wohnkomplexen.

Sie parkte hinter einem Lieferwagen mit dem Logo des Kopenhagener Museums und legte ihren Dienstausweis hinter die Windschutzscheibe, falls eine übereifrige Politesse vorbeikam. Sie stieg aus, zog sich wetterfest an und schlüpfte in ein Paar Gummistiefel. Der Regen fiel in dicken Tropfen. Josefine legte den Kopf in den Nacken und schaute in die tiefhängenden Wolken.

Auf dem Weg über den Schulhof wäre sie um ein Haar

über einen E-Roller gestürzt, der rücksichtslos hingeworfen auf dem Gehweg lag. Hinter dichtem Gebüsch ahnte sie ein paar Spielgeräte, die noch ganz neu aussahen. Der von einem weißen Zaun eingerahmte Bolzplatz leuchtete vor dem grauen Asphalt.

Es roch unangenehm nach Kloake, als sie sich einem kleinen abgezäunten Bereich näherte. Hinter der Absperrung herrschte rege Aktivität. Sie wandte sich an eine jüngere Frau mit Schutzhelm.

»Josefine Jespersen aus dem Labor der Rechtsanthropologie«, stellte sie sich vor.

»Hallo«, begrüßte die Frau sie und schüttelte ihr die Hand. »Leonora Just, Museum Kopenhagen.«

Der stärker werdende Regen klatschte auf den Asphalt.

Leonora ließ sie durch ein behelfsmäßiges Tor herein und machte es wieder hinter sich zu. Josefine sah trotz der sackartig geschnittenen Jacke, dass die Kollegin schwanger war.

»Hier«, sagte Leonora und reichte ihr eine gelbe Schutzweste, die Josefine überzog. »Waren Sie das, die Rita auf dem Assistens Kirkegård gefunden hat?«

»Ja …« Josefine senkte den Blick.

»Ich kannte sie ziemlich gut … Wir haben eng zusammengearbeitet«, sagte Leonora und räusperte sich.

In der folgenden Stille schlug ihnen regensatter Wind entgegen, der Schulhof glänzte nass.

»Meine Chefin meinte, Sie wären hier auf einen Pestfriedhof gestoßen?«

Leonora nickte.

Josefine wischte sich Regentropfen aus dem Gesicht.

»Wer hat die Skelette gefunden?«

»Hier soll die Kanalisation neu verlegt werden.«

Das erklärte den Gestank, dachte Josefine.

»Bei den Grabungsarbeiten sind die Bauarbeiter auf etwas Hartes gestoßen, einen Sargdeckel, wie sich zeigte. Daraufhin haben sie uns kontaktiert.«

»Spannend«, sagte Josefine und strich die Haare nach hinten. »Aber woher wissen Sie, dass es sich um einen Pestfriedhof handelt?«

»Wir schätzen, dass er vom Ausbruch 1711 stammt ... An der Stelle, wo die Schule heute steht, lag damals der sogenannte Wodrofs Gård, wo die Pestkranken einquartiert waren. Unter uns befindet sich also ein alter Friedhof. Ein Drittel der Einwohner von Kopenhagen sind der Epidemie zum Opfer gefallen. Es mussten damals innerhalb kurzer Zeit über zwanzigtausend Menschen begraben werden. Ein Tischlergeselle aus Helsingør, der entfernte Verwandte in der Grønnegade in Kopenhagen besucht hatte, hat die Seuche wohl in die Stadt gebracht.«

Josefine nickte. Die Anekdote war ihr bekannt.

»Was ist mit den Kindern?« Sie zeigte zu dem Schulgebäude. »Wie habt ihr das organisiert?«

»Was die Pest angeht, besteht nach so langer Zeit keine Ansteckungsgefahr mehr, das ist also geregelt. Und die Kinder finden unsere Arbeit superspannend. Wir dürfen nur in dem Bereich graben, wo die Kanalisation hinkommt, gehen aber mal davon aus, dass rundherum noch viel mehr Pestopfer unter den umliegenden Gebäuden und unter dem Schulgelände begraben sind. Die Kids spielen also Fußball auf den alten Gräbern.« Sie lächelte. »Life goes on. Den Kindern macht es nichts aus, über den Tod zu reden. Aber die Erwachsenen reißen sich lieber einen Arm aus, als das Thema anzuschneiden.«

Josefine lachte. Das traf es auf den Punkt.

Leonora führte Josefine zu ein paar rechteckigen Gruben in der Erde, die wie die Fächer eines überdimensionalen Setzkastens aussahen.

In dem Augenblick ging die Pausenglocke, und ein Geräuschschwall fröhlich plappernder Kinderstimmen strömte heraus.

Josefine blickte in ein tiefes Loch in der Erde, in dem deutlich die Umrisse von ein paar altersschwarzen Brettern zu erkennen waren. Daneben Menschenknochen und Schädel, die durcheinander und fast gänzlich von Wasser bedeckt dort lagen und die dunkle Farbe des Wassers angenommen hatten.

»Sind das wirklich Särge?«

»Ja, erstaunlicherweise. Trotz der katastrophalen Ausmaße der Seuche haben sie versucht, für eine würdige Bestattung der Pestopfer zu sorgen. Eine echte Herausforderung bei so vielen Toten.«

Josefine nickte.

»Ist das da unten Regenwasser?«

»Nein, Grundwasser. Die Seen sind nicht weit weg.

Dem Wasser ist unter anderem zu verdanken, dass die Knochen so gut bewahrt sind.«

Hinterm Zaun hatten sich ein paar Kinder in gepunkteten Regenanzügen versammelt und beobachteten sie neugierig wie Tiere in einem Zoo.

»Werden die Fundstücke zur Untersuchung in die Rechtsmedizin geschickt? Ich könnte das Material in meine Studien zur Volksgesundheit in Kopenhagen im 19. Jahrhundert einbeziehen.«

»Ja, es ist geplant, dass ihr das Material kriegt. Zuerst einmal kommt es zu uns, um die Knochen zu katalogisieren und zu reinigen. Kommen Sie gerne morgen vorbei, wenn Sie dabei zuschauen möchten.«

Josefine nickte.

»Die Einladung nehme ich gerne an.«

Sie drehte sich zu dem Maschendrahtzaun um und lächelte die kleinen Gesichter durch die Löcher an.

Ein rothaariger Junge mit Sommersprossen und blauen Augen fing ihren Blick ein.

»Wie viele Skelette habt ihr schon gefunden?«, fragte er interessiert.

Josefine warf Leonora einen fragenden Blick zu.

»Ungefähr zehn«, antwortete sie.

Der Junge hatte einen Fußball unter den Arm geklemmt.

»Wie alt sind die?«

»Viele hundert Jahre alt«, antwortete Josefine.

Er nickte, warf einen letzten Blick zu dem Grab und verschwand.

Auf dem Schulhof herrschte ein Chaos herumtobender Kinder. Die knallbunten Jacken und das fröhliche Gekreische bildeten einen scharfen Kontrast zu dem braunen Schlamm, den tiefen Löchern in der dunklen Erde und den dunkel verfärbten Skeletten.

Und wieder klingelte die Pausenglocke, und die Kinder wuselten in bunten Strömen zum Schuleingang.

Josefine drehte den Kopf und schaute mit zusammengekniffenen Augen zu einem Dachvorsprung, unter dem ein Mann stand und rauchte. Sie fragte sich, wieso er nach dem Klingeln noch dort stand, aber vielleicht war es ja ein Handwerker oder einer der Archäologen oder die Hofaufsicht, vielleicht jemand, der nach der eigentlichen Pause seine persönliche Ruhephase hatte. Das Dach beschattete sein Gesicht. Gleich darauf drehte der Mann ihr den Rücken zu, ging an dem Gebäude entlang und bog um die Ecke.

Josefine wurde von der plötzlichen Befürchtung erfasst, dass die Kinder in Gefahr waren. Es war eine erschreckende Vorstellung, dass ein Serienmörder mit einer Vorliebe für elfjährige Jungs frei da draußen herumlief.

Es fiel ihr nicht leicht, sich auf das Grab zu konzentrieren, weil sich prompt ein Flashback zu dem Abend in Motala und dem Überfall im Zelt einstellte. Die Konturen des rauchenden Mannes unter dem Dachvorsprung erinnerten sie an den Einbrecher in dem Arbeitszelt, aber die Wahrscheinlichkeit, dass es sich um ein und dieselbe Person handelte, war natürlich verschwindend gering.

Sie rief Xander an und erzählte ihm von dem Mann, der ihr aufgefallen war. Xander bat sie um eine Beschreibung, die eher karg ausfiel, und sie betonte mehrfach, dass es ja vielleicht gar nicht wichtig war. Er sagte, dass er sicherheitshalber einen Streifenwagen vorbeischicken wollte.

Nachdem sie das Gespräch beendet hatte, holte Josefine tief Luft und schaute wieder in die Grube, in der die Knochen durcheinanderlagen, als hätte eine höhere Macht die Särge wie Würfelbecher geschüttelt.

Kapitel 46

Am Nachmittag fuhr Josefine zum Museum, wo sie lange nach einem Parkplatz suchen musste, der dann eine ganze Ecke entfernt war.

Sie spazierte am Tivoli vorbei, wo trotz der Jahreszeit und des tristen, kalten Wetters so viele Besucher unterwegs waren wie an einem warmen Sommertag. Ab und zu schallte Juchzen und Geschrei herüber, und Josefine beobachtete die Touristen, die durch die Straßen schlenderten. In dicke Winterjacken gepackt, trotzten sie dem Regen, der unablässig fiel, als hätte jemand vergessen, die Himmelsschleusen zu schließen.

Die Fassade des Verwaltungstraktes vom Museum hätte eine Renovierung vertragen können, dachte Josefine abgelenkt von der Suche nach der richtigen Klingel. Über die mattierten Sprossenscheiben war ein klobiger Graffititag gesprüht worden. Es summte, sie schob die Tür auf und begab sich durch ein Treppenhaus ins vierte Stockwerk, das um Längen freundlicher wirkte als die Fassade.

Leonora führte sie durch einen Gang und weiter mit dem Aufzug in die Kellerebene.

Die Räume, die Richtung Stormgade wiesen, wurden als Zwischenlager für neue archäologische Funde genutzt, aber auch als eine Art aktive Ausstellungswerkstatt, die eifrig als Unterrichtsraum für Kinder und Jugendliche in Anspruch genommen wurde. Mit den raumhohen Fenstern und den Tierschädeln einer Kuh und eines Pferdes wirkte das Ganze wie ein moderner Horrorshop. Man konnte von draußen beobachten, was drinnen vor sich ging.

Josefine schaute zerstreut an eine Pinnwand mit Skelettbildern, die offensichtlich von den jungen Künstlern ausgemalt worden waren. In einem Regal standen Schachteln mit Buntstiften und ein Bierglas mit eingeweichten Malerpinseln. Bewundernswert, wie sie den Kindern hier eine Vorstellung von und Verständnis für die Menschen aus vergangenen Zeiten vermittelten.

An den Wänden standen übereinandergestapelte Aufbewahrungsboxen. Zwei Stahltische mit Abflüssen dominierten den Raum. Trotzdem herrschte insgesamt eine gemütliche Atmosphäre. Kisten mit Kinderbüchern und eine Garderobenleiste mit Rucksäcken in allen Farben glichen den kühlen Eindruck des überwiegenden Stahls aus. An einer Pinnwand hing eine Kinderzeichnung von Casper, dem freundlichen Geist. Auf dem Boden darunter stand eine Kiste mit alten Weinflaschen. Josefine nahm eine heraus und hielt sie gegen das Licht. Sie war aus mundgeblasenem grünem Glas.

»Sind die alt?«

Leonora nickte eifrig.

»Ja, aus der Zeit Christians des IV. Sie wurden bei Straßenbauarbeiten gefunden.«

Josefine stellte die Flasche vorsichtig zurück.

Leonora holte eine Kiste. Josefine erkannte gleich die säurefreie Apfelkiste, die Standard für die Aufbewahrung von Knochen war. Im Institut auf Gotland wurden die auch verwendet.

»Wir waren den ganzen Tag damit beschäftigt, die Knochen von der Pestfriedhofserde zu befreien, und jetzt trocknen sie gerade.« Sie zeigte mit dem Daumen über die Schulter zu einem hohen, in mehrere Fächer aufgeteilten Geschirrgestell, in dem gelbe, mit Zeitungspapier ausgelegte Plastiktabletts standen. Josefine konnte die dunklen Umrisse der Knochen und eine leicht aufragende Schädeldecke erkennen.

»Die Kiste ist fast bereit für den Versand«, sagte Leonora und nahm den Deckel ab.

Darin lag ein komplett schwarzes Skelett. Josefine zog sich Wegwerfhandschuhe über.

»Die sind ungewöhnlich dunkel«, stellte sie fest, als sie mit dem Zeigefinger über die ebenholzschwarze Stirn strich.

Der Knochen sah aus wie dunkel gebeizt, und sie dachte an die afrikanische Holzmaske im Zoologischen Museum, die ähnlich schwarz gewesen war.

»Ja«, bestätigte Leonora. »Das liegt an der Bodenbeschaffenheit.«

»Und unglaublich gut erhalten«, bemerkte Josefine und nahm den Schädel in die Hand. »Eine junge Frau«, sagte sie nach einem genaueren Blick auf die Form des Unterkiefers und des Schädels.

Die Zähne waren so weiß, dass man meinen konnte, die Frau hätte sie bleichen lassen.

Leonora griff nach einer Plexiglasschachtel. Behutsam fingerte sie ein paar kleine Knochen aus dem durchsichtigen Behälter und zeigte sie Josefine.

»Sie war also schwanger«, sagte die. »Das Skelett eines Fötus … ungefähr siebter Monat, schätze ich.«

»Ich war gestern beim Ultraschall«, sagte Leonora und strich sich mit einer Hand über den Bauch. »Ich bin genauso weit. Wir haben uns Sorgen gemacht, weil das Kind gerade nicht sonderlich lebhaft ist, aber sie konnten uns beruhigen.«

»Das freut mich«, sagte Josefine mit einem Lächeln.

Sie sah erst Leonora und danach die winzigen schwarzen Rückenwirbel an, die wie die Perlen eines Kinderarmbandes in ihrem Fach lagen. Der Kopf war klein wie der einer Puppe und in perfektem Zustand.

Ein Leben war von einer gnadenlosen Krankheit beendet worden, ehe es richtig begonnen hatte.

Auf dem Boden der Schachtel lagen die Rippen wie Mikadostäbe.

Josefine schaute aus den Fenstern, vor denen die Dunkelheit langsam Einzug hielt, ab und zu unterbrochen von vorbeistreifenden Autoscheinwerfern. Und nicht zum ersten Mal stellte sie sich die Frage, ob sie jemals Kinder haben würde, aber sie schob den Gedanken schnell wieder beiseite.

»Wann kann das Material ans Institut geschickt werden?«

»Wir wollen noch die letzten Teile vom Schulhof sichern. Morgen machen wir dort weiter. Danach werden sie noch gereinigt und getrocknet. Sie kriegen sie so schnell wie möglich.«

Kapitel 47

Eine violette Dunkelheit schlich sich heran. Der große Baum am Straßenrand hatte fast alle Blätter abgeworfen, die ein gelbes Punktemuster auf dem Asphalt bildeten. An der Schulhofmauer stand eine Reihe ausgehöhlter Kürbisköpfe.

Lasse fand die Kürbisköpfe megaunheimlich, die von innen mit Grablichtern erleuchtet waren. Sie verwandelten die leuchtenden Augenlöcher in der Dunkelheit in Feuerkugeln. Der Deckel von einem Kürbis mit unheimlichen, schrägen Schlitzaugen und langen, spitzen Zähnen war verrutscht. Ein anderer fraß gerade einen kleinen Zierkürbis. Dem dritten war schlecht, aus seinem Mund quoll oranges Kürbisfleisch mit Kernen.

Die Kürbisgesichter starrten ihn an. Er ging näher heran, um herauszufinden, was den Mörderblick der glühenden Augen ausmachte. Sie hatten zu Hause auch Kürbisse ausgehöhlt, aber die waren längst nicht so gruselig wie diese. Und er hatte noch nie einen kotzenden Kürbis gesehen. Den musste er seiner Mutter zeigen, wenn sie endlich kam. Die anderen Kinder waren längst abgeholt worden.

Das melonenfarbene Licht schwappte an der Mauer hoch wie Flammen.

Lasse hob einen Fußball vom Boden auf und ging zu dem eingezäunten Bolzplatz. Ein Windstoß fuhr in das Tor und blähte das Netz wie ein Segel. Er zog den Sweater aus, legte ihn hinters Tor und nahm etwas Anlauf, ehe er den Ball ins Kreuzeck donnerte, genau wie Messi.

Nachdem er eine Viertelstunde gekickt hatte, hörte er ein Geräusch.

»Hallo«, rief jemand von dem Vordach, wo die Großen manchmal heimlich rauchten. Er konnte das Gesicht des Mannes im Schatten des Daches nicht sehen. Das könnte der Lehrer sein, der manchmal Vertretung machte. Die Stimme klang ganz ähnlich. Und auch wieder nicht.

Lasse überlegte, ob es vielleicht der Hausmeister war. Der lief überall herum und kümmerte sich um Sachen. Er war ein bisschen seltsam, aber eigentlich nett, und manchmal verteilte er Bonbons.

Der Mann trat unter dem Dach hervor und kam langsam auf ihn zu. Lasse dachte, dass er ihn schon mal gesehen hatte, konnte sich aber nicht erinnern, wo. Er sah nett aus.

»Du spielst gut«, sagte der Mann. »Bist du in einem Verein?«

Lasse nickte schüchtern.

»Cooles Tor.«

Der Junge lächelte.

»Wie alt bist du?«

»Ich werde bald zwölf.«

»Schön … Ich habe übrigens in meinem Auto einen EM-Ball … Den kannst du gerne haben.«

»Einen echten?«, fragte der Junge skeptisch.

Er schaute auf den abgenutzten Schulball, auf dem kein Muster mehr zu erkennen war.

»Aber klar, was denkst du denn?«

Der Junge sah ihn abwartend an.

»Das ist ein offizieller Wettkampfball … Adidas. Leder.«

»Cool«, sagte Lasse anerkennend.

»Willst du ihn haben?«

Der Junge nickte.

»Das Auto steht da drüben.«

Lasse holte seinen Sweater, knotete ihn sich um die Taille und folgte dem Mann.

*

Er musterte den Jungen und dachte, dass er perfekt war. Aber der schwerste Teil der Aufgabe stand noch bevor – sein Vertrauen zu gewinnen. Er folgte ihm zwar zum Auto, aber da war noch diese Wachsamkeit in seinem Blick. Die durchsichtigen Wimpern blinzelten zu hektisch, als führte der Junge einen inneren Dialog und könnte jeden Moment auf die Idee kommen, wegzulaufen.

»Wo ist das Auto?«, fragte Lasse.

»Gleich um die Ecke.«

Lasse blieb stehen.

»Ich muss mal.«

»Kann das nicht warten?«

Der Junge schüttelte den Kopf. Das halblange Haar fiel ihm in die Stirn.

»Geh da hinter den Busch«, sagte der Mann und zeigte zu einem Buchsbaumgestrüpp in einer kleinen Grünanlage.

Der Junge zögerte kurz, dann lief er los.

Der Mann war unruhig. Jetzt würde sich zeigen, ob er seine Rolle gut gespielt hatte. Ob er beiläufig genug gewesen war, nicht zu interessiert an dem Jungen. Ob er deutlich genug signalisiert hatte, dass es ihm egal war, ob er nun mit ihm kam oder nicht. Der Junge durfte nichts von seinem Eifer mitbekommen. Das war eigentlich sein Talent, sich einzufügen und nicht aufzufallen. Die Glut in den Augen zu löschen und entspannt auszusehen. Das pochende Herz zu beruhigen.

Er sah den Jungen nicht mehr. Panik stieg in ihm auf. Hatte er auf der anderen Seite des Gestrüpps das Weite gesucht? Hatte er Verdacht geschöpft?

Sein Mund war trocken, die Hände schweißnass.

Da tauchte der rote Schopf des Jungen auf, der mit breitem Lächeln, das im Dunkeln leuchtete, auf ihn zulief.

»Komm, gehen wir«, sagte er.

Er sah das Auto. Kurz vorm Ziel. Er angelte den Schlüssel heraus und schielte zu dem Jungen, ehe er aufschloss. Jetzt galt es.

»Wo ist der Ball?«

»Im Auto.«

Vielleicht war das Ganze doch nicht so einfach wie erhofft.

»Ach Mist … grad fällt mir ein, dass ich ihn zu Hause vergessen hab. Wie dumm von mir.«

Der Junge biss sich auf die Unterlippe.

»Dann kriege ich ihn nicht?«

»Doch, natürlich, versprochen ist versprochen. Setz dich ins Auto, dann holen wir ihn bei mir ab.«

Wieder zögerte der Junge und blieb stehen.

»Komm schon. Ich hab eine kalte Cola für dich.«

»Mama will nicht, dass ich Cola trinke.«

»Wir verraten ihr nichts«, sagte er lächelnd und öffnete die hintere Tür, in dem klaren Bewusstsein, dass der Junge einfach weglaufen konnte.

»Hier riecht es nach Süßigkeiten«, sagte der Junge.

Der Mann nickte und lächelte.

»Wo ist die Cola?«

»Auch zu Hause.«

Sie setzten sich ins Auto, dann verriegelte er die Türen und setzte sich eine Sturmhaube auf.

Kapitel 48

Xander wurde vom wachhabenden Beamten der Polizeiwache angerufen wegen der Vermisstenanzeige des elfjährigen Lasse Juhl.

Ein Geländewagen vom Modell Porsche Cayenne war in der Gegend um die Schule beobachtet worden, und gegen Viertel nach fünf hatte ein Zeuge das Fahrzeug langsam von der Schule, auf die der Junge ging, wegfahren sehen. Der Zeuge meinte, der Fahrer des Wagens wäre maskiert gewesen. Auf dem Rücksitz hätte ein Junge gesessen, auf den Lasse Juhls Beschreibung passte. Dummerweise konnte der Zeuge nichts über das Kennzeichen des Fahrzeugs aussagen. Als die Mutter verspätet zur Schule kam, um Lasse abzuholen, war er weg, und nachdem sie vergeblich den ganzen Schulhof abgesucht hatte, hatte sie nacheinander alle Eltern seiner Mitschüler angerufen. Als auch das ergebnislos war, hatte sie die Polizei alarmiert.

Es rieselte Xander kalt den Rücken hinunter bei der Mitteilung, dass der Mann maskiert gewesen war. Die Tatsache, dass der Junge auch noch elf Jahre alt war, konnte kein Zufall sein.

Sicher, dass es sich um eine Entführung handelte, veranlasste er umgehend eine weiträumige Fahndung und wies den Diensthabenden an, Großalarm zu geben. Danach lief er zu seinem Auto, von wo er Josefine anrief und sie auf den neusten Stand brachte.

Kapitel 49

Die Baumkronen leuchteten weiß in dem kräftigen Scheinwerferlicht. Wie dünne Knochen, filigran ineinander verflochten. Die gestrichelte Fahrbahnmarkierung sauste wie kleine Punkte vorbei, als er den Geländewagen beschleunigte. Es hatte kräftig zu regnen begonnen, die dicken Tropfen bildeten ein hübsches Muster aus Tränen, ehe sie brutal von den Scheibenwischern entfernt wurden. Der Asphalt glänzte schwarz wie die Motorhaube, und er wirbelte Blätter auf, wo er vorbeirauschte. Er wurde von der trockenen, aromatischen Wärme eingehüllt und fühlte sich wohl in der dunklen Fahrerkabine.

Auf den offenen Strecken ohne Wegrandbegrünung sauste immer wieder der Wind gegen das Auto. Die Scheinwerfer schweiften sekundenkurz über die feuchte Erde auf den Äckern und die gepflügten Furchen, die wie gleichmäßige, parallele Rinnen den Boden durchzogen. Die Fenster der abseits gelegenen Häuser und Höfe verstreuten warmgelbes Licht. Er begann sich zu entspannen und spürte eine angenehme Ruhe seinen Körper durchströmen. Er warf einen Blick über die Schulter zu dem Jungen, der unter einer Decke lag. Er hatte Augenlider wie ein Vogeljunges, hatte er gedacht, als die Betäubung ihn in einen tiefen, tiefen Schlaf geschickt hatte. Er hatte diesen violetten Schimmer um die Augen wie nach einer schlaflosen Nacht. Oder hatte er vielleicht Albträume? Seine milchig weiße Haut hatte einen durchscheinenden Porzellanteint. Er drehte das Gesicht wieder nach vorn, zog die Sturmhaube vom Kopf und konzentrierte sich aufs Fahren.

Er hatte gerade gedacht, das jetzt wieder alles nach Plan lief, als sich ein schwaches eisblaues Licht im Rückspiegel mit hoher Geschwindigkeit näherte wie ein flackernder Puls und ihn ablenkte. Ein Polizist auf einem Motorrad, der in einem Waldweg zwischen den Bäumen gelauert haben musste. Den spontanen Impuls, das Gaspedal durchzutreten, unterdrückte er schnell beim Blick auf den Tacho. Knapp über der Geschwindigkeitsbegrenzung, dachte er verärgert. Das blaue Licht war jetzt direkt hinter ihm und erhellte die Kabine wie ein Feuerwerk. Er nahm den Fuß vom Gas und setzte den Blinker. Dann schob er eilig die Decke vollständig über den Jungen.

Er atmete tief ein, kurbelte das Fenster runter und behielt den Polizisten über den Rückspiegel im Auge. Das blaue Licht mischte sich mit dem roten Rücklicht, als das Motorrad ihn überholte und seine Bremsen aktivierte. Gleich darauf erlosch das blutrote Lichterspiel. Der Beamte nahm seinen giftgrünen Helm ab, stellte ihn auf den Sitz des Motorrads und kam langsam auf ihn zu.

Er lächelte entgegenkommend.

»Guten Abend«, sagte der Beamte freundlich.

»Bin ich zu schnell gefahren?«

»Ein wenig. Ich wollte Sie nur darauf hinweisen, dass eins Ihrer Rücklichter kaputt ist.«

Er zeigte mit dem Daumen über die Schulter ins Dunkle.

»Oh, das habe ich noch gar nicht gemerkt. Danke für den Hinweis.«

Der Polizist hatte zwei Reflexstreifen an den Ärmeln, wie einen Klon der doppelt gezogenen Fahrbahnstreifen.

»Sehen Sie zu, das bei nächster Gelegenheit reparieren zu lassen … Mit defekten Rücklichtern zu fahren ist gefährlich.«

Er nickte eifrig, um den Polizisten endlich loszuwerden.

In dem Augenblick erklang ein hoher Ton, gefolgt von einem statischen Rauschen aus dem Funkgerät, das an der linken Schulter des Beamten befestigt war.

Der Wind riss ein paar Wortfetzen aus dem ansonsten unverständlichen Gekrächze, Regentropfen drückten ins Wageninnere. Er spürte ein greifbares, körperliches Unbehagen. Konnte es sein, dass sie schon Alarm geschlagen hatten? Er sah auf die Uhr im Armaturenbrett und rechnete kurz nach, verlor aber den Faden, als er dem Blick des Polizisten begegnete. Die freundliche Fassade war wie weggeätzt.

Der Beamte blickte über seine Schulter auf die Rückbank.

»Steigen Sie aus!«, sagte er.

Er nahm wie in Trance die verkrampften Hände vom Lenkrad und spürte, wie die Finger wie von prickelnden Nadelstichen durchblutet wurden.

Aufgenäht auf die rechte Brusttasche des Beamten im Zentrum seines Sichtfelds sah er das Polizeilogo. Drei goldene Löwen und eine Krone. Der König der Tiere. Aber wer jagte hier eigentlich gerade wen?

Er drehte den Kopf zur Seite, und sein Blick streifte die Federmappe mit seinen Instrumenten und den scharf angespitzten Bleistiften.

»Geben Sie mir die Autoschlüssel!«

Die Stimme des Beamten war scharf und schnarrend.

Er zog den Schlüssel aus dem Zündschloss, öffnete die Tür und schob sie auf. Seine Hand fuhr in die Federmappe und zog etwas heraus.

Der Polizist machte eine auffordernde Geste mit der Hand. Es krächzte erneut aus dem Funkgerät, was den Beamten den entscheidenden Augenblick ablenkte.

Das Licht reflektierte in der scharfen Metallspitze, als sie durch die Luft fuhr.

Der Beamte fasste sich mit erschrockenem Blick an die Brust, schwankte ein wenig vor und zurück, sackte auf die Knie und kippte vornüber.

Kapitel 50

Der große Schulhof war offiziell zum Entführungstatort ernannt und wurde von einem flackernden Lichtfeuerwerk durch die Fahrzeuge der staatlichen Ordnungshüter in Rot, Blau und Orange beleuchtet. Das Kläffen der Suchhunde hallte scharf von den Schulmauern wider. Der Wind war aufgefrischt und fuhr ungehindert über die offene Fläche.

Xander begrüßte den Einsatzleiter und korrigierte die Suchstrategie, nachdem er eine ausführlichere Beschreibung des Jungen und des Geländewagens bekommen hatte, die umgehend an alle Polizeieinheiten weitergeleitet wurde. Er beschloss, Lasses Suchmeldung stündlich über die Radiokanäle und in den Fernsehnachrichten auszustrahlen. Die Stimmung war angespannt, und Xanders Leute wortkarg. Allen war klar, dass sie den Jungen so schnell wie möglich aufspüren mussten, wenn sie ihn lebend finden wollten. Er zog in Erwägung, den verdächtigen Mann, den Josefine gesehen hatte, zur Fahndung auszuschreiben, entschied sich dann aber dagegen, weil sie dafür zu wenig Informationen hatten. Das konnte wer auch immer sein.

Kenneth, der mit seiner Truppe eventuelle Spuren sicherte, sah blass aus in dem blauen Blinklicht eines Polizeiwagens, der im Leerlauf auf dem Schulhof hielt. Xander hatte ihn selten so angespannt erlebt.

»Wie sieht es aus, Kenneth?«, fragte Xander leise. »Habt ihr was Brauchbares für uns gefunden?«

»Komm mit«, sagte der Techniker und führte ihn zum Lieferwagen, wo er einen Beweismittelbeutel aus einer Kiste nahm. »Dieser Sweater wurde gerade abgegeben. Ein Mann, der mit seinem Hund Gassi gegangen ist, hat ihn in der Nähe auf dem Gehweg gefunden.«

Er hielt den Beutel hoch.

»Lasses Mutter hat ihn als den Pullover des Jungen identifiziert. Xander … ich habe meine besten Leute mitgebracht … Wir werden schon was finden, um das Schwein hinter Schloss und Riegel zu bringen!«

Kenneths Gesicht verhärtete sich. Bei Verbrechen an Kindern bröckelte die professionelle Fassade, und alles Geplänkel verstummte. Es war eine Frage von Stunden, die Lasses Schicksal besiegelten. Eine falsche Entscheidung von Xander konnte fatale Folgen haben.

Xander betrachtete die Mutter, die trotz des nachvollziehbaren Schocks relativ gefasst war. Sie machte sich unendliche Vorwürfe, weil sie sich verspätet hatte und Lasse alleine auf dem Schulhof warten musste. Sie saß in eine Decke gewickelt im Lehrerzimmer, vor ihr stand ein unangerührter Becher Kaffee. Xander befragte sie so taktvoll wie möglich. Leider konnte sie keine neuen Erkenntnisse beitragen, außer dass Lasse einen militärgrünen Sweater getragen hatte – den, der gerade abgegeben worden war –, und darunter ein gestreiftes Matrosenshirt. Er hatte Gummistiefel und eine blaue Windjacke angehabt, die sie gerade in der Schulgarderobe gefunden hatten. Er war eins fünfzig groß, sommersprossig und rothaarig. In dem Moment trafen Lasses Vater und sein kleiner Bruder ein, und Xander informierte sie so schonend wie möglich über die Situation.

Die Fragen standen Schlange in Xanders Kopf. Der Zeuge hatte einen maskierten Mann am Steuer eines Geländewagens gesehen. War Lasses Entführer ihr Mörder?

Wenn ihr Mörder Lasses Entführer war, wieso waren dann nach dem ersten Mord so viele Jahre verstrichen? Er müsste schon älter sein, wenn es sich um dieselbe Person handelte. Gab es noch mehr Opfer? Und wie hatte er es geschafft, so lange vom Radar zu verschwinden? Die dänische Polizei brüstete sich mit einer besonders hohen Fallaufklärungsrate von über neunzig Prozent. Es war schwierig, für ein Kapitalverbrechen ungeschoren davonzukommen. Dafür gab es viele Gründe. Dänemark war ein kleines, wohlorganisiertes Land mit einer so flächendeckenden Kontrolle über seine Bürger, dass man kaum in der Nase popeln konnte, ohne von einer der vielen Überwachungskameras aufgenommen zu werden, die überall ins Stadtbild integriert waren. Die Schule machte da keine Ausnahme. Mehrere Zyklopenaugen diverser Kameras starrten aus unterschiedlichen Winkeln auf den Schulhof.

Die Entführung war ein extrem dreistes Unterfangen gewesen, wenn man bedachte, dass der Täter wissen musste, dass die Polizei ihm auf den Fersen war. Die Morde an Birgitte Ussing und David Hansen und nun noch Theis van Hauen hatten für fette Schlagzeilen in den Zeitungen gesorgt.

Die Presse hatte offenbar irgendwo aufgeschnappt, dass Lasses Kidnapper maskiert gewesen war. Mit dem der Presse eigenen Gespür fürs Drama hatten die Journalisten dem Kidnapper sofort den Namen *Maskenmann* verpasst und spekulierten über einen Zusammenhang mit dem Übergriff an dem schlafenden Jungen. Ihnen war nicht entgangen, dass die beiden Jungs gleich alt waren.

Xander musste zugeben, dass der *Maskenmann* sehr gut auf das Phantombild des Mannes mit der Sturmhaube passte.

*

Nach den einleitenden Vernehmungen des Schulpersonals verteilte Xander zügig die Aufgaben an sein Team. Niels war mit einer Hälfte der NC3-Zwillinge eingetroffen und bekam den Auftrag, das Bildmaterial der Überwachungskameras vom Schulhof, den Straßen und Wegen um das Schulgelände herum und nicht zuletzt von den Zufahrtsstraßen zu sichern.

»Wonach suchen wir?«, fragte Niels, der die Haare mit einem orangefarbenen Fellhaargummi zusammengebunden hatte.

»Nach einem dunklen Geländewagen, Porsche Cayenne«, antwortete Xander.

Die Schulkantine war zwischenzeitlich zur Kommandozentrale umfunktioniert worden. Sie saßen alle zusammengekrümmt an einem Tisch, der für Kinder gedacht war.

Es ging die Nachricht von einem schwer verletzten Polizeikollegen ein, wahrscheinlich durch ihren Verdächtigen. Der diensthabende Wachmann hatte seine verzweifelten Schmerzensschreie im Hörer gehabt, bis der Krankenwagen eintraf. Auf dem Weg ins Krankenhaus war der Kollege ins Koma gefallen. Sein Zustand war kritisch.

Kurz darauf verkündete Niels, dass eine Überwachungskamera in der Nähe der Schule einen Geländewagen vom Typ Porsche Cayenne eingefangen hatte, und eine weitere Kamera auf der E47 in südlicher Richtung.

»Ist er auf der Hotlist?«

Damit bezog Xander sich auf eine verhältnismäßig neue Ausrüstung der Polizei, mit der Streifenwagen Autokennzeichen einlesen und speichern konnten. Ein Fahrzeug, nach dem gefahndet wurde, löste automatisch einen Alarm im System aus, so dass man direkt die Verfolgung aufnehmen konnte. Die Hotlist deckte alle registrierten Kennzeichen ab.

»Ja.«

»Dann haben wir ein Kennzeichen?«

»Ja, aber das gehört zu einem anderen Wagen, einem alten Opel Corsa. Er hat die Nummernschilder offensichtlich geklaut und an den Porsche geschraubt.

Xander hatte kein gutes Gefühl bei der Sache. Die Dunkelheit und der zeitliche Vorsprung von mehreren Stunden gaben dem Entführer einen kaum aufzuholenden Vorsprung. Zu Fuß wäre der Kidnapper mit dem Kind vermutlich nicht weit gekommen, in einer einsamen Gegend höchstens ein paar Kilometer. In einer Großstadt wie Kopenhagen aber sehr viel weniger, ohne Verdacht zu erregen. Mit einem Auto sah das schon ganz anders aus. Im schlimmsten Fall hatten sie es bereits nach Deutschland geschafft, bevor die Polizei alarmiert worden war. Er bat Niels, auszurechnen, wo sie sich befinden könnten. Gleich darauf tauchte auf dessen Bildschirm ein roter, blinkender Kreis auf. Mit jeder Minute, in der der Kreis wuchs, schrumpfte auch die Wahrscheinlichkeit, sie zu finden.

Zusammen mit dem Einsatzleiter hatte Xander alle nötigen Maßnahmen besprochen. Der gesamte in die Stadt hinein- und wieder aus ihr hinausfließende Verkehr sollte genaustens überwacht und verdächtige Fahrzeuge an im ganzen Land errichteten Wegsperren und an den Grenzübergängen kontrolliert werden.

Er erreichte Jørgen und bat ihn, mit der Befragung der Bewohner in den an die Schule angrenzenden Wohnvierteln zu beginnen.

Jørgen teilte mit, dass der Junge, der in seinem Schlafzimmer von dem maskierten Mann belästigt worden war, auf die gleiche Schule ging wie Lasse. Xander rief Josefine an, um ihr die Neuigkeit mitzuteilen, aber sie ging nicht ans Telefon. Also schickte er ihr eine SMS und fügte auch noch hinzu, dass ein Kollege nach einem Überfall, den aller Wahrscheinlichkeit nach der Entführer begangen hatte, im Koma lag.

Kapitel 51

Josefine saß allein in ihrem winzigen Büro. Taina war schon gegangen, was ihr gut in den Kram passte. So konnte sie in aller Ruhe und ungestört das virtuelle Bildmaterial vom Ussing-Fall in dem *Walking Dead*-Programm durchgehen und sich nebenbei ein paar Notizen machen.

Birgitte Ussings Schädel mit dem Knochenfragment von David Hansen war in der Nähe des schwedischen Ortes Motala begraben worden. Theis van Hauens Schädel wurde im Nyhavnskanal gefunden, nicht weit entfernt von den Grabungsarbeiten für den Cityring. Und nun war Lasse Juhl von einem maskierten Mann entführt worden, den die Medien den *Maskenmann* getauft hatten. Lasse und der Junge, der nachts in seinem Schlafzimmer belästigt worden war, gingen beide auf dieselbe Schule in der Nähe vom Sankt-Jørgens-See, wo gerade die archäologische Ausgrabung eines alten Pestfriedhofs durchgeführt wurde. Das konnte kein Zufall sein, dachte sie und tippte mit der Kugelschreiberspitze auf den Schreibtisch.

Josefine zog die Augenbrauen hoch und griff nach ihrem Handy.

»Was Neues?«, fragte sie, als Xanders müde Stimme sich meldete.

»Nichts Bahnbrechendes. Die Überwachung der Grenzen wurde verschärft, um zu verhindern, dass er das Land verlässt. Aber er hat es dummerweise gerade noch geschafft, aus Kopenhagen zu entwischen, bevor wir die Ausfahrtstraßen sperren konnten …«

»Was ist mit deinem verletzten Kollegen?«

»Sein Zustand ist nach wie vor kritisch.«

Seine Stimme klang belegt.

»Ich hoffe wirklich, dass er es schafft und ihr Lasse findet«, sagte sie. »Ich habe mich kurz mit ihm unterhalten, als ich mir die Ausgrabung auf dem Schulgelände angesehen habe.«

Josefine hatte den Jungen auf dem Fahndungsfoto der Polizei wiedererkannt.

»Aha? Und was hat er gesagt?«

»Nicht viel. Er hat sich sehr für die Skelette interessiert. Wie Kinder eben sind.«

Sie zögerte und nahm Anlauf für das, was sie sagen wollte.

»Xander … es scheint da tatsächlich ein Muster zu geben.«

Sie schielte auf ihre Notizen und die kreuz und quer übers Blatt gezogenen Verbindungslinien, die wie der Entwurf eines Spinnennetzes aussahen.

»Wie meinst du das?«

»David, Birgitte und Theis wurden in unmittelbarer Nähe archäologischer Ausgrabungen gefunden, und Lasse wird aus der Schule neben dem neu entdeckten Pestfriedhof entführt. Der Junge, der in seinem Schlafzimmer belästigt wurde, ging auf dieselbe Schule. Ich glaube, der Täter interessiert sich für Archäologie … theoretisch könnte es also einer meiner Kollegen aus dem Institut sein. Manche von ihnen verwenden in besonderen Fällen Gipsgaze …«

»Und wozu verwenden sie den Gips?«

»Für Abdrücke von Knochen und Schädeln. Mittlerweise sind allerdings die meisten zum Durchleuchten und 3D-Druck übergegangen …«

»Okay.«

Während sie Xander ihren Verdacht darlegte, kam Josefine noch ein anderer Gedanke, der ihr eine Gänsehaut bereitete. In dem Altertumsgrab in Motala waren auch Tierknochen gefunden worden, und es war nicht ungewöhnlich, Zoologen hinzuzuziehen, wenn man unter den Erdschichten auf Knochenansammlungen oder ganze Tierskelette stieß.

»Er könnte auch Zoologe sein«, schlug sie vor. »Die sind auch bei den Ausgrabungen dabei, wenn Skelettreste von Tieren aussortiert und analysiert werden sollen. Bei meinem Besuch kürzlich im Zoologischen Museum habe ich erfahren, dass zwei der dortigen Kollegen auch in Motala waren. Einen von ihnen, Arvid Lindberg, habe ich bei der Überfahrt nach Gotland getroffen, aber da wusste ich noch nicht, wer er ist. Er bezeichnet sich selbst als Wal-Experte. Möglicherweise hat das nichts zu bedeuten, aber vielleicht sollten wir doch mal mit ihnen reden?«

»Ist das nicht etwas weit hergeholt?«

»Neulich in der Kantine im Rigshospital haben wir doch darüber gesprochen, dass der Täter irgendeinen Ort haben muss, an dem er die Knochen präparieren und … also das Fleisch auf effektive Weise von den Knochen lösen kann?«

»Ja, danke, das vergesse ich so schnell nicht«, stöhnte Xander. »Das hat mir echt den Appetit verschlagen, und es wird wohl eine Weile dauern, bis ich mir wieder ein Bratensandwich bestelle …«

Josefine lächelte.

»Die haben einen Raum mit einer riesigen Stahlwanne, in dem das Fleisch von den Knochen getrennt wird. Das fand selbst ich megacreepy. Als ich da war, lag ein totes Elchkalb mit Fell und allem darin.«

»Das arme Tier. Das hört sich nach einem sehr speziellen Ort an.«

»Die Atmosphäre dort hat irgendwie in mir nachgehallt. Es ist schwer zu erklären. Ich war hinterher noch in einem Büro, wo mir ein Foto von großen, aneinandergelehnten Knochen aufgefallen ist, die irgendwie merkwürdig arrangiert wirkten.« Es rauschte in der Leitung. »Und eine weitere Assoziation zum *Maskenmann* hatte ich bei einer schwarzen afrikanischen Holzmaske an der Wand …«

»Und das Büro gehört Arvid Lindberg?«

»Nein, einem anderen Zoologen. Michael Leander. Den kenne ich nicht, aber er war einer von den beiden Männern in Motala …«

»Wenn sie dort waren, sollten wir auf alle Fälle mit ihnen sprechen. Ich sag Jørgen Bescheid, dass er die beiden zur Vernehmung vorladen soll.«

Es knackte in der Leitung, und seine Stimme setzte kurz aus.

»Xander …?«

»Ja?«

Neues Rauschen, dann war der Ton wieder stabil.

»Noch was ganz anderes … Nach der virtuellen Begehung bei Birgitte Ussing mit dem *Walking Dead*-Programm ist mir etwas aufgefallen, das wir uns mal näher anschauen sollten.«

»Und das wäre?«

»Im Badezimmer hingen Duftbäume über der Wanne. Wunderbaum heißen die.«

»Um schlechte Gerüche zu vertreiben? Wenn ich mich richtig erinnere, stand die Toilette vor der Renovierung noch direkt neben der Badewanne.«

»Schon, aber das sah irgendwie unnatürlich aus. Ich glaube nicht, dass Birgitte Ussing sie so aufgehängt hätte. Wenn du mich fragst, war das der Mörder.«

Wieder störte ein Rauschen die Verbindung.

»Und die vielen Duftsprayflaschen in der Küche, das ist auch merkwürdig.«

»Aber wozu soll der Täter die gebraucht haben?«

»Ich weiß es nicht, möglicherweise, um den unangenehmen Leichengeruch zu übertünchen. Bei uns verwenden wir Rodalon, das ist effektiv gegen unangenehme Gerüche. Anderswo, zum Beispiel in den USA, verwenden sie in den Sektionsräumen Räucherstäbchen.«

»Okay, er ist also geruchsempfindlich und macht hinter sich sauber. Aber bringt uns das weiter?«

»Habt ihr vielleicht was Besseres?«, platzte Josefine heraus.

»Ganz ruhig«, sagte Xander.

»Du kannst mich mal mit deiner Ruhe!«

Es wurde still.

»Wenn du deine Theorien dem Team vorstellen willst, bist du herzlich zum Briefing heute Abend eingeladen, bei dem wir alle Fäden bündeln wollen.«

»Welche Zeit?«

»Neun Uhr.«

»Okay, ich komme«, sagte Josefine und hoffte, dass sie Whinston überzeugen konnte, bei ihrem Vater zu bleiben. Sonst hätte sie ein Problem.

Im Hintergrund war ein Klingeln zu hören.

»Josefine, ich muss auflegen, mein Festnetz klingelt. Im Revier herrscht gerade ein Riesenchaos. Ich hoffe, dass wir Lasse bald finden … sonst …«

Er verstummte, und die Verbindung war unterbrochen.

*

Josefine starrte frustriert vor sich hin und zwang sich, ein paar Mal tief ein- und auszuatmen. Sie hatte Xander nicht recht von ihren Überlegungen überzeugen können, aber vielleicht war ja auch nichts an ihnen dran. Waren das alles nur Hirngespinste?

Aber es war leider Realität, dass ein kleiner Junge entführt und ein Polizist angegriffen worden war, egal wer dahintersteckte.

Ein Gedanke waberte weiter durch ihr Bewusstsein. Die Überlegung, dass der Täter sich sehr wohl in ihrem Umfeld bewegen konnte, ein bisschen wie ein Schatten hinter ihr.

Draußen war es jetzt ganz dunkel, und das Fenster sah aus wie Brunnenwasser. Sie war allein im Institut und fühlte sich angreifbar und verletzlich.

Sie wählte Whinstons Nummer und dachte, dass sie niemanden sonst hatte, auf den sie zurückgreifen konnte, und vollkommen abhängig von ihm war. Zum Glück konnte er an diesem Abend länger bleiben. Ihr Vater und er steckten gerade mitten in einem Skatturnier, das passte also gut, sagte er.

Nachdem sie das Gespräch beendet hatte, kam Josefine eine Idee. Sie rief Kenneth an und bat ihn, ihr Kopien von einigen der alten Polaroidfotos aus Birgitte Ussings Haus zu schicken. Kurz darauf tickerten ein paar Bilddateien in ihr Postfach. Sie öffnete sie und sah sie sich an. Eins der Bilder, eine an den Rändern leicht verbogene Postkarte, vergrößerte sie. Die Nahaufnahme eines einfachen Schildes, das in kaffeebraunem Schotter an eine rohe Mauer gelehnt war. Darauf stand: »What you are now we used to be; what we are now you will be …«

Josefine war sich sicher, das Zitat schon einmal irgendwo gelesen zu haben, aber wo? Sie rieb sich die Augen und dachte nach, dass es knackte, kam aber nicht darauf. Das auf den ersten Blick unschuldig wirkende Zitat verursachte ihr beim zweiten Lesen eine Gänsehaut.

Dann fiel ihr noch etwas ein, das sie klären wollte, und sie rief in der Pathobiochemie an. Nach dem Telefonat schlug ihr Herz schneller.

*

Als Josefine nach Teglholmen fuhr, schwirrte ihr der Kopf. Ihr Gehirn fuhr weiter auf Hochtouren, während sie versuchte, sich zu erinnern, wo sie das Zitat auf der Postkarte in Birgitte Ussings Schlafzimmer schon einmal gesehen hatte. Und plötzlich fiel es ihr wieder ein.

Kapitel 52

»Seine Präferenz sind elfjährige Jungen«, leitete Xander das Abendbriefing in Teglholmen ein.

Er fühlte sich ausgelaugt und frustriert, weil es nichts entscheidend Neues in ihrem Entführungsfall gab. Josefine würde selbst Rechenschaft ablegen über ihre doch recht vagen Theorien. Und dabei befürchtete er die ganze Zeit, irgendetwas Wesentliches zu übersehen.

»Dem Täter fällt es offensichtlich leicht, mit den Kindern in Kontakt zu kommen und ihr Vertrauen zu gewinnen«, fuhr er fort. »Wie es aussieht, hat er sich gut vorbereitet. Was sagen die Überwachungskameras, Jørgen?«

»Auf einem der Filme sieht man einen Mann zusammen mit Lasse Juhl. Die beiden unterhalten sich angeregt … Der Mann lockt ihn von der Schule in eine Nebenstraße, wo sein Auto parkt. Unterwegs dorthin verliert Lasse seinen Sweater, der später gefunden und bei uns abgegeben wird.«

Es war ganz still im Raum.

Jørgen aktivierte einen Großbildschirm, auf dem ein Filmabschnitt in hoher Auflösung eingeblendet wurde.

Die ganze Zeit war der Entführer nur von hinten zu sehen, bis auf eine kurze Sequenz, in der er den Kopf zur Seite drehte und sein Profil zeigte.

»Shit, das reicht nicht für die Redaktionen«, fluchte Xander.

»Ich habe kurz mit dem Opfer gesprochen, als ich mir die Ausgrabung bei der Schule angesehen habe«, sagte Josefine. »Danach ist mir ein Mann aufgefallen, der von seinem Platz unter einem Dachvorsprung im hintersten Winkel des Schulhofes die Kinder beobachtete. Möglicherweise war das der Täter.«

»Können Sie ihn beschreiben?«, fragte Jørgen.

»Groß und kräftige Statur, das Gesicht konnte ich nicht erkennen.«

»Kannst du das Gesicht etwas näher ranholen?«

»Nein, leider nicht.«

»Dann müssen wir uns für das Fahndungsfoto wohl mit dem Wenigen begnügen, was wir von den Überwachungskameras haben«, sagte Xander. »Ein großer, kräftig gebauter Mann. Ich stimme Josefine zu, dass er die Gegend bestimmt vorher erkundet hat und sich dafür einen blinden Winkel gesucht hat, der nicht von den Kameras abgedeckt wird. Vielleicht hat es eine Weile gedauert, bis er sich für Lasse entschieden hatte … oder er hat ihn gewählt, weil er alleine auf dem Schulhof zurückgeblieben ist.«

Er strich das Haar nach hinten.

»Was Neues zu dem Geländewagen?«

»Bedaure, nein«, antwortete Jørgen.

»Haben die Befragungen der Bewohner was ergeben?«

»Auch nicht.«

Xander sah sich in dem geschlossenen Kreis um und räusperte sich.

»Ihr wollt sicher gerne wissen, wie es unserem Kollegen Martin Jensen geht. Er liegt noch immer im Koma … und es steht nach wie vor auf der Kippe. Wir werden ihn vorläufig noch nicht befragen können, und es kann noch niemand sagen, wie es für ihn ausgehen wird.«

Es wurde unruhig um den Tisch. Xander trank einen Schluck Mineralwasser.

»Wir gehen in unseren Ermittlungen ja davon aus, dass wir es mit demselben Täter zu tun haben, der seinerzeit Birgitte Ussing, David Hansen und Theis van Hauen umgebracht hat. Und etwas an den Morden weckt in mir den Verdacht, dass der Täter schon in jungen Jahren mit groben Gewaltverbrechen angefangen hat. Das Verstümmeln der Opfer zeugt von einer Abstumpfung, die meiner Meinung nach nur durch Übung entsteht. Kurz gesagt, Birgitte Ussing war nicht sein erstes Mordopfer. So jedenfalls meine Theorie. Darum haben Jørgen und ich beschlossen, uns ein paar ältere Fälle mit sehr jungen Tätern vorzunehmen. Dazu habe ich im Präsidium unseren Archivar nach potenziell infrage kommenden Fällen gefragt. Und unser guter Rudolf mit seinem phänomenalen Elefantengedächtnis hat tatsächlich noch was für uns ausgegraben.«

Er wischte sich mit einer müden Geste übers Gesicht.

»Was hast du herausgefunden, Jørgen?«

Der Kollege beugte sich auf seinem Stuhl vor und blätterte in seinen Unterlagen.

»Also, ich habe einen Abstecher nach Jütland gemacht, um mehr über die Hintergrundgeschichte eines Jungen zu erfahren, der seinen geistig behinderten Bruder und den Hofhund in einen Gülletank geschubst hat, wo beide ertrunken sind. Ich habe mit den inzwischen steinalten Eltern gesprochen. Es wirkte alles völlig verfallen. Der Sohn ist in der Geschlossenen in Risskov, komplett neben der Spur. Ich hab auch ganz kurz mit ihm gesprochen, nachdem er den letzten Monat isoliert im Kriseninterventionsraum verbracht hat. Total *gaga*«, fügte er hinzu und kreiselte mit dem ausgestreckten Zeigefinger neben der Schläfe.

Xander schaute aus dem Fenster auf ein paar zusammengeballte graue Wolken.

»Okay, dann können wir ihn ausschließen.« Er blätterte in einem Papierstapel und schaute wieder hoch. »Ein Fall war dabei, wo eine ältere Frau in ihrem Fahrradladen erschlagen wurde … Zum gleichen Zeitpunkt wurde auch ihr Hund erschlagen. Der Täter kam danach in ein Heim für kriminelle Jugendliche. Wir haben ihn aufgespürt, ein absolutes Drogenwrack und ernsthaft krank. Ich glaube nicht, dass er unser Täter ist. Im dritten Fall hat ein Neunjähriger das traditionelle Faschingsritual etwas zu wörtlich genommen und eine lebende Katze ›aus der Tonne geschlagen‹. Das muss ich noch überprüfen.«

»Eine lebende Katze aus der Tonne geschlagen?«, fragte Josefine.

»Ja, das ist ein alter Brauch«, sagte Xander und fasste die Hauptpunkte kurz für sie zusammen.

»Brutal«, sagte Josefine.

Xander nickte.

»Und du hattest auch ein paar Theorien?«

Sie räusperte sich.

»Ja, hab ich. Ich bin das Bildmaterial aus dem Ussing-Fall noch mal durchgegangen. Und ich wundere mich über die vielen Wunderbäume, die im Badezimmer über der Wanne aufgehängt waren. Das hatte auch was Rituelles, finde ich.«

Sie ließ eine Kopie rumgehen.

»Dann waren da noch die Duftsprays in der Küche. Wenn ihr genau hinseht, erkennt ihr ein paar Duftbäume in Originalverpackung hinter den Dosen.«

»Und was denkst du darüber?«, fragte Jørgen und beugte sich vor.

»Ich glaube, dass der Täter sich von dem Mord distanziert, indem er den Leichengeruch mit dem Duftspray auszulöschen versucht … oder übertüncht. Oder aber es handelt sich um eine Art Ritual.«

»Ist das nicht etwas weit hergeholt?«, fragte Jørgen genau wie Xander. »Bei Valentin waren keine Duftzerstäuber und Wunderbäume, oder wie die Dinger heißen, zu finden.«

»Nein, aber an Valentins Leiche wurden Spuren von Lavendelöl festgestellt«, sagte Josefine. »Ich habe gerade in der Rechtsmedizin nachgefragt, und die haben Inhaltsstoffe gefunden, die mit dem Inhalt von Duftsprays übereinstimmen.«

»Hm«, sagte Jørgen noch nicht ganz überzeugt. »Kann das nicht von seinem Aftershave stammen?«

»Nicht laut Pathobiochemie.«

Josefine machte eine Pause.

»Dann habe ich noch weitere Untersuchungen zu Dingen angestellt, die die Techniker damals im Schlafzimmer von Birgitte Ussing sichergestellt haben.«

Sie schickte ein weiteres Bild herum.

»Eine Postkarte«, stellte Jørgen fest. »Was ist damit?«

»Lies, was auf dem Schild auf der Vorderseite steht. Ein aus dem Lateinischen ins Englische übersetztes Zitat.«

Alle lasen.

»Was du jetzt bist, waren wir einst. Was wir jetzt sind, wirst du sein«, übersetzte Xander. »Was bedeutet das?«

»Das bedeutet, dass die einstmals Lebenden uns daran erinnern, dass der Tod uns alle einholt. In Bezug auf den Mord an Birgitte Ussing würde ich sagen, dass es sich um eine subtile Morddrohung handelt.«

»Inwiefern?«

»Das Zitat steht auf einem Schild über dem Eingang der Knochenkapelle Santa Maria della Concezione dei

Cappuccini in Rom. In dieser Kapelle haben die Kapuzinermönche die Skelette ihrer Brüder auf recht fantasievolle Weise in dem dazugehörenden Beinhaus ausgestellt. Morbide, könnte man sagen. Auf den ersten Blick sieht man nur eine wunderschöne Kunstinstallation. Auf den zweiten Blick erkennt man, dass die Ornamente an den Wänden angenagelte Knochen und Schädel sind. Aber da steckt keinerlei böse Absicht dahinter. Das Zitat ist ein sogenanntes ›Memento mori‹, also eine Erinnerung daran, dass wir alle irgendwann sterben werden.«

»Ich verstehe den Zusammenhang noch nicht ganz«, sagte Xander und verschränkte die Hände hinter dem Nacken.

»Ich denke, der Mörder hat Birgitte Ussing die Postkarte mit dem Zitat als Ermahnung geschickt, dass er sie umbringen wird, wenn sie etwas sagt. Wenn es tatsächlich einen Mann in ihrem Leben gegeben hat, könnte er es sein. Vielleicht hat sie herausgefunden, dass er pädophil ist. Und ich bin überzeugt, dass die speziellen Knochenfragmente seiner Opfer, die er ausgewählt hat, einen Symbolwert für ihn haben. Dass sie für ihn etwas Besonderes bedeuten, auch wenn sich das für uns nicht unmittelbar erschließt. Aus Davids Hirnschale hat er die Pars petrosa gewählt. Das ist der Knochen mit der höchsten Knochendichte in unserem Körper. Ich glaube, dass David etwas Besonderes für ihn war, und das Knochenstück stellt ein unvergängliches Erinnerungsstück dar. Außerdem habe ich mit einem Zoologen aus dem Zoologischen Museum gesprochen, der meinte, dass das Stück aus dem Bärenkiefer in Theis van Hauens Schädel etwas mit der Vorstellung des Steinzeitmenschen zu tun hat, dass der Mensch Eigenschaften von Tieren übernehmen kann. Wie ein Mischwesen aus Mensch und Tier. Ein Bär symbolisiert Stärke und Gerissenheit. Eine gute Kombination für die Jagd. Außerdem ist die Art und Weise, wie die Opfer arrangiert wurden, sehr wichtig. Birgitte Ussings Schädel war so begraben, dass sie nach Osten schaute. Das sagt mir, dass er entweder für ihre Erlösung sorgen wollte oder sich selbst von der Schuld freisprechen wollte, ihr und David das Leben genommen zu haben. Theis van Hauens Schädel wurde in Nyhavn ins Wasser geworfen. Das zeigt meiner Meinung nach, dass er seinen Modus geändert hat. Er ist nachlässiger geworden, schließlich kann er nicht vorhersehen, wo und wie genau der Schädel auf dem Grund vom Nyhavnskanal landet, trotz der Steine, mit denen er ihn beschwert hat. Auch wenn dort keine allzu starke Strömung ist, musste er damit rechnen, dass das Paket mit der Zeit abtreibt.«

Xander nickte vor sich hin.

»Was für Schlüsse ziehst du daraus?«

»Dass er mittlerweile weiß, dass er ohne Probleme morden kann. Mit dem ersten Mord ist er davongekommen, und er ist davon überzeugt, dass die Polizei nicht in der Lage ist, ihn zu fassen. Er hat Mitte der Achtziger Jahre angefangen zu morden. Und er hat entschieden, Theis'

Schädel nicht mit dem Blick nach Osten in der Erde zu begraben. Er bricht sein eigenes Muster.«

»Glaubst du, dass er religiös ist?«, fragte Xander und rieb sich das Kinn.

»Vielleicht, oder er war es früher mal und hat seinen Glauben verloren.«

»Hm … Die Theorie ist in sich schlüssig, aber ist sie nicht doch zu weit hergeholt?«

»Egal wie, es kann kein Zufall sein, dass wir die Knochenreste von David, Birgitte und Theis in der Nähe archäologischer Ausgrabungsstätten gefunden haben. Und der Überfall auf den schlafenden Jungen, der just in die Schule geht, aus der Lasse entführt wird, passt ebenso ins Bild«, beharrte Josefine. »Unser Täter könnte gut ein Archäologe sein. Jemand mit anatomischen Kenntnissen, der es gewohnt ist, mit Knochen und chirurgischen Instrumenten zu hantieren. Darauf weist die Bearbeitung von Davids Schädel hin. Ich habe auch daran gedacht, dass bei einigen Ausgrabungen Zoologen dabei sind, weil man bei besonders vielen Erdschichten immer auch auf interessante Tierskelette stößt. Wir sollten nach Personen Ausschau halten, die irgendeine Verbindung zu den Ausgrabungen haben. Ich habe Xander eine Liste über relevante Personen geschickt. Dass es einer meiner näheren Kollegen vom Institut ist, halte ich für unwahrscheinlich. Da arbeitet außer mir eine jüngere Frau, und die Männer sind ziemlich alt, einer von ihnen ist wegen eines Bandscheibenvorfalls krankgeschrieben.«

»Okay«, sagte Xander. »Wie bereits gesagt, muss er schon älter sein, darum sprechen wir mit allen und schließen von vorneherein niemanden aus. Kümmerst du dich darum, Jørgen? Ich leite die Liste an dich weiter.«

Jørgen nickte steif.

Josefine spürte, dass sie ihr die Theorie nicht wirklich abkauften. Aber sie war sich ganz sicher, dass es einen Zusammenhang gab.

Ihr Blick fiel auf einen Stapel Bilder vom Theis van Hauen-Fall. Das obere Bild erregte ihr Interesse. Darauf war eine löchrige, dunkle Stofftasche zu sehen.

*

Am nächsten Morgen rief Josefine Jordan an und bat ihn, sich die Stofftasche ansehen zu dürfen, in der Theis' Schädel verpackt gewesen war, die gerade bei Kenneths Technikern lag. Kurze Zeit später meldete Jordan sich zurück, dass sie am Nachmittag ausgeliefert würde. Es gab keine biologischen Spuren, was nach der langen Zeit im Meerwasser nicht weiter verwunderlich war.

Josefine verbrachte die nächsten Stunden mit der Untersuchung von Knochenmaterial vom Pestfriedhof, eine Arbeit, die sie neben all den anderen Themen erledigen musste.

Sie befand sich in einem kleinen Untersuchungsraum mit einer antiquierten Lüftungsanlage. Die Heizung war kaputt, weshalb sie ihre Jacke und ein Halstuch anbehalten hatte. Da tauchte die Eiskönigin mit Taina im Schlepptau auf.

»Hallo, Josefine.«

»Guten Tag, Maria«, sagte Josefine und legte einen schwarzen Oberschenkelknochen weg, den sie gerade in der Hand hielt.

»Wie läuft es mit Ihrem Projekt der Pestopfer?«

»Ganz gut, ich bin bald fertig.«

»Gut«, sagte die Eiskönigin. »Ich habe mir übrigens überlegt, ob wir mit diesem Projekt nicht gemeinsam an die Öffentlichkeit gehen sollten.«

»An die Presse, meinen Sie?«

»Nein, ich hatte die Idee, einen gemeinsamen Artikel darüber zu schreiben … Sie und ich. Es ist ja unfassbar, wie gut erhalten die Knochen sind. Ich denke, damit würden wir in Wissenschaftskreisen für Aufsehen sorgen. Und die Rahmengeschichte ist ja nicht minder interessant … Eine Schule über einem Pestfriedhof. Ich meine … was kann man sich mehr wünschen?«

Josefine nickte andächtig.

»Weihen Sie mich kurz in die Details ein?«

Die Eiskönigin schnappte sich einen Kittel, der an der Garderobe hing, und zog ihn über.

»Sie können Taina als Assistentin einsetzen«, fügte sie hinzu. »Praktisch, dass Sie sich das Büro teilen. Das erleichtert die Kommunikation. Waren zehn oder elf Skelette in dem Grab?«

»Zehn«, sagte Josefine.

Taina stellte sich ans Ende des Untersuchungstisches und schrieb mit.

*

Als die Eiskönigin und Taina am späteren Nachmittag endlich gegangen waren, machte Josefine eine kurze Kaffeepause, in der sie überlegte, wieso ihre Interimschefin sich plötzlich so für ihr Knochenprojekt interessierte. Das musste doch einen Grund haben.

Während sie ihren Kaffee trank, kam Jordan mit der Stofftasche. Sie unterschrieb den Lieferschein, woraufhin er ihn auf einen Stahltisch legte und den Raum verließ.

Sie zog Einmalhandschuhe an und befreite den Beutel vorsichtig aus der Verpackung. Die Symmetrie der Löcher war interessant. Das war ihr bei der Untersuchung von Theis van Hauens Schädel gar nicht aufgefallen. Vermutlich war sie abgelenkt gewesen von der Tatsache, dass hier ein Kind umgebracht und zerstückelt worden war. Erst bei der genaueren Untersuchung des Fotos von dem Beutel glaubte sie, ein Muster zu erkennen.

Sie hielt den schlampig zusammengenähten Baumwollbeutel mit den schiefen und ungleichmäßigen Nähten vor sich hoch und sah sich die Löcher genauer an. Danach holte sie ein Maßband und nahm ein paar Messungen vor, die sie mit Hilfe einer Tabelle verglich. Sie nickte. Jetzt war sie sich ihrer Sache so gut wie sicher.

Kapitel 53

Am nächsten Morgen lief Josefine nach dem Duschen mit einem Handtuch um den Kopf durchs Haus auf der Suche nach dem Föhn, der sich offensichtlich in Luft aufgelöst hatte, während sie zugleich erfolglos versuchte, Xander zu erreichen.

Sie schlüpfte in ihre Kleider, gab den Föhn auf, zog die Jacke über, setzte die Kapuze auf die nassen Haare und gab ihrem Vater einen Abschiedskuss. In dem Augenblick kam Whinston zur Tür herein, pünktlich wie immer. Sie stürmte nach draußen, schloss den Wagen auf und startete den Motor und das Gebläse.

Als sie losgefahren war, erreichte sie endlich auch Xander.

Ihr klapperten vor Kälte die Zähne, und die nassen Haare fühlten sich an wie Eiszapfen, bis die betagte Heizung endlich ansprang.

»Was Neues von Lasse Juhl?«, fragte sie.

»Leider nicht.«

Es folgte ein Schweigen. Beide wussten, dass die Wahrscheinlichkeit, ihn noch lebend zu finden, schrumpfte, je mehr Zeit verging.

»Ich hab mir den Stoffbeutel noch mal genauer angesehen … den, in dem Theis' Schädel verpackt war.«

»Aha … warum?«

»Weil mir ein paar merkwürdige Löcher im Stoff aufgefallen sind«, sagte sie und nieste.

»Gesundheit.«

»Danke.«

Sie wischte sich mit einem Papiertaschentuch unter der Nase lang.

»In welcher Hinsicht merkwürdig?«

»Ich glaube, dass das nicht irgendein beliebiger Stoffbeutel ist«, sagte sie. »Du solltest dir den Abstand der Löcher voneinander mal anschauen.«

»Es tut mir leid, aber ich kann gerade nicht ganz folgen, was daran interessant sein soll.«

»Ich glaube, das ist eine selbstgenähte Maske für ein Kind«, sagte Josefine. »Die Maße passen zu einem Kind.«

»Wirklich?«

»Ja. Und die Stiche der Nähte sehen unregelmäßig aus. Ich musste an diesen Fastnachtsbrauch denken, eine Katze aus der Tonne zu schlagen. Kann sein, dass es ein Schuss ins Blaue ist, aber vielleicht hat die Maske dem Mörder gehört, als er ein Kind war … und vielleicht hat er sie selbst genäht.«

Es wurde still in der Leitung.

»Klingt plausibel«, sagte Xander nach einer längeren Pause.

»Und dann das mit der Katze«, sagte Josefine. »Das habe ich schon bei anderen Fällen gesehen …«

»Ach ja?«

»Katzen repräsentieren das Weibliche.«

»Jetzt trägst du aber dick auf«, sagte Xander lachend. »Hast du grad eine Fortbildung gemacht?«

»Das wird nie passieren«, sagte Josefine. »Nicht mit der Eiskönigin als Chefin. Sie ist so geizig, dass es wehtut. Das ist natürlich ganz anders mit ihren eigenen Forschungsprojekten, da gibt es nie irgendwelche Engpässe. Und jetzt fängt sie plötzlich an, sich für mein Projekt über die Kopenhagener Volksgesundheit zu interessieren. Wie auch immer, wo waren wir stehen geblieben?«

»Bei der armen Katze.«

»Genau. Ich will damit nur sagen, dass die Katze historisch für das Feminine steht. Wenn ein Kind also eine Katze tötet, hängt das aller Wahrscheinlichkeit nach zusammen mit einem Hass auf eine bestimmte Frau oder Frauen allgemein. Das könnte gut zu der Platzierung von David Hansens Knochenfragment in Birgitte Ussings Schädel passen.«

»Inwiefern?«

»Der Täter betrachtet sie als ein Gefäß«, antwortete Josefine, als wäre das die naheliegendste Antwort.

»Ein Gefäß?«

»Im Grunde ein antiquiertes Frauenbild. Das Los der

Frau war es, einen Sohn zu gebären und die Erbfolge zu sichern. Sie war eine leere Hülle, die dem Mann dienen, ein Kind austragen und einen Sohn zur Welt bringen sollte.«

»Ah ja, wenn du es sagst … Aber das ist mir alles noch zu vage«, sagte Xander und seufzte laut. »Tut mir leid, das sagen zu müssen, aber ich brauche was Handfesteres. Ich stehe unter einem Mordsdruck, Lasse zu finden. Jede Stunde zählt, und es sieht nicht gut für ihn aus, wenn es tatsächlich unser Täter war, der ihn entführt hat. Wir haben in den letzten Tagen nicht viel Brauchbares herausgefunden.«

»Hör zu, wenn du meine Hilfe nicht willst, such dir jemand anderen. Egal, was ich sage, du machst es runter. Ich bin raus«, sagte Josefine und brach das Gespräch ab.

Sie war stinksauer auf Xander und seine Ablehnung ihrer Ideen, auch wenn ihr natürlich klar war, dass sie nicht handfest genug waren, um mit ihnen weiterzuarbeiten. Darum richtete sich auch ein Teil ihrer Wut gegen sich selbst, weil sie nicht mehr herausgefunden hatte. Sie beschloss, so schnell wie möglich etwas Konkreteres auf den Tisch zu legen.

Kapitel 54

Am späten Nachmittag des folgenden Tages bekam Xander einen Anruf aus der Rezeption in Teglholmen, dass Lasses Eltern unten in der Lobby auf ihn warteten und einen Lagebericht haben wollten.

Xander holte sie ab. Er spürte ihre große Trauer und Verzweiflung fast körperlich, und er teilte diese bis zu einem gewissen Grad, ohne jedoch den Schmerz ermessen zu können, wenn Eltern auf so brutale Weise ein Kind weggenommen wurde.

Er ging mit ihnen in sein Büro und bot ihnen einen Kaffee an, den sie ablehnten.

Sie setzten sich an den Konferenztisch.

»Im Internet steht, dass Sie noch keine Spur haben«, sagte die Mutter tränenerstickt. »Und dass der *Maskenmann* unseren Sohn entführt hat … dass …« Sie brach mitten im Satz ab und legte die Hände vors Gesicht.

Lasses Vater legte ihr einen Arm um die Schultern. Vater und Sohn sahen sich sehr ähnlich und hatten die gleichen Sommersprossen. Die Mutter war dunkelhaarig und sah fast südländisch aus.

»Wir tun alles, was wir können, um Lasse zu finden«, sagte Xander eindringlich.

»Aber warum haben Sie seinen Entführer dann noch nicht festgenommen?« Die Frage kam vom Vater, der rote Augen hatte.

»Weil … weil wir leider nicht genügend Spuren haben.«

Die Mutter schluchzte, ihre Schultern bebten.

»Ich verspreche, alles Menschenmögliche zu tun, um ihn zu finden.«

Xander hatte überlegt, das Ganze schonend in der Notlüge zu verpacken, dass sie ihren Sohn bestimmt lebend zu ihnen zurückbringen würden, aber das war so weit weg von der Wahrheit, dass es keinem weiterhalf. Sie mussten sich auf das Schlimmste vorbereiten.

»Hören Sie zu«, sagte Xander. »Das Beste, was Sie im Augenblick für Ihren Sohn tun können, ist nach Hause zu fahren und dort zu warten. Ich verspreche, mich sofort zu melden, wenn sich etwas tut.«

Er legte seine Hand auf die der Mutter, die wie zum Gebet gefaltet waren.

»Seien Sie für Lasses kleinen Bruder da. Er braucht sie jetzt.«

Die Eltern nickten und standen auf. Xander brachte sie wieder hinunter an die Rezeption.

Ihre traurigen Gesichter ließen ihn mit dem Gefühl zurück, seinen Job nicht gut genug zu machen. Er rieb sich fest übers Gesicht und ermahnte sich, dass er sich zusammenreißen, den Kopf klären und versuchen musste, das Muster zu erkennen, wie Josefine es formulieren würde.

*

Noch während er an der Rezeption stand, winkte ihn eine junge Frau mit knallroten Haaren zu sich. Sie saß offenbar alleine hinter dem Tresen.

»Ja, Terese? Ist es wichtig?«

Ihre Wangen glühten im gleichen Farbton wie ihr Haar.

»Ja, ich glaube schon … Sie sollen sofort da anrufen.«

Sie reichte ihm einen Zettel mit einer Telefonnummer.

Xander nickte und sah sich im Foyer um. Er hatte seinen Leuten mehrfach eingetrichtert, dass mindestens eine Kraft aus dem Morddezernat die eingehenden Anrufe begleiten sollte, damit nicht irgendwelche Studenten die Entscheidung treffen mussten, ob etwas wichtig war oder nicht. Aber offensichtlich war niemand aus dem Morddezernat da. Alle standen unter Druck wegen der Entführung und der fehlenden Ermittlungsresultate. Ihre Vorgesetzten begannen allmählich, mit den Säbeln zu rasseln.

Xander tippte die Nummer ein, die die Rezeptionistin auf den Zettel gekritzelt hatte.

»Alexander Damgaard, Polizei Kopenhagen. Irene Madsen?«

»Ja. Es geht um meinen Sohn, Sebastian … Er sagt, er wüsste, wo der weiße Citroën 2CV ist. Wird nicht nach dem gefahndet? Das Auto, dass der Frau gehörte, die vor vielen Jahren ermordet wurde?«

»Ja …«

»Er hat Ihren Fahndungsaufruf von dem Auto auf Twitter gesehen.«

»Wo ist das Auto?«

»Ich schlage vor, dass Sie zu uns kommen. Er hat eine Skizze gemalt, wo es ist.«

»Jetzt? Okay, gut. Sagen Sie mir Ihre Adresse?«

Die Mutter gab ihm die Adresse in Køge und fügte hinzu.

»Sebastian ist sozial etwas gehemmt … er ist extrem introvertiert. Aber er mag die Polizei.«

Kapitel 55

Etwa eine halbe Stunde später stand Xander endlich vor einem durchschnittlich aussehenden Reihenhaus in Køge.

Die Frau, die die Tür öffnete, sah müde aus.

»Irene Madsen?«

Sie nickte.

»Alexander Damgaard, Polizei Kopenhagen.«

»Kommen Sie rein.«

Xander betrat die enge Diele, in der es nach Essen roch. Die Frau war blass mit mittelblond gefärbtem, glanzlosem Haar.

»Ich lebe alleine mit meinem Sohn … Sebastian«, erklärte sie. »Bin letztes Jahr geschieden worden. Unsere Beziehung hat das hier nicht ausgehalten.«

Sie breitete die Arme aus, als meine sie das ganze Haus, in dem die Farben Braun und Beige dominierten. Selbst das Sonnenlicht, das durch ein Fenster mit dunklem Teakholzrahmen hereinfiel, wirkte bräunlich.

Sie gingen durch einen schmalen Flur mit einem dunklen Teppichboden zu einer Tür, auf der in bunten Buchstaben »Sebastian« stand.

»Habe ich schon erwähnt, dass er bei Leuten, die er nicht kennt, etwas fremdelt?«

»Ja, haben Sie.«

»Aber Polizisten mag er glücklicherweise … Sie wissen schon, Jungs und Uniformen.«

Xander nickte und lächelte.

Die Mutter klopfte vorsichtig an die Tür, als befürchtete sie, ihren Sohn zu wecken.

»Sebastian?«, sagte sie leise. »Dürfen wir reinkommen? Alexander Damgaard von der Polizei ist da, du weißt doch noch, von dem wir gesprochen haben?«

Aus dem Zimmer waren Geräusche zu hören, als wenn Gegenstände verschoben würden, aber die Tür blieb verschlossen.

»Sebastian!«, sagte sie etwas vehementer. »Mach auf. Wir haben nicht alle Zeit der Welt und können nicht den ganzen Tag hier stehen.«

»Warte«, klang es von drinnen.

Sie zogen sich etwas von der Tür zurück.

»Er hat ein fotografisches Gedächtnis und erinnert sich an alles, was er mal auf einer Karte gesehen hat. Er surft den lieben langen Tag auf Google Earth herum und reist um die Welt. Und er zeichnet, was er sieht. Sebastian leidet an dem sogenannten Savant-Syndrom«, sagte die Mutter. »Man kann auch Inselbegabung sagen. Früher war das gleichbedeutend mit ›Idiot‹, aber davon ist man glücklicherweise inzwischen abgekommen. Inselbegabte sind ja nicht dumm, im Gegenteil. Aber … sozial hapert es etwas. Er ist in einer Spezialklasse.«

»Das muss schwer sein.«

Die Mutter nickte.

»Zu allem Überfluss hat die Gemeinde gerade geschrieben, dass wegen finanzieller Kürzungen im Etat sein Pfleger zukünftig nur noch zweimal in der Woche kommen kann. Das heißt, dass ich nur noch Teilzeit arbeiten kann. Er kann nicht lange am Stück alleine bleiben.«

Xander betrachtete ihr Gesicht. Vielleicht war sie doch jünger als auf den ersten Blick angenommen. Frühzeitig gealtert wegen ihres Sohnes.

Die Tür ging auf, und ein Junge sah ihm mit dunklen Augen entgegen.

»Hallo, Sebastian«, sagte Xander.

»Hallo.«

Xander ging in die Hocke, sodass sie auf Augenhöhe waren.

»Ich habe gehört, dass du ein richtig guter Zeichner bist?«

Der Junge zeigte die Andeutung eines Lächelns.

»Und ein gutes Gedächtnis hast du auch, oder?«

Sebastian nickte kaum sichtbar.

»Das ist toll. Wir bei der Polizei sind nämlich etwas genervt, dass viele Leute sich nicht mehr daran erinnern, was sie vor wenigen Tagen gemacht haben. Wenn alle so wie du wären, wäre unsere Arbeit viel einfacher.«

Der Junge musterte ihn ernst. Er schien nicht auf allgemeines Lob anzuspringen. Sein Blick war wachsam.

Sie gingen in sein Zimmer.

»Wenn wir einen Verbrecher fangen wollen, erzählen die Zeugen zum Beispiel, er wäre rothaarig, dabei ist er blond.«

Der Junge grinste breit. Humor hatte er.

Xander ließ den Blick unbemerkt durch das Zimmer schweifen. Er konnte sich schnell Details einprägen, ohne dass die Leute es mitbekamen. Die gesammelten Eindrücke waren vielfältig. Kuscheltiere und Poster mit Jugendidolen und Militärparaden teilten sich den Platz mit einem technisch avancierten Fernglas und einer großen Staffelei. Vor der Staffelei stand ein ergonomischer Bürostuhl. Ein paar Schreibtischlampen strahlten die Leinwand an.

»Sein Lehrer meint, dass er es als Künstler weit bringen könnte, aber das erfordert natürlich tägliche Übung. Ich kann mir keinen Unterricht für ihn leisten, aber die Schule hat eine Spendenaktion für diese spezielle Leinwand ins Leben gerufen.«

Jetzt sah Xander, dass der linke Arm des Jungen an der Seite herunterhing.

»Er hat einen verkümmerten Arm«, sagte die Mutter leise.

Xander wandte sich wieder an den Jungen. »Zeig mir doch mal, was du so malst.«

Sebastian nickte. Er wirkte schon viel zutraulicher.

Xander richtete den Blick auf die gewölbte Leinwand. Ein Panoramabild, dachte er. Von einer Großstadt.

»Das ist New York«, erklärte Sebastian. Xander sah seine strahlenden Augen. »Ich war noch nie dort, aber das wäre cool …«

Er senkte den Blick.

»Aber das wird wohl nie passieren.«

Es folgte eine Stille.

»Wahnsinn, du bist echt gut! Deine Mutter sagt, du wärst auf Google Earth unterwegs und zeichnest dann das, was du siehst, aus dem Kopf nach?«

Sebastian nickte stumm.

»Er schaut auch YouTube-Videos mit Helikopterflügen über Großstädte an und malt hinterher alles«, sagte seine Mutter.

»Ist das nicht schwer?«, fragte Xander und trat an die Leinwand und studierte das Motiv aus der Nähe.

»Nö, es ist höchstens schwierig, alles auf die Leinwand zu kriegen«, antwortete der Junge.

Xander betrachtete eine unglaublich detaillierte Abbildung der Golden Gate Bridge an der Wand. Wie von einem Profi gemalt, dachte er, auch wenn er sich in der Richtung nicht wirklich auskannte.

»Er erinnert sich an die Anzahl der Fenster und die Etagen«, sagte die Mutter stolz. Sie blühte förmlich auf und wirkte viel entspannter.

»Wo ist die Zeichnung, wegen der deine Mutter mich angerufen hat?«

Mutter und Sohn tauschten Blicke.

Der Junge zeigte zu seinem Schreibtisch, auf dem ein paar Bleistiftskizzen lagen. Er ging dorthin, suchte kurz und reichte Xander dann eins der Blätter.

Xander bemerkte, dass die Fingernägel des Jungen vollkommen abgekaut waren.

Er kniff die Augen zusammen und konzentrierte sich auf das Bild.

»Das ist Gribsø«, sagte Sebastian und murmelte irgendetwas, das in einem sonoren Rauschen in Xanders Kopf unterging. Verdammter Tinnitus.

»Was hast du gesagt?«

»Er hat die geografischen Koordinaten genannt«, erklärte die Mutter. »Das ist Teil seiner Diagnose, dass er alles auswendig lernt. Ich hab bis heute nicht kapiert, wie er das macht. Ich kann mir ja nicht mal mehr als drei Sachen vom Einkaufszettel merken.«

Xander sah sich die Zeichnung von einem See an, in dem unter der Oberfläche eine weiße Silhouette zu erkennen war.

»Hm, das sieht aus, als würde da unten was liegen, das wie ein Auto aussieht.«

Er strich sich langsam mit dem Zeigefinger übers Kinn.

»Wo hast du das Bild gefunden?«

»Auf Google Earth«, sagte der Junge. »Ich zeichne nur, was ich sehe …«

»Das sollten wir mal mit einer Drohne überprüfen.«

»Eine Drohne?«, wiederholte der Junge. »Krass.«

»Ja, und echt super, dass du der Polizei so geholfen hast.«

»Hoffentlich fangt ihr den *Maskenmann*«, sagte die Mutter besorgt, nachdem sie Xander ein wenig beiseitegenommen hatte. »Vorm Einschlafen müssen wir erst unterm Bett und im Schrank nachschauen. Er hat mein Gespräch mit einer Freundin mitbekommen, in dem ich ihr gesagt habe, dass ich glaube, dass er Birgitte Ussings vermisstes Auto gezeichnet hat. Ich habe in der Zeitung die Fahndungsmeldung gelesen. Und Sebastian verfolgt sehr interessiert die Entführung des Jungen aus Kopenhagen.«

Xander seufzte innerlich. Die Presse ließ keine Gelegenheit aus, den maskierten Mann als den *Maskenmann* zu betiteln.

»Wir tun, was wir können«, versicherte Xander und machte Anstalten, aufzubrechen.

Er verabschiedete sich von Sebastian, und seine Mutter brachte ihn zur Tür.

»Sebastian erforscht die Welt im Internet und von zu Hause aus. Das ist ein sicherer Platz. Er … wurde schon viel gemobbt, weil er so anders ist. Darum macht er seine Ausflüge viel lieber im Cyberspace.«

Xander schaute zu Boden. Es zerriss ihm das Herz, als er daran dachte, wie gemein Kinder zueinander sein konnten.

Kapitel 56

Die Nadel versank weich in dem blassen Fleisch des Arms, langsam drückte er den Stempel herunter. Die vorige Betäubung wirkte noch nach in dem mageren Jungenkörper. Seine Haut war leichenblass, und im Licht der OP-Lampe ahnte man den weißen Flaum, der sich in dem kühlen Raum mit den weiß gekachelten Wänden aufrichtete.

Der Junge lag auf einer Pritsche an der Wand, zwischen ein paar in die Wand geschraubten Metallhaken. Unter der Decke waren Wäscheleinen gespannt. An den Leinen hingen Pappfiguren, die erfrischende Düfte verströmten. Düfte, die ihn alles Unangenehme vergessen ließen.

Es war ein blumiger Duft, der ihn an einen strahlend sonnigen Tag vor vielen Jahren erinnerte, als der Wind vom Meer sich mit dem Duft des Weißdorns gemischt hatte. Ein parfümierter Duft. Jungfräulich, mit einem gefährlichen, sinnlichen Unterton. Das Gras war so grün gewesen, dass es in den Augen wehtat, und die Blüten der Bellis sahen aus wie dicke, in der Jahreszeit verirrte

Schneeflocken. Es rauschte in den Pappeln, deren silbrig schimmernde Blätter raschelten wie aufgeregtes Wispern.

Sommergeruch war für ihn das Reinste und Unverdorbenste, das er sich vorstellen konnte, und er verdrängte den beißenden Gestank von Tod und Verwesung.

Man konnte den Sehsinn täuschen, dachte er. Mit Make-up, Perücke und Maske. Lärm konnte mit Musik übertönt oder durch Kopfhörer weggefiltert werden. Aber den Geruchssinn, der direkt mit dem Gehirn verbunden war, zu überlisten, war schwierig. Trotz der zahlreichen Vorkehrungen, die er getroffen hatte, musste er sich eingestehen, dass der Geruch des Todes anmaßend war und geradezu unhöflich in seiner aufdringlichen Art.

Der Geruch des Todes zeigte vor niemandem Respekt. Wichtig oder unwichtig, reich oder arm. Der hübscheste Mensch stank genauso wie ein hässlicher Tropf. Vorm Tod waren alle gleich.

Dem würzigen Duft der Wunderbäume wichen alle Todesgedanken hellen Sommererinnerungen.

Die Farbe der Sonne war warm wie eine überreife Frucht. Die Messingstrahlen malten ein Relief der Fensterfächer an die Wand, ein bisschen wie blinde Fotografien. Vergoldete Staubkörner tanzten in der Luft.

Er sah sich das Individuum näher an. Die Gesichtszüge waren von der Betäubung entspannt. Er beugte sich über den Jungen und schnupperte. Das Haar duftete gut, aber er wusste, dass das nicht so bleiben würde. Düfte gehörten zu den flüchtigsten Sinneseindrücken. Schmeißfliegen konnten eine Leiche bereits wenige Minuten nach Eintritt des Todes lokalisieren. Er hatte das schon oft bei Tieren beobachtet. Die Insekten kamen angekrabbelt oder angeflogen wie von einer göttlichen Kraft gerufen. Am Ende wimmelte es in dem Kadaver so von Parasiten, dass er fast lebendig aussah.

Der Augenblick des Todes war faszinierend. Der Moment, in dem der Körper noch nicht verstanden hatte, dass es vorbei war. Wenn man den nur irgendwie festhalten könnte, dachte er.

Er ließ den Blick durch den Raum schweifen, den er seine Werkstatt nannte. Eimer mit Gips und Farbe, Flüssigkeiten zum Verdünnen, Gegenstände zum Stützen und Stahldraht zum Verstärken. Einige der Werkzeuge hatte er selbst hergestellt. Ja, er war ziemlich geschickt mit den Händen.

Der Junge wimmerte im Schlaf, und der Mann betrachtete ihn eine Weile.

Er warf dem Jungen noch einen letzten Blick zu, ehe er den Raum verließ. Der Kleine würde die nächsten Stunden tief und fest schlafen.

Kapitel 57

Das Wetter war ausnahmsweise mal gut. Eine gelbschimmernde Sonne vergoldete die restlichen Blätter, die sich in dem frischen Wind an die Zweige zu klammern schienen. Das perfekte Wetter für einen Waldausflug, genau das, was Xander jetzt vorhatte. Wenn auch nicht zum Vergnügen, sondern weil die Techniker ihn benachrichtigt hatten, dass im Gribsø tatsächlich ein Auto lag. Der inselbegabte Sebastian hatte tatsächlich recht gehabt.

Er hatte sich Kenneths Wegbeschreibung runtergeladen und folgte jetzt dem angegebenen Waldweg. Die Buchenblätter boten eine orangebraune Farbpalette. Er stellte sich vor, mit Josefine hier spazieren zu gehen, Hand in Hand, und ermahnte sich, sein Wunschdenken ganz schnell wieder abzuschalten. Er fühlte sich so schwer. Wozu tat er das alles? Die Leute würden immer weiter Verbrechen begehen und sich gegenseitig die Köpfe einschlagen, aber es war sein Job, in dem Sumpf aufzuräumen. Gerade wieder einmal fühlte er sich so ohnmächtig.

Die sinnliche Schönheit des Waldes verschärfte die Konturen seines tristen Lebens.

Er erreichte den See und parkte direkt hinter dem Lieferwagen der Techniker. Als er aus dem Auto stieg, hörte er das flirrende Summen der Drohne, die wie ein großes Insekt die Gegend überflog.

Er entdeckte Kenneths kräftige Gestalt. Er war in Zivil da und trug eine sehr eng anliegende Wildlederjacke und eine etwas zu hippe Jeans.

»Und, wo ist es?«

»Hier«, sagte Kenneth und zeigte auf den Bildschirm. »Da unten liegt es. Glücklicherweise nahe am Ufer, der See ist nämlich richtig tief. Ein echt aufmerksamer Bursche, der Sebastian. Wann wird er achtzehn?«

»Willst du ihn einstellen?«

»Leute mit solchen außergewöhnlichen Talenten sind immer bei uns willkommen.«

»Wie lange wird es dauern, das Auto zu bergen?«

»Eine Weile.«

*

Nachmittags verfolgte Xander zerstreut den feuerwehrroten Lieferwagen von Falcks Taucherdienst. Ein Taucher hatte vorher ein Seil am Abschlepphaken des Wagens befestigt und trank nun eine wohlverdiente Tasse Kaffee.

Ein quietschoranger Kranwagen vom Bereitschaftsdienst stand im Leerlauf am Ufer und zog den Wagen jetzt wie einen Wal an Land.

Xander blickte auf die schwarze Wasseroberfläche, in der sich die sich lichtenden Baumkronen spiegelten. Gelbe Blätter trieben wie Leuchtpunkte übers Wasser. Die reinste Postkartenidylle.

Das Wasser floss aus dem Auto zurück in den See. Ein Stück vom Ufer entfernt dümpelten ein paar Enten, der Wind fuhr durch das Schilf.

Endlich war das Auto ganz aus dem Wasser gezogen. Eine dunkle Schicht Algen und Grundschlamm bedeckte die rostige Oberfläche wie eine schleimige Haut. Einer von Kenneths Assistenten stemmte mit einer Brechstange die Tür auf, die abgeschlossen oder eingerostet war.

»Vorsichtig«, ermahnte Kenneth ihn.

Der Techniker nickte.

»Ich hatte selbst mal so eine Zitrone«, sagte er. »Schönes Auto, aber zu wenig Pferdestärken.«

Ein anderer Techniker machte sich daran, die Nummernschilder zu säubern. Kurz darauf nickte er.

»Das ist Birgitte Ussings Auto. Das Kennzeichen stimmt.«

Xanders Magen zog sich zusammen.

Er ging zu dem Auto, neugierig, was sich darin verbergen mochte.

»Sehen Sie was?«

Der Techniker schob den Oberkörper in den Wagen.

»Nein, nichts.«

»Schauen Sie im Kofferraum nach.«

»Okay.«

Hier kam selbst das Brecheisen an seine Grenzen, weil der Kofferraum vom Rost zusammengeschweißt war, wie der Techniker mit hochrotem Kopf verkündete.

Mit einem lauten, kreischenden Geräusch, bei dem ein Schwarm Tauben von einer hohen Buche aufflatterte, hebelte der Techniker schließlich gewaltsam die Klappe auf.

Xander hielt die Luft an.

In dem mit Wasser gefüllten Kofferraum lagen mehrere schwarze Plastiksäcke.

»Macht sie auf«, sagte Xander.

Kenneth holte eine Schere aus seinem Werkzeugkasten und schnitt vorsichtig das Plastik auf.

Kapitel 58

Als Josefine nach Hause kam, war sie erschöpft und außerdem spät dran, und sie kämpfte mit ihrem schlechten Gewissen gegenüber Whinston.

Sie hatte den Tag mit der Untersuchung der irdischen Überreste von Birgitte Ussing verbracht, die in dem versenkten Auto gefunden worden waren. Die Kanten am Arm, einem Bein und einem Teil des Torsos passten zu den Spuren einer elektrischen Säge beziehungsweise einer Axt. Was der Täter mit dem Rest gemacht hatte, wussten die Götter.

Sie drehte das Haar zu einem Knoten zusammen und ging in die Küche, wo sie vom Duft exotischer Gewürze empfangen wurde. Aus dem Wohnzimmer klang gedämpfte Jazzmusik. Whinston hatte eine Platte auf das alte Grammophon gelegt.

Es war sehr lange her, dass Josefine das Stück gehört hatte, und es rief eine Reihe Kindheitserinnerungen in ihr wach.

Winston begrüßte sie und sagte, dass das Essen fertig wäre.

»Tut mir leid, dass es so spät geworden ist … Ähm, hatten wir vereinbart, dass du Essen machst?«

Er lächelte.

»Nein, hatten wir nicht. Aber dein Vater muss was Ordentliches zwischen die Zähne kriegen. Der Hundefraß, den die Alten von der Gemeinde kriegen, muss nach einer geheimen Absprache mit der Pharmaindustrie produziert werden …«

»Wie meinst du das?«

»Na ja, von dem Junkfood kriegt man Verstopfung. Da sind ja Null Ballaststoffe drin. Das Kartoffelmus besteht aus einem Pulver, das sich wie Beton an die Darmwände klebt. Kein Wunder, dass sie da Abführmittel brauchen. Von dem Hersteller sollte man Aktien kaufen. Nein, heute gibt es den Chilieintopf meiner Tante. Der regt das System an, garantiere ich euch. Ich habe genug für die nächsten Tage gemacht, und in dem kleinen Topf ist Reis.«

»Das ist lieb von dir.«

»Dein Vater hat mich heute schachmatt gesetzt, es geht also aufwärts mit ihm. Ich hatte etwas Sorge, was die im Pflegeheim mit ihm gemacht haben. Er war völlig gelähmt und wusste partout nicht mehr, wie er das Pferd setzen muss. Aber das ist jetzt wieder im Lot.«

»Du glaubst gar nicht, wie dankbar ich dir bin, dass du dich so rührend um ihn kümmerst.«

»Du musst mir nicht danken. Mir geht's königlich.«

Sie lächelte über seine Formulierung.

»Ich habe übrigens deinen Föhn bei deinem Vater gefunden. Das war nicht so gut.«

»Warum?«

»Ihm war offensichtlich kalt, und er hat ihn angemacht, was er dann aber gleich wieder vergessen hat. Ich bezweifle, dass du ihn noch benutzen kannst. Das Plastik ist komplett geschmolzen.«

Josefine legte die Hände an die Wangen.

»Wir müssen darauf achten, nichts liegenzulassen, womit er Schaden anrichten kann.«

»Ich werde einen Gang durchs Haus machen.«

»Okay, dann geh ich mal. Wir wollen ins Kino. Er hat übrigens drei Bier getrunken, hat mich genervt. Wär vielleicht gut, wenn er nicht noch mehr trinkt.«

Sie nickte und ging ins Wohnzimmer, wo vor dem Fernseher gedeckt war. Sie begrüßte ihren Vater und ging zurück in die Küche, wo sie das Essen auf den Tellern verteilte und ins Wohnzimmer trug. Ihr Vater aß mit gutem Appetit und bekam ein letztes Bier.

»Du ähnelst deiner Mutter, wenn du das Haar so hochsteckst.«

»Ach ja?«

»Sie war so hübsch. Ich vermisse sie.«

»Oh ja, ich auch. Und Søren.«

Die Augen ihres Vaters wurden blank.

Josefine senkte den Blick. Es verging kein Tag, an dem sie nicht an ihren Bruder dachte.

»Ich denke so oft, wie leid es mir tut, dass er gestorben

ist, nachdem er meine Niere bekommen hatte. Ich werde das Gefühl nicht los, dass es meine Schuld gewesen ist …«

»Unsinn. Er wäre so oder so gestorben. Du hast dich operieren lassen, um ihn zu retten. Das ist kein risikoloser Eingriff. Das war unglaublich von dir.«

Er starrte vor sich hin.

Da klingelte es an der Tür. Arne stand davor. Er hielt eine blaue Deckenleuchte in der einen und einen Werkzeugkasten in der anderen Hand.

»Störe ich?«, fragte Arne. »Ich hätte vorher anrufen sollen …«

»Nein, gar nicht. Komm rein.«

Sie traten in den Flur.

»Ich hab eurer Sekretärin die Adresse abgeschwatzt.«

Er zögerte kurz, ehe er fortfuhr.

»Das ist ein Einzugsgeschenk. Du hast doch gesagt, dass dein Vater dieses Modell so mag.« Er hielt die Lampe hoch und lächelte.

»Tausend Dank«, sagte Josefine. »Darüber wird er sich aber wirklich freuen.«

»Wo soll ich sie anbringen?«

»Ähm … hier … im Eingangsbereich, denke ich. Aber wir können auch meinen Vater fragen, wo er sie gerne haben möchte.«

Sie gingen ins Wohnzimmer, wo Arne Josefines Vater begrüßte und ihm die Lampe zeigte. Der fing beim Anblick der Lampe an zu strahlen und erzählte, dass er genau das Modell in seiner Arztpraxis gehabt hätte. Aus unerfindlichen Gründen hatte er sie seinem Nachfolger überlassen.

Während Arne die Montage vorbereitete, holte sie eine Trittleiter. Sie freute sich, bald eine ordentliche Beleuchtung im Eingangsbereich zu haben.

Kapitel 59

Xander fühlte sich wie durch die Mangel gedreht, als er früh am nächsten Morgen im Büro ankam.

Am späten gestrigen Abend war er rastlos in der Gegend herumgefahren und irgendwann vor dem Haus von Josefines Vater in Valby gelandet. Er hatte am Straßenrand gehalten, aber schnell wieder einen Abflug gemacht, als er das Auto direkt vor dem Haus bemerkt und durch die Fenster den schrulligen Arne aus der IT-Abteilung im Haus herumlaufen gesehen hatte, als würde er dort wohnen.

Mit einem depressiven, lähmenden Gefühl im Körper war er nach Hause gefahren, und es hatte ihn die ganze Nacht nicht verlassen, sodass er viel zu wenige, unruhige Stunden Schlaf bekommen hatte.

Er rief den Einsatzleiter an, um zu hören, ob es was Neues gab, was nicht der Fall war. Der Geländewagen war wie vom Erdboden verschluckt.

Xander blickte seufzend auf seinen Schreibtisch, auf dem sich die Akten stapelten. Er nahm sich den Fall mit dem fatalen Fastnachtsabend noch einmal vor und blätterte ihn gähnend zum hundertsten Mal durch. Sein Akku würde nicht mehr lange halten. Er machte sich auf die Suche nach irgendetwas Süßem in seinen Schubladen, ohne Erfolg. Danach ging er in die Teeküche, in der ebenfalls keine Süßigkeiten aufzutreiben waren. Als letzte Chance wollte er Jørgen fragen, der aber noch nicht da war. In einer der Schubladen fand er zu seiner großen Überraschung eine Auswahl an Spezialvarianten schwedischen Schmierkäses aus der Tube, von der klassisch neutralen Geschmacksrichtung bis hin zu etwas raffinierteren Versionen mit Rentiergeschmack oder Bacon. Dann erspähte Xander noch herzhafte Kekse und schmierte sich einen Doppeldecker, der überraschend lecker schmeckte. Da hatten die Schweden ja mal was Gutes erfunden. Das Schmierkäselager gehörte vermutlich nicht zu Jørgens Diät, und er überlegte, was seine Frau wohl sagen würde, wenn sie wüsste, dass ihr körperträger, viszeralfetter Mann ein Lager verbotener Naschereien in seiner Schublade hatte? Ganz hinten lagen obendrein noch zwei Dosen Snus. Da prahlte der Bursche öffentlich doch tatsächlich damit herum, dass er dem Tabak abgeschworen hätte, weil seine Frau meinte, der wäre schlecht für die Spermaqualität. So ein Ammenmärchen, dachte Xander und verdrehte die Augen. Jørgen hatte ihm anvertraut, dass sie an Nummer zwei arbeiteten, was prompt ein paar unwillkommene Bilder von Jørgen auf Xanders innerer Leinwand aufploppen ließ. Ein bisschen tat ihm der Kollege ja schon leid, der so unter dem Pantoffel seiner Frau stand, dass er seine Schätze verstecken musste. Man änderte Menschen nicht so ohne Weiteres, und die Summe der Sünden blieb konstant.

Er schob die Schubladen wieder zu und hoffte, dass sein Diebstahl nicht entdeckt wurde. Er ging zurück in sein Büro und sah den Fastnachts-Fall noch mal von Anfang bis Ende durch. Und er musste zugeben, dass etwas dran war an dem, was Josefine gesagt hatte, und was er bisher von sich geschoben hatte, weil es ihm zu vage vorgekommen war. Sosehr er sie und ihre Kompetenzen respektierte, waren Rechtsanthropologen zwischendurch schon gehörig mystisch in ihren Äußerungen, so dass man als Normalsterblicher kaum eine Chance hatte zu verstehen, was sie meinten. Als ob sie sich in anderen Sphären bewegten. Aber er musste auch zugeben, dass Josefine mit ihren Theorien oft richtiglag.

Er war beim Bildmaterial angekommen. Es gab viele Fotos von dem Jungen mit der Platzwunde an der Augenbraue. Die Fotos stammten vom damaligen Tatort, oder wie man es nennen sollte, wenn es um eine tote Katze ging. Das Gesicht des Jungen war blutverschmiert. Es sah schlimm aus, stellte Xander fest.

Er nahm das nächste Foto, auf dem eine weiß gestrichene Fastnachtstonne zu sehen war, die zerbrochen auf einem Hofplatz lag. Das Blut war aus den Ritzen der Tonne gelaufen und hatte rote Streifen auf den Brettern hinterlassen. Der Boden war voller Blut. Die Mischung aus Apfelsinen und Süßigkeiten in der Tonne, zusammen mit der toten Katze, die wie ein verfilztes Bündel aussah, war makaber. Ein wirklich böser practical joke, dachte er.

Neben der Tonne lag die Mordwaffe: ein Stock, wie Kinder ihn zum Schlagball benutzten.

Er blätterte weiter zu einem Foto des Täters, ein Junge mit dunklen Locken und trotzigem Blick. Er sah verbissen in die Kamera, als würde er die Luft anhalten. Vielleicht hatte er der Polizei aber auch etwas verschwiegen, dachte Xander. Der Junge war um Augen, Nase und Mund mit Theaterschminke schwarz angemalt und sah aus wie ein Tier. Er hielt etwas in der Hand, das Xander nicht erkennen konnte, und er trug dunkle Kleider und Gummistiefel. Xander blätterte weiter und sah sich ein Gruppenbild genauer an, das auch in der Mappe gelandet war. Vermutlich war es vor dem Tonnenschlagen von einem der Erwachsenen geschossen worden, denn die Tonne war noch ganz und hing von einem Hahnenbalken in der Garage. Auf dem Bild waren vielleicht zehn verkleidete Kinder zu sehen. Nicht alle so modisch wie heute, die einen fantasievoller ausstaffiert als die anderen. Da gab es einen Harlekin, einen Ritter, einen gruseligen Dracula, zwei Cowboys und einen Batman. Batman hatte einfach nur eine dunkle Kappe über den Kopf gezogen, schwarze Kleider und gelbe Gummistiefel. Xander erkannte die Gummistiefel von dem letzten Foto wieder und schloss daraus, dass es sich um den verkleideten Täter handelte. Dann war das auf dem Foto mit der

Gesichtsbemalung in seiner Hand wohl die Batman-Maske gewesen.

Der Junge hieß Michael Andersen.

Xander schoss durch den Kopf, dass die Maske aussah wie der vermeintliche Stoffbeutel, in dem sie Theis' Schädel gefunden hatten.

Er schlug sich an die Stirn. Dann hatte Josefine doch recht mit den Abständen der Löcher. Sie passten perfekt zum Gesicht eines Kindes: Auge, Nase, Mund. Trotz der einfachen Effekte hatte der Junge unheimlich ausgesehen. Wie ein kleines Wesen der Finsternis. Es durchrieselte ihn kalt, und sein Herz begann, hart gegen die Rippen zu schlagen.

Er trommelte mit den Fingern auf die Tischkante und wählte Jørgens Nummer.

»Habt ihr Josefines Kollegen schon verhört?«

»Ja, haben wir. Von Ihnen kann es keiner gewesen sein. Sie haben allesamt Alibis, der mit dem schlimmen Rücken liegt sogar im Bett.«

»Okay. Und was ist mit Michael Leander vom Zoologischen Museum?«

»Den hab ich noch nicht erreicht, der geht nicht ans Handy. Aber ich war bei seiner Frau, die sagt, er wäre gerade in Schweden … Und bevor er dann nach Hause kommt, will er wohl noch im Museum vorbeischauen … wegen irgendeiner Ausstellung, meinte sie.«

»Okay, versuch weiter, ihn zu erreichen, und schau nach, ob wir was über ihn im System haben. Das könnte unser Mann sein. Es ist jedenfalls auffällig, dass der Vorname des Jungen, der die Katze getötet hat, ebenfalls Michael ist.«

»Ein recht häufiger Name«, gab Jørgen zu bedenken.

»Ich bin ziemlich sicher, dass der vermeintliche Stoffbeutel, in dem Theis' Schädel lag, in Wirklichkeit eine selbstgenähte Fastnachtsmaske ist. Josefine hatte den Geistesblitz, dass die Löcher im Stoff passend zu Augen, Nase und Mund darauf verteilt waren. Es ist eine Kindermaske.«

»Du willst damit sagen, dass der Katzenkönig unser *Maskenmann* ist?«

»Einen Versuch ist es auf alle Fälle wert. Überprüf bitte, ob Michael Leander einen Porsche Cayenne fährt.«

»Habe ich schon, fährt er nicht. Im Zentralen Fahrzeugregister ist er als Besitzer eines BMW X3 eingetragen. Absolut cooler Schlitten. Kostet ein Vermögen.«

*

Kurze Zeit später rief Kenneth an und berichtete, dass in den Abfallsäcken mit Birgitte Ussings sterblichen Überresten kleine Plastiktütchen gelegen hätten, die seiner Meinung nach Duftbäume enthalten hätten. Die Pappe hatte sich natürlich längst aufgelöst, aber sie hatten Spurenreste von Chemikalien gefunden, die Mitte der Achtziger in Lufterfrischern enthalten gewesen waren, als noch etwas großzügiger als heute damit umgegangen wurde, was für Stoffe man in Haushaltsprodukten verarbeitete.

Kenneth zählte ein paar chemische Substanzen auf, von denen Xander noch nie etwas gehört hatte.

Gerade als er das Gespräch beendete, klopfte Jørgen an die Tür.

»Du hast tatsächlich recht. Er hat seinen Namen geändert. Das stand im HIS-Register.«

Damit bezog Jørgen sich auf das polizeiliche Namensregister, in dem überprüft werden konnte, ob jemand im Laufe seines Lebens eine Namensänderung vorgenommen hatte.

»Michael Leander hieß früher Andersen mit Nachnamen, der Junge und der Zoologe sind ein und dieselbe Person. Die Personennummer stimmt überein.«

Xander sah den verbissenen Jungen auf dem Foto vor sich und spürte ein stimulierendes Kribbeln in den Muskeln. Endlich ein Resultat, das ihnen weiterhalf!

Er forderte Verstärkung an und versuchte, Josefine anzurufen, die er aber nicht erreichte. Dann fuhren Jørgen und er zu Leanders Haus in Klampenborg, nördlich von Kopenhagen.

Der Gedanke, dass Lasse sich dort befinden könnte, jagte seinen Pulsschlag in die Höhe, aber er durfte seine Erwartungen nicht zu hoch schrauben. Der bisherige Verlauf der Ermittlungen hatte ihn Geduld und Vorsicht gelehrt. Aber er musste in jedem Fall handeln. Für Zögerlichkeiten war jetzt keine Zeit.

*

Xander und Jørgen warteten in Klampenborg auf die Spezialeinheit. Sie waren bewaffnet und trugen schusssichere Westen, falls es zur physischen Konfrontation kam.

Die Wahrscheinlichkeit, Lasse dort drinnen zu finden, war verschwindend gering, aber nicht auszuschließen.

Die Spezialeinheit hatte sechs Mann geschickt. Xander bemerkte einen weißen Alfa Romeo auf der Einfahrt, vermutlich der Wagen seiner Frau.

Xander klingelte, aber es machte niemand auf. Er gab der Einsatztruppe ein Zeichen, das Haus einzukreisen. Gleich darauf war ein ohrenbetäubendes Krachen zu hören, als der Rammbock die solide Tür sprengte. Im Esszimmer stand eine Frau mit zwei kleineren Kindern, die sie fassungslos anstarrten.

»Das Haus durchsuchen!«, brüllte Xander, und die Kollegen stürmten in unterschiedliche Richtungen los. »Damgaard, Polizei Kopenhagen«, sagte er zu der Frau. »Warum haben Sie nicht aufgemacht?«

»Wir waren im Garten. Ich habe die Klingel nicht gehört.«

»Wissen Sie, wo Michael Leander sich befindet?«

Die Frau sah ihn an. Sie war hübsch und altersmäßig schwer einzuordnen. Es war offensichtlich, dass die plastische Chirurgie ein wenig nachgeholfen hatte. Ihre Lippen standen unnatürlich vor. Xander zog natürlich aussehende Frauen vor. Das eine Kind begann zu weinen, das andere starrte ihn nur an.

»Michael?«, wiederholte sie und sah ihn fragend an.

»Der ist zurzeit noch in Schweden, und danach fährt er direkt nach Kopenhagen, weil er sich um eine neue Ausstellung im Museum kümmern muss. Das hab ich Ihrem Kollegen doch schon mitgeteilt«, sagte sie.

Als sie sich übers Haar strich, sah Xander ihre unglaublich langen, pink lackierten Fingernägel. Von der Wand hinter dem Esstisch starrte ihm ein Tier mit geschwungenen Hörnern mit glasigem Blick entgegen. Es musste sich um irgendeine exotische Widderart handeln.

»Denken Sie noch einmal nach, es geht um eine Entführung. Wann haben Sie Ihren Mann das letzte Mal gesehen?«

»Vor einer Woche«, sagte sie langsam. »Er kommt morgen nach Hause.«

Sie tröstete das weinende Kind, ein hübsches Mädchen mit großen blauen Augen. Die Schluchzer ebbten nach einer Weile in leise Hickser ab.

Als zwei der Beamten in Kampfuniform zurückkamen, fing das Mädchen wieder an zu weinen.

»Der Verdächtige und der Entführte sind nicht im Haus«, sagte der eine kurzatmig.

»Verdächtiger? In welchem Zusammenhang?«

»Es geht wie gesagt um eine Entführung …«

»Von wem … diesem Jungen … Lasse?«

Ganz Dänemark kannte den Namen des entführten Jungen, dessen Foto auf allen Medienplattformen zu sehen war, neben dem giftgelben Breaking News-Banner.

Xander nickte.

»Wenn Sie irgendetwas wissen, sind Sie verpflichtet, es uns jetzt zu sagen.«

Es war, als würde die Frau aus ihrer Trance erwachen. Sie legte die Stirn in Falten, ballte die Hände zu Fäusten und kniff die Augen zusammen.

»Was bilden Sie sich eigentlich ein, so hier reinzustürmen? Und wer bezahlt die Tür? Das ist Teakholz.«

»Sie können die Polizei anrufen oder eine Mail schreiben, in der Sie einen Kostenvoranschlag für die Reparatur des Schadens angeben können«, sagte Xander kurz angebunden. »Es tut mir natürlich leid, aber das ist eine ernste Angelegenheit, wie Sie sicher verstehen.«

»Sie können Gift darauf nehmen, dass ich Sie anzeigen werde!«

Das Heulen des Mädchens schraubte sich auf ein infernalisches Niveau hoch.

Xander nickte.

»Wie gesagt, es tut mir leid.«

Er verließ den Raum. Im Eingangsbereich blieb er vor einem gerahmten Bild stehen, das er erst jetzt bemerkte. Darauf war eine Kirche zu sehen. Er musste nahe herangehen, um den schnörkeligen, handschriftlichen Bildtext zu entziffern.

Es war eine Kirche in Rom, er erkannte den ellenlangen Namen wieder, den Josefine im letzten Briefing erwähnt hatte: Santa Maria della Concezione dei Cappuccini. Er erinnerte sich daran, weil er dabei an Kaffee denken musste. Das war die Kirche, in dessen Beinhaus, wie

Josefine es genannt hatte, das Schild mit dem Zitat hing, dass der Tod irgendwann jeden ereilte.

Er schaute über die Schulter und begegnete dem Blick der Frau, deren Gesichtsausdruck in diesem Augenblick eine krasse Wandlung vollzog. Sie sah verängstigt aus. Die überhebliche Fassade war wie weggeblasen.

»Sieh zu, mehr über ihn auszugraben … und überprüf auch die Frau«, sagte Xander zu Jørgen, als sie vor dem Haus standen. »Ich bin sicher, dass er unser Täter ist. Bring polizeiintern eine Fahndung auf den Weg, aber geh noch nicht an die Öffentlichkeit, damit er keine Lunte riecht. Du findest im Netz sicher ein Foto, das wir nutzen können. Wir stehen bereit, wenn er die dänische Grenze überquert.«

»Gut, ich informiere die Kontrollstellen an der Øresundbrücke und an den Flughäfen.«

Kapitel 60

Josefine wickelte sich ihren roten Schal um den Hals und brach zu einem Spaziergang zum Zoologischen Museum auf.

Sie hatte gesehen, dass Xander angerufen hatte, was sie aber ignorierte. Er hatte sie selbst als Beraterin zu dem Fall hinzugezogen, und sie war es leid, dass er sämtliche ihrer Theorien vom Tisch wischte. Dabei war ihr klar, dass sie Xander mehr bieten musste, um ihn dazu zu bringen, die Spur weiter zu verfolgen. Die Zeit lief ihnen davon. Sie fürchtete um Lasses Leben.

Josefine wurde den Gedanken nicht los, dass der Mörder sich in den gleichen Kreisen bewegte wie sie. Und immer wieder landete sie bei dem gemeinsamen Nenner, dass bei allen Ausgrabungsstätten, an denen die Opfer gefunden worden waren, auch Zoologen hinzugezogen worden waren, um die bei den Grabungsarbeiten freigelegten Tierknochen zu untersuchen.

*

Als sie sich dem Museumseingang näherte, fiel ihr erstmals auf, dass das Banner-Logo der Kopenhagener Universität die gleichen Farben hatte wie das der Universität Uppsala. Die dänischen roten Kreise weckten bei ihr Assoziationen an Blutstropfen.

Die gelben Eichenblätter auf dem Gras wiederum sahen aus wie kleine Citrus-Varianten dieser Wunderbäume, wie kleine leuchtende Weihnachtsbäume. Jetzt sah sie schon überall Zeichen und Symbole, dachte sie und sinnierte weiter, dass das mit den Düften schon interessant war. Das Aftershave ihres Vaters zum Beispiel war ganz eng verknüpft mit ihrer Kindheit. Wenn er damals früh zu Hause aufgebrochen war zu einem Patientenbesuch, oder um in die Praxis zu fahren, hatte er eine Duftnote hinterlassen wie eine liebvolle Umarmung nach dem Aufwachen. Als wäre ein Teil von ihm noch da, um sie zu begrüßen.

*

Das Museum hatte noch nicht geöffnet, und während sie wartete, dass jemand sie hereinließ, betrachtete sie ihr Spiegelbild in einer der dunklen Scheiben. Im Hintergrund waren die großen Bäume im Park zu sehen. Es war ein bisschen, wie auf die Oberfläche eines tiefen Sees zu blicken. Hinter dem Fenster schwebte das Skelett eines Anglerfisches mit mörderischen Zähnen, ein echtes Monster. Sie wusste, dass der Tiefseefisch seine Opfer mit einer Art Leuchtantenne auf dem Kopf in sein tödliches Maul lockte.

Sie erkannte Eske Knudsen hinter der Glastür, der sie gleich darauf hereinließ und mit in sein Büro nahm. Sie hatte sich unter dem Vorwand mit ihm verabredet, etwas mehr über die Sammlung der Tierskelette im Museum erfahren zu wollen. In Wirklichkeit hatte sie lange über den Geruch und die eigentümlichen Motive auf den Bildern in Michael Leanders Büro nachgedacht. Die Maske an der Wand hatte sie an den maskierten Mann und an den Fall im Allgemeinen erinnert. Danach hatte sie über das Skelett des vergifteten Schnabelwals nachgedacht, das unsortiert in dem Raum mit der Stahlwanne gelegen hatte, in dem das Fleisch von den Knochen gekocht wurde. Demnach könnte jeder x-beliebige Museums-Mitarbeiter der Mörder sein. Jeder Zoologe im Museum dürfte vertiefte Kenntnisse über Anatomie und einen Einblick in das Präparieren von Knochen haben. Und der ganze Bereich war vollgestopft mit merkwürdigen Gegenständen und Skeletten von allen möglichen Tieren. Das war alles sehr verdächtig, aber vielleicht bildete sie sich das auch nur ein. Sie stellte sich vor, dass der sympathische Stiernacken alias Arvid Lindberg ein brutaler Serienkiller sein könnte. Oder der charmante Eske Knudsen? Natürlich dachte sie auch an den Praktikanten mit dem Hoodie, der ihr den unappetitlichen Kadaver des Elchkalbs in der Stahlwanne gezeigt hatte. Josefine schüttelte den Kopf. Bestimmt sah sie nur Gespenster. Sie stand brutal unter Druck, weil das plötzliche Interesse der Eiskönigin an ihren Studien über die Volksgesundheit einen Rattenschwanz an bürokratischem Papierkram nach sich zog, während die Skelette vom Pestfriedhof sich förmlich im Institut stapelten.

Eske Knudsen servierte ihr einen großen Keramikbecher Tee, als sie in seinem Büro Platz genommen hatte. Sie nippte an dem dampfenden Getränk und betrachtete ein sehr ungewöhnliches, ausgestopftes Tier mit weißem Pelz. Es sah ein bisschen aus wie ein Einhorn mit großen Augen und langen Wimpern. Das Tier schien ihren Blick zu erwidern. Aber es gab doch keine Einhörner.

»Was um Himmels willen ist das?«

»Raten Sie«, sagte Eske Knudsen und lehnte sich breit lächelnd auf seinem Stuhl zurück.

Er fuhr sich mit den Fingern durch die ergraute Prinz-Eisenherz-Frisur, die eigentlich nicht zu dem Fahrradlenker-Schnurrbart passte, aber der Gesamteindruck war sehr charmant. Außerdem trug er ein buntes Perlenarmband, bestimmt ein Geschenk eines seiner Enkelkinder.

»Bei dem gedrehten Horn tippe ich mal auf Narwal.«

»Ein Punkt für Sie.« Eske Knudsen lächelte. »Und der Körper?«

Josefine musste passen.

»Angoraziege«, platzte Eske Knudsen triumphierend heraus. »Wir präparieren gerne ein paar lustige Kreuzungen unterschiedlicher Tiere, die dann auf den Betriebsfeiern erraten werden müssen. Und wir haben wirklich ein paar sehr fantasievolle Mitarbeiter.«

Josefine lachte. Das konnte sie sich lebhaft vorstellen.

»Jetzt sehe ich es auch«, sagte sie langsam, nachdem sie den charakteristischen Ziegenbart unterm Kinn des Tieres entdeckt hatte. An der Wand hinter dem Fantasietier hing ein Pfeilschwanzkrebs, der wie ein großes, apartes Insekt aussah, daneben ein Vogelschädel mit einem gekrümmten Schnabel. In einer Glasvitrine standen unterschiedliche Schädel, die menschlich aussahen, aber auch wieder nicht. Sie vermutete, dass es sich um Affenschädel handelte, auch wenn ein paar davon ungewöhnlich klein waren. Wie es aussah, waren sie in aufsteigender oder absteigender Reihenfolge nach der Größe sortiert. Das erinnerte sie an die Schädelsammlung im Institut in Visby, wo der letzte Schädel in der Reihe zu einem ungeborenen Säugling gehörte.

Ihre Arbeitsbereiche ähnelten sich sehr, dachte Josefine. Sie beschäftigten sich beide mit dem Tod, der insgesamt einen großen Raum in ihrem Leben einnahm, um mit ihren Erkenntnissen den Lebenden zu helfen.

»Und, worüber wollten Sie mit mir sprechen?«

»Hm, also, das ist etwas verwickelt, und ich bin mir selber noch nicht ganz sicher. Aber bei unserem letzten Treffen haben Sie gesagt, dass man, wenn man die skelettierte Leiche eines Menschen verschwinden lassen wollte, die Knochen hier drinnen in der Sammlung verstecken sollte.«

Eske Knudsen breitete lachend die Arme aus.

»Das ist so ein Spruch von uns. Sie haben ja auch einen speziellen Job, gibt es da nicht auch eine Art internen Werkstatthumor?«

»Doch, klar«, sagte Josefine, obwohl davon nicht mehr viel übrig war, seit die Eiskönigin das Ruder übernommen hatte. Sie legte einen unangenehmen Dämpfer auf alles, und es ging nur noch um Optimierung und Geld. »Ich weiß nicht … Aber irgendetwas an dem, was Sie in unserem letzten Gespräch gesagt haben, hat bei mir die Neugier geweckt, mehr über Ihre Arbeit erfahren zu wollen und, wie schon gesagt, mir Ihre Sammlung genauer anzuschauen.«

Eske Knudsen beugte sich vor.

»Aber gerne, Sie sind jederzeit herzlich willkommen, Josefine. Ich trage gern mein Teil dazu bei, Ihnen zu helfen, den Täter zu schnappen. Und ich finde es grandios, dass die Polizei Sie als Beraterin angeheuert hat. Mutige Entscheidung. Dass die sich nicht zu schade sind, um Unterstützung zu bitten.«

Josefine nickte. Wenn sie dann auch noch auf ihre Beraterin hören würden, dachte sie im Stillen. Josefine fühlte sich abgeschlagen. Sie fischte im Trüben und hatte einen undurchsichtigen Morast vor sich, den sie nicht deuten konnte. Eine schummrige Schattenwelt, in der sich der Mörder sicher bewegte. In einer Welt voller Knochensymbole, die sie entziffern musste, wenn sie den Mordfällen auf den Grund gehen wollten, die immer rätselhafter wurden wie ein verwickelter Albtraum. Und trotzdem war sie sich ihrer Sache ziemlich sicher, dass die Antwort irgendwo hier im Museum zu finden war. Nur eine leise, spottende Stimme in ihrem Kopf warnte sie, dass sie sich irrte. Dass das Ganze nur eine vage Theorie war, wie Xander es wohl formulieren würde.

»Ich würde gerne mit den Leuten sprechen, die bei der Ausgrabung der Steinzeitskelette in Motala dabei waren …«

»Michael Leander?«

»Ja, und Arvid Lindberg.«

»Hm … von Lindberg weiß ich, dass er die nächsten Tage für einen Workshop in Jylland ist, den werden Sie also nicht antreffen. Aber vielleicht erreiche ich ja Leander, der gerade aus Schweden zurück ist.«

Eske Knudsen nahm sein Handy und tätigte einen Anruf. Josefine hörte, wie er kurz von ihr erzählte und fragte, ob Leander Zeit hätte, vorbeizukommen.

Kurz darauf beendete Eske Knudsen das Gespräch.

»Leander findet uns, er ist unterwegs«, sagte er. »Er ist gerade mit etwas in der Ausstellung in der Øster Voldgade beschäftigt … Sie wissen schon, unser neuer T. rex. Das ist eine echte Mammutaufgabe, den zusammenzusetzen. Wir haben hohe Erwartungen an die Ausstellung und arbeiten rund um die Uhr, um rechtzeitig fertig zu werden. Wir erhoffen uns einen annähernden Jurassic-Park-Effekt … Ein paar solide Zuschüsse aus dem Ticketverkauf könnten nicht schaden.«

Josefine nickte.

»Wie sieht's aus, gehen wir los? Wir treffen Leander in der Säugetierabteilung.«

Eske Knudsen hielt ihr galant die Tür auf, und sie gingen durch einen kobaltblau gestrichenen Flur mit hellen Böden. Sie betraten eine Lagerhalle, in der Geweihe jeder Form und Größe sich wie nackte Winteräste verzweigten. Hier war der Boden dunkelbraun und der Raum nur spärlich beleuchtet. Die spitzen Geweihzacken zeichneten sich wie Schattenbaumkronen an der Wand ab.

»Hier kann es abends ganz schön unheimlich sein«, erwähnte Eske Knudsen unnötigerweise.

Auch am helllichten Tag war es hier unheimlich, fand Josefine und hielt vergeblich nach einem Fenster in dem dunklen Raum Ausschau. Sie war froh über Eske Knudsens Gesellschaft. Die in der Decke integrierten Lampen waren nicht stark genug, um das Lager auszuleuchten.

Wie im Totenreich, dachte sie.

Hinter einer blauen Tür kamen sie zu den Meereswesen. Die Reihen mit Wirbeln von unendlich langen Walen und die gigantischen Schädel waren beeindruckend, selbst für eine erfahrene Rechtsanthropologin wie sie. Im Meer war einfach alles größer. Die Knochen waren unfassbar groß und wohl das, was von den heute noch lebenden Tieren dem Dinosaurier am nächsten kam.

»Kommen Sie«, sagte Eske Knudsen.

Sie gingen in einen anderen Lagerraum mit mitternachtsblauen Wänden, in dem das Licht auch nicht viel mehr ausrichtete.

»Ich rede mir den Mund fusselig, dass sie die Lichter anders einstellen sollen«, schimpfte Eske Knudsen. »Aber die Angestellten haben so viel mit der neuen Ausstellung zu tun, dass ich am Ende die Glühbirnen wahrscheinlich selber austauschen muss. Zum Glück bin ich hier schon so lange unterwegs, dass ich mich im Schlaf zurechtfinden würde.«

In diesem Raum standen deckenhohe Metallregale, in denen mit beschrifteten Aufklebern bestückte Kästen in allen erdenklichen Größenkategorien standen. Manche waren kunstvoll geschnitzt und sahen antik aus. Josefine blieb vor einem Regal stehen, in dem ein langgezogener Schädel mit ausgeprägter Augenpartie thronte. Er gehörte vermutlich zu einer großen Affenart. Als sie weiterging, fühlte sie sich von den schwarzen Augenhöhlen verfolgt.

»Das ist unser seliger Hektor, ein männlicher Pavian aus dem Zoologischen Garten. Sie waren untröstlich über seinen Tod. Er war das Maskottchen des Zoos, glaube ich, und ist steinalt geworden. Aber am Ende hatte er keine Zähne mehr, und es war wohl das Beste, dass er seinen Frieden gefunden hat.«

Josefine nickte, und sie gingen weiter.

»Hier ist unser Regal«, sagte er mit einem geheimnisvollen Lächeln und strich sich über den Bart.

»Was heißt das?«

»Wir Menschen sind ja auch Säugetiere, und das ist unser Regal. Ein Tier mit einem außergewöhnlich großen Gehirn, das weiß, dass es irgendwann sterben wird. Ein unerträgliches Wissen.«

»Dann lagern hier also auch menschliche Skelette?«, fragte Josefine überrascht.

»Ansonsten wäre die Sammlung ja nicht komplett«, sagte Eske Knudsen mit größter Selbstverständlichkeit.

In dem Regal standen hübsche Schatullen und Koffer mit zierlichen Scharnieren. Das Holz war lackiert, und die Verstärkungen an den Ecken sahen aus wie ineinander verschränkte Finger.

»Die sind wunderschön«, sagte Josefine bewundernd.

»Ja, solides Handwerk, um unsere wissenschaftlichen Schätze zu schützen. Wir haben unser eigenes System, um die Sachen wiederzufinden. Wir lagern den großen Menschenaffen zusammen mit dem Menschen, der in Klasse, Ordnung, Familie, Gattung und Art eingeteilt wird.«

»Das ist bei meiner Arbeit einfacher«, sagte Josefine lachend.

»Ja, da kommen Sie billig davon! Die Eselsbrücke lautet: Primaten, Haplorrhini, Hominide, Homo … und Homo sapiens.«

Die Deckenbeleuchtung begann zu blinken wie kurz vorm Aussetzen. Eske Knudsen fluchte, holte eine Trittleiter, stieg darauf, klopfte gegen die Neonröhre, worauf das Morseblinken sich beruhigte.

»Das ist alles schon sehr alt hier, aber wir ziehen ja glücklicherweise bald in neue Räumlichkeiten um. Oben beim Botanischen Garten. Darum wird hier nur noch schlampig geflickt.«

Er stieg von der Leiter und stellte sie zurück an ihren Platz.

»Der hier birgt eine echte Trophäe«, sagte Knudsen und zog behutsam einen Koffer aus dem Regal, legte ihn auf einen Rolltisch und öffnete ihn. Darin lag der Schädel eines Mannes. »Drüben in der Nass-Sammlung haben wir einen Säugling in Formalin … Wir haben Nass und Trocken voneinander getrennt … Und das hier ist ein echter Wikinger.«

Josefine bewunderte den gut erhaltenen Schädel und dachte, dass es sich um einen sehr muskulösen Mann gehandelt haben musste. Eske Knudsen drehte den Schädel in dem sparsamen Licht so, dass sie die Abdrücke der Muskelansätze im Nacken sehen konnte. Sie stellte sich vor, wie der Mann mit den breiten Wangenknochen und der hohen Stirn lebend ausgesehen haben mochte.

Der Kiefer war irgendwann mal gebrochen gewesen und wieder zusammengewachsen. Eske Knudsen lag wohl richtig, dass sie einen waschechten Krieger vor sich hatten, dachte sie.

In dem Augenblick ging die Tür auf, und Josefine und Eske Knudsen schauten hoch.

»Na, da ist ja Michael Leander«, sagte der Zoologe mit einem Lächeln.

Ein großer Mann kam auf sie zu. Er trug einen beigen Overall mit dem Logo der Universität Kopenhagen. Josefine dachte wieder an Blutstropfen wie schon beim Banner über dem Museumseingang.

»Darf ich dir Josefine Jespersen vorstellen. Sie ist Rechtsanthropologin, also aus der beruflichen Verwandtschaft sozusagen.«

Leander lächelte sie an und gab ihr die Hand. Josefine fiel wieder ein, dass sie ihn das letzte Mal kurz gesehen hatte, als sie das Museum verlassen hatte. Er hatte ihr die Tür aufgehalten. Leanders Händedruck war fest, registrierte sie und betrachtete sein nasses Haar. Offensichtlich regnete es schon wieder.

»Wie spannend«, sagte er. »Es kommt nicht so häufig vor, dass man auf eine waschechte Rechtsanthropologin trifft.«

»Ja, von uns gibt es nicht so viele«, sagte Josefine.

»Und jetzt werden Sie durch unsere Sammlung geschleppt. Passen Sie auf, das kann Stunden dauern«, warnte er sie mit einem Zwinkern. »Wenn Eske sich einmal warmgelaufen hat, kann das in eine Mitternachtsveranstaltung ausarten.«

»Musst du grade sagen, Michael«, sagte Eske und klopfte ihm freundschaftlich auf die Schulter. »Man muss den T. rex nur erwähnen, dann redest du schon wie ein Wasserfall. Apropos, wie läuft es mit deinem Sammelprojekt da drüben?«

»Es geht vorwärts, aber es ist ein echtes Puzzle. Und wir hatten Probleme mit der Stahlkonstruktion, die das Ganze zusammenhalten soll, weil ein paar Teilen fehlen.«

»Wie bei IKEA-Möbeln«, sagte Josefine und grinste.

»Wie recht Sie haben. Dummerweise hat sich dadurch alles verzögert ... und wir mussten die fehlenden Teile bei einem Schmied nachbestellen. Ein echtes Riesenprojekt, das sag ich Ihnen.«

Josefine sah deutliche Falten um Leanders freundliche braune Augen, sein Haar war grau meliert.

»Also, was kann ich für Sie tun? Haben Sie Fragen?«

»Wie ich gehört habe, waren Sie in die Ausgrabung in Motala involviert?«

»Ja, wir sollten uns eine Reihe Tierskelette anschauen, bevor das Material zum Konservator geschickt wurde. Unfassbar, wie gut die Knochen erhalten waren.«

Während er sprach, veränderte sich Leanders Gesichtsausdruck schlagartig, und sein Blick wurde kalt und starrend. Josefine merkte, wie er sie von oben bis unten taxierte, und ihre Nackenhaare stellten sich auf.

Er strich sich das nasse Haar aus der Stirn und machte einen Ausfallschritt auf sie zu. Josefine kam seine Art, sich zu bewegen, plötzlich bekannt vor. Wie der Mann in dem Zelt in Motala und auf dem Schulhof an dem Tag, als Lasse entführt wurde. Ein kalter Blitz durchfuhr sie bei dem Gedanken, dass er der *Maskenmann* sein musste. Größe und Statur passten.

»Michael?«, sagte Eske Knudsen und sah ihn fragend an.

Leander zog ein skalpellähnliches Messer aus der Tasche und hieb damit nach Josefine, aber sie konnte im letzten Moment ausweichen. Eske Knudsen sprang vor und schob sich zwischen sie. Es gelang ihm, Leander das Messer aus der Hand zu schlagen, das über den Boden unter eins der hohen Regale schlitterte. Leander versuchte vergebens, es wieder an sich zu bringen. Die beiden Männer begannen, sich zu prügeln. Josefine hörte es laut klappern, als ein paar Knochen zu Boden gingen, dann war ein dumpfer schwerer Laut zu hören. Eske Knudsen wankte, ein Rinnsal Blut lief aus seinem Haar hinunter zum Kinn, wo es sich mit anderen Rinnsalen vereinte.

Er schwankte leicht, dann sackte er in sich zusammen. Niemand konnte so einen Schlag auf den Schädel überleben, dachte Josefine und spürte die Angst durch ihren Körper strömen.

Als sie für den Bruchteil einer Sekunde zu Leander schaute, sah sie, dass das, was sie für eine Keule gehalten hatte, der Knochen eines sehr großen Tieres war. Vielleicht von einem Wal, dachte sie noch, ehe ihr Bewusstsein einfror. Sie fühlte sich wie schockgefrostet.

»Nein!«, rief sie, als Leander mit über dem Kopf erhobenem, blutverschmiertem Knochen auf sie zukam.

Sie machte ein paar Schritte rückwärts, während das Adrenalin wie Eiskristalle durch ihren Körper schoss, und sie spürte, wie Leander sie mit Blicken fixierte. Scheinbar ganz ruhig machte er einen großen Schritt über Eske Knudsens Leiche hinweg.

Josefine rannte los und spürte das Übersäuern ihrer Beinmuskeln vor Angst, aber sie zwang sich, weiterzulaufen. Sie erreichte den Geweihraum und musste aufpassen, nicht von den spitzen Enden aufgespießt zu werden. Ein gefährlicher Lianenwald, dachte sie und hörte Leanders Schritte wie den Nachhall ihrer eigenen aufholen. Sie hörte seinen stoßweisen Atem hinter sich.

Josefine riss im Vorbeilaufen ein paar Hirschgeweihe aus den Regalen und warf einen Blick über die Schulter. Sie landeten mit trockenem Knacken auf dem Boden wie tote Äste. Sie registrierte ein paar schnabelartige Schädel mit spitzen Zähnen, vermutlich Krokodile, die skurrile Schatten an die Regalwände warfen. Im nächsten Regal war alles in undurchsichtiges Plastik gepackt.

Auch Leander wich den Spitzen der Geweihe aus, als sie durch eine blaue Tür in einen neuen Raum lief, offenbar die Nass-Sammlung. Mit Schraubdeckeln verschlossene Gläser in allen erdenklichen Formen und Größen ließen sie an eine große Speisekammer oder an eine finstere, unheimliche Küche denken. Josefine wischte eine Reihe Gläser aus dem Regal auf den Boden, erhaschte in der Hektik den Blick auf eine Schweineschnauze und ein bleiches Schlangenwesen. Sie lehnte sich mit der Schulter an ein Leiterregal, als sie in einem Glas einen kleinen, zusammengekrümmten Menschen in Fötushaltung erblickte. Das Regal gab nach, begann zu wackeln und kippte nach vorn. Mit einem ohrenbetäubenden Krachen ging es zu Boden, die Gläser rutschten heraus und zerschellten am Boden. Scharfer Formalingestank breitete sich aus und brannte in der Nase.

Trotz der Hindernisse holte Leander auf und sprang über die chemischen Pfützen. Sie warf einen Stapel Umzugskartons um und danach ein paar sehr schwere blaue Plastiktonnen.

Hinter der Glasscheibe stand ein ausgestopfter Moschusochse vor einem ausgestopften Zebra. Der Ochse stand von ihr abgewandt und schaute zu einer gelben Tür am hinteren Ende des Raums. Links davon hing ein Feuerlöscher, rechts davon etwas Rotes.

Sie lief schneller und erreichte die Wand, zerschlug das Glas des altmodischen Feueralarms und drückte so fest sie konnte auf den Knopf.

Eine laute Sirene begann zu schrillen.

Kapitel 61

Xander nahm die Meldung entgegen, dass im Zoologischen Museum der Feueralarm ausgelöst worden und ein ermordeter Mann gefunden worden war.

Er brach überstürzt auf, bekam Jørgen zu fassen und fuhr mit ihm im Dienstwagen mit den anderen Einsatzfahrzeugen Richtung Østerbro.

Vor dem Eingang waren viele Menschen zusammengeströmt. Der Bereitschaftsdienst war bereits dabei, das Gebäude abzusperren und die Leute aus dem Bereich zu evakuieren.

Xander und Jørgen bekamen die obligatorischen Schutzanzüge, Handschuhe, Schuhüberzieher und Mundschutze ausgehändigt und rüsteten sich.

»Seht zu, so schnell wie möglich die Überwachungsvideos zu besorgen«, sagte Xander zu einem Techniker, der vorbeikam. »Ich will wissen, wer hier in den vergangenen Stunden ein und aus gegangen ist.«

Der Techniker nickte und verschwand.

Xander betrat das Museumsgebäude und begrüßte

die Kollegen, die schon da waren. Ein Polizeibeamter gab ihm eine kurze Zusammenfassung. Der Tote war ein Museumsangestellter, Eske Knudsen, der blutüberströmt in einem Lagerraum entdeckt worden war, in dem die Skelette der Säugetiere aufbewahrt wurden.

Überall liefen Feuerwehrleute herum, aber es roch nicht nach Rauch und schien kein offenes Feuer zu geben. Xander erkundigte sich beim Einsatzleiter, der bestätigte, dass es sich um einen falschen Alarm handelte.

Xander und Jørgen wurden durch verschiedene Ausstellungen geführt. Unterwegs kamen sie an riesigen Tierskeletten vorbei, die halb zusammengesetzt in einem menschenleeren, hohen Raum lagerten.

Die Beleuchtung war kärglich, die Luft von den ausgestopften Tieren muffig und verstaubt, genau, wie Xander es aus seiner Schulzeit in Erinnerung hatte. Seine Kumpel und er hatten sich auf »altes Gnu« geeinigt als bildhafte Beschreibung für die verpestete Museumsluft. Im nächsten Depot lagen ein paar Geweihe über den Boden verteilt, dahinter sah es noch wilder aus und roch wenn möglich noch widerwärtiger. Xander sah die Lachen auf dem Boden, die verdächtig nach Chemikalien rochen, darin undefinierbare grauweiße Gegenstände, die aus den Regalen gefallen sein mussten.

Er kniff die Augen vor dem grellen Licht zusammen, als sie das nächste Lager betraten, in dem sich in deckenhohen Holzregalen gigantisch große Knochen stapelten.

Kenneth Nyborg war bereits eingetroffen und hatte

ein paar Scheinwerfer aufgestellt, die den Raum in grelles Licht tauchten.

»Kein schöner Anblick«, warnte Kenneth die neu eingetroffenen Kollegen.

Xander nickte.

Auf dem Boden lag bäuchlings ein Mann in einer Blutlache, in der ein Blitzlichtgewitter reflektierte, als ein Techniker Fotos schoss.

»Gibt es hier Überwachungskameras?«

»Bedauerlicherweise nicht in den Depots«, sagte Kenneth.

Die Rechtsmedizinerin Maria Holeby stürmte in einem Einmal-Schutzanzug herein und nickte Xander zu.

»Was ist hier passiert?«

»Eske Knudsen, Konservator im Museum«, informierte er sie.

Maria Holeby band den Mundschutz vor und zog ein Paar minzfarbene Handschuhe an, ehe sie mit der Untersuchung der Leiche begann.

»Es ist gerade erst passiert«, sagte sie nach kurzer Zeit. »Sein Schädel wurde eingeschlagen … mit einem einzigen, tödlichen Schlag … Ich gehe von einem stumpfen Instrument aus. Aber man kann erkennen, dass er sich gewehrt hat«, sagte sie und zeigte auf die eine Handfläche des Toten. »Der Täter war offensichtlich auch noch mit einem Messer bewaffnet.«

Kenneth kam mit einem in Plastik verpackten Knochen, dessen eines Ende blutverschmiert war.

»Das scheint mir mit hoher Wahrscheinlichkeit die Tatwaffe zu sein«, sagte er zu Maria, die nickte.

Eine Technikerin faltete vorsichtig einen roten Schal zusammen und schob ihn in einen Beweismittelbeutel.

»Den haben wir auch hier gefunden«, sagte sie und zeigte ihnen den Beutel. »Wir glauben nicht, dass er dem Opfer gehört. Es handelt sich um einen gestrickten Wollschal für Frauen.«

Xander sah sich den Schal genauer an.

»Himmel, der sieht aus wie Josefines«, platzte Maria Holeby heraus.

Xander sah sie an.

In dem Augenblick klingelte sein Handy. Ein Kollege wollte ihn informieren, dass ein Zeuge gesehen hatte, wie eine blonde Frau am Hinterausgang des Museums von einem Mann in einen Lieferwagen gezerrt worden war.

Als er das Gespräch beendete, krampfte sich sein Magen zusammen bei dem Gedanken, dass die blonde Frau womöglich Josefine war. Und der Mann möglicherweise der unbemerkt heimgekehrte Michael Leander.

Er wählte ihre Nummer und wurde direkt zur Mailbox weitergeleitet.

»Wissen Sie, wo Josefine Jespersen gerade ist?«, fragte er Maria Holeby.

»Nein …«

»Könnten Sie überprüfen, ob sie im Büro ist?«

»Ja, selbstverständlich.«

Maria Holeby zog den Mundschutz und die Latexhandschuhe aus und tätigte ein paar Anrufe.

»Sie hatte tatsächlich eine Verabredung hier im Museum«, sagte sie schließlich. »In ihrem Kalender ist für heute ZOOL. M. eingetragen. Hoffentlich ist ihr nichts passiert.«

Xander runzelte die Stirn.

»Was ist?«, fragte Jørgen, der sich zu ihnen gesellt hatte.

»Eine Frau, deren Beschreibung auf Josefine passt, wurde am Hinterausgang entführt«, sagte Xander. »Und laut ihres Kalenders hatte sie heute einen Termin im Museum. Jørgen, schick sofort eine Fahndung nach ihr raus. Mit dem Foto von der Homepage des Rechtsmedizinischen Instituts.«

Xander winkte Kenneth zu sich.

»Sieh zu, ob du da irgendwas sichern kannst«, sagte er und zeigte auf den roten Schal. »Mit ein bisschen Glück findest du irgendwelche Spuren vom Täter.«

Kenneth nickte.

Xander rief den Einsatzleiter an und stimmte mit ihm ab, wie sie die Suche nach nun zwei Personen, Lasse und Josefine, am sinnvollsten gestalteten und miteinander verbanden.

Das Geschehene untermauerte Josefines These, dass der Mörder aus ihrem Fachbereich kam. Nur wie Michael Leander ins Bild gehörte und alles zusammenhing, war ihm ein Rätsel. Er rieb sich durchs Gesicht, zutiefst erschöpft und erfüllt von schlimmsten Befürchtungen, aber er musste sich zusammenreißen.

*

Xander telefonierte herum, wo er sich die Überwachungsvideos ansehen konnte. Ein Servicemitarbeiter holte ihn ab und brachte ihn in den Raum, wo ein anderer Angestellter in einem T-Shirt mit dem Museumslogo vor einem Laptop saß und etwas eintippte.

Xander stellte sich hinter ihn und sah sich die hoch aufgelösten Filme an. Nach einer Weile erschienen zwei Personen, die er als Michael Leander und Josefine erkannte. Leander hielt Josefine im Polizeigriff und zwang sie hinten in einen Lieferwagen mit dem Logo des Museums. Es war deutlich zu sehen, dass sie sich mit Händen und Füßen wehrte, aber er war ihr eindeutig körperlich überlegen.

Gleich darauf kam Leander wieder aus dem hinteren Teil des Lieferwagens und setzte sich hinters Steuer. Der Wagen fuhr los und verschwand aus dem Bild. Xander notierte sich das Kennzeichen, rief Jørgen an mit der Bitte, nach dem Wagen zu fahnden und Alarmstufe Rot auszurufen.

Danach bat Xander um ein Gespräch mit einem leitenden Mitarbeiter vom Zoologischen Museum. Ein Servicemitarbeiter erklärte ihm den Weg, und er durchquerte die Ausstellungsräume und erreichte nach mehreren Treppen ein großes Büro, dessen Tür offen stand.

Eine sichtlich schockierte Frau begrüßte ihn und stellte sich als Museumsdirektorin vor.

»Das ist grauenvoll, dass Eske ermordet wurde«, sagte sie und schnäuzte sich in ein Papiertaschentuch. »Ich kann gar nicht fassen, dass hier so etwas geschieht.«

Sie starrte mit glasklarem Blick in die Luft.

Xander nickte und räusperte sich.

»Mir ist klar, dass das alles sehr erschütternd ist. Aber könnten Sie mir trotzdem etwas zu Michael Leander und seinem Arbeitsbereich sagen?«

»Warum wollen Sie das wissen?«

»In Verbindung mit einer Ermittlung. Ich hoffe auf Ihr Verständnis, dass ich Ihnen leider nicht mehr sagen kann.«

Jetzt nickte sie.

»Ja, also … er ist eigentlich in Schweden angestellt. Auf Gotland.«

Xander schoss durch den Kopf, dass Josefine auch dort gearbeitet hatte, und er war sich jetzt sicher, dass Leander der Mann gewesen war, der sie in dem Zelt in Motala angegriffen hatte.

»Leander arbeitet in einem Institut dort als Berater«, erzählte sie weiter. »Wir nehmen seine Dienste für größere Ausstellungen und Events in Anspruch. Er ist ein Meister, was die praktische Umsetzung von Ausstellungen betrifft … Bei ihm wirken die Tiere immer besonders lebendig und machen das Ganze zu einem spannenden Gesamterlebnis. Leander verbringt inzwischen so viel Zeit bei uns, dass wir ihm ein eigenes Büro zur Verfügung gestellt haben, damit er hier nicht obdachlos ist. Er ist ein herausragender Konservator, einer der Besten auf der Welt. Er ist die treibende Kraft der T. rex-Ausstellung. Und obwohl es von dem Giganten nur fossilierte, also versteinerte Knochen gibt, erschafft er die beeindruckende Illusion von Bewegung in dem Knochengerüst.«

Sie strich sich übers Haar.

»Jetzt steht es in den Sternen, ob wir die Ausstellung überhaupt durchführen können, wo Eske tot ist.«

Sie starrte mit blanken Augen vor sich hin.

»Ich würde mir gerne mal Leanders Büro ansehen, wenn das möglich ist.«

»Natürlich, es ist hier auf dem Gang, ungefähr in der Mitte.«

»Danke, das finde ich … Und danke für die Hilfe«, sagte Xander und legte seine Visitenkarte auf ihren Schreibtisch.

*

Xander las die Schilder an den Büros, an denen er vorbeikam, bis er Leanders Namen fand. Er öffnete die Tür und sah sich in dem Büro mit vielen bemerkenswerten Objekten um. Aber das an sich war ja nicht außergewöhnlich in einem Museum, in dem per se eine Menge schräge Gegenstände versammelt waren. Sein Blick fiel auf eine Holzmaske, die Josefine in einem ihrer Gespräche erwähnt hatte, wenn er sich recht entsann. Sie sah böse aus. Er dachte an das Foto des Jungen mit der schwarzen Fastnachtsmaske. Daneben hing ein Bild von einem mageren, wettergegerbten Mann, der wie ein Grönlandfahrer aussah. Er trug eine Jacke mit Pelzbesatz. Ein weiteres gerahmtes Foto zeigte eine Sammlung Knochen, die wie das Gerüst eines Tipis aneinandergelehnt waren. Das war offenbar das Bild, von dem Josefine gesagt hatte, dass ihr die Knochen so arrangiert vorgekommen waren. Sie hatte eine bemerkenswerte Intuition und Beobachtungsgabe. Aus ihr hätte eine gute Polizistin werden können. Die arrangierten Knochen sahen in der Tat interessant aus, aber ein Museum beherbergte ja nun mal eine Menge mystischer Gegenstände. Trotzdem machte er mit dem Handy Fotos von den gerahmten Bildern an der Wand.

Er schnupperte und nahm einen parfümierten Geruch wahr, der vermutlich von einem dieser Lufterfrischer stammte, die man in die Steckdose stecken musste, um unangenehme Gerüche zu vertreiben.

Xander schnürte es den Hals zu bei der Vorstellung, dass Josefine von einem eiskalten Mörder entführt worden war, vermutlich von demselben Mann, der hinter Lasses Entführung und den anderen Morden stand. Der *Maskenmann*. Er versuchte, seine Gedanken zu zügeln, die sich wie eine lange Reihe aufgestellter Dominosteine in Bewegung setzten. Die Schreckensszenarien standen Schlange. Die Tatorte und die Zerstückelung der Opfer zeigten, dass die Realität die Fantasie um Längen überholte.

Kapitel 62

Er achtete darauf, sich ans Tempolimit zu halten, und fuhr wie ein Musterschüler in dem Lieferwagen mit dem roten Logo.

Er hatte das Radio eingeschaltet und summte die Melodie mit.

Hinten im Laderaum lag die übereifrige Rechtsanthropologin, die er gründlich betäubt hatte, damit sie nicht so schnell wieder aufwachte. Es war ärgerlich, dass er sie nicht schon in dem Zelt in Motala hatte erledigen können. Dann war sie auf dem Schulhof wieder aufgetaucht, als hätte sie von Anfang an vorgehabt, sein Vorhaben zu durchkreuzen.

Sie war ein massiv störendes Element in seinem ansonsten so perfekten Plan. Er lächelte bei dem Gedanken, dass sie – oder genauer gesagt ihr Schädel – ihm bei seinem Projekt sehr nützlich werden konnte. Und dass es letztendlich in gewisser Weise das perfekte Timing war.

*

Das Wasser hatte eine geheimnisvolle bleigraue Farbe, und ein dunstiger Nebel legte sich über alles.

Die Küstenlinie erinnerte an einen schlafenden Krieger mit verfilzten Haaren aus Baumkronen, die langsam im leichten Wind hin und her wogten. Die früh anbrechende Herbstdämmerung senkte sich wie ein schützender Kokon des Vergessens über das Boot und die Gestalt im Steuerhaus.

Ein Schwarm Saatkrähen flog in immer enger werdenden Kreisen über die halb kahlen Bäume, ehe die Vögel die Flügel ausbreiteten und elegant auf den dünnen Zweigen landeten. Das gleichmäßige Stampfen des Motors mischte sich mit den Schreien der schwarzen Vögel. Sie schienen dem Boot von ihrem neuen Aussichtspunkt mit ihren glänzenden Augen zu folgen und verdrehten ihre Hälse.

Plötzlich begannen kleine Lichter an Bojen, die wie bunte Stricknadeln aus dem Wasser ragten, zu leuchten. Das Fahrwasser war hier berüchtigt tückisch. Wenn man nicht aufpasste, blieb man auf einer der vielen Sandbänke hängen. Aber er kannte die Gegend wie seine Westentasche, und er spürte in der zunehmenden Dunkelheit, die das Boot einschloss, eine unendliche Ruhe durch seinen Körper strömen.

Ein großes Frachtschiff näherte sich, und er fuhr außerhalb der die Fahrrinne markierenden Bojen weiter, aber auch hier hatte er keine Sorge, auf Grund zu laufen, weil er die Bedingungen in diesem Bereich im Schlaf kannte.

Das Frachtschiff pflügte an ihm vorbei ohne einen Gruß von der Besatzung, deren Mitglieder uninteressiert von der hohen Reling zu ihm hinunterschauten. Er navigierte zurück in die abgesteckte Route. Sein Boot begann in dem vom Frachtschiff aufgewühlten Wasser zu schwanken.

Sein Blick wanderte zu dem roten Aluminiumkoffer, der im Steuerhaus stand. Darin bewahrte er einige seiner Sachen auf. Die übrigen Instrumente lagen in einer Federmappe in einer wasserdichten Sporttasche. Die Frau schlief noch immer, und er hatte sie gut vor Blicken verborgen, falls die Küstenwache vorbeikommen sollte.

Die umliegenden kleinen Inseln glichen dunklen Kontinenten, die sich aus dem Wasser erhoben. Er näherte sich dem Ziel und drosselte das Tempo. Das Stampfen des Motors wurde zu einem langsamen Herzschlag, das Boot glitt jetzt still durchs Wasser, das schwarzer Seide glich.

Er schaltete einen kräftigen Scheinwerfer ein, der die Dunkelheit wie ein Lichttunnel durchbohrte. Wie eine Sonne zur Unzeit fing der Lichtkegel einen Haubentaucher ein, als der erschrocken unter Wasser verschwand. Er konnte die Konturen des Vogels erahnen, der etwas weiter vorne wieder auftauchte. Ein paar Artgenossen bildeten einen schnarrenden Chor. Er hörte das Klatschen ihrer Flügel irgendwo in der Dunkelheit.

Die vertraute Küstenlinie zeichnete sich erst schwach ab, wurde dann immer klarer, je näher er kam. Ein paar dösende Möwen, die sich auf einem Badesteg niedergelassen hatten, flatterten aufgeregt auf.

Aus dem Wasser ragten ein paar nackte Pfähle wie vermoderte Zahnstocher. Er legte routiniert an einen Pfahl an und vertäute das Boot, holte die Frau aus dem Laderaum, schleppte sie zu einer Schubkarre und hievte sie hinein. Danach ging er zurück zum Boot, griff nach Koffer und Sporttasche und stellte sie auf den Steg. Danach schloss er die Tür zum Steuerhaus ab, legte eine Stirnlampe an, schaltete das Licht ein und löschte den Scheinwerfer auf dem Boot. Dann kletterte er auf den Steg, hängte sich die Sporttasche wie einen Rucksack über und legte den Koffer auf die Frau.

So bepackt schob er langsam mit der Schubkarre los. Er schwitzte, trotz des frischen Windes. Die Dunkelheit über der Insel war kompakt.

Das gelockte Haar der Frau wallte über den Rand der Karre und folgte den ruckelnden Bewegungen.

Das Licht der Stirnlampe fegte beim Gehen rhythmisch hin und her und beleuchtete eine fast zugewucherte Reifenspur, niedrige, windschiefe Bäume und dichtes Brombeergestrüpp. Der schlecht aufgepumpte Reifen versank in der kompostierten Blätterschicht auf dem Pfad, der zu einem Gebäude führte, das am ehesten wie ein Schuppen aussah.

Er fischte einen Schlüssel aus der Tasche und schloss die Tür auf.

In dem Schuppen begab er sich in einen weiß gekachelten Raum. Er steckte die Hand in eine kleine Schachtel, in der er die Kabelbinder aufbewahrte. Dann suchte er noch ein Stück Nylonschnur heraus.

Der Mann zog den Reißverschluss der Federmappe auf. Das Licht blitzte in dem Metall der kleinen Instrumente auf, die er in Laschen aus breitem Bündchengummi aufbewahrte.

Unentschlossen schaute er zu den Tüten mit Abdruckgips in verschiedenen Farbnuancen, ehe er sich für einen mit rosa Tönung entschied, die gut zu der hellen, nordischen Haut passte.

Er summte eine Melodie, ein Kinderlied. Unter der Decke waren Wäscheleinen gespannt, an denen Pappfiguren hingen, die einen Duft wie Süßigkeiten verströmten. Die Pappfiguren bewegten sich leicht wie im Takt mit der Musik.

Kapitel 63

Nach einer weiteren schlaflosen Nacht hatte Xander Schwierigkeiten, sich auf die Arbeit zu konzentrieren. Er wanderte rastlos in seinem Büro auf und ab und wurde immer wieder von einer Panik überrollt, die es ihm erschwerte, einen klaren Kopf zu bewahren. Er ging hinunter auf den Parkplatz, zündete sich eine Zigarette an und zwang sich, seine Gedanken zu sortieren. Michael Leander, der Josefine entführt und möglicherweise getötet hatte, war aller Wahrscheinlichkeit nach auch für die anderen Morde verantwortlich.

Der weiße Lieferwagen vom Museum war auf einem Rastplatz in der Nähe von Roskilde geortet worden. Im Gebüsch hatten sie einen älteren Mann mit einer blutenden Platzwunde am Kopf bewusstlos aufgefunden. Als er wieder bei Bewusstsein war, hatte er ausgesagt, dass er von einem maskierten Mann überfallen worden wäre, der seinen roten Berlingo gestohlen hätte. Die Polizei hatte umgehend eine Fahndung nach dem Fahrzeug herausgegeben, doch es hatte sich in Luft aufgelöst.

Er rauchte die Zigarette zu Ende, warf die Kippe in den Aschenbecher und ging zurück ins Büro. Dort fuhr er den Computer hoch und suchte ein Bild von Michael Leander. Danach rief er Birgitte Ussings Hausarzt an und fragte ihn, ob er bereit wäre, sich ein Bild anzusehen, auf dem möglicherweise der Freund von Birgitte Ussing zu sehen war.

Nach dem Gespräch mailte er dem Arzt das Foto, und der rief ihn wenig später zurück.

»Ich bin mir zu neunundneunzig Prozent sicher, dass er es ist … Birgitte Ussings Freund.«

Xander bedankte sich für die Hilfe und drückte die Abbruchtaste. Der Arzt schien topfit, trotz seines Alters, aber konnte er nach so vielen Jahren auch wirklich jemanden wiedererkennen?

Xander betrachtete das Foto von Michael Leander mit den dunklen, stellenweise ergrauten Haaren und den markanten Gesichtszügen. Er war eigentlich ein gutaussehender, aber unauffälliger Mann. Das könnte wer auch immer sein. Ein Nachbar, Kollege oder Bruder. Oder ein Freund.

*

Später fuhr Xander ins Rigshospital, um den verletzten Polizisten zu befragen, der endlich aus dem Koma erwacht war. Unter der Bedingung, sich kurz zu fassen, hatten die Ärzte zugestimmt. Er ging ins Krankenzimmer, zog einen Stuhl ans Bett und setzte sich.

Er kannte den Kollegen aus seiner Zeit im Drogendezernat.

»Und, wie geht's dir, Martin?«

»Wie nach einem Ausflug in die Hölle …«

Xander grinste innerlich. Der Kollege hatte seinen Humor offensichtlich nicht ganz verloren. Ein gutes Zeichen.

»Erinnerst du dich an irgendwas, das uns weiterhelfen kann? Hast du Lasse in dem Fahrzeug gesehen?«

Der Kollege schüttelte langsam den Kopf.

»Hast du deinen Angreifer gesehen?«

»Ja.«

»Ist es der hier?«

Xander zeigte ihm das Foto von Leander, und der Beamte nickte.

»Sonst noch was?«

»Es hat nach Taxi gerochen. Ich hab ja zum Seitenfenster reingeschaut, um zu kontrollieren, ob es nach Alkohol roch, bevor ich über Funk die Nachricht aus der Zentrale über die Entführung des Jungen bekommen habe.«

Er verzog das Gesicht, als er die Decke zu sich ranholte.

»Ich hoffe, dass ihr ihn findet«, sagte er leise und schlief wieder ein.

Kapitel 64

Xander sprach noch einmal mit Michael Leanders Frau in dem verzweifelten Versuch, irgendeinen Hinweis zu finden, wo dieser sich befinden könnte. Sie hatten kein Sommerhaus, keine Nebengebäude oder anderen Orte, an denen man Menschen verstecken konnte.

Aber sie hatten ein Boot.

Alle dänischen Nachrichtenplattformen präsentierten Leanders Foto und ein Bild von dem Typ Motorboot, wie er es besaß.

Mit einem Auto könnte er es über die Grenze nach Schweden geschafft haben, und wenn er dort war, musste man auch Norwegen mit in den Suchradius einbeziehen. Deutschland wäre ebenfalls ein Fluchtweg zum Rest Europas, oder er hatte die Polenfähre erreicht, bevor die Fahndung rausgegangen war.

In einem Privatjet konnte er es überall hin geschafft haben, dachte Xander und alarmierte die Marine.

Er stand ebenfalls in engem Kontakt mit seinen Kollegen von Europol, die leider keine Neuigkeiten hatten.

Auf dem Konferenztisch in seinem Büro lag ein unübersichtlicher Haufen von Mappen und Fotos. Er stellte sich an den Tisch und ging sie zum zigsten Male durch. Er suchte nach den Fotos, die er in Leanders Büro im Zoologischen Museum gemacht hatte, als ihm einfiel, dass die ja auf seinem Handy waren und er sie noch gar nicht ausgedruckt hatte. Er öffnete seine Fotogalerie und sah sich das Bild von den merkwürdig zusammengestellten Riesenknochen auf einer grünen, von Bäumen und Büschen umgebenen Grasfläche an. Die Knochen konnten ohne weiteres aus dem verstaubten Museumsarchiv stammen.

Plötzlich hatte er eine Idee und tätigte einen Anruf.

*

Im Umkleideraum von Teglholmen zog Xander sich mit rituellen Bewegungen seine Uniform an. Sie gab ihm eine gewisse Sicherheit, fast wie ein Schutzschild, der einem die Umwelt auf Distanz hielt und die Stärke verlieh, die er jetzt so dringend brauchte.

Es war lange her, dass er die Uniformhose angezogen hatte, die ordentlich spannte. Genau wie das Hemd. Er sah schon die Knöpfe abspringen, wenn er zu tief einatmete. Vielleicht sollte er Jørgen nach einer Quickfix-Kur fragen, um die Kilos zum Purzeln zu bringen?

Er ging hinaus auf den Parkplatz und setzte sich in den Dienstwagen.

Sein Ziel war Køge, und nach einer Dreiviertelstunde parkte er den Wagen vor dem Haus, in dem Sebastian mit seiner Mutter wohnte.

Er klingelte und wurde von der Mutter hereingelassen, die ihn in Sebastians Zimmer brachte. Die Tür stand offen.

»Hallo, Sebastian, darf ich reinkommen?«

Sebastian nickte.

Xander betrat das Zimmer und sah, dass der Junge fast mit einer Zeichnung auf der Leinwand fertig war.

Sebastian sah ihn an und lächelte.

»Sie haben eine Uniform an …«

Xander nickte. Er hatte sie nur für den Jungen angezogen.

»Ich suche nach diesem Platz«, sagte Xander angespannt und hielt Sebastian einen Ausdruck des vergrößerten Fotos von den Riesenknochen aus Leanders Büro hin. Der Junge mit der komplexen Diagnose, dem unglaublichen Gedächtnis und dem herausragenden Zeichentalent betrachtete die Fotografie.

»Okay …«

»Das sind ein paar sehr große Knochen«, erklärte Xander. »Es sieht ein bisschen wie so eine Piratenschatzkarte mit einem Kreuz aus.«

Xander hatte lange darüber nachgedacht, wie er dem Jungen die Aufgabe erklären konnte. Er befürchtete, dass Sebastian sich in sich zurückziehen würde, wenn er ihn zu sehr drängte. Xander hatte bei seiner Arbeit höchst selten mit Kindern zu tun, dafür hatten sie ausgebildete Fachkräfte. Aber in diesem speziellen Fall hielt Xander es für keine gute Idee, Sebastian noch eine weitere unbekannte Person vorzustellen, und seine Mutter hatte ihm zugestimmt.

Der Junge nickte vor sich hin.

»Ich glaube, dass der entführte Junge dort sein könnte«, sagte Xander.

»Wir sind gleich alt … Lasse und ich.«

Xander nickte.

»Und jetzt suchen wir auch noch nach einer Frau.«

»Kennen Sie sie?«

Xander senkte den Blick.

»Ja …«

Der Junge setzte sich an seinen Computer.

»Das sind also Knochen«, redete er mit sich selbst, als hätte er lange darüber nachgedacht.

»Hast du eine Ahnung, wo das sein könnte?«

»Ja«, antwortete Sebastian, als wäre es das Alltäglichste auf der Welt. »Das ist auf einer seit 1995 unbewohnten Insel. Sie heißt Enehøje. Die Koordinaten sind 54.840761, 11.017895.«

»Könntest du das bitte noch mal wiederholen?«

Sebastian wiederholte die Position noch einmal in langsamerem Tempo.

»Hier ist sie«, sagte er und drehte den Bildschirm so, dass Xander es sehen konnte.

Er stand auf und stellte sich hinter den Jungen. Auf

Google Maps erkannte er den Fehmarnbelt, über den eine feste Beltquerung gebaut werden sollte, die Deutschland mit Dänemark verband. Sebastian zoomte weiter heran, und Nakskov Fjord wurde sichtbar. Er tippte etwas auf der Tastatur, und Xander hatte das Gefühl, von einem Wirbel in den Bildschirm gesogen und direkt auf der Insel ausgespuckt zu werden. Die Insel war langgezogen und kahl bis auf einen mittig verlaufenden Grünstreifen und ein paar Gebäude, die wie die Häuser bei Monopoly aussahen.

Genau dort, wo der Bewuchs endete, erkannte Xander eine auffällige Kontur, wie ein mit weißer Farbe gemaltes Kreuz. Die Riesenknochen.

Xander lächelte. Das sah wirklich aus wie eine Schatzkarte. Es durchrieselte ihn kalt bei der Vorstellung, dass Josefine und Lasse sich in der Gewalt eines Serienmörders auf einer unbewohnten Insel im Nichts befanden.

»Ich danke dir«, sagte Xander.

»Ich hoffe, dass Sie Lasse finden … und Ihre Freundin.«

Er sah Xander mit der Andeutung eines Lächelns an.

»Und dass Sie den *Maskenmann* fangen.«

Sebastians Gesicht wurde wieder ernst.

Kapitel 65

Josefine öffnete die Augen und sah nichts, glaubte im ersten Impuls, blind zu sein. Eine kompakte und undurchdringliche Dunkelheit hüllte sie ein wie schwerer, dicker Samtstoff. Kalte, pure Angst pumpte durch ihre Adern. Der Raum um sie herum fühlte sich groß an, und der Boden, auf dem sie lag, war kalt wie Eis. Ihre Hände und Füße schmerzten, weil sie viel zu stramm gefesselt waren.

Ihr war schlecht, und ihr Kopf dröhnte. Ihr Mund war trocken, und ihr Hals kratzte, als hätte sie sich heiser geschrien.

Ganz langsam kam die Erinnerung an das zurück, was geschehen war, als hätte ihr Gehirn es nicht eilig.

Da war dieser Mann mit dem freundlichen Gesicht, der aber alles andere als freundlich war. Michael Leander. Er hätte sie umgebracht, wenn Eske Knudsen nicht dazwischengegangen wäre und ihr das Leben gerettet hätte. Das trockene Knacken, als der Riesenknochen seinen Schädel zertrümmert hatte, war grauenvoll gewesen.

Eske Knudsen hatte gesagt, dass der Mensch das einzige Säugetier war, das wusste, dass es sterben musste – eine Erkenntnis, die ihr plötzlich zum Greifen nah vorkam. Leander würde auch sie umbringen. Die Angst sprengte den dünnen Panzer aus Selbsterhaltungstrieb, der sie aufrechthielt und sie vor dem Wahnsinn schützte, der in jedem Winkel des dunklen Raumes lauerte.

Die Erkenntnis, dass keine Menschenseele wusste, wo sie sich befand, drohte, auch noch den letzten Rest Vernunft in einer schwarzen Welle wegzureißen.

Bildfetzen ihrer irrwitzigen Flucht durch das Museum stiegen willkürlich in ihrer Erinnerung auf. Sie rief sich die skurrilen Wesen ins Gedächtnis, die sie im Vorbeilaufen registriert hatte. Verschiedene Tiere hinter trübem Glas. Insekten in Reih und Glied, nach der Art sortierte Käfer. Eine absurde Freakshow. Der Geruch des Todes, getarnt hinter Formalin, war überwältigend gewesen.

Es war wie eine Mausoleumsausgabe von Noahs Arche gewesen, mit ein paar Menschen in der Besatzung.

Sie versuchte, sich aufzurichten, war aber so gefesselt, dass das unmöglich war. Davon abgesehen war alle Kraft aus ihrem Körper gewichen.

Sie fühlte sich flau, der Kopf wie in Watte gepackt. Wahrscheinlich war sie betäubt worden. Darum driftete sie immer wieder ab in den Schlaf und bekam ihr Gedankenkarussell nicht in den Griff.

*

Irgendwann bemerkte Josefine, dass fast direkt neben ihr jemand lag. Ein Kind.

»Lasse«, sagte sie leise.

Sie hörte aufgeregte Atemzüge.

»Lasse!«

»Ja? Wer bist du?«

»Ich heiße Josefine … Erinnerst du dich, wir haben uns an der Absperrung auf dem Schulhof unterhalten?«

»Ja«, kam die zögerliche Antwort.

Es folgte eine Pause.

»Wo ist der Mann?«, fragte Josefine.

»Ich weiß nicht, aber ich kann hören, wenn er kommt. Ich will zu Mama.«

»Das verstehe ich gut. Ich werde versuchen, dich zu ihr zu bringen.«

»Er hat was gesagt …«

»Was?«

»Dass bald unser besonderer Abend wäre, und dass es auch nicht wehtut …«

Eine jähe Angstwelle schwappte durch sie hindurch.

»Weißt du, ob es hier irgendwo ein Fenster gibt?«

»Nein, hier sind keine Fenster. Er sagt, dass er sie im Nebenraum tötet. Dass er sie in das Becken legt …«

»Wen?«

»Die Tiere.«

Kapitel 66

Xander beschloss, die unbewohnte Insel Enehøje abzusuchen. Die Insel, die Sebastian ihm gezeigt hatte. Er hatte ein Team der besten und erfahrensten Polizisten zusammengetrommelt – und natürlich Jørgen. Sie befanden sich nun auf einem rotweißen Rettungsboot der dänischen Küstenwache.

Xander bedrückte der Anblick des schwarz und geheimnisvoll spiegelnden Wassers des Sundes. Die Ermittlungen hatten ihn auf gewundenen Umwegen hierhergeführt. Ein gerahmtes Foto von Riesenknochen an der Wand, ein Zitat aus einem römischen Beinhaus und ein Polizeiberater in Gestalt eines Jungen mit einer komplexen Diagnose.

Es war logisch, dass der Täter einen geheimen Unterschlupf haben musste, wo er sich verstecken und seine kranken Fantasien in die Tat umsetzen konnte. Und was bot sich da mehr an als eine unbewohnte Insel? Ein Paradies für lichtscheue Existenzen.

Es war kalt, sein Atem stand wie Nebelschwaden vor seinem Gesicht.

Der Mörder hatte einen Rauchschleier in Form einer hübschen kleinen Familie mit Frau und zwei Kindern um sich gelegt. Xander vermutete, dass er damals versucht hatte, Birgitte Ussing zu schwängern und sie als Deckmantel zu benutzen. Die wenigsten Menschen verdächtigten einen Vater von kleinen Kindern als Pädophilen. Die unbegreifliche Spitze des Bösen. Nicht weniger beunruhigend war die Möglichkeit, dass er bewusst Kinder zeugte, um sie missbrauchen zu können, wann er wollte. Er dachte an Leanders zwei Töchter. Vielleicht waren sie verschont geblieben, weil er nur auf Jungen stand? Er hoffte, dass es so war. Wenn das hier vorbei war, würde er sich um einen Kinderpsychologen kümmern, der mit ihnen reden würde. Er schaute auf sein Handy und sah, dass das Netz schwächer wurde, je weiter sie sich vom Festland entfernten. Bald würden sie sich nur noch über Funk verständigen können.

Es war den NC3-Zwillingen nicht gelungen, Josefines Mobilsignal zu orten, auf diesem Weg würden sie sie also nicht finden. Josefine schien von einem Schattenwesen verschlungen worden zu sein, das sich auf der Grenze zwischen Nacht und Tag und auf dem tiefen Grund des Internets bewegte. Eine Person, die durch Menschenmengen schlich, ohne aufzufallen. Eine, die es gewohnt war, die Farbe zu wechseln wie ein Chamäleon. Ein Jäger, der seine Beute beobachtete, ohne selber gesehen zu werden.

Wie Tinte in dunklem Wasser.

*

Mit dem sterbenden Tageslicht und der wachsenden Distanz zu den bunten Lampen des Hafens und den Lichtern der Stadt wurden alle Farben kalt, dunkel und hart.

Kleine Inseln trieben vorbei wie große Felder. Manche mittelgroß mit alten, dicken Bäumen, andere kahl, mit nicht viel mehr als einem Uferstreifen und einem Acker.

Dunkle Vogelschwärme flogen in synchronen Mustern auf und bildeten kunstvolle Formationen, während sie wie aus Schmerz geborene Schreie ausstießen.

Auf einer der Inseln ahnte er ein großes Haus mit erleuchteten Fenstern, während vor ihnen am Mitternachtshorizont alle Konturen von der Dunkelheit verschlungen wurden. Außerhalb der hellen Lichttunnel der Scheinwerfer herrschte Nacht. Xander hatte im Laufe des Tages die Forst- und Naturbehörde kontaktiert, um mehr über die Insel in Erfahrung zu bringen, und die hatten ihn an den Ranger Helge Olsen weiterverwiesen. Helge Olsen erwies sich als wandelndes Lexikon, was die unbewohnte Insel Enehøje und das Umland betraf. Xander hatte entschieden, ihn mitzunehmen, weil er sich einen Vorteil davon versprach, einen Ortskundigen dabeizuhaben.

Helge Olsen hatte eine Karte mitgebracht, die exakt mit den Koordinaten übereinstimmte, die Sebastian ihm genannt hatte.

»Das ist Peter Freuchens Insel«, informierte der Ranger sie. »Das war der Polarforscher, der mit Knud Rasmussen zusammen in Nordgrönland eine Handels- und Forschungsstation gegründet hat … Thule. Er hat viele Jahre auf Enehøje gewohnt. Die Insel soll von den ersten Dänen besiedelt gewesen sein, die Rentierjäger waren. Vor zwölftausend Jahren. Heute ist sie ein Naturreservat.«

»Und was hat es mit den Knochen auf sich?«

Er zeigte Helge Olsen das Foto aus dem Zoologischen Museum.

»Das sind Walkiefer, die Peter Freuchen an der höchsten Stelle von Enehøje aufgestellt hat. Sie sind das Markenzeichen der Insel. Der Mann mit den hohlen Wangen und dem leeren Blick auf dem Foto ist Freuchen«, fügte er hinzu. »Wahrscheinlich wurde es bei einer der Thule-Expeditionen aufgenommen.«

Xander nickte. Ein Grönlandfahrer auf einer einsamen Insel, auf der nun vielleicht ein irrer Serienmörder sein Unwesen trieb? Die Wirklichkeit übertraf mal wieder die Fantasie!

*

Der Steuermann drosselte die Geschwindigkeit auf halbe Kraft. Der Motor klang wie das langsam verebbende Schlagen eines Herzens, das bald ganz aussetzen würde. Zielstrebig trieb das Boot das letzte Stück auf einen morschen Steg zu, der im Licht der Scheinwerfer aussah, als wäre er viele Jahre der Wucht der Elemente ausgesetzt gewesen. Wie ausgeblichene Knochen, dachte Xander, auf den der Ort unmittelbar bedrückend wirkte. In dem Augenblick fiel sein Blick auf das auf der anderen Seite des Stegs vertäute Motorboot von genau dem Typ, wie Michael Leander es besaß.

Sie legten an, und der Steuermann knotete ein Tau um einen Pfahl.

Xander schaltete seine Taschenlampe ein.

»Untersucht das Boot und sorgt dafür, dass er keine Chance hat, damit abzuhauen«, sagte er und zeigte mit dem Lichtkegel auf das herrenlose Boot.

»Das übernehm ich«, sagte Jørgen, der eine Stirnlampe aufgesetzt hatte, die er einschaltete, als er auf das Boot zuging.

Xander rutschte auf den glitschigen Planken aus und konnte sich gerade noch an dem Geländer festhalten. Hinter dem Steg ging es weiter über einen frostgesprengten Betonweg, der jäh endete. Dahinter versanken die Schuhe in tiefem Sand und in Blätterbergen. Es roch nach Meer und Herbst.

Und es roch noch nach etwas anderem. Tierdung, schoss es Xander durch den Kopf.

Jørgen holte sie ein, und Helge Olsen übernahm die Führung eine Steigung hoch. Die Bäume standen dicht, und trotz der Taschenlampen war es schwer, sich zu orientieren.

Es war stockfinster auf der Insel.

Helge Olsen erzählte, dass es hier mehrere unbewohnte Häuser gab, unter anderem das von Freuchen, eine alte, blau gestrichene Schmiede und eine Scheune.

Sie erreichten ein älteres Backsteinhaus mit braunem

Fachwerk. Das Dach war von einem grünen Moosteppich überzogen. Xander verteilte seine Leute so, dass die eine Hälfte sich den Rest der Insel vornahm, während er selbst sich mit Jørgen und einigen anderen Kollegen um das Haus kümmerte.

»Konntest du das mit dem Boot regeln?«, fragte Xander Jørgen.

»Ja, netterweise steckte der Schlüssel.«

Er hielt das Beweisstück hoch, das im Licht der Taschenlampen blinkte.

Die großen Bäume im Garten verstärkten den düsteren Eindruck, und der Holzzaun um das Grundstück war stellenweise eingesunken wie eine alte Harmonika. Eine vertrocknete Rankpflanze klammerte sich wie eine traurige Girlande an das Eisentor vor ihnen.

Die Torangeln kreischten, als Xander es öffnete, und die Haustür brach mit einem lauten Krachen auf. Xander und seine Leute stürmten ins Haus, und kurz danach wussten sie, dass es leer war. Xander fühlte sich wie gelähmt, als klar war, dass die Wärmebildkameras, mit denen sie das Haus durchleuchtet hatten, kein Ergebnis gebracht hatten. Josefines und Lasses Körperwärme würde sich als rot-orange Farbflecken auf dem Monitor abzeichnen. Da die Kamera aber nicht angeschlagen hatte, befürchtete er, dass die beiden nicht mehr lebten.

Xander ging zurück auf die Einfahrt, deren Bodenplatten sich übereinander geschoben hatten. Die verschlungenen Zweige der Büsche bildeten ein undurchdringliches

Gestrüpp. Er ging einmal um das Haus herum und ließ den Lichtkegel seiner Taschenlampe durch den verwilderten Garten schweifen.

Aus dem Gestrüpp war ein Knacken zu hören. Er zog die Dienstwaffe. Ein dunkler Schatten kam auf ihn zu. Ein großes Tier, ein Hirsch, registrierte er, ehe das Tier kehrtmachte und in die andere Richtung davonlief.

Überall lag irgendwelches Zeug und Schrott herum, halb von Gras und verwilderten Büschen bedeckt. Die Blätter einiger Buchen bildeten Haufen auf dem Boden. Er stolperte über ein rostiges Metallteil, das unter dem vertrockneten Gras nicht zu sehen gewesen war. Das Ganze verströmte eine unendliche Trostlosigkeit. Die Natur hatte die Zivilisation verdrängt und sich ihren Platz zurückerobert. Aber noch mehr als der verwilderte Garten weckte der abweisende Eindruck des Hauses sein Misstrauen. Er setzte seine Wanderung fort, leuchtete mit der Taschenlampe durch die Scheiben und stellte fest, dass alle Fenster, große wie kleine, mit bräunlichem Papier oder vergilbten Zeitungsseiten zugeklebt waren.

Das Haus schien tatsächlich schon eine Weile nicht mehr bewohnt zu sein, ganz wie Helge Olsen gesagt hatte.

Xander ging noch einmal hinein. Hinter der Eingangstür blieb er stehen und versuchte einzukreisen, was das für ein Geruch war, der ihm entgegenströmte. Eine Mischung aus etwas Neuem und etwas Altem. Dazu eine künstliche Note. Im Haus wurde seine Unruhe stärker, als ob ihm in den Ecken das Böse auflauerte.

Er streifte sich Gummihandschuhe über, fand einen Schalter und machte Licht.

Xander strich mit dem Zeigefinger durch die dicke Staubschicht auf dem kleinen Tisch unter einem fast blinden Spiegel. Bei einem Blick durch den Raum stellte er fest, dass alle Konturen unter einer pudrigen Schicht verwischten wie unter frisch gefallenem Neuschnee.

Er sah sich eine schwarze Holzmaske an der Wand genauer an. Sie war einfach ausgeführt, zeigte aber mit ihren schrägstehenden Augen und den grimmig nach unten gezogenen Mundwinkeln einen unheimlichen Gesichtsausdruck. Sie kam ihm kleiner vor als die Maske, die er in Leanders Büro gesehen hatte, aber ansonsten war sie fast identisch. Wie von ein und derselben Person hergestellt.

Er trat an ein Fenster, das sorgfältig mit einer Doppelseite aus der *Berlingske Tidene* und braunem Klebeband verdunkelt worden war. Einige längere Risse im Papier waren mit dem gleichen Klebeband repariert worden. Er hatte ein Flashback zu dem Drahtnetzfenster in Birgitte Ussings Keller, das aufgeschlitzt worden war, und er dachte an Motala, wo der Eindringling die Zeltwand aufgeschnitten hatte. Möglicherweise war es nur ein Zufall, aber Xander hatte im Laufe seiner Karriere eine Art Radar für solche augenscheinlichen Zufälle entwickelt. Alles war in irgendwelchen Systemen der Polizei gespeichert, aber nie alle Details an einem Ort. Aber die ganz gründlichen Ermittler hatten eine Art mentales Sachregister im Kopf. Das galt insbesondere für die Cold Cases, die für alle Beteiligten frustrierend waren. Jeder Ermittler hatte unaufgeklärte Fälle, die einen besonders beschäftigten, die im Hinterkopf rumorten und sie nachts heimsuchten. Er hatte schon vielen Tätern in die Augen gesehen, die auf ihrer Unschuld beharrten, obwohl Xander genau wusste, dass sie schuldig waren. Doch er konnte die schlagenden Beweise nicht anbringen.

Genau das Gefühl hatte er in diesem Moment. Dass er dem Täter dicht auf den Fersen war, der ihm aber wieder einmal entwischte. Wie eine Art Muster des Bösen, das im Unterbewusstsein die rote Karte zog. Er sah sich das Datum der Tageszeitung an. Wenige Tage nach Davids Entführung. Die Jahreszahl stimmte.

Er ging weiter in die altmodisch eingerichtete Küche. Die Schrankfronten waren dunkelbraun, der Boden grau, der Gesamteindruck düster. Er öffnete den Kühlschrank, der ausgeschaltet war. Der beißende Gestank von Vergammeltem erreichte seine Nasenflügel. Die Innenwände waren von dunklem Schimmel überzogen.

»Oh shit«, murmelte er und schlug die Tür schnell wieder zu.

Danach öffnete er nacheinander die Küchenschränke. In einem standen ausgebeulte Konserven, in einem anderen Aufbewahrungsbehälter mit Nudeln und Reis. Die Gläser waren verstaubt und dreckig. Die Kochplatten waren verrostet, und dazwischen hatte sich eine schwarzbraune, angebrannte Schicht festgesetzt, als wäre der Herd nie saubergemacht worden.

Auf dem Boden und auf den Fensterbrettern lagen tote Fliegen.

Er war bei dem Schrank unter der Spüle angekommen. Hier roch es etwas besser, dachte er, aber künstlich. Lavendel?

Er öffnete die Klappe und sah einen gefüllten Müllbeutel. Hinter dem Müllbeutel stand ein Plastikkorb mit ordentlich sortiertem Inhalt. Es wunderte ihn, dass die dünnen Kunststoffhüllen nicht verstaubt waren.

Xander zog die Augenbrauen hoch. Dann nahm er eine Plastikverpackung heraus und bewegte sie ins Licht. Er hielt die Luft an.

Auf der vorderen Seite stand »Arbre Magique«. Die französische, gelbe Ausgabe des Wunderbaums verströmte durch die Plastikverpackung einen süßlichen Zitrusduft. Er nahm noch eine Packung heraus. Der Baum war grün, und auf dem Plastik waren Tannenzapfen abgebildet. »Pino« stand darauf, was Xander als Tanne übersetzte. Der Duft war harzig und eigentlich nicht unangenehm. Aber in diesem Augenblick bereitete er ihm Übelkeit. An der Baumspitze war ein Loch ausgestanzt, durch das eine grüne Schnur gefädelt war. Er sah aus wie ein Miniaturweihnachtsbaum. Ganz hinten standen mehrere Reihen Sprayflaschen der Marke Airwick mit violetter Kappe und einem Bild von Lavendelfeldern.

»Was hast du gefunden?«, fragte Jørgen, der ihm nachgekommen war.

»Sieh dir das an«, sagte Xander und zeigte in den Schrank.

Der Kollege pfiff leise.

»Genug Vorrat für einen langen Winter.«

Xander nahm eine Flasche Lavendelspray und drückte auf das Ventil. Es zischte, und die Luft füllte sich mit Lavendelduft.

»Pfui Teufel«, sagte Jørgen in astreinem Schwedisch.

Kapitel 67

Das ganze Haus verströmte negative Energien, als wären hier schreckliche Dinge passiert.

Er funkte die andere Hälfte des Teams an, die bisher noch kein Lebenszeichen auf der Insel hatten ausmachen können. Sie teilten mit, dass die Suche durch das dichte Unterholz, ein paar steile Sandhänge und hohe Bäume verzögert wurden.

»Organisiert einen Helikopter«, sagte Xander. »Die Insel muss komplett mit Wärmebildkameras überprüft werden. Da das Boot hier ist, müssen sie hier auch irgendwo sein.«

*

Etwa zwanzig Minuten später hörten sie das leise Dröhnen eines Helikopters, dessen Rotorblätter die Dunkelheit durchschnitten. Xander ging nach draußen und sah das Licht, das ruhig über der Insel schwebte.

Sein Funkgerät knackte.

»Wir haben sie lokalisiert«, sagte eine metallische Stimme durch ein Rauschen.

Xander schüttelte sich.

»Bitte wiederholen … Wo?«

»Sie befinden sich in einem Gebäude in nördlicher Richtung, auf der anderen Seite der Insel. Drei Personen. Vermutlich der Verdächtige und die zwei Entführten.«

»Schicken Sie ein Screenshot«, sagte Xander.

Kurze Zeit später öffnete er das Bild, das aussah wie eine Wetterkarte mit roten und grünen Fronten, mit dem wesentlichen Unterschied, dass die roten Felder die Körperwärme eines Menschen darstellten.

Xander rief Helge Olsen zu sich und zeigte ihm das Bild.

»Sagt Ihnen das was? Der Pilot sagt, das Gebäude befände sich auf der Nordseite der Insel.«

Helge Olsen schaute auf den Bildschirm. Dann nickte er langsam und wischte sich mit einer Hand übers Gesicht.

»Das ist eine stillgelegte und völlig runtergekommene Schlachterei. Früher gab es größere Herden Nutztiere auf der Insel.«

Xander rief seine Einsatztruppe zusammen und briefte sie über das weitere Vorgehen.

Kapitel 68

Josefine glaubte für einen kurzen Augenblick, Xanders Stimme zu hören, sah aber ein, dass das ein Traum sein musste. Wahrscheinlich war sie wegen des Betäubungsmittels, das immer noch in ihrem Körper zirkulierte, wieder eingeschlafen. Das Herzklopfen verdrängte das angenehme, wohlige Gefühl von Sicherheit. Ein Geräusch hatte sie geweckt. Sie rieb die Hände aneinander und versuchte so, die Fesseln loszuwerden. Mit der Zeit schaffte sie es, sich zu befreien. Danach war es nicht mehr schwer, auch die Fesseln an den Füßen loszumachen. Sie stand auf, aber die Beine gaben unter ihr nach. Kurz darauf wurde das taube Gefühl von schmerzhaften Stichen abgelöst, als die abgeschnürten Gliedmaßen wieder durchblutet wurden. Sie ging im Raum auf und ab, der zehn Schritte breit und fünfzehn Schritte lang war. Sie stieß mit dem Knie gegen einen Hocker und stöhnte auf vor Schmerz.

Lasse lag auf einem Bett direkt neben ihrem und schlief. Vor den Wänden standen lange Tische, deren kalte Oberflächen sich wie die Stahltische in der Rechtsmedizin anfühlten.

Es gab keine Fenster, wie Lasse gesagt hatte, und die Tür war verriegelt.

Das Handy, das in der Tasche ihrer Jeans gesteckt hatte, war weg. Sie nahm an, dass Leander es ihr abgenommen hatte.

Sie legte ein Ohr an die Tür, aber es war ganz still. Josefine war sich nicht sicher, aber sie glaubte, einen fernen Duft von Räucherstäbchen wahrzunehmen.

Ein Duft, der den Geruch nach Tod vertreiben sollte. Sie fröstelte.

Sie legte sich dicht neben Lasse. Seine Haut war kühl, er hatte sich zusammengerollt wie ein Fötus. Sein Atem war nur ganz leise zu hören, und ab und zu lief ein Zucken durch seinen Körper, als träumte er etwas Schreckliches. Sie streichelte ihm übers Haar, und er wurde schlagartig ruhiger.

*

Josefine war wieder weggenickt, als das Geräusch von Schritten sie weckte. Die Betäubung musste stark gewesen sein, so viel wie sie schlief. Die Tür öffnete sich mit einem grellen Laut, und ein grelles Deckenlicht wurde eingeschaltet.

Sie stellte sich schlafend.

Der Geruch von Räucherstäbchen war jetzt viel intensiver.

»Jetzt wird aufgestanden«, sagte eine tiefe Stimme.

Josefine schlug die Augen auf und wurde geblendet. Es dauerte eine Weile, ehe sie die Konturen einer dunklen, kräftigen Gestalt erahnen konnte.

Lasses Körper zuckte wieder, seine Augenlider zitterten.

»Schhh«, flüsterte sie in sein Ohr. »Alles wird gut.«

»Kuschelt ihr schön?«, kam es höhnisch.

Josefine schwieg und betrachtete den Mann.

Im nächsten Augenblick sprang sie hoch, stürzte sich auf ihn und trommelte mit den Fäusten auf ihn ein.

»Eine echte Wildkatze«, sagte er mit einem Lächeln und streckte sie mit einem lähmenden Schlag zu Boden.

*

Als Josefine das nächste Mal zur Besinnung kam, lag sie auf einem der Stahltische, ihre Hände und Füße waren mit Kabelbindern an den Tisch gefesselt. Das kalte Metall drang durch ihre Kleiderschichten.

Sie hatte eine Einstichstelle am rechten Oberarm und dachte, dass er ihr noch mehr Narkosemittel gespritzt hatte, weil ihr Kopf sich so schwer anfühlte und ihr so schwindelig war.

Die Kabelbinder an den Händen und Füßen schnitten ihr ins Fleisch.

Sie schaute an die Decke, wo eine Operationslampe grelles Licht verströmte. Erst jetzt sah sie die Wäscheleinen mit den bunten Pappfiguren und schnappte nach Luft in dem verrauchten Raum. Unter der Decke hingen mehrere Reihen Wunderbäume. Natürlich dachte sie an Birgitte Ussings Badezimmer und fühlte Panik in sich aufsteigen. Beim Anblick der Duftbäume, die wie spaßiger Christbaumschmuck aussahen, krampfte sich ihr Magen zusammen.

Auf einem anderen Tisch lag Lasse. Er war wie sie an den Tisch gefesselt und schien betäubt zu sein, weil er fest schlief.

Josefine rief so laut um Hilfe, dass es von den Wänden widerhallte.

Es verging ein Moment, ehe die Tür aufging und Michael Leander mit einem Eimer in den Raum trat.

»Schrei du nur«, sagte er großzügig. Er stellte den Eimer auf dem Boden ab und nahm einen Rührstab aus einem Regal. »Hier hört dich niemand. Du bist auf einer unbewohnten Insel.«

Er lächelte kalt und begann, mit dem Stab in dem Eimer zu rühren.

»Fick dich!«

»Hm, leider … du bist nicht mein Typ«, sagte er mit einem vielsagenden Blick zu Lasse.

»Schwein!«

Leander schüttelte leicht den Kopf und begann, ein Lied zu pfeifen, das Josefine nach einer kurzen Weile als Kinderlied erkannte: Der Bär, der schläft.

Er drückte eine Taste auf einem Kontrollpult, das an eine Leitung angeschlossen war.

Ein scharrendes Geräusch ertönte, und die Wand wackelte, als würde ein Güterzug vorbeidonnern. Der Rauchgeruch wurde stärker und ätzte in der Nase. Langsam glitt eine Schiebetür zur Seite.

Rauchschwaden zogen in den Raum, aber als sich der Rauch wie ein wabernder Schleier unter die Decke verzog, sah Josefine einen großen eckigen Gegenstand wie aus einer Industrieküche.

Ihr wurde eiskalt, als ihr aufging, was das hinter der Schiebetür war. An kreuz und quer gespannten Schnüren hingen eine Reihe Masken, wie unendliche Nachbildungen voneinander. Sie erkannte Davids Gesicht in den erstarrten Zügen. Sie sahen aus wie Totenmasken. Wie eine Kunstinstallation oder wie Erinnerungsstücke an seine Morde.

Josefines Muskeln spannten sich an, als ihr klar wurde, was Leander vorhatte. Es war Gips, den er in dem Eimer anrührte. Darum hatten sie einen Fitzel Gipsgaze in Birgitte Ussings Schädel gefunden. Jetzt wollte er ihre Totenmasken herstellen! Sie fühlte eine unerträgliche Ohnmacht.

Ihr Blick flackerte zwischen den Totenmasken hin und her, während sie nach einer Erklärung für diesen puren Wahnsinn suchte. Aber vielleicht gab es die nicht. Nur Tod und Finsternis. Eine makabre Machtdemonstration, die zeigte, dass Leander – der *Maskenmann* – über seine Opfer herrschte und mit ihnen anstellen konnte, was er wollte.

Auf einem Glasregal stand eine weiße Büste; es war eine Gipsbüste von Theis, dessen weiße Augen tot ins Leere starrten. An der hinteren Wand sah sie eine seltsame Knochengestalt, die unheimliche Schatten auf den weißen Hintergrund warf.

Josefine hatte den Täter zu einem früheren Zeitpunkt einmal als Künstler des Todes bezeichnet. Und jetzt dachte sie, dass es ihm offensichtlich einen Kick bereitete, seine Opfer zu arrangieren und zu zeigen, dass er mit ihnen machen konnte, was er wollte. Er konnte sie zerstückeln wie in einem medizinischen Lehrbuch. Das hatte sie an David Hansens Schädel gesehen, von dem er die Pars petrosa gewählt hatte, den beständigsten Teil des menschlichen Skeletts. Und daran, dass er das Stück zusammen mit Birgitte Ussings Schädel in dem Steinzeitgrab in Motala begraben hatte. Birgitte hatte er damit auf eine menschliche Verpackung reduziert; ihr Schädel sollte seine wahre Trophäe schützen. Der *Maskenmann* schien ein experimentierender Serienmörder zu sein, der mit der Zeit – bewusst oder unbewusst – seinen Modus änderte. Weil es ein besonderer Kick war, die Polizei vor immer neue Herausforderungen zu stellen? Das war nicht ungewöhnlich für diese Art von Verbrechern. Er hatte seinen ursprünglichen Modus, die Leichen in der Erde zu bestatten, geändert, als er Theis' Schädel im Nyhavnskanal versenkt hatte.

Leanders Stimme hallte durch den Raum.

»Ich denke, es ist an der Zeit, die Sammlung zu aktualisieren«, sagte er beiläufig und sah Lasse an, der noch immer in tiefem chemischem Schlaf lag.

Josefine war klar, dass sie nur noch eine Chance hatte, wenn sie Lasse retten wollte. Jetzt oder nie.

Sie versuchte, die Panik zu zügeln, die in alle Zellen ausstrahlte, Ruhe zu bewahren und die Gedanken auf etwas zu lenken, das mit ihrer Arbeit zu tun hatte.

»Michael …«

Der *Maskenmann* verharrte wie von Zauberhand in seiner Bewegung. Sein Blick wechselte zu ihr, und sie spürte ihn wie einen glühenden Punkt auf sich.

Das metallene Klirren verstummte.

Die Stille war unheilschwanger, sein Blick war starr.

»Sie müssen das hier nicht tun, Michael«, redete sie weiter. »Lasse ist noch ein Kind. Er verdient es, weiterzuleben.«

Der Blick des *Maskenmanns* ruhte weiter auf ihr.

»Was weißt du denn davon!«, sagte er mit einer Stimme, die scharf von den Kacheln widerhallte. »Das bestimmst nicht du. Du bist ein Nichts!«

Die Stimme machte ihr Angst.

»Nehmen Sie mich, und verschonen Sie Lasse«, presste sie mühsam hervor.

Sie dachte, dass die praktischen Kacheln an den Wänden sich gut reinigen ließen. Der graue Boden war mit durchsichtiger Malerplane ausgelegt.

Sie fragte sich, wie er sie töten und ob er sie vorher quälen würde. Der Tod war plötzlich in greifbare Nähe gerückt.

Wer würde sich um ihren Vater kümmern? Sie hoffte, dass Whinston irgendwie kapiert hatte, dass etwas nicht stimmte und dass er ihren Vater nicht sich selbst überließ.

Der *Maskenmann* holte etwas, das wie eine Federmappe aussah, und zog den Reißverschluss auf. Josefine erkannte aus der Entfernung das Basis-Kit für einen Tierkonservator, das sicher auch für Menschen genutzt werden konnte. Pinzetten, Zangen, Scheren. Instrumente zum Aushöhlen für Knochen, Werkzeuge zum Bohren und Sägen und gut angespitzte Bleistifte, um sich Notizen zu machen. Sogar ein Radiergummi war dabei.

Leander griff nach einem roten Aluminiumkoffer und klappte ihn auf. Er war mit schwarzem Schaumstoff gepolstert und mit »ZMUK-18« beschriftet, der internen Abkürzung für das Zoologische Museum Kopenhagen.

Der *Maskenmann* nahm ein paar Messer aus einer Tasche und legte sie auf einen Lappen. Filetmesser, eine Axt mit einer kunstledernen Schutzkappe über der Schneide und einen Wetzstahl. Ansonsten enthielt die Tasche eine rechtsmedizinische Reiseausrüstung, nur eben für die Tierwelt. Alles war etwas größer. Josefines Haut begann zu prickeln, ein Augenlid nervös zu zucken.

In der einen Raumecke stand eine Kamera auf einem Dreifuß. Offenbar wollte er das Ganze filmen, dachte sie. Jetzt war das Puzzle bald vollständig. Sie und Lasse sollten getötet und zerstückelt werden. Sie würden auf eine kranke Weise irgendwo zusammen verbuddelt werden, um eine wahnsinnige Wut zu befriedigen.

Ihr wurde wieder schlecht, als sie die kleine elektrische Säge sah, die mit einem Stecker verbunden war.

Der *Maskenmann* kam mit schweren Schritten auf sie zu. Der Gedanke, dass sie keine Kinder bekommen hatte, streifte sie. Sie hatte ihre Gene nicht weitergegeben und nie echte Liebe erlebt. Wie von einer schwarzen Welle wurde sie von einer tiefen Trauer übermannt, und sie dachte an Xander.

»Sie sind doch krank im Kopf!«, schrie sie und versuchte sich auf dem Stahltisch aufzurichten, was wegen der Kabelbinder unmöglich war. Außerdem hatte die Betäubung alle Kraft aus ihr herausgesaugt.

»Krank?« Er schüttelte den Kopf. »Eher raffiniert.« Er sah sie an und lächelte.

Kapitel 69

Von außen sah das Gebäude wie eine Scheune aus. Aber eine ungewöhnlich große Scheune ohne Fenster.

Sie legten sich gemeinsam eine Strategie zurecht, und kurz darauf brachen sie mit einem metallischen Scheppern das Schloss auf.

Sie betraten einen großen, hohen Raum, der dunkel und leer war. Der Betonboden war ganz sauber, was Xander wunderte, und er bemerkte den trockenen, parfümierten Geruch von Räucherstäbchen.

Der Einsatzleiter zeigte auf eine Wand und gab das Signal, sie einzureißen.

Mit einem ohrenbetäubenden Krachen traf der Rammbock auf die Wand, und einen Augenblick wurden sie durch ein grelles Licht geblendet. Durch das Loch war ein weiß gefliester Raum mit zwei identischen Stahltischen zu sehen. Auf einem lag Josefine, reglos. Tot, dachte Xander, stürzte zu ihr und tastete nach einem Puls an ihrem Hals. Erleichtert stellte er fest, dass sie lebte.

»Alles durchsuchen!«, rief er.

Ihre Lider zitterten, ehe sie die Augen aufschlug. Er befreite sie von den Kabelbindern.

»Xander?«

»Alles okay mit dir?«

»Ich dachte, ich würde sterben. Michael Leander steckt hinter allem«, sagte sie.

Xander nickte.

»Ich weiß.«

»Wo ist er?«

Sie sah sich nervös um, ihr Blick verfinsterte sich.

»Keine Sorge, wir durchsuchen alles.«

»Ist Lasse in Ordnung?«

»Weißt du, wo er ist?«

»Er war eben noch hier.«

Josefine hob den Kopf.

»Oh Gott«, sagte sie und zeigte auf eine Wand.

»Was?«

»Er muss dahinter sein.«

Xander lief zu der weißen Schiebetür, die natürlich verschlossen war. Er rief nach seinen Kollegen, und nach mehreren Versuchen konnten sie die Tür aufstemmen und zur Seite schieben.

Xanders Blick fiel auf einen großen, eckigen Stahlbehälter, der wie eine Gefriertruhe aussah.

»Holt ihn da raus«, schrie Josefine panisch. »Bevor er ertrinkt oder erstickt!«

Xander drückte den schweren Deckel nach oben.

Ein beißender und grauenvoller Gestank schlug ihm

entgegen, als er in den mit Wasser gefüllten Trog und den Morast aus Fell, Haut und Knochen hinabschaute … und mittendrin schwamm Lasse. Er packte den Jungen, zog ihn aus dem Behälter und legte ihn auf den Boden.

Lasse war entweder tief bewusstlos oder tot.

Xander forderte einen Rettungshubschrauber für den Transport ins Rigshospital an und leistete Erste Hilfe.

Er wollte schon die Hoffnung aufgeben, als Lasse zu Husten begann. Xander drehte ihn auf die Seite, und er spuckte Wasser.

»Er atmet!«

Ein Kollege wickelte den Jungen in eine Decke und trug ihn nach draußen, wo schon der Helikopter wartete.

»Das war ein echter Albtraum«, flüsterte Josefine und starrte einen Moment vor sich hin. Dann drehte sie sich ruckartig zu Xander um. »Habt ihr ihn gefunden?«

»Ich verspreche, dass wir ihn schnappen.«

Sie brach in Tränen aus.

Er nahm sie in den Arm.

»Mir ist so kalt.«

Xander zog seine Jacke aus, wickelte sie hinein und trug sie ebenfalls zum Helikopter, der gleich darauf mit Josefine und Lasse an Bord abhob.

Xanders Funkgerät knackte.

»Im ersten Haus, das ihr untersucht habt, ist ein Mensch«, verstand er durch das statische Rauschen.

Xander nickte Jørgen zu, und sie machten sich gemeinsam mit einem Teil der Kollegen auf den Weg.

Es blitzte kurz in den abgeklebten Scheiben, als Xanders Lampenkegel auf das Glas traf.

Das Gartentor quietschte laut, als sie vorsichtig über die windschiefen Bodenplatten in der Einfahrt gingen. Vom Dach her ertönte ein kreischender Laut, als ein Windstoß über den Platz fuhr. Xander richtete den Lichtkegel nach oben und sah eine verrostete Wetterfahne, die die Windrichtung anzeigte.

Die Haustür stand halb offen, und hinter den zugeklebten Scheiben war Licht zu sehen.

Aus dem Wohnzimmer war leise Musik zu hören. Singende Kinderstimmen.

Xander verteilte seine Leute, und nachdem sie ihre Dienstwaffen gezogen hatten, betrat er mit Jørgen das Haus von der Vorderseite, während die anderen das Haus umrundeten und von hinten kamen.

Im Wohnzimmer fiel Xanders Blick auf ein altes Grammofon, von dem die Musik kam. Er erkannte das Kinderlied: Der Bär, der schläft.

Die Musik verstummte, es folgte ein rhythmisches Knistern.

Draußen rief jemand etwas, eine Tür knallte, und aus der Küche waren Schritte zu hören. Xander und Jørgen rannten dem Geräusch entgegen.

Doch hinter der Tür stand jemand. Im Halbdämmer blitzte das Blatt einer Axt, und nach einem abgefeuerten Schuss ging Jørgen getroffen zu Boden. Hinter dem Haus hörte Xander, wie die Kollegen nach einer Brechstange riefen. Jørgens Schuss hatte Xanders Tinnitus aktiviert, der laut lärmend sein ganzes Bewusstsein erfüllte, als er mit seiner Waffe auf den Mann zielte. Sie sahen sich ins Gesicht, die Augen des Killers schienen ihn zu durchbohren. Xander zielte auf den Kopf des *Maskenmannes*, aber der wich aus, und die Kugel traf stattdessen die Wand. Mit einem Satz war er bei Xander und hob die Axt, um erneut zuzuschlagen. Xander schoss noch einmal, der *Maskenmann* ruckte zurück und sackte zusammen. Ein Krampf schüttelte kurz seinen Körper.

Um seinen Kopf wuchs eine glasklare rote Blutlache wie ein makabrer Heiligenschein. Die Kollegen stürmten durch die aufgebrochene Tür herein.

Xander kniete sich neben Michael Leander und versicherte sich, dass er tot war. Sein Blick war starr ins Nichts gerichtet, ohne etwas zu sehen. Es war kein Puls zu spüren.

»Xander …«, kam es von Jørgen.

Der Kollege lag in einer mindestens ebenso großen Blutlache. Er hatte eine klaffende Wunde am Oberarm, und man sah den Knochen. Alle waren wie versteinert.

»Ich glaube, er hat eine Arterie getroffen«, japste Jørgen mit Panik im Blick.

Xander sah sich verzweifelt nach etwas um, womit er Jørgens Arm abbinden konnte. Er entdeckte ein paar Lappen, die er für eine improvisierte Aderpresse, mit der er die Blutung stoppen konnte, in Streifen riss.

Xander rief über Funk nach den Kollegen, die immer

noch das große Grundstück und das große Haus absuchten, schilderte die Situation und bat sie, einen weiteren Rettungshelikopter zu organisieren.

Danach setzte er sich zu Jørgen auf den Boden, um ihn zu beruhigen.

Die Wartezeit kam ihm unendlich lang vor, und Jørgens Zustand verschlechterte sich mit jeder Minute, die verging.

»Mach dir keine Sorgen, mein Freund. Sie sind bald hier«, flüsterte er.

Endlich hörte Xander das typische Knattern des Rettungshubschraubers, der auf der Insel landete.

Kurz darauf waren Stimmen vorm Haus zu hören, und ein Notarzt mit einem Sanitäter im Gefolge betrat den Raum. Nachdem sie Jørgen stabilisiert hatten, wurde er auf eine Trage gelegt. Xander folgte ihnen nach draußen und stieg mit in den Helikopter, der sofort abhob.

Kapitel 70

Kopenhagen, Dänemark

Ein paar Wochen später hatte Josefine Whinston bestochen, eines seiner Spezialgerichte für sie zu kochen, und hatte Xander zum Essen eingeladen.

Sie hatte ihrem Vater ein Bier geöffnet. Er sah sich ein Fußballspiel an und hatte die Lautstärke voll aufgedreht. Sie schloss die Tür zum Wohnzimmer und sah in der Küche nach dem Essen, einem Eintopf, der leise auf dem Herd vor sich hin simmerte.

Ihre Gedanken wanderten wie so oft in den letzten Wochen zu den Geschehnissen auf der Insel. Nicht auszudenken, wie das Ganze ausgegangen wäre, wenn Xander und die Spezialeinheit nicht mehr rechtzeitig eingetroffen wären. Es war ihr zwar gelungen, ein wenig Abstand zu dem Geschehenen herzustellen, doch die Erlebnisse beschäftigten sie weiterhin sehr. Der *Maskenmann* hätte Lasse und sie umgebracht und ihre Totenmasken gegossen. Sie wären in die widerwärtige Stahlwanne geworfen worden, in der im Laufe von vierundzwanzig Stunden alle Weichteile von ihren Knochen abgekocht gewesen wären. Danach hätte er ihre Skelette mit der Axt und der Kreissäge zerlegt. Lasses Kopf wäre zersägt und ein Stück davon in ihren Schädel gelegt worden, und ihre Knochen wären vermutlich in seinem Freak-Museum ausgestellt oder irgendwo vergraben worden. Die Eiskönigin hatte mit einem Mitarbeiter aus dem Naturhistorischen Museum die Knochen aus Leanders Horrorkabinett in der Scheune untersucht, wo er Knochenkunstwerke und Plastiken gebaut hatte wie in dem Beinhaus der Kirche in Rom.

Ein Museum des Todes. Morbide Kunstinstallationen aus Menschen- und Tierknochen an den Wänden. Rosetten aus Rückenwirbeln, eine Fledermaus aus Knochen mit Schulterblättern als Flügel, ein Bärenschädel mit Hörnern, und der Sensenmann als komplettes Skelett zusammengesetzt aus Knochen von Birgitte Ussing und einem bisher nicht identifizierten Mann. Absurd zusammengesetzte Teile von Menschen und Tieren als Spiegel der kranken Fantasien von Michael Leander.

Die Hauptattraktion war ganz offensichtlich Davids Schädel mit der fehlenden Pars petrosa. Er stand auf einem Podest und war mit goldenem Sprühlack versiegelt. Seine Rippen waren in herzförmigen Knochenfiguren an der Wand verarbeitet. Der Rest lag in einer Art Schrein aus Plexiglas wie eine Reliquie.

Und überall hingen Gipsmasken. Kopien von Davids und Theis' Gesichtern, und ein an die Wand genagelter Abdruck von Birgitte Ussings Gesicht. In dem Gips waren die schmerz- und angstverzerrten Gesichtszüge zu erkennen. Egal was, der Gesamteindruck war grauenerregend.

Welcher Platz für Lasse und sie in der Sammlung vorgesehen gewesen war, wollte sie sich gar nicht ausmalen.

Es gab auch Knochen und eine Totenmaske von einer nicht identifizierten Frau. Erst nach einer längeren Suche und mit Hilfe von Interpol fand die Polizei heraus, dass es sich um eine Prostituierte handelte, die vor einigen Jahren vermisst gemeldet wurde.

Josefine überlegte, ob die gekreuzten Walkiefer auf der Insel Leanders perverse Neigungen vielleicht getriggert hatten und ob er deshalb die stillgelegte Schlachterei auf Enehøje zu seinem Beinhaus erkoren hatte.

Josefines Zufallsentdeckung, dass die Eiskönigin eigenmächtig einen wissenschaftlichen Artikel über die Opfer der Kopenhagener Pestepidemie und damit auch über die Skelette vom Schulhof verfasst hatte, setzte dem Ganzen noch die Krone auf. Josefine wurde nicht einmal erwähnt, obgleich sie etliche ihrer eigenen Formulierungen in dem Artikel wiederfand. Sie kochte vor Wut.

*

Es klingelte an der Tür, und sie ging hin, um zu öffnen. Xanders Gesicht kam hinter einer großen, palmenartigen Pflanze zum Vorschein.

»Ein kleines Mitbringsel für die Gastgeberin«, sagte er grinsend und stellte den Kübel im Flur ab.

»Danke, die ist wunderschön. In der Regel hab ich es mehr mit Plastikpflanzen.«

»Die ist pflegeleicht. Da steht alles, was du wissen musst«, sagte er und zeigte auf ein kleines Schild, das in der Blumenerde steckte.

»Komm, begrüß erst mal meinen Vater.«

Sie gingen ins Wohnzimmer zu Josefines Vater, der keine Anstalten machte, seinen Blick vom Bildschirm zu nehmen. Er hatte sein Abendbrot schon hinter sich, weil er darauf bestand, um sechs Uhr zu essen.

»Lass uns in die Küche gehen«, sagte Josefine seufzend und schloss die Tür vor dem infernalischen Fernsehlärm.

»Das sieht ja gemütlich aus«, sagte Xander mit einem Blick auf den gedeckten Tisch.

»Danke. Magst du ein Bier?«

»Sehr gerne.«

Sie holte zwei Flaschen Bier aus dem Kühlschrank, und Xander warf einen Blick in den Topf.

»Riecht lecker.«

»Mein neuestes Leib- und Magengericht. Lammcurry. Ich hoffe, du magst Chili und Knoblauch?«

»Auf jeden Fall! Hast du selbst gekocht?«

Xander lächelte schief.

Josefine biss sich auf die Lippe und überlegte, ob sie die Lorbeeren einheimsen sollte, verkniff es sich aber. Xander war darauf trainiert, lügende Kriminelle zu überführen.

Also gestand sie, dass Whinston für die Essenszubereitung verantwortlich war.

»Er ist herzlich eingeladen, das nächste Mal in meiner Küche vorbeizuschauen«, sagte Xander lächelnd. Dann wurde er wieder ernst. »Lasse geht es übrigens gut. Er wurde gerade aus dem Krankenhaus entlassen.«

»Gott sei Dank«, platzte Josefine erleichtert heraus. »Und wie geht es Jørgen?«

»Es geht langsam aufwärts.«

»Das ist schön zu hören«, sagte sie und strich sich das Haar zurück.

Sie rührte das Essen um.

»Und der verletzte Polizist?«

»Dem geht es auch besser, aber er hat noch ein paar Monate Reha vor sich.«

Josefine starrte schweigend vor sich hin.

»Wie wird ein Mensch so böse wie Michael Leander?«, fragte sie.

Sie dachte an das freundliche Gesicht mit den Lachfalten. Er hatte sich außerdem gut gehalten. Keiner von denen, die ihn gekannt hatten, hätte ihn solch grausamer Morde für fähig gehalten. Aber der Schein trog.

»Ich habe ein wenig in Leanders Hintergrundgeschichte gegraben. Seine Eltern haben sich getrennt, als er noch recht klein war, und er wurde gezwungen, gegen seinen Willen bei seiner Mutter zu leben. Der Vater hat ihn abgelehnt, wollte seinen störrischen Sohn wohl nicht unter einem Dach mit seiner neuen Freundin und deren zwei Kindern haben. Seine ganze Kindheit war geprägt von physischer Gewalt von Seiten seiner Mutter. Die Sache mit dem Tonneschlagen ist kurz nach der Trennung passiert. Da war er gerade mal 9 Jahre alt. Nachdem seine Mutter später bei einem Verkehrsunfall ums Leben gekommen war, hat er bei seinen Großeltern mütterlicherseits gelebt. Sein Großvater war Aufseher auf Enehøje, sehr religiös und sehr streng. Als er entdeckte, dass Leander homosexuell war, hat er ihn grün und blau geschlagen, um ihn zu heilen oder wie man es nennen will. Das Haus auf Enehøje gehörte seinen Großeltern und ist auf den Namen seines Großvaters eingetragen. Der Junge ist vermutlich mit dem Postboot von der Insel zur Schule in Nakskov gefahren.

»Du sagst, er war homosexuell? Aber er hat doch versucht, ein Kind mit Birgitte Ussing zu bekommen? Und er hinterlässt eine Frau und zwei Töchter.«

»Ich denke, das war ein Deckmantel, um keine Aufmerksamkeit auf sich zu ziehen. Zum Glück weist nichts darauf hin, dass er sich an seinen Töchtern vergriffen hat.«

Josefine seufzte erleichtert.

»Vielleicht war er auch bisexuell, auch wenn das Bildmaterial, das der NC3 gefunden und ausgewertet hat, darauf hindeutet, dass er homosexuell mit einer Vorliebe für elfjährige Jungen war. Und so etwas ändert sich nicht, sagen die Experten.«

Xander trank einen Schluck Bier.

»Den Nachnamen Leander hat er übrigens von seiner Frau übernommen. Wir haben im Nachhinein alle Details des Mordes an Birgitte Ussing aufgedröselt. Kenneth hat die schwarze Hängevorrichtung für die Axt gefunden, mit der er damals die Leiche zerteilt hat. Sie lag in einer Kartoffelkiste in ihrem Haus, und es ist Leanders DNA, die sie aus den alten technischen Spuren in Birgitte Ussings Haus extrahieren konnten. Aus einem Stück Teppichboden und aus Bettwäsche. In Zusammenarbeit mit den Forensischen Genetikern und mit den neuen Techniken konnte Kenneth ein Profil erstellen. Es passt alles.« Er machte eine Pause. »Und *die Spinne* wollte den *Bären* entlarven«, fuhr Xander kryptisch fort.

»Meinst du damit, dass Erik Valentin Michael Leander verraten wollte?«

Xander nickte.

»Ich glaube, dass Valentin sein Gewissen geplagt hat. Keine Frage, er war ein krimineller Pädophiler, für die ich nichts übrig hab, aber er war kein Mörder. Ich bin überzeugt, dass er vorhatte, Michael Leanders grauenvollen Verbrechen einen Riegel vorzuschieben. Er hat das Video in Nyhavn aufgenommen, als Leander Theis' Schädel im Hafenkanal versenkt hat, um ihn anzuzeigen, aber bevor es dazu kam, hat Leander herausgefunden, dass Valentin ihn ans Messer liefern wollte. Vermutlich hat er Valentins Handy gehackt.«

»Ich wünsche mir die alten Nokias zurück«, sagte Josefine.

Xander nickte.

Josefine hatte das Gefühl, dass das morbide Puzzle allmählich vollständig war, aber sie empfand keine Befriedigung. Das war alles so krank.

»Ich habe mir ewig über die Gipsabdrücke den Kopf zerbrochen«, sagte sie. »Im Grunde genommen hätte er sich auf Enehøje doch sicher fühlen und seine Toten dort konservieren und aufbewahren können. Warum hat er die Kopien und Totenmasken angefertigt?«

»Ich denke, es war mehr eine Machtfrage. Er konnte mit den Opfern anstellen, wonach ihm der Sinn stand, und er konnte so viele Totenmasken anfertigen, wie er wollte, und damit möglicherweise den Rausch seiner mörderischen Taten am Leben erhalten. Er hat die Opfer kontrolliert, indem er sie zerstückelt und die Leichen und die Knochen, wie er wollte, kombiniert hat.«

»Hört sich logisch an«, stimmte Josefine zu. »Er war ein herausragender Konservator und gewohnt, mit toten Lebewesen umzugehen und das biologische Material so zu präparieren, dass es nicht verwest. Vielleicht hatte er das Gefühl, den Toten neues Leben zu geben.«

»Genau. Es ging um ein Ritual, das ihm Befriedigung verschaffen sollte.«

»Mit den Masken hat er sich sein eigenes Schauspiel geschaffen wie ein Regisseur«, fügte Josefine hinzu, die den gleichen Eindruck von Leander bekommen hatte. »Oder vielleicht sollte man es eher ein ›Maskenspiel mit den Toten‹ nennen.«

Xander nickte und strich sich übers Haar.

»Leander hatte in seinem Haus auch ein gerahmtes Bild von dem Beinhaus in Rom hängen. Vielleicht ist er zusammen mit Birgitte Ussing dort gewesen, und sie haben das Zitat gesehen, auf das du gestoßen bist. Ich denke, du hattest recht, dass die Postkarte eine subtile Morddrohung an sie war.«

Josefine nickte und sah ihn an.

Die Mönche des Kapuzinerklosters hatten hübsche Kunstwerke aus den Knochen ihrer verstorbenen Brüder geschaffen; auf natürliche Weise zu Tode gekommene Mönche, die nach ihrem Verständnis ins Himmelreich kamen. In Leanders abgestumpftem Gehirn war diese Vorgehensweise zu einem Zerrbild mutiert, in dem er die Knochen seiner Opfer in entwürdigender Weise in seinem privaten Beinhaus auf der Insel ausstellte. Der Insel, auf der er als Kind mit seinen Großeltern gelebt hatte.

»Die selbstgenähte Fastnachtsmaske. Der Stoffbeutel ...«

»Ja?«

»Vermutlich hat ihm niemand geholfen, ein Fastnachtskostüm zu basteln«, sagte Josefine. »Das musste er ganz alleine tun. Ich kann die linkischen Stiche nicht vergessen.«

»Er war emotional vernachlässigt, das wissen wir«, sagte Xander und leerte das Bier.

»Vielleicht hat er sich ja damals schon vorgenommen, gut in dem zu werden, was er tut. Dass er Sachen schön aussehen lassen will. Er hat die Ausbildung zum Konservator gemacht … um Tiere so perfekt zu arrangieren, dass sie wie lebende Wesen aussahen.«

Xander nickte.

»Aber warum hat er Theis' Schädel in den Stoffbeutel … also in die alte Maske gesteckt?«

»Vielleicht war das auch ein Ritual. Oder wenn stimmt, was du sagst, dass er in Sack und Asche ging und seine Maske selbst nähen musste, wollte er sie vielleicht loswerden, weil sie mit negativen Erinnerungen verbunden war.«

»Hm, ja. Wer weiß?«

Josefine zog die Schultern hoch und sah an die Decke.

»Ich habe mir überlegt, dass die Vorarbeiten zu den Ausgrabungen in Motala intern unter Archäologen und Zoologen bekannt gewesen sein dürften und Leander so Kenntnis von den Altertumsfunden erhalten hat.«

»Da magst du recht haben.«

»Du warst übrigens im Fernsehen«, sagte Josefine unvermittelt.

»Wegen der Sache mit Sebastian? Stell dir mal vor, er hat Geld aus dem Fonds der Polizei bekommen für einen Flug in die USA … Um Stephen Wiltshire zu besuchen.«

»Wer ist das?«

»Ein Mann mit derselben Diagnose wie Sebastian. Er ist bekannt für seine Zeichnungen der New Yorker Skyline. Die zwei wollen einen Helikopterflug zusammen machen und schauen, was sie hinterher aufzeichnen können. Ich habe ihn zu einer Tour im Dienstwagen eingeladen. Der Bursche liebt alles, was mit Polizei und Uniformen zu tun hat. Du hättest ihn erleben sollen, als ich die Sirene eingeschaltet habe.«

»Du bist echt süß.« Sie sah ihn an. »Du hast aber mit der Uniform im Fernsehen auch echt gut ausgesehen«, sagte sie.

Er lächelte.

»Findest du?«

Sie nickte.

»Und, hungrig?«

»Sehr …«

Er stellte sich hinter sie und fasste sie um die Taille.

»Josefine, ich habe viel über dich und uns nachgedacht.« Sie drehte sich zu ihm um, und er sah ihr in die Augen. Ihre Pupillen waren groß, das Haar rahmte ihr Gesicht wie ein Heiligenschein ein. Sie duftete gut. »Warum hast du es damals eigentlich beendet, bevor es richtig angefangen hatte?«

Sie zögerte, doch dann gab sie sich einen Ruck. »Ich weiß, das klingt vielleicht seltsam, aber ich hatte Angst, dich zu verlieren. Ich habe schon so viele Menschen in meinem Leben verloren. Meine Mutter. Meinen Bruder. Auch mein Vater ist nur noch ein Schatten seiner selbst. Der Tod ist mein Job.«

»Aber ich bin doch hier«, sagte Xander und wollte sie näher an sich ziehen, doch sie wand sich aus seiner Umarmung und lief im Zimmer auf und ab.

»Ich muss das Ganze erst mal verdauen. Ich war sicher, dass ich sterben würde. Ich kann nachts nicht schlafen und gehe zum Psychologen.«

Sie begann still zu weinen.

»Komm her, du Schöne.«

Er breitete seine Arme aus, und nach einem kurzen Zögern ging Josefine zurück zu ihm. Er wischte ihre Tränen weg und küsste sie zärtlich. Seine Umarmung fühlte sich sicher und gut an.

Autorin

Lotte Petri lebt in der kleinen Küstenstadt Hornbæk nördlich von Kopenhagen, wo sie sich ganz dem Schreiben widmet. Nach »Teufelswerk« ist »Knochengrund« ihr zweiter Thriller um die forensische Anthropologin Josefine Jespersen.

Lotte Petri im Goldmann Verlag:

Teufelswerk. Ein Fall für Josefine Jespersen 1. Thriller
Knochengrund. Ein Fall für Josefine Jespersen 2. Thriller

(Alle auch als E-Book erhältlich)